二見文庫

誘惑の旅の途中で

マデリン・ハンター／石原未奈子＝訳

Lessons of Desire
by
Madeline Hunter

誘惑の旅の途中で

登　場　人　物　紹　介

フェイドラ・ブレア	有名議員の娘
エリオット・ロスウェル	イースターブルック侯爵家の末弟。歴史研究家
クリスチャン	第四代イースターブルック侯爵。エリオットの長兄
ヘイデン	イースターブルック侯爵家の次男
アレクシア	フェイドラの友人。ヘイデンの妻
リチャード・ドルーリー	フェイドラの父
アルテミス・ブレア	フェイドラの母
マシアス・グリーンウッド	エリオットの元指導教官
ジョナサン・メリウェザー	イギリス人外交官
ランドール・ホイットマーシュ	歴史研究家
ホレス・ニードリー	骨董商人
ナイジェル・ソーントン	古書店主
カルメリータ・メッシーナ	イタリア人女性
ジェンティーレ・サンソーニ	ナポリの秘密警察警部
マーシリオ	若きイタリア人芸術家

1

罪を犯した男は足跡を消さなくてはならない。たとえそれが、最高級の靴の跡だとしても。

自分の足跡を消すため、ロード・エリオット・ロスウェルはロンドンにある一族の家にふたたび足を踏み入れた。兄の舞踏会に遅れてやって来た人々にまぎれて。このさわやかですばらしい五月の宵に、ちょっと外の空気を吸いに出ただけの若者のふりをして。

片足で敷居をまたぎながら挨拶《あいさつ》をした。長身で二枚目の、第四代イースターブルック侯爵の末の弟——ロスウェル兄弟の内で、もっとも人当たりがよくて正常とみなされているひとり——は、すべての人に笑顔を振りまいて、特定のレディたちにはとりわけ温かい笑みを送った。

十五分後、エリオットは舞踏室に戻ってきたときと同じくらいなめらかに、レディ・ファルリスとの会話にするりと入りこんだ。二時間前にとぎれた話を再開し、如才《じょさい》ないお世辞を言って、ずいぶん前に中座したことを忘れさせる。ものの数分で、レディ・ファルリスは時間の感覚が曖昧《あいまい》になっていた。

エリオットはおしゃべりをしながら、混み合った舞踏室に視線を走らせて兄を探した。結婚したばかりの妻、アレクシアとともにこの会を主催したヘイデンのことではない。長兄でイースターブルック侯爵のクリスチャンだ。

クリスチャンは末の弟と視線こそ合わせなかったものの、エリオットが舞踏会に戻ってきたことには気づいたのだろう、部屋の向こう側で語らっている紳士たちの輪から離れると、ドアに向かいはじめた。

エリオットは今夜の使命を続行する前に、レディ・ファルリスとワルツを踊った。彼女を利用したことへの償いとして。知らないうちに助けてくれたことへの無言の感謝として。レディ・ファルリスの時間の感覚はあてにならないし、彼女の記憶はとても楽観的なものになるだろう。明日の朝にはエリオットがひと晩じゅうそばにいたと思いこみ、彼に求められていると得意になるはずだ。今夜のエリオットの町での行動について、万一好ましくない展開が起きたとしても、彼女のうぬぼれが役立ってくれるに違いない。

ワルツが終わると、エリオットはふたたびその場を離れた。だれの前でも足を止めることなくまっすぐドアに向かっていったクリスチャンと違って、あちこちでにこやかに挨拶をしたりおしゃべりをしたりしながら歩いていき、やがて新しい義理の姉、アレクシアの隣りに行き着いた。

「悪くない出来だと思わない？」アレクシアが尋ね、同意を求めるように室内をざっと見まわした。

「まさに勝利だよ、アレクシア」そう、彼女にとっては。活気と人柄、そしておそらくは愛の勝利。

アレクシアは、社交界がヘイデンの妻に予期していたような女性ではない。彼女には家族も財産もなかった。とても分別のある女性で、色目の使い方はもちろん、猫のかぶり方さえ知らなかった。それがいまは、こうして侯爵邸で盛大な舞踏会を開いている。黒髪は非の打ち所なく整えられ、髪飾りと服は流行最先端のものだ。親をなくした貧しい女性が結婚した男は、これまで彼女が知らなかった愛で妻を満たした。

この結婚はうまくいくとエリオットは信じていた。なにはなくとも、アレクシアの力で。ロスウェル家の男たちにとって愛は危険な感情だ――歴史がそれを証明している。しかし分別があって現実的なアレクシアなら、まさにその愛で危険を封じこめるやり方を知っているに違いない。というより、すでに何度か獣を手なずけているのではないかと、エリオットはひそかに勘ぐっていた。

義理の姉と一緒に今夜の成功を眺めた。遠くの隅では、色の白い小柄な婦人が女王然としている。少しばかり羽根飾りが多すぎる帽子を金髪の頭に載せて、そばにいるきれいな娘のほうへ向けられる男性の視線に、絶えず片目を光らせていた。

「アレクシア、勝利はきみのものだけど、この〝狩猟シーズン〟でいちばん大きな獲物を家に持ち帰ろうとしているのは、僕の叔母のようだね」

「ヘンリエッタ叔母さまがキャロラインの初めての社交シーズンを喜ばれるのは当然だわ。最近、ふたりの貴族から求婚を受けたんですって。だけど叔母さまはわたしに腹を立てておいでよ。叔母さまから命令されたのに、そのふたりを今夜の舞踏会にお招きしなかったから」

　エリオットとしては、叔母の怒りにはたいして興味がなかった。が、招待客のリストには大いに興味があった。

「そういえば、ミス・ブレアを見かけないな。黒い服も、結っていない髪も、どこにも見あたらない。ヘイデンが招待するなと言ったのか？」

「とんでもない。フェイドラはいま外国にいるの。二週間前に出発したわ」

　あまり興味津々《しんしん》だと思われたくはないが……。「外国に？」

アレクシアの菫《すみれ》色の瞳が愉快そうに温もりを増した。と思うや、意識のすべてがエリオットに向けられたものの、これは当面の話題を考えると、彼にとっては望ましくないことだった。

「まずはナポリを訪ねて、それから南のほうを回るんですって。夏の盛りのイタリアを訪れるのは賢明じゃないとあなたが言っていたと教えても、この時期の儀式やお祭りを調べたいと言って聞かなかったの」内緒話をするように首を傾ける。「本人が認める以上に、お父さまが亡くなられたことが大きかったんじゃないかしら。最後にお父さまと会ったときはずいぶん感情を揺さぶられたみたいで、フェイドラは精神的に参ってしまったみたいなの。今回の旅行は、元気を取り戻そうとしてのことだと思うわ」

父親の死の床《とこ》で永遠の別れを交わすのは、間違いなく感情を揺さぶられる作業だ。エリオット自身、拭《ぬぐ》い去れない影響を受けた。だが今夜は、それよりミス・ブレアの所在が気にかかった。それと、彼女と父親が永遠の別れを交わす前に話し合った事柄が。

「ねえ、アレクシア、彼女がナポリのどこに投宿する予定か、知っているなら様子を見てこようか。僕が訪ねていったときに、まだ彼女がいればの話だけど」

「滞在する予定の住所なら教わったわ。お友だちに紹介されたところなんですって。あなたが出発するころになってもまだ彼女が戻ってきていなければ、様子を見てきてもらえるかしら。自立心旺盛なのはけっこうだけど、そのせいでときどき不注意な結果を招くから、じつは心配していたの」

フェイドラ・ブレアはだれかに心配されるのを歓迎しないだろう。が、アレクシアはうまくやっている。

「あら、たいへん」アレクシアがつぶやいてため息をついた。

エリオットはアレクシアの視線の先を追って、つぶやきとため息の理由を悟った。ヘンリエッタ叔母がこちらへやって来る。羽根飾りを踊らせながら、活気に満ちた目を決意できらめかせて。

「狙いはあなたよ」アレクシアがささやいた。「逃げて。さもないとイースターブルックが彼女の同意を得ないままわたしに舞踏会を主催させたことについて、耳が腐《くさ》るほど文句を聞かされるわ。叔母さまは、この家に住んでいるからには自分こそが主《あるじ》だと思いこんでるの」

逃げることにかけてはエリオットは天才だ。叔母がたどり着いたころには、とっくに姿を消していた。


近道をしようと、エリオットは召使い用の廊下を通って裏手の階段をのぼり、クリスチャンの私室に向かった。居間に入ると、兄が隅の椅子にゆったりと腰かけていた。

クリスチャンが投げかけてきた鋭い視線から、体と違って心はちっともくつろいでいないのがわかった。

「見つからなかったよ」エリオットは、兄の黒い目が尋ねた無言の問いに答えた。「彼の事務所か私室にあるのなら、じつにうまく隠してあるに違いない」

クリスチャンが大きく息を吐きだした。ふだんしていることに没頭する日々を、今度の件に邪魔されたという苛立ちが手に取るようにわかる。エリオットは、兄が〝ふだんしていること〟がなんなのかを知らない。クリスチャンがなにに興味を持っているのか、いまではだれにもわからない。

「自分の死が近いことを悟って、彼本人が燃やしたのかもしれないね」エリオットは言った。

「メリス・ラングトンは他人を思いやるような男じゃない。たとえ死の扉を前にしても」クリスチャンが完ぺきに結ばれたクラバットの上端に人さし指を引っかけて、少し緩《ゆる》めた。

今夜のクリスチャンはすばらしく、どこから見ても領主さまだ。上着とリネンは声高に上質さを物語っている。が、クラバットを緩めたところを見ると、その立派な正装を不快に思っているのだろう。そして長い黒髪をまとめた流行にそぐわない結い髪は、一風変わった気質をほのめかしている。

どうやら兄は文明の象徴である衣服を脱ぎ捨てて、しょっちゅう着ている異国風のローブをはおりたいらしい。いつもはこの部屋にいるときは裸足《はだし》で、シルクのストッキングと礼装靴は履《は》かない。家の中ではお決まりの〝形式張らない雰囲気〟がいま見受けられるとしたら、ボタンを外したフロックコートと、長身の体を椅子にあずけるのんびりした座り方だけだ。

「床板が外せるところとか、そういったものもなかったんだな？」クリスチャンが尋ねる。

「危険を覚悟で調べてみたよ。両方の建物に長居をして、シティの事務所から出てきたときには巡査とすれ違いもした。暗かったし、ドアのそばには街灯もなかったけれど……」

いまさらながら振り返ってみると、この冒険には予期していた以上の用心が必要だった。法を犯すしかない場合もあるだろうと思ってはいたが、実際、そんな状況に直面したときにあれほど淡々と実行できるとは、われながら予想外だった。

「たとえ問題が持ちあがったとしても、おまえはひと晩じゅう、この舞踏会にいたんだぞ」

クリスチャンが言う。「ラングトンが所有していた小さな出版所は、急進的な文書を好んで発行していた。しかも調査の結果、あの男には脅迫趣味があったこともわかっている。残念なのは、俺が買収する前に死んでしまったことだ。いまやリチャード・ドルーリーの原稿は行方が知れず、われらが父上に関する卑しい嘘は、依然として日の目を見る可能性がある」

「そんなことにはさせないさ」

「おまえより先にだれかが手に入れたんだろうか？　ラングトンが近づいたのは、俺だけじゃあるまい」

「だれかが彼の持ち物をあさった形跡は見られなかった。弁護士や遺言執行人だってまだ手を着けてないだろう。なにしろ今日の午後に埋葬されたばかりだ。彼が死んだときに、どちらかの手元にあったとは思えない」

「それは困ったな」

「困ったけれど、乗り越えられないわけでもない。かならず見つけだして、必要なら処分するよ」

クリスチャンの意識が彼に集中した。「自信のある口振りだな。あのいまいましい原稿のありかを知っているのか？」

「いい考えがあるんだ。僕が正しければ、じきに片がつく。ただしちょっと金がかかるけどね」

「出そう。リチャード・ドルーリーは極端な思想の持ち主だったにもかかわらず、議員を務めていたし、識者として尊敬されてもいた。もしもその彼の回顧録に父上への言いがかりが含まれていたら、大勢が信じるはずだ」

〃というより、その大勢がすでに真実だと思っていることと合致するからでは?〃。声に出して言いはしなかったが、最初にメリス・ラングトンがリチャード・ドルーリーの死後に回顧録を出版すると聞いたときから、その言葉はエリオットの頭の中でささやかれつづけていた。回顧録にはきっと多くの秘密や醜聞《しゅうぶん》が含まれており、過去現在を問わず、数多くの有力者にまずい影響をもたらすだろう。そこに含まれていると目される父への言いがかりは、両親の結婚に世間がいだいている印象とぴったり一致するものだった。

とはいえ世間は誤解している。男なら決して嘘をつかない状況下で、父本人が説明してくれたのだから。

〃おまえは母上のお気に入りだった。おまえを独り占めにしようとするのを、わたしは禁じなかった。なにしろおまえは末息子だからな。彼女がときおり母親という役目を思い出すのを見ると、わたしは安心したものだ。しかしおかげで死が迫っているというのに、わたしはおまえをほとんど知らない。おまえに愛や嘆きは期待しないが、母上から聞かされただろうような恐ろしい怪物だと思われたまま、この世を去るわけにはいかない〃。

「いったい原稿はどこにあるんだろうな？　調査の段階を逐一報告しろ、エリオット。おまえのほうで進展が見られなければ、この件は俺が扱う」

クリスチャンがどのように扱うつもりなのかは、はっきりしなかった。その曖昧さのせいで、エリオットは自分が引き受けようと決心した。兄は、もしかしたら冷酷なやり方で、過去のこだまを沈黙させるかもしれない。

「原稿は見つけられなかったけど、ラングトンの事務所で会計書類は見つけたよ。どうやらあの出版所は財政的な危機に陥《おちい》ってるらしい。だけどもっと興味深いのは、出版所の所有者に関する書類だ。リチャード・ドルーリーはごく初期のころから、出資だけして業務に関与しない〝サイレント・パートナー〟だった。だからこそ、ラングトンは回顧録を任してもらえたんだろう」

この情報には、クリスチャンも興味を示した。「ラングトンの弁護士に近づいて、いまはだれが所有者なのか調べよう」

「書類によれば、ドルーリーの持ち分はただひとりの子どもに遺贈されたそうだ。つまり、対処すべき存命中のパートナーはまだいて、おそらくは最初から脅迫計画に荷担していたということだね」

「ただひとりの子ども？　なんと」クリスチャンが椅子の背のクッションに頭を押しつけて目を閉じ、うんざりしたような声を漏らした。「フェイドラ・ブレアじゃないだろうな」

「そのフェイドラ・ブレアだ」

　クリスチャンがまた悪態をついた。「ドルーリー氏のような男が――急進的な考え方を持ち、型にはまらない人生を送ってきた人物が――事業を女性に、それも非嫡出子《ちゃくしゅつし》に遺贈するとは、なんともらしいじゃないか」まぶたをおろす。「とはいえ、出版所が危機に陥っているのなら、彼女も金を喜ぶかもしれないな。父親の回顧録を出版しない理由を歓迎しさえするかもしれない。彼女とその母親にまつわる内輪の話が盛りだくさんなのは、疑いようもないからな」

「ありえるね」交渉がそうすんなり運ぶとはエリオットには思えなかった。ミス・ブレアは招かざる問題の種だ。

　ことによると、彼女は回顧録の内容とそこにしたためられた秘密こそ、出版所を救う人べストセラーの鍵とみなすかもしれない。あるいはなお悪いことに、礼儀正しい社交界の弱点を暴《あば》くことによって、彼女が考える社会正義がなされると思いこむ可能性もある。

「彼女の本もラングトンのところから刊行されたんじゃなかったか？　ここの図書室のどこかにあるはずだ。正直に言うと、俺は一度も目を通していない。神話や民間伝承にはほとんど興味がないし、それらに関する習合主義者の研究についてはなおさらだ」

「研究成果はかなりのものだと聞いてるよ」エリオットはどんなに気にくわない人間でも公平に扱うことを信条としている。「彼女は両親から知性だけでなく、英国国教会に重きを置かない姿勢も受け継いだようだね」

「いまはどんな遺産も、われわれにとってはありがたくない」クリスチャンが立ちあがった。フロックコートのボタンを留めてカラーを確認し、舞踏会へ戻る準備をする。「この件については、ヘイデンにはなにも言うな。新妻をひどく大事にしているし、ミス・ブレアはアレクシアの友人だ。おまえが厳しい手段を余儀なくされた場合、ふたりはなにも知らないほうが幸せだろう」

「ミス・ブレアは二週間前にナポリへ旅立った。彼女がアレクシアとふたりだけで話をする前に、対処するつもりだよ」

「彼女を追ってイタリアへ行くのか？」

「どうせこの秋に行く予定だったからね。次の本のために、ポンペイでの最近の発掘調査を研究したいんだ。予定を前倒しするよ」

ふたり並んで階段まで歩いた。一歩ごとに音楽が大きくなり、話し声の穏やかなざわめきが荘厳な空間を満たしていく。陽気な人々の中へおりていく途中で、エリオットは兄が浮かない顔をしているのに気づいた。

「心配ないよ。父上への言いがかりは絶対に活字にさせないから」

クリスチャンはかすかな笑みを浮かべただけで、表情が晴れることはなかった。「おまえの能力や決意は疑っていない。いま考えていたのは別のことだ」

「というと?」

「フェイドラ・ブレアについて考えていた。おまえの言葉を借りるなら、彼女に〝対処〟できる男がこの世にいるだろうか、とな」

手にした小さなランプの炎を頼りに、エリオットは暗闇の中を歩いた。

招待客は去り、召使いは眠った。ヘイデンとアレクシアはおそらくヒル・ストリートのふたりの家で、新婚夫婦の床を楽しんでいることだろう。クリスチャンはまだ起きているかもしれないが、数日は私室にこもり切りになるはずだ。

ランプのほのかな明かりがギャラリーに並ぶ金の額縁をきらめかせる。月光が向かいの長い窓から射しこんで、もう少し明かりを提供していた。エリオットは二枚の肖像画の前で足を止めた。おりてきたのはこの部屋へ来るためではなかったが、目的はこの二枚の絵画に閉じこめられた男女に大いに関係があった。

画家はふたりの背景に似通ったものを用いたので、二枚の絵は情景も世界も同じくしているように見える。両親のそんな姿を眺めるのはいいものだ。ふたり合わせて初めて完全になるかのようで。たとえそれが嘘だとしても。生きているあいだに両親が同じ部屋にいるのを見たことは、数えるほどしかない。

〝母上から聞かされただろうような恐ろしい怪物だと思われたまま、この世を去るわけにはいかない〟。

その点について父は誤解していた。ただ一回の感情的な吐露《とろ》を除けば、母が別居やその理由について口にしたことはない。そもそもエイルズベリーの図書室でともに過ごした時間の内に、母が口を開いたことはめったになかった。

エリオットが父を怖れたのは、母になにか言われたからではなく、ごく自然ななりゆきだった。とはいえ、三人目の息子の存在を忘れてしまったかのような父から、ごくまれに関心を向けられると、うれしかったのも事実だ。

歩を進めて図書室へ向かいながら、父との長い会話に思いを馳せた。父と交わした、唯一にして最後の会話に。あの日、エリオットは重要な真実を知った。人間と情熱、誇りと魂、そして、子どもにはまわりの世界がよく理解できないのだという事実を。

あの会話を終えたときは、もう父を怖れていなかった。あの打ち明け話のあと、生まれて初めて父の息子になった気がした。

ランプの明かりを、図書室の本棚に並んだ革装丁に沿って動かしていく。探しているのは隅の書架、いちばん下の棚だ。母が亡くなったあと、エリオットは母の本をここへ持ってきた。幽閉先のエイルズベリーで、母がよく読んでいた本を。

なぜロンドンに持ってきたのかは自分でもわからなかった。もしかすると、そうすれば家族がもっとも集まる場所に、母の一部を残せると思ったからかもしれない。父とあの会話を交わすよりずっと前に、衝動的にしたことだ。母が家族から断絶されているのを終わらせたくてした、反抗的な行為だった。

何百冊と並ぶ書棚に数冊の本が追加されたことには、だれも気づいていない。人目につかないこの下段の隅では、ほかと装丁が揃っていなくても問題にならなかった。

装丁すらされていない本の背に指を這わせる。薄くて軽い、小冊子だ。棚から抜きだして床の上に扇形に並べ、ランプをかざしてタイトルを眺めた。

探していた一冊を見つけた。結婚に異を唱える急進的なエッセイで、三十年ほど前に、高名な才女によって書かれたものだ。著者は自分の信条に沿って生きた。長年の愛人であるリチャード・ドルーリーの子を身ごもっているとわかっても、結婚しなかった。

エリオットはその小冊子とランプを手にすると、今度はイースターブルックが新しく図書室に加えた本を収めている一角に移った。まだ新鮮な革のにおいがする、神話に関する論文を探して抜き取った。

二冊を持って自室へ戻った。そして読みはじめた。フェイドラ・ブレアに〝対処〟する準備を整えるために。

2

「ねえ、シニョーラ、使いたくもない部屋の料金を払わなくちゃいけないなんて、納得いかないわ」

フェイドラはラテン語と、多少なりとも覚えたナポリ方言の単語をつぎはぎして、不服を訴えた。言葉だけでは伝わらなくても、感情をこめたこの口調で、シニョーラ・チリッロの請求に対する不満が伝わるように。

けれど返ってきたのは憤然とした反応だった。負けないくらい雄弁な口調で長々とまくしたてられる。シニョーラ・チリッロにしてみれば、フェイドラがいやいやこの部屋に留まらされていようが知ったことではないのだろう。質素だけれどまっとうな宿屋の外に、王に仕える守衛が立っているのも不愉快に違いない。女将《おかみ》はとにかく支払いを済ませてほしいのだ、守衛がいることでほかの宿泊客がこうむっている迷惑代も上乗せして。

請求書は王様のところへ持っていってくれと言いたくてたまらなかったが、フェイドラは寝室にとって返すと、硬貨を手に戻った。

遺跡へ向かう前に、一週間でもこの町に留まったのが間違いだった。これ以上ここに閉じこめられていたらお金が底を突いて、イタリアでの使命を続けるのはもちろん、英国へ帰ることもできなくなってしまう。ごく短い海外旅行のつもりだった。なにしろ旅行者としてやって来たのではない。目的があって来たのであり、帰国したらすぐに取り組むべき問題も待っている。

一週間分の家賃で気が静まったのだろう、シニョーラ・チリッロは去っていった。フェイドラは荷物のそばに戻ると、現状について考えた。大きな旅行かばんの中をあさり、黒いショールを引っ張りだす。片方の端に作られた結び目をいじって、きちんとくるまれていたものを取りだした。

大きな宝石が膝の上に転がり落ちて、部屋のぼんやりした明かりの中できらめいた。精巧に彫られた小さな像が、緋色《ひいろ》の地を背景に、真珠を思わせる白い光沢のあるレリーフとして浮かびあがる。描かれているのは、酒の神バッカスとその仲間たちの神話的な場面だ。

このカメオは母から譲り受けたもっとも価値ある品で、母自身の筆跡による遺言補足書で遺言に付け加えられた。〝娘の行く末を保証するために、わたしが所有する唯一の貴重品、ポンペイから出土した瑪瑙《めのう》のカメオを遺《のこ》す〟。

母の死から六年が経つけれど、その遺言補足書についてじっくり考えてみたことはなかった。人並み外れたすばらしい女性、アルテミス・ブレアのあらゆる思い出の品と同じように、フェイドラはこのカメオを大切にしてきた。値打ちが経済的な行く末を保証してくれているのはたしかだが、一生売らずにすむよう願っていた。だけどいま、あの美しくしたためられた文章は、ある疑問をフェイドラに突きつけていた。

カメオを元どおりの位置に結びなおして旅行かばんの奥にしまうと、居間に戻った。西に面した背の高い窓の、内側の雨戸を開ける。遠くに真っ青な湾が現われ、彼方のもやの中にはイスキア島がぼんやりと見えた。

風が潮の香りを届けて、巻き毛を揺らす。さらには守衛の声も運んできた。だれと話しているのだろうかと、フェイドラは三階の窓から身を乗りだした。

守衛の金属製のかぶとと大仰な剣の鞘《さや》に向き合う、黒髪の頭が目に飛びこんできた。洗練されたスタイルに刈られて、おとぎ話のようにそよ風になびいている髪の持ち主は、守衛よりもずいぶん背が高い。広い肩を包むフロックコートは高級品に見える。ブーツはロンドンでも指折りの人物しか履いていないたぐいだ。どうやらこの男性は英国人で、身につけているものから察するに、紳士らしい。

フェイドラは会話に耳を澄ました。同じ国の人間を目にして、意外なほど安堵《あんど》していた。たとえこの紳士が、スペイン地区の裏通りから抜けだす道を尋ねているだけだとしても、かまわない。

呼びかけて助けを求めようか。フェイドラがここに閉じこめられていることを、ナポリにいる英国人たちが知っているかどうかは怪しい。というより、知っていても気にするかどうかが怪しい。フェイドラを知る人は彼女をよしとしないだろうし、一緒にいたいとも思わないだろう。ふだんならフェイドラも彼らと一緒にいたいと思わないところだ。とはいえこの地の英国人社会に溶けこめないことで、この予期せぬ監禁に至る前から、すでに問題が生じていた。

英国人男性の首尾は芳《かんば》しくなさそうだ。守衛は敬意をこめた謝罪の身振りを示している。〝わたしには義務があるのです。できることならお役に立ちたいのですが……〟。

英国人男性が去っていった。ぶらぶらと通りの反対側まで歩いていって、立ち止まる。見あげた顔は、完ぺきな眉のあいだにかすかなしわが刻まれていた。警戒心に満ちた黒い目が、建物の正面を見わたした。

フェイドラの心はぱっと明るくなった。件《くだん》の男性がどんな女性の脈をもあげそうな顔立ちをしていたから、というだけではない。知り合いだったからだ。有名な歴史研究家のエリオット・ロスウェル卿が下にいる。この秋にナポリを訪れるとアレクシアから聞いていたが、どうやら予定を早めたらしい。

窓から身を乗りだして手を振った。ロード・エリオットがかすかに会釈を返す。フェイドラは唇に人さし指を当て、守衛を指差した。それから身振り手振りで、建物の裏手の階段からあがってきてくれるよう伝えた。

ロード・エリオットは通り沿いの建築物を眺めるふりをしながらぶらぶらと歩いていった。フェイドラは雨戸を閉じて、急いで部屋の反対側に向かうと、裏手の小さな庭を見おろす窓を開けた。

ロード・エリオットはなかなか現われなかった。が、しばらく待つとようやく向こう端から――地所と地所とを隔てる臭い裏通りにつながるドアから――入ってくる姿が見えた。彼の動きにこそこそしたところはなかった。長身の体に自信をみなぎらせ、常に自分のやりたいようにするという態度で、こちらに向かって歩いてくる。自然が惜しみなく与えた、骨格の凛々《りり》しい端整な顔立ちがなくても、落ちついた物腰と自信に満ちた態度さえあれば、だれしも圧倒されるに違いない。

フェイドラは同国の人に会えたのがうれしくて、彼の黒い目に浮かぶ批判の色など気にならなかった。アレクシアの結婚式で顔を合わせたときも、ロード・エリオットのゆっくりとした笑みには似たような色が混じっていた。ある種の男性に決まってみられる反応だ。つまり、フェイドラをちょっと興味深いとは思っているものの、彼女の服装や信条や生い立ちや家族や……とにかく、彼女のすべてを好ましいとは思っていない男性に。

「ミス・ブレア、元気そうでなによりだ」挨拶と一緒に、またあのゆっくりとした笑みを投げかけてきた。

「こちらこそ、会えてうれしいわ、ロード・エリオット」

「アレクシアからきみが泊まっている宿屋を教えられてね、様子を見てきてほしいと頼まれたんだ。なにか入り用のものはないか、たしかめてきてほしいと」

「アレクシアって本当にやさしいわね。だけどせっかく訪ねてきてくれたのに、きちんと迎え入れられなくて申し訳ないわ」

「見たところ、そもそも迎え入れることができないようだけど」

礼儀上の挨拶はここまでということか。「あたしが閉じこめられてるのを見て驚くのも無理はないわ。ショックを受けても仕方がないわよね」

「僕はめったにショックを受けないし、驚くのもまれだ。とはいえ少し興味は引かれるな。きみがナポリへ来てまだ二、三週間だ。こんな罰に値するだけの罪を犯すには、たいていの人なら少なくとも一年はかかるだろうに」

もしかして楽しんでるの？　こんな状況下では、彼のウィットに富んだ物言いは不適切に思えた。「罪は犯してないわ。ちょっとした誤解があっただけ」

「ちょっとした？　ミス・ブレア、きみのドアの前にいるのは王に仕える守衛のひとりだぞ」

「王様自ら守衛を立たせたわけじゃないわ。あたしをこんな目に遭わせたのは宮廷のお役人のひとりよ。腹の立つ小男で、大きな権力とちっぽけな知性を備えてるの」

それを聞いたロード・エリオットが腕組みをして、非難と威圧感をにじみださせた。男性にこの姿勢を取られるのは大嫌いだ。男性の悪いところすべてを具現している。

「守衛から決闘の話を聞いたよ」ロード・エリオットが言った。

「この土地の男性が殺し合いをするほど独占欲が強いだなんて、知らなかったのよ。ちょっとほかの男性と話をしたくらいで――」

「剣と短剣。守衛の話では、流血まであったそうだけど」

「マーシリオは若い芸術家なの。ほんの少年よ。頑固だけどすごくやさしい子だわ。まさかあたしたちの友情を誤解して、あたしがピエトロと一緒に湾沿いを歩いただけで決闘を申しこむなんて思いもしなかった」

「守衛によると、きみにとっては残念なことに、頑固でやさしいマーシリオ坊やは王の親族で、その決闘であやうく命を落としかけたそうだ。が、幸い一命はとりとめたらしい」

「まあ、この土地ではなんでも大げさに言うのがふつうらしいわ。この気候ではどんな傷も甘く見ちゃいけないけど、あたしの知るかぎりでは、たいした怪我ではないそうよ。だけど起きたことについては深く反省してる。そう言ったのよ。ちゃんとわかってもらえるように、ものすごく遅い英語と、それからラテン語でも、反省と謝罪を示したの。なのにあのおせっかいで不愉快で愚かな小男はちっとも耳を貸さなかった。信じられないことに、あたしを娼婦呼ばわりまでしたのよ。どんな男性からも一ペニーだってもらったことはないと説明してやったわ」

「つまりきみは自らの貞操を証明したのかな、それともその不愉快で愚かな小男に、女性はただで体を許すべきだと主張した？」

露骨にほのめかすときにロード・エリオットの目に浮かんだ、訳知りの表情が気に入らなかった。こんなばかげた状況に置かれていなければ、いくらフェイドラという型破りな女性に対してでも、無礼な態度が許されるわけではないと思い知らせてやっただろう。けれどいまは、駆け引きが求められている。

「自由恋愛を信じてることは説明したわ。念のために言っておくと、自由恋愛とただで体を許すのとは違うのよ、ロード・エリオット。あたしは彼を啓蒙《けいもう》しようとしたの。もっといい形で出会えていたら、喜んであなたにも同じことをしてさしあげたわ」

「なんと魅惑的な申し出だ、ミス・ブレア。だけどあいにく、きみを閉じこめた人物はそういう哲学的な思想にまで理解が及ばなかったらしい。いっそ娼婦だと名乗るべきだったね。なにしろその方面について知らない者は、この地にはいないから。一方、自由恋愛という急進的な考え方については――ふむ……」

ぞんざいな身振りにすべてを語らせた。〝なにを期待していたんだい？　きみは社会的な規則の外で生きていて、外見だけでも誤解を招くというのに〟。

フェイドラは今度も衝動的な反応をぐっとこらえた。言い争っても彼を追い払ってしまうだけだし、いまはもうしばらくここにいてほしい。この建物がどれほど寂しく、隔離されてどれほど哀しみを募らせていたか、いままで気づいていなかった。母国語を聞くだけでも慰められた。

「もうすぐ釈放されると思う？」話題を変えてフェイドラは尋ねた。

またしてもぞんざいな身振り。ただし今回は肩をすくめる代わりだ。「ここには法律がない。英国と違って、慣習法もなければ成文法もないんだ。昔ながらの専制君主制が敷かれてる。きみは明日釈放されるかもしれないし、英国へ送り返されるかもしれないし、裁判にかけられるかもしれないし、もしかしたら王の気がすむまで何年もその部屋に閉じこめられたままかもしれない」

「何年も？　そんな！」

「そうはならないと思うけどね。とはいえ、きみの〝不愉快で愚かな小男〟が関心をなくすまでには、何カ月かかるかもしれないな」建物の壁面にちらりと視線を送り、それから庭のドアを見やった。「ミス・ブレア、僕はそろそろこの庭から退散したほうがよさそうだ。さもないと、僕まで王に仕える守衛の世話になってしまう。そうだ、手配して食べ物を届けさせよう。その部屋の料金もしばらく支払わなくてはならないだろうから、なにがしかの金も。それからこの地の英国公使に、定期的にきみの様子を確認してもらえるよう頼んでおくよ」

そんな、行ってしまうの？　となるとフェイドラはこの部屋で年老いて、ついにはお金が底を突いて飢え死にするかもしれない。

　フェイドラは支えや庇護を男性に頼るような女ではない。いましがたの会話からロード・エリオットへの親愛を芽生えさせてもいない。それでも、自分の先行きがあまりにも不確かなので、この男性に助けを求めたくない気持ちを乗り越えようと腹をくくった。

「ロード・エリオット」庭のドアに向かって三歩進んだ彼を呼び止めた。「あたしの状況も身分も、公使の関心を引きつけはしないわ。あなたがわざわざあたしのためにとりなしてくれるとも思わない。だけど例の不愉快な小男は、あなたの家柄と歴史家としての名声には、きっと圧倒されるはずよ。もしもあなたが口を利《き》いてくれたら、ひょっとすると状況が変わるかもしれないわ」

　彼の顔に同情が浮かんだものの、フェイドラを勇気づけるには足らなかった。「僕は末息子だ。ここでの地位はつまらないものだし、名声も取るに足らない。宮廷も僕の頼みなんて聞き入れたりしないだろう」

「あたしがどれだけがんばるより、はるかに聞いてもらえるわ。少なくとも、あなたは言葉が話せるんでしょう？　守衛と話すのを見たもの」

「きみの問題を処理できるほど、この地の方言は流暢《りゅうちょう》に話せないよ」

「どんなことでも試してもらえたら、心から感謝するわ」いったい騎士道精神はどこへ行ってしまったの？　あたしはそんなもの信じていないけど、彼みたいな人種は信じているんじゃなかったの？　いまのフェイドラは悩める乙女で、この紳士は彼女を助けに駆けつけることになっていたはずだ。ただ庭に突っ立って、〝守衛の頭上の窓辺にいる女性になど気づかなければよかった〟と言いたげな顔をするのではなく。

ふと、ロード・エリオットが思案顔になった。フェイドラは、自分の笑みが引きつって悲痛な懇願の顔になるのを感じた。

「ここは英国じゃない、ミス・ブレア。たとえ僕の口利きが成功したとしても、自由の代償として課せられる条件がきみの意向に添うとはかぎらないよ」

「どんな条件も呑んでみせるわ。まあ、ただちに英国へ送り返されないよう、あなたが尽力してくれたら、すごくありがたいけど。はるばるここまでやって来たし、帰国する前にポンペイの発掘現場を訪ねなくちゃいけな――いえ、訪ねてみたいの。夢だったのよ」

ロード・エリオットが尋常ではないほどの時間、考えこんだ。大きなため息をついたところを見ると、くだされた結論は不本意なものなのだろう。「きみの無事をたしかめてくるとアレクシアに約束してしまったんだ、できるだけのことをしてみよう。だけど、きみを監禁するよう命じた人物を探しだすのは難しいかもしれないな。名前はわかるかい？　不愉快で愚かな小男を知りませんかと宮廷じゅうを訊《き》いて回らずにすむなら、そのほうがありがたいからね。本人がその特徴を耳にしたらへそを曲げるだろうし、いずれにせよ、当てはまる宮廷の役人は多すぎる」

彼が折れたのは、純粋にフェイドラを助けたいからではなく、あきらめて義務を受け入れたからにすぎない。けれど、わらにもすがりたいフェイドラにとっては、彼の動機をどうこう言っていられなかった。「名前はジェンティーレ・サンソーニよ。どうしてそんな顔するの？　もしかして知り合い？」

「知ってるとも。きみの弁明は無駄骨だったね、ミス・ブレア。サンソーニは英語どころかラテン語も解さない。おまけに骨の髄までナポリ人だ——困ったことに」


王の秘密警察で警部を務めるジェンティーレ・サンソーニの注意を引きたいなら、フェイドラ・ブレアにお任せだ。とはいえ、長い赤毛を結いもおおいもしないまま、降りそそぐ陽光の下でなびかせていれば、ナポリじゅうの注意を引くだろうが。

ミス・ブレアを苦しめている人物について、エリオットは三年前にナポリを訪ねたときに聞き知っていた。サンソーニの船は一八二〇年に血の潮に乗って漂着した。つかの間の共和制が乱暴に覆《くつがえ》され、君主制が復活したときのことだ。

サンソーニは、カルボナリ（十九世紀初めのイタリア急進共和主義者の結社）や立憲主義者らを破滅に導いた人物と噂されているが、それほど政治的ではない方面で、明文化されていない権威を濫用《らんよう》するのが好きだとも言われている。英国紳士に圧倒されるような男ではないし、エリオットが彼の頭越しに上官に訴えでたりしたら快く思わないだろう。

ミス・ブレアが軟禁されているかぎり、例の問題に取りかかりようがないので、どうにかして釈放させようとただちに決心していた。庭でためらうふりをしたのは、彼女に貸しを作るためだった。

女性の自立を表立って支持する彼女だからこそ、男である自分に助けを求めさせたいという、卑しい誘惑に屈したのも事実だ。その存在自体が男性への挑戦であるかのようなミス・ブレアを前にして、エリオットの本能は大きく揺さぶられた。

そうはいっても、翌日から彼女のためにできることをやりはじめた。サンソーニは英国紳士には圧倒されないだろうが、英国海軍大佐の話になら耳を傾けるかもしれない。ナポリはいまもネルソン提督の思い出を尊《たっと》んでいるし、サンソーニがネルソンを心の兄弟とみなしている可能性は高い。偉大なる英国の英雄は、この地で起きたひとつ前の共和派による企てを鎮圧するのに、手を貸したことがある。

ナポリの港にはいつも英国軍の船が停泊しており、エリオットは船長を知っている一隻を訪ねた。こうしてミス・ブレアと会った二日後、エリオットは堂々とした制服姿のオーガスタス・コーネル大佐に付き添って王宮の廊下を延々と進み、ジェンティーレ・サンソーニの部屋を目指した。

陰で働く宮廷の役人にふさわしく、サンソーニは建物のずっと奥に——だけでなく、ずっと下のほうに——潜《ひそ》んでいた。下へ向かうにつれて、階段は高価な大理石から簡素な石灰華へと変わっていった。そんな場所にもかかわらず、サンソーニの部屋には主《あるじ》を大人物と思わせるに足る豪華な家具が運びこまれていた。野心に見合った広い空間だが、天井が低く窓がないせいで、エリオットには洞窟のように思えた。

「話はわたしに任せろ」コーネルが言う。穏やかで色白の顔には、海軍大佐らしい厳格な表情が浮かんでいた。「彼とは取引をしたことがあって、用心しなくてはならないのはわかっている」

「土地の言葉が話せるのですか?」ナポリ方言はローマやフィレンツェで話されている言葉とまるで異なる。ラテン語から派生しているにもかかわらず、エリオットにはよく理解できない。

「わたしの知識で事足りることを願おう。きみはここで待っていてくれ。物理的な意味でも象徴的な意味でも、わたしがあいだに入る」

エリオットは言われたとおり、ドアのそばで待った。コーネルが広い部屋を横切って、向こう端の大きな机に着いている、背が低くて浅黒い肌の男に歩み寄った。ミス・ブレアが述べたサンソーニの特徴は的を射ていた。たしかに不快な印象を与えるし、いまはひどく疑り深そうだ。黒い眉のすぐ下には、この町では一般的なアーモンド型の鋭い目が光っていた。

ワインが供され、乾杯が交わされ、会話が持たれた。やがてコーネル大佐がエリオットのそばに戻ってきた。

「めんどうなことになった」静かな声で言う。「ミス・ブレアの友人は——決闘で負傷したマーシリオという青年だが——王の遠縁で、その芸術的な才能ゆえに王族のお気に入りだったらしい。そしてあそこにいるサンソーニは、自らの血縁のひとりをその青年に嫁《とつ》がせて、地位をより強固にしようと目論んでいるようだ。サンソーニの低い家柄を考えるとそれは少々難しいだろうが、それでも彼はその青年の幸福を個人的な任務とみなしているらしい」顔を近づけてさらに声を落とす。「わたしが思うに、王は決闘について知らされていないのではなかろうか。きみの兄上の肩書きを何度も口にしてみたのだが、サンソーニがわたしの話に耳を傾けているのは、英国の侯爵なら王に直接働きかけることができるかもしれないと怖れているからのように思える」

　できるだろうが、きっと数カ月はかかる。「ミス・ブレアを釈放させられそうですか?」

「難しいだろう。というのも、どうやら決闘だけの話ではないんだ。王は美術品を収集しているのだが、ある部屋だけは女性の入室が禁じられている。官能的な古代の美術品が収められた部屋だ。ところがミス・ブレアは若きマーシリオを説き伏せて、そこに入ってしまった。そういうわけで、彼女の罪状には禁止区域への侵入と、みだらな芸術嗜好《しこう》も加えられた。おまけにサンソーニは彼女を娼婦だと言っている。ナポリがそうした商売を許可しているのは事実だが、廷臣が出入りする場所でこれみよがしに自分をひけらかすのは——」

「彼女は娼婦ではありません。僕が保証します。たしかに一風変わった女性だ。じつに奇抜です。自由な思想の持ち主ですが、基本的に、嘘のつける人間ではないんです。サンソーニもそういう人々のことは知っているでしょう。どうかそう説明してください」

「この紳士の仕事は、自由な思想の持ち主をくじけさせることで、彼は楽しんで仕事をしている。しかしながら、もう一度やってみよう」

コーネルがふたたび部屋を横切った。今度の会話は短かった。サンソーニの黒い目がエリオットをとらえ、鋭く吟味《ぎんみ》した。

戻ってきたコーネルが言う。「さっきより早口でしゃべられたから、完全には聞き取れなかった。それでも、どういう筋合いで、きみときみの家族がこの件に口出しをするのか、彼が知りたがっているのは理解できた。きみは彼女の親族なのか、それとも別の関係があるのかと訊いている」

関係などいっさいないが、それを認めてもなんの役にも立たない。「彼女は僕の家族の親しい友人だと伝えてください。イースターブルックは妹のように考えていると」この大胆な嘘が暴かれる日は来ないだろう。同じ状況に置かれたら、クリスチャンも同じことを言ったに違いない。「みんなで監視しているつもりだったけれど、知らないうちに僕らの元を離れて、ここナポリへ逃げてきた。僕は彼女の様子をたしかめに来たのであって、これ以上の問題は起こさせないと約束する。そうだ、もし彼が賄賂《わいろ》をほしがっている素振りを見せたら、彼女を取り戻せるなら喜んで支払うと伝えてください」

今度のコーネルとサンソーニの議論は活気づいたものになった。サンソーニが矢継ぎ早に身振り手振りを示す。報告に戻ってきたコーネル大佐は、少し不安そうだった。

「言いにくいのだが、どうやらちょっとした誤解が生じたらしい。修正しようとすれば、ますます事態がこんがらがるだろう。わたしの言葉がじゅうぶんに流暢ではなかったせいで、この不運な展開を引き起こしてしまった」コーネルが言う。

「だけど彼は先ほどまでよりずいぶん穏やかな顔になったし、話を聞いてくれそうな雰囲気ですよ。誤解というのは、なんです？」

コーネルの顔が赤くなった。「彼はどういうわけか、きみがミス・ブレアの婚約者だと思いこんでしまったようなんだ。莫大な持参金ほしさにきみの家族が取り決めた結婚から、彼女は逃げだしたのだと。そしてきみは彼女を連れ戻しに来たのだと」

「誤解するにもほどがある。いったいどうしてそんなことに？」

「わからない。家族、妹、金、逃げるという単語――それらがこんがらがって、わたしが意図した以上の意味を生みだしてしまったに違いない」コーネルがため息をついて向きを変え、誤りを正しに行こうとした。

エリオットは大佐の腕をつかまえて引き止めた。「誤解させたままにしておけば、彼女を釈放してくれるんでしょうか？」

「ああ、しかし――」

「本当に？」

「誤解については断言できないが、その点は――」

「じゃあ、誤解は解かないでおきましょう」

「褒《ほ》められた行為だろうか」

「あなたはひとつの嘘も語っていない。彼が誤解しているかどうかも定かじゃない」エリオットはコーネルの肩をつかんだ。「神の贈り物として受け入れるんです。サンソーニはこの地の英国人社会に受け入れられている人物ではないでしょう？　だとしたら、誤解してるとしても、真実を知るときは来ませんよ」

コーネルが揺らいだ。「まあ、きみがそう言うなら。来たまえ。ミス・ブレアがこの王国にいるあいだはきみが監督するという証言を、彼が聞きたがっている。常にきみの監視下に置き、今後彼女がいかなる問題を起こそうともきみが責任を持つという証言を。心の準備はいいかね？」

エリオットはうなずいた。コーネル大佐について洞窟を進み、ミス・ブレアの身柄を不愉快きわまりないジェンティーレ・サンソーニから引き取った。

3

シニョーラ・チリッロの訪問を受けて、フェイドラは書き物机から立ちあがった。どうしよう、こんなに早く、またお金を寄こせと言われたら……。

部屋のドアを開けると、すばらしい光景が待っていた。シニョーラ・チリッロはひとりではなかった。隣りにロード・エリオットがいた。

喜びに叫びたいくらいだったが、どうにか落ちつきを保った。彼がここにいるということは、その意味するところはひとつだ。

「ロード・エリオット、どうぞ中へ。ありがとう《グラッツィェ》、シニョーラ」

それを聞いて、シニョーラ・チリッロが猫のような黒い目の上で両の眉をつりあげた。フェイドラは彼女を追い払った。

「いい知らせを持ってきてくれたのね、ロード・エリオット」ふたりきりになるなり、フェイドラは言った。

「きみの軟禁生活は終わったよ、ミス・ブレア。エウリュアロス号のコーネル大佐のおかげでね。きみと僕に代わってサンソーニと話をしてくれたんだ」

「英国海軍に祝福を」窓に駆け寄って雨戸を開けると、外の守衛はいなくなっていた。「今夜は湾沿いを散歩しなくちゃ。信じられないわ――」ロード・エリオットのそばに駆け戻り、ぎゅっと抱きしめた。「本当にどうもありがとう」

腕を放して見あげると、ロード・エリオットはにこやかにほほえんでいた。フェイドラの興奮に理解を示し、はしゃぐのを許してくれているらしい。衝動的な抱擁にほんの少しまなざしが温もったとしても、まあ、しょせん彼も男だ。

完ぺきな仕立ての茶色いフロックコートにブーツという今日のいでたちは壮麗としか言いようがない。顔に浮かぶ笑みはロスウェル家特有の厳しさを大いにやわらげている。ロード・エリオットは兄たちと違ってよくほほえむと聞いていたが、噂は本当らしい。

彼が居間を見まわして、書き物机に目を留めた。「手紙の邪魔をしてしまったかな」

「こんな邪魔なら大歓迎だわ。アレクシアにこの悲惨なできごとを伝えようとしていたの。最悪の場合でも、あなたが戻ってきたときに窓からその手紙を放って託せるかもしれないと思って」

「いますぐ書き終えて、すべて順調だと知らせてはどうかな？　僕が預かってコーネル大佐に渡そう。大佐は二日後にポーツマスへ向けて出発するから、向こうに着いたらロンドン宛てに投函してくれるはずだ」

「すばらしい考えね。じゃあ失礼して、もう二、三行書き足してもいいかしら」

「もちろん、ミス・ブレア。どうぞお好きに」

フェイドラは机に着くと急いで文章を書き足し、アレクシアの新しい義弟、ロード・エリオットのおかげですべてがうまく解決したと知らせた。手紙を折りたたんで宛名を記し、封をしたものを手に立ちあがった。ロード・エリオットがそっと彼女の手からつまみ取り、フロックコートの内ポケットに収めた。

それからふたたび居間と、居間からの眺めを吟味した。「自分でノックに応じたね、ミス・ブレア。侍女はどこに?」

「侍女はいないわ、ロード・エリオット。召使いもね。ロンドンでも雇ったことはないの」

「それも哲学的な信条による?」

「むしろ現実的な決断ね。ある叔父がそれなりの収入を遺してくれたんだけど、もっとほかのものに使いたくて」

「それは賢明だな。しかし召使いがいないと不便だろう」

「とんでもない」つま先立ちでターンをすると、黒い紗《しゃ》のスカートと長い髪がふわりと広がった。「こういうドレスは女中に締めあげてもらう必要がないし、髪もブラシで梳《と》かせばいいだけだもの」

「僕が言いたかったのは服のことじゃない。ことの成り行きについてきみと話し合わなくてはいけないんだが、この部屋に女中がいないとなると……」

つまり彼は、男性とふたりきりになったら彼女の評判に傷がつくことを心配しているのだ。なんてやさしい人。

「ロード・エリオット、あなたにあたしの評判を傷つけることはできないわ。なぜならあたしはそういうばかげた社会的な決まり事にとらわれたりしないから。それに、これは実務的な面会のようなものでしょう？　そういう状況ではプライバシーが許されるどころか、欠かせないともいえるんじゃないかしら」論理的ではあるが、こんな言い分を聞き入れてもらえるかどうか、わからなかった。彼のような男性は決して聞き入れない。

驚いたことに、ロード・エリオットは即座に同意した。「きみの言うとおりだ。じゃあ、話を先に進めよう。ところで座らないか？　少し時間がかかるかもしれない」

ロード・エリオットは急にひどく深刻な様子になった。深刻で厳格で……気難しそうに。長椅子を示す手つきは、礼儀正しく勧めるというより命令しているように感じられた。フェイドラは立ったままでいたいという誘惑に苛《さいな》まれた。結局は座ったものの、それはこの男性に自由を取り戻してもらったからにすぎなかった。

向かいの椅子に彼が腰かけた。吟味するような目でじっとこちらを見る。いままでちゃんと見たことがなかった奇妙な像を、あらためて観察しているかのような目で。

フェイドラのほうも、ある意味ではこれまで彼をちゃんと見たことがなかったような気がしていた。いつもの静かなユーモアはどこにも見あたらないうえ、ただ長々と無遠慮に観察されて、落ちつかなくなってきた。きわめて女性的な反応が体の奥でざわめいた。

これこそハンサムな男性にまつわるばかげた点だ。容姿に恵まれた男性に注目されると、女性はうろたえてしまう。この男性は驚くほど端整な顔立ちをしている。おまけにほとんどの面ではとても男性的で、最悪の面では巧妙にそうだ。いまはわざと彼女を落ちつかない気持ちにさせようとしているらしい。目的はみだらなものではなさそうだけど、そういう魅力も発散させていて、フェイドラの血は反応した。

守りたい、所有したい、征服したい――それらの欲求は、まったく同じ原始的な衝動を別の言葉に置き換えただけではないだろうか？　男というのは、どれかひとつを目指せば自分の中のほかの欲求もかきたててしまう生き物で、女は気をつけていないと、あっさり征服されてしまうのだ。いまロード・エリオットを動かしているのは、古来からある男の欲求の、いったいどのひとつだろう？

「ミス・ブレア、きみの様子をたしかめてくるよう、たしかにアレクシアに頼まれた。嘘じゃない。だけど僕にはきみを訪ねる理由がほかにもあって、いま、それを話すべきだと思う」

「あたしたちはアレクシアの結婚式で一度会ったきりで、それも挨拶を交わしたていどだから、どんな理由なのか想像もつかないわ」

「いや、つくはずだ」

今度は苛立たせようとしてるの？　「つかないと言ったらつきません」

ロード・エリオットの口調から、彼のほうもフェイドラに苛立ったのがわかった。「ミス・ブレア、いまやきみがメリス・ラングトンの出版所の共同経営者になったことは、伝え聞いている。父上の権利を譲り受けたそうだね」

「それは公にされてない情報よ、ロード・エリオット。女性は事業で成功できないものと世の男性は決めつけてるし、そもそも女性が挑戦することさえおかしいと考える人があまりにも多いから、出版所が偏見にさらされないためにも、秘密にしようと決めたの」

「きみは積極的に関わるつもりなのか？」

「出版する本を選ぶ手伝いはするつもりだけど、実務的な仕事は今後もミスター・ラングトンが監督してくれると思うわ。それより、だれから聞いたのか教えてちょうだい。もし弁護士が軽率なまねをしたのなら——」

「きみの弁護士は悪くない」彼の視線が逸《そ》れた。考えこんだような翳《かげ》りが目に宿る。考えに耽《ふけ》る様子からは、この上品で都会的な男性に備わっているすぐれた知性と、二十三歳になる前にすばらしい歴史研究書の執筆へと駆り立てた知的探求心を、感じずにはいられなかった。

「ミス・ブレア、残念だが悪い知らせがある。メリス・ラングトンはきみがロンドンを発《た》ったあとに病《やまい》で亡くなった。僕が出発する数日前に埋葬された」

ミスター・ラングトンの病気は治らないのではないかと思ってはいたが、それでも死の知らせには驚かされた。「本当に悪い知らせね、ロード・エリオット。話してくれてありがとう。彼とはすごく親しかったわけじゃないけれど、それでも亡くなると悲しいわ。あの出版所を維持する手助けをしてくれるよう期待してたけど、どうやらあたしひとりでなんとかしなくちゃならないようね」

「きみひとりだけのものになるのか？」

「父が創設して、いままでずっと資金援助をしてきたの。父の持ち分は父が好きなように遺贈できて、ミスター・ラングトンの持ち分は彼が亡くなれば父のものになるから、そうね、いまはあたしが全責任者よ」

ロード・エリオットからもの思いに耽る気配が消えた。厳しさが戻ってくる。冷たく。

「病に倒れる前、ラングトンは僕の兄に接触した。きみの父上の回顧録が出版される予定だと言って。そして、もし魅力的な額を支払うなら原稿の中の数行を削除してもいいと申し出た」

「彼が？　そんな！　父の主義に対する裏切りだわ。ロード・エリオット、共同経営者に代わって謝罪します」

フェイドラは立ちあがって行ったり来たりしはじめた。衝撃の事実に激しく動揺していた。ロード・エリオットも礼儀正しく立ちあがったが、フェイドラはしばしば彼を無視して、ミスター・ラングトンの愚行がほのめかすことを呑みこもうとした。その一件だけでも、いまの出版所には致命傷になりかねない。

出版所の危なっかしい財政状態についてはよく知っているし、共同経営者として未払い金には責任がある。父の回顧録が危機を脱出させてくれるだろうと信じていた。が、もしミスター・ラングトンが内容の誠実さに傷をつけていたら、世間は回顧録に見向きもしないかもしれない。

「なにもかもハリエット・ウィルソンのせいだわ」落胆が怒りへと変わっていく。「彼女が恥ずべき先例を作ったの。名前を削除してほしかったらお金を払いなさいと愛人に言ったりして。あたしは彼女に手紙を書いたわ。〝ハリエット、お金を受け取って回顧録の文章を削除するのは間違っています。それはある種の脅迫です〟とね。もちろん彼女は自分のお財布のことしか頭になかったんだけど。まあ、それが彼女が選んだ〝他人に依存する生活〟と贅《ぜい》沢三昧《たくざんまい》の結果よね」足取りが目的を持ったものに変わる。「ミスター・ラングトンがあなたのお兄さん以外の人にも接触したのは間違いないわ。そんな形であたしたちの出版所の理念を貶《おとし》めたなんて、信じられない」

「ミス・ブレア、僕の前で憤慨したふりをする必要はない。僕の家族はラングトンに金を支払う用意ができていた。きみを訪ねてきたのは、いまは彼ではなくきみに喜んで支払うと伝えるためだ」

憤慨したふり? フェイドラは歩くのをやめて、正面から彼に向き合った。「ロード・エリオット、あたしの勘違いだといいんだけど。もしやあたしがそのお金を受け取って、あなたの喜ぶように回顧録を編集しなおすとでも思ってるの?」

「そうしてもらえるとありがたい」

フェイドラは彼の目に浮かぶ考えが読みとれるほど近くまで詰め寄った。「なんてこと、あなた、ミスター・ラングトンの行いをあたしが知ってたと思ってるのね? あたしを共犯者だと思ってるんでしょう」

ロード・エリオットの返事はなかった。ただじっと見つめ返し、彼女の驚きに疑いをあらわにしていた。

とんでもない思いこみに腹が立ち、侮辱に傷ついたフェイドラは、彼に背を向けた。「ロード・エリオット、父の回顧録はあたしが英国へ帰りしだい出版されることになってるわ。一行残らず、ありのままにね。それが父の最後の願いだったの。死の床であたしに託された願い。父のどの言葉を世間が読むべきか、つまんだり選んだりする気はありません。ミスター・サンソーニの件で骨を折ってくださったことには心から感謝してるけど、この話はここで終わらせたほうがよさそうだわ。召使いがいれば外までお見送りさせるところだけど、ご存知のとおり、ひとりもいないので、どうぞご自分でお引き取りください」

これでおしまいだと強調するべく、つかつかと寝室に入っていってドアを閉じた。

ところがひと息つく間もなく、ふたたび寝室のドアが開いた。ロード・エリオットが穏やかに入ってきて、背後でドアを閉じた。

「僕の訪問はまだ終わっていないし、用件も途中だ、ミス・ブレア」

「なんてこと――ここはあたしの寝室よ」

ロード・エリオットが腕組みをして、例のしゃくに障《さわ》る、偉そうな男の姿勢を取った。

「ふだんなら僕も自制するところだが、男は女性の寝室に入るべきではないと定めるような〝ばかげた社会的な決まり事〟なんかに、きみはとらわれたりしないんだろう?」

この決まり事については、ばかげているとは思わない。まっとうな理由があるからだ。原始的な理由が。ここはフェイドラのもっとも私的な空間で、他人に侵《おか》されない安らぎの場所といえる。衣類を収めた衣装だんすや、人目に触れさせたくないものが入っている鏡台などを眺められると、室内の空気が変わりはじめた。彼の視線がゆっくりとベッドを一瞥《いちべつ》してから、フェイドラに戻ってきた。

彼の考えは、当人が思っているほど隠せていなかった。表情に微妙な変化が起きて、先ほどまでの厳しさがほんの少しだけやわらいでいる。女性とベッドのそばにいて、妄想を始めない男などいない。それは彼らに課せられた自然の呪いのようなものなのだ。

腹立たしいことに、フェイドラ自身も妄想しはじめていた。ついさっき侮辱されたという事実だけで、この部屋に漂いつつある親密さをはねつけられるはずなのに。沈黙が続いて不思議な興奮が高まり、フェイドラをかきたてた。

頭の中に、ある光景が浮かんだ。数インチと離れていないところから見おろすロード・エリオットの姿だ。黒髪はおしゃれとは関係のない理由で乱れ、思いは完全にむきだしにされている。たくましい肩はあらわで、体の重みと、肌をしっかりと包む腕の力を感じる。それから……。

急いで頭の中から光景をかき消したものの、時すでに遅く、ロード・エリオットの目には得心したような光が宿った。フェイドラの妄想がどこへ行き着いたか、悟ったのだ。彼の妄想がどこへ行き着いたか、フェイドラが悟ったように。

ロード・エリオットが腕組みをほどいた。手を伸ばしてくるのかと思った。さらに侮辱を重ねるのかと。彼女のことを誤解して、なにも知らずにあれこれ持ちかけてくる男性もいるけれど、ロード・エリオットは愚かではない。いまふたりのあいだでささやいている官能の声をもとに行動しようとするのなら、計画的で、なおかつ残酷なまでに攻撃的と言わざるを得ない。

ロード・エリオットが彼女から視線を逸らし、親密な空気を完全に消しはしないまでも、いくぶん薄れさせた。フェイドラの原始的な部分は不満でくすぶったが、自尊心は救われた。

「原稿はここにあるのか?」彼が尋ねる。「肌身離さず持ち歩いている?」

「まさか。どうしてあたしがそんなことを?」

ロード・エリオットが衣装だんすを眺める。「誓えるかな？　誓えないなら探さなくてはならない」

「誓えるし、探すなんて冗談じゃないわ。あなたにそんなことをする権利はないのよ」

「じつはあるんだが、まあ、それについてはあとで話そう」

どういう意味？「原稿ならロンドンに置いてきたわ。絶対に安全な場所にね。父の思い出と最後の言葉が含まれてるんだもの。ぞんざいな扱いをするもんですか」

「きみは読んだのか？」

「もちろん」

「それなら僕の家族についてなにが書かれているか知っているわけだ。いま教えてもらいたい。思い出せるかぎり正確な文言で」

これは頼みごとではない。命令だ。威圧的かつ横暴な態度のせいで、助けてもらったことへの感謝の念は急速に薄れつつあった。

「ロード・エリオット、あなたの家族の名前も、イースターブルックの名前も、あの原稿の中にはいっさい出てこないわ」

これには彼も驚いたようだ。厳しさが完全に崩れ、今日最初に現われたときの、人当たりがよくて頼もしい男の顔がのぞいた。が、それもつかの間のことだった。すぐに翳りのある沈思黙考が取って代わり、鋭い頭脳が彼女の言葉をかみ砕いた。

「ミス・ブレア、メリス・ラングトンは僕の兄に接触して、僕の父へのある言いがかりについて言及した。その原稿の中に、きみの目から見て、僕の両親に関係があると解釈できそうな事柄は含まれているのかな?」

ああ、そんなふうに訊かないでほしかった。「そう解釈できなくもない箇所がひとつあるわ」

「詳しく話してくれ」

「やめておいたほうがいいと思うけど」

「それでもだ。さあ、話して」

声も態度も表情も、反論は許さないと物語っていた。これほど厳しく男性からなにかを命じられたのは、生まれて初めてだ。

だけど、もしかしたら彼とその家族に警告しておいたほうがいいのかもしれない。いま論じているのは、回顧録の中でフェイドラに躊躇《ちゅうちょ》させたいくつかの箇所のひとつなのだ。

「父は、あたしの母が亡くなる数年前に開いた内輪のディナーパーティについて書いていたわ。招かれたのは、ケープ植民地から戻ってきたばかりの若い外交官よ。父は現地の実態を知りたかったの。その青年はかなり酔っぱらって、陰気になっていったわ。そして酔いに任せて、植民地に駐屯《ちゅうとん》してる英国連隊の中で起きた、あることにまつわる秘密を打ち明けたの」

ケープ植民地の名前を聞いて、ロード・エリオットが激しく関心を示した。フェイドラは心の中で顔をしかめた。あの噂は嘘であるようずっと願っていたけれど——。

「続けて、ミス・ブレア」

「外交官の青年の話では、彼が現地にいたときに、ある英国人将校が亡くなったそうよ。熱病が原因だと報告されたけど、実際は撃ち殺されたの。偵察に出かけたあとに遺体で発見されたんですって。一緒に出かけた別の将校が疑われたけど、なにも証拠はない。そういうわけで、もうひとりの将校を非難するよりは、嘘の死因が報告されたというわけ」

今度はロード・エリオットも反応を巧みに隠していた。その顔は彫刻のようだ。しかし沈黙は様相を変え、全身から放たれる怒りに震えはじめた。

「ミス・ブレア、きみがその男の話と僕の家族を関連づけるということは、僕の父にまつわる下卑《げび》た噂と、父が手を回して母の愛人をケープ植民地に配属させたと言われているのを、知っているということだね。いまの話に出てきた将校が熱病で死んだとされている地に送りこんだと言われているのを」

フェイドラはごくりと唾を飲んだ。「そういう主旨の噂なら、一度聞いたことがあるかもしれないわ」

「きみがあるなら大勢があるということだ。ラングトンもきみも、書かれている内容から難なく結論を導きだせた。もしきみがその部分を世に出せば、僕の父がある将校に金を払って母の愛人を殺させた、とほのめかすことになる。回顧録に実名が書かれていないとしても、僕の父の名誉は傷つくし、墓の中からでは弁明することもできない」

「世間がどう受け止めるかはわからな――」

「ちくしょう、いま言ったとおりになるに決まっているし、それはきみもわかっているはずだ。回顧録からその箇所を削除するよう、要求する」

「ロード・エリオット、あなたの気持ちはわかるわ。本当よ。だけどあたしは回顧録の出版を亡き父から託されたし、実現するのが義務だと思ってる。それについてはじっくり真剣に考えたの。あの人にとって危険だとか、この人にとって不名誉だとか、そんなふうに受け取れる箇所をひとつ残らず削除したら、きっとほとんど残らなくなってしまうのよ」

ロード・エリオットが歩み寄ってきて、じっと彼女を見おろした。「この嘘を出版してはいけない」

彼の決意を肌で感じた。怒りの表情や言葉による脅しで強調される必要はない。それは実際にそこにあった。フェイドラを取り囲んでいた。一向にこの部屋から消えようとしない官能のこだまをまとって、暗い本能をはらんだ雰囲気を作りだしていた。

「もし本当に嘘だとしたら、削除することを考えるわ」フェイドラは言った。「その将校が実際に熱病で死んだという証拠をあなたが手に入れるか、あたしの両親に招かれた、当時の若い外交官が前言を撤回するなら、この件に関してだけは考えなおします。だけどそれはアレクシアのためで、あなたのためでもイースターブルックのためでもありませんからね」

ロード・エリオットが動きを止めた。ゆっくりとした笑みが浮かぶ。「アレクシアのため？　きみにとってはずいぶんと好都合だね。僕に勝利を与えることなく撤退できるというわけか」

この男性は察しがよすぎる。気に入らない。

見おろす彼の表情がやさしくなった。ロード・エリオットの怒りから生まれたふたりの近さが、急に不適切なものに変わる。彼の怒りが薄れるにつれて、もうひとつの緊張感がふたたび高まってきた。

ロード・エリオットは、さがるべきなのにさがらない。フェイドラは眉をつりあげて、無言で〝さがって〟と訴えた。ところが彼は彼女の髪の房をつまむと、それを見つめながらやさしく指にからめはじめた。

「きみの父上はふたりのうちのどちらかだけでも名前を記していなかったかな、ミス・ブレア？　ディナーパーティに招かれた若き外交官か、疑われた将校か」

こんなのは触れられているうちに入らないものの、髪を弄《もてあそ》ばれていると、許してはいけないことをされているような気がしてきた。閉ざされたこの寝室にふたりきりでいるせいで――さらには白熱した口論にも後押しされて――どんな堅苦しさも崩れ落ちてしまった。彼の指が引き起こす頭皮の軽い疼《うず》きは心地よく、ほかの肉体的な興奮についても考えてみろとフェイドラを誘った。

守りたい、所有したい、征服したい——そうすれば望みのものを手に入れられると思ったら、ロード・エリオットが容赦なく髪以上のものを弄ぶのは間違いない。そのときが来たら、自分が挑戦に勝てるかどうか、フェイドラには自信がなかった。

「ディナーに招かれた若い外交官は、ジョナサン・メリウェザーよ」

ロード・エリオットがまた疑わしそうに彼女の目を見つめた。「メリウェザーはここナポリで英国公使の助手をしている」

「あなたにとってはずいぶんと好都合ね」

髪を弄ぶ彼の手に力がこもった。危険な遊びが支配する術《すべ》に変わる。「旅に出たのは彼と話すためだったのか？　だからナポリへ来た？　回顧録に注釈を加えて、父上が慎重にも割愛した名前や事実を埋めるつもりか？　そうなったらさぞかし売れ行きが伸びるだろうし、きみの出版所も大助かりだろうな」

フェイドラは弄ばれている髪の房をつかんで、彼の指からほどいた。怒りのおかげで、触れた手の温もりも彼の目に浮かんだ熱も、難なく無視できた。

「注釈をつけなくたって父の回顧録は広く受け入れられるでしょうけど、提案についてはお礼を言うわ。だけどここへ来たのはそのためじゃないの」

真っ赤な嘘だが、この男性を欺《あざむ》くことにはなんのためらいも感じなかった。回顧録の隙間を埋める主な目的は、彼の家族とはいっさい関係がない。

「ロード・エリオット、あたしは南部の発掘現場と遺跡を見学しに来たの。すぐにこの町を発つ用意をして、当初の予定どおりに旅を続けなくちゃいけないわ。だからもう一度お願いするけれど、帰ってちょうだい」

「きみの旅はもう数日遅れることになる。すぐに出発することは僕が許さない」

フェイドラは笑った。この男性の図々しさが滑稽《こっけい》に思えてきた。「あなたがなにを許そうと、あたしには関係ないわ」

「ところが大いに関係があるんだ。きみを自由にするにはなんらかの条件が課せられるかもしれないと忠告したのを覚えているね。きみはどんな条件も呑むと約束した」

「さっきは条件の話なんてしなかったじゃない」

「きみの温かい抱擁で気が逸れてしまったんだ」

フェイドラは疑いの目で彼を見た。「その条件って？」

彼がゆっくりと視線をおろし、滝のように流れ落ちる彼女の髪を眺めた。つまり、彼女の体のほとんどを。フェイドラは、わがもの顔で見られたような気がした。まるで、もらったばかりの贈り物の価値を品定めするかのような目つきだった。

「ジェンティーレ・サンソーニの釈放の条件は、きみが僕の保護下に入ることだった。僕はきみに関して全責任を負い、きみの言動を取り締まると約束させられた」

頭の中に熱い怒りが広がった。ロード・エリオットが今日になっていきなり尊大で偉そうに歩き回りはじめたのも不思議ではない。「冗談じゃないわ。あたしは男性の言いなりになったことがないのよ。そんなことをしたら母が墓の中でひっくり返るわ。いいえ、お断わりします」

「じゃあ、サンソーニに直接かけ合ってみるということかな？　喜んで手配するよ」

その脅しにはフェイドラも言葉を失った。

ドアに向かうロード・エリオットは笑いこそしなかったが、フェイドラの葛藤《かっとう》をおもしろがっているのを隠そうとすらしなかった。

「そういうわけだから、僕がメリウェザーとの話をすませたら、一緒にポンペイへ向かおう。それまでは、僕の付き添いなしでこの部屋を出ないこと。ああ、それからマーシリオもピエトロもここへ訪ねてこさせてはいけない。僕の支配下にありながら、また決闘を誘発されてはたまらないからね。きみを監視すると誓った以上、きみの協力と服従を期待しているよ」

支配？　監視？　服従？　あまりの驚きに啞然《あぜん》とするあまり、ようやくフェイドラが口をきけるようになったころには、ロード・エリオットはとうに去ったあとだった。

4

ミス・ブレアが回顧録について歩み寄りの姿勢を示してくれたおかげで、エリオットの気分は上向いた。メリウェザーから必要な否認証言を取りつけて、ミス・ブレアを西へ向かう次の船に乗せたら、もっと重要な件に取りかかるのだ。

メリウェザーが協力するのは間違いない。問題の将校の死にまつわるドルーリーの話が嘘だということを、だれよりもよく知っているのだから。それに、酔った勢いで軽率なふるまいをしたと世間に知られたら、外交官としてのキャリアに傷がつく。きっとこちらに味方をして、不適切な文章を削除するようミス・ブレアを説得してくれるはずだ。

ところが一時間も経たないうちに、ことは思っていたほど早く片づかないとわかった。パラッツォ・カラブリットにある英国公使館の事務官によれば、メリウェザーは仕事でキプロスへ赴《おもむ》いており、少なくとも二週間は帰ってこないというのだ。

エリオットは自分のホテルに戻って計画を少し修正した。午後の日が陰って夕方になると、馬車を雇ってスペイン地区へ向かい、いま一度フェイドラ・ブレアを訪ねた。

ドアを開けて彼を見るなり、青い目が燃えあがった。「ロード・エリオット、今度はなんの用かしら？」

「今夜は湾沿いを散歩したいと言っていただろう？　付き添うためにやって来たんだよ」

「あなたのお供はいりません」

「僕と散歩をするか、まったく散歩をしないかだ。せっかく手に入れた自由を楽しまないなんて、もったいないな」

ミス・ブレアが口をすぼめた。その目を見れば、葛藤しているのがわかる。「いいわ、行きましょう」

エリオットが大人しくついてくると思っているのだろう、ミス・ブレアが前に出た。

「帽子を忘れているよ、ミス・ブレア。日はまだ沈んでいないから、きみのきれいな肌が危ない。鼻の頭の小さなそばかすはとてもチャーミングだけれど、増やしたくはないだろう？」

ミス・ブレアがさっと鼻に手をやった。一瞬のことだったが、そんな心配はくだらないという彼女のポーズに女の虚栄心が勝ったのだ。

「お世辞に批判を交えるのがとってもお上手ね」

「お世辞じゃないさ。そばかすは少女のようでかわいらしいけど、それでも帽子はかぶったほうがいい。取っておいで、待っているから。ひとつくらい、持ってるだろう？」

「当然でしょう」ミス・ブレアがうんざりした顔できびすを返し、寝室に向かった。「今回はついてこないでよ」

「一日に二度もレディの寝室に入ったりしないさ。舞踏会で立て続けに同じ女性とダンスを踊るようなもので、誤解を招くからね」

「あたしは男性について誤解なんてほとんどしないわ、ロード・エリオット。とんでもなくわかりやすい生き物だもの」

そうなのだろう――彼女にとっては。ミス・ブレアは世間知らずのうぶな娘ではない。今日、最初にここへ訪ねてきて彼女がベッドのそばにいるのを目にしたときに、彼の思いがどこへさまよったか、ミス・ブレアはしっかり読みとった。あのときの彼女は、解き放たれた髪のせいで、快楽の午後を過ごそうとしている女性に見えた。

そしてあのときの反応は、ショックでも慎み深い恥じらいでもなかった。貞淑ぶった憤《いきどお》りでもなかった。そうではなく、ふたりのあいだで官能的な気配がうごめく中、ただ彼を見つめていた。その高まりを感じ取っていることを、表情にはっきりと浮かべて。

あんな反応を示されたのは初めてのことだった。どういうわけかミス・ブレアは、ひとことも口にしないまま、あざけって拒絶してみせた。〝あなたはあたしを欲していて、あたしもあなたを欲しているかもしれないけど、いまはどうにもならないわ。この先ずっと、そうかもしれない。なぜって、あたしの心はまだ決まっていないから〟。そんな態度が男の中の悪魔を目覚めさせるということを、彼女も知っておくべきだ。

ミス・ブレアは彼の予想よりはるかに魅力的な麦わら帽子をかぶって戻ってきた。斜めのつばと、白と青の絹の造花が、彼女の瞳と白い肌を際立たせている。流れるような長い髪と、化粧をしていない顔と、あの小さなそばかすのせいで、はつらつとした田舎娘のように見えた。

が、それも衣装で台なしだ。飾り気のない黒い布が首からつま先までをおおっている。腰をリボンで締めているものの、ぶかぶかでかさばる布に包まれた体の形は、ウエスト以外はわからない。

そのドレスは、当のミス・ブレアは夢にも思っていないだろうイメージを、見る者の胸に呼び覚ました。先の彼女の言葉がよみがえる――〝女中に締めあげてもらう必要もない〟。つまりミス・ブレアはコルセットもステー（コルセットなどの補強に用いる平らな帯芯）も着けておらず、全体的なシルエットから察するに、布の下には想像をかきたてる肉体が隠されている。高く張った胸元を見ると、断定はできないが乳房はおそらくみごとな大きさで、お尻はウエストをとても細く見せるほど女らしい。いくつかのホックを早業で外せば、すべてはあらわになる。

「アレクシアが作ってくれたの」帽子に感心しているエリオットに、彼女が言った。「きっとあたしを改心させたいのね。それからあなたがとっても批判的に眺めてるドレスのほうは、着替えるなんて期待しないで。流行を意に介さない女性に付き添って人前に出ようと決めたのは、あなたなんですからね」

「僕にもそのドレスの魅力がわかってきたよ。髪はおおうべきだと思うけど、世間に立ち向かう象徴すべてをあらためろという要求はしない」

フェイドラがつんと顎をあげて、さっそうと戸口を抜けた。「少しでも知恵があるなら、要求なんかせずに黙っていることね」


喧騒《けんそう》、人間ドラマ、羽根つきのボンネット、色とりどりのパラソル。

王侯のような富、忌《い》まわしい貧困、兵士の鎧《よろい》のきらめき。

イタリア南部の夕暮れ時に比べれば、ロンドンにおける社交の時間は色褪せた模倣にすぎない。ナポリ湾に沿う歩道は町の住民で埋めつくされていた。最先端のドレスや上着に身を包んだ貴族が三々五々に集まって、水辺をぶらつく貧しい人々のあいだをそぞろ歩く。商人とその妻は、子どもを連れてこれみよがしに練り歩く。

夕方の社交の時間――会場は湾の近くや教会の広小路だ――は、この町では重要な目的を果たしており、結婚適齢期の娘たちが披露《ひろう》される場とみなされている。褐色の肌の美しい娘たちは、振り向いた男たちをきまじめな顔で値踏みする両親のあいだで光り輝くのだ。

ナポリのすべてがオペラのようで、ここではフェイドラ・ブレアはそれほど奇抜に映らない。帽子のおかげで少なくとも半分は人前に出てもおかしくなくなったものの、たなびく長い髪が視線を集めていることには、エリオットも気づいていた。彼女がここへ来た最初の夜が想像できる。ひとりで歩き、炎のような赤い髪で黒と茶色の海を照らしたのだろう。彼女のいでたちが示す奇抜さには、ロンドンの人々のほうが忍耐強さを持ち合わせている。

「ミスター・メリウェザーと話はできたの？」

部屋を出てから最初の言葉だった。エリオットは馬車の中でも会話を強《し》いなかった。会話がなくても気にならなかった。ふだんは自らの心を唯一の仲間にして、ひとり静かに過ごすことが多い。もちろん、あるていどまでは人づき合いも楽しめるが、それも、ひとりの時間と社交の時間との釣り合いが取れるならの話だ。

「仕事でナポリを離れていて、二週間は戻ってこないそうだ」

ミス・ブレアはすでにそのことを知っていたのだろうか。彼女がこの町を訪れた目的がそれほど純粋なものだったとは信じがたい。遺跡を見たいだけなら、一年のほかの時期のほうが理にかなっている。出発したタイミングが、ナポリは夏の盛りで、出版所は危機に瀕していて、共同経営者は病気で、回顧録の刊行が待ち受けているときとあっては……。やはり、ここを訪れたのはメリウェザーに訊きたいことがあったからではないかと疑ってしまう。

「あたしがポンペイ行きを二週間も遅らせるなんて思ってないといいけれど」

「彼が戻ってくるのを待つあいだに遺跡を訪ねようと思っている」

それを聞いてフェイドラの雰囲気がやわらいだ。ほっとしたようにも見える。あるいは本当にただの観光客としてやってきたのかもしれない。

「アレクシアから、あなたが新しい本を書いてると聞いたわ、ロード・エリオット。ポンペイ行きはその本に関係があるの？」

「新しい発掘現場を訪れて、この数年で見つかったものを勉強しようと思ってね。考古学者と話をして、執筆のためにいくつか調査をするつもりだ」

「アレクシアの話では、当時の日常生活についての本になるそうね。珍しいわ。たいていの歴史書は、戦争や政治や偉大な人物の業績について書かれてるもの。このあいだ出たあなたの本だってそうだったわ」

「いま書いている本に学術的な意義があるかどうか、批判を浴びることはわかってる。だけど当時の民衆の暮らしというのは興味深いテーマだし、好奇心に身をゆだねる余裕もあったんだ」

「あたしが批判してると思ったなら、それは誤解よ。お偉い学者先生がなんと言おうと、あなたの本はきっと大評判になるわ。売れること間違いなしよ」

「僕の版元が同意するかどうか」

「じゃあ、別の版元を探せばいいじゃない。女性と仕事をしてもかまわないなら、喜んでうちが刊行させてもらうわよ」

抜け目ない提案にエリオットは笑った。ミス・ブレアに、著者をおだてて仲間にしてしまうこんな才能があるのなら、彼女の出版所も生き延びるかもしれない。

散歩を始めてから、彼女の機嫌も上向いてきた。日中よりやわらいだ太陽の光と、涼しくなったそよ風のせいかもしれない。いや、それよりも、怒りなど新たな自由を楽しむ邪魔にしかならないと判断したからだろう。

ミス・ブレアは喜びに輝く目ですれ違う人々や船やカモメを眺めながら、ぶらぶらと歩いていく。しばしばエリオットのほうに向ける笑顔の温かさときたら、気まぐれに誘っているのかと誤解されてもおかしくないほどだ。何人もの男たちが彼女に目を留めていた。その赤毛だけでもじゅうぶんに人目を引くが、たとえ髪の色が違っていても、ミス・ブレアなら注目を集めるだろう。

当人も男たちの視線に気づいていた。が、彼らをうながしもはねつけもしない。エリオットの見たところ、得意になっても不快に思ってもいない。スカートの揺れる黒いひだのあいだから誘うような肌をのぞかせながら、自分の個性に胸を張って、ただ歩きつづけていた。

と同時に、ある気配を巧みににじみださせていた。エリオットが彼女の部屋で感じたのと同じたぐいの挑戦で、いまそれが突きつけられているのは、彼女に視線を長く留めすぎたすべての男たちだ。〝あなたはあたしを欲しているけれど、いまはどうにもならないわ。いまのあたしにその気はないから〟。

ミス・ブレアが足を止めて、箱に花を入れて売っている少女から花束を買いもとめた。エリオットは金を出そうとしたが、ミス・ブレアは手を振って断わり、自分で支払った。かぐわしい花束を鼻先に掲げて、さらに歩きつづける。

「ロード・エリオット、提案があるの」

彼が求めている提案ではないとわかっていても、体はこわばった。彼女の言葉は焦《じ》らすために選ばれたものだ。だから腹が立った。まんまと焦らされたから。

そうするべきではないが……。「きみの提案を受けた男がどうなるかは知っているよ、ミス・ブレア。僕は断わるしかない」

彼女の表情が曇った。「それはいったいどういう意味？」

「おや、僕の勘違いかな？　これは失礼」

「どういう意味なの？」

エリオットは肩をすくめた。「きみの友だちにならないかと言われるのだと思った。女王の周りをぶんぶん飛びまわる蜂の一匹に」

白い肌がさっと紅潮した。彼女の怒りにはかなりの狼狽《ろうばい》も含まれているのがわかった。

「あたしの友だちのなにを知ってるの？」

「きみは上流社会を軽蔑して拒絶しているかもしれないが、上流社会ではきみは有名だよ。アルテミス・ブレアの娘を知らない者はいないし、その娘が母親と同じで、くだらない社会的な決まり事にはかかずらわないと決めているのも知っている」

「失礼にもほどがあるわ」怒りが勝り、狼狽が消えた。「あたしの友情を誤解する人の典型ね。だからあなたみたいな人とは友だちになろうかと考えもしないのよ」

いや、これから考えることになる。というより、すでに考えている。交渉は今日の早い段階から始まっているのだ。「失礼だったなら謝ろう」

彼女の表情がやわらいだ。

「しかし――」

両の眉が瞬時につりあがる。

「――もしきみが、くだらない社会的な決まり事にとらわれないのだとしたら、はたして僕が礼を失することは可能かな、ミス・ブレア？　きみの信条の範疇《はんちゅう》において、ということだけど。なにしろ失礼というのは、そうした決まり事を踏まえての言葉じゃないか？　きみがどこから決まり事に従ってどこから従わなくなるのか、その線引きをこれからの日々で教えてもらいたい。二度と勘違いをしなくてすむように」

またしてもあのしたたかな自信と挑戦がみなぎった。「喜んで教えてさしあげるわ、ロード・エリオット」

ふたりはリヴィエラ・ディ・キアイア通りと湾を見おろす豪華な邸宅までやって来た。ミス・ブレアがそれらの美しさに見とれながら、考えていることをさりげない仮面の奥に隠す。

「ロード・エリオット、これからの日々を話題にしてくれて助かったわ。それと、あたしへの不満と軽蔑をあらわにしてくれたことも。じつはあたしの提案というのは、その両方に関係があるの」

「僕は不満をいだいていないし、軽蔑もしていない。ある小さな点について、前もって確認しておきたかっただけだ」もっとも重要な点について。

「あたしの友情と、あなたへの関心、その両方をあなたがひどく誤解したということは、つまり、あたしたちはうまが合わないということよ。それに、単なる観光客なんてお荷物を、あなたが旅のお供にしたがるわけがない。あたしはあなたの足手まといになるし、あなたの研究のせいであたしの旅程は遅れるわ。だから提案。ナポリを出たらさよならしましょう」

「それはできない」

「ジェンティーレ・サンソーニには、ばれっこないわ」

「彼の勢力範囲はこの町に留まらない。それに僕は宣誓したし、宣誓は僕が真摯《しんし》に受け止めている、くだらない社会的な決まり事のひとつだ」

「でも——」

「だめだ、ミス・ブレア。あさっての朝、一緒に出発する。まずポジターノまで船で南下して、それからアマルフィに向かい、帰りは陸路を戻るんだ」

「あたしは一刻も早くポンペイへ行きたいのよ」

「遅れは数日だ。僕はポジターノにいる友人を訪ねる約束をしていて、その友人は僕の到着を首を長くして待っている。きみも観光客としてやって来たなら、南の海岸沿いを何日か訪れるのは喜ぶべきことだよ。まさに壮観だから」

まったく喜んでいる顔ではなかった。これからの数週間、彼女の目に浮かぶ張りつめた苛立ちを見ることになりそうだ。

来た道を戻ろうと向きを変えた途端、ふたりのあとをついてきていた幼い少女にぶつかりそうになった。大きな黒い目でじっと見つめられる。貧しい町の子たち特有のあのまなざしだ。この子は開けっぴろげになにかを請《こ》うたわけではないが、細い小さな体とぼろぼろの服が、少女に代わって訴えていた。痛切に。

エリオットはチョッキのポケットを探った。硬貨を取りだしたころには、少女の隣りにもうふたり子どもが現われていた。ナポリの貧しい子どもたちを突っぱねることを知らない愚かな英国紳士の元へ、さらに何人もが本能に呼ばれて集まってくる。

エリオットはもっと硬貨を探した。たいていの女性なら、われもわれもと押し寄せてくるみすぼらしい子どもたちに怯《おび》えるところだが、ミス・ブレアに怖がる様子はない。ひとり目の少女に話しかけようとしながら、スカートの腰のあたりに片手を突っこんでいる。

ふたりはまるで湖を渡るように、黒い瞳と日に焼けた肌の中を歩き、最後の一枚まで硬貨を与えた。

その後は口論することなく馬車に戻った。ミス・ブレアが口を開いたのは、部屋へ送り届けたときの一度きりだった。

「朝に出発すると言ったわね、あさっての朝に。じゃあ、それにあわせて準備をするわ」

そんな表向きの服従に騙《だま》される男ではない。エリオットは自分の準備をするために立ち去った。


フェイドラはショールの中からカメオを取りだした。ハンカチにくるんで、ドレスの腰のポケットの底にピンで留める。それからショールを頭にかぶって、顎《あご》の下で結わえた。

旅行用の手提げかばんを調べ、中に収めた衣類と荷物をひとつひとつ確認する。たいていの女性が必要とするこまごまとした装飾品がないのは自分を褒めたいところだが、それでも翌週は着替えをかなり控えなくてはならないのが腹立たしい。

なにもかもロード・エリオットのせいだ。強要されての宣誓がものの数に入らないことくらいだれでも知っているし、危うい運命から女性を救うために誓ったというのは、フェイドラに言わせれば強要されたに等しい。ロード・エリオットが誓いを守ると言い張るのが、うっとうしくてたまらなかった。窮地から救ってくれる唯一の人物が、時代錯誤なほど名誉を重んじる男性だったとは、ついていない。

お互いをそんな偏狭さの犠牲にしてなるものか。フェイドラは彼と一緒にいたくないし、彼のほうもフェイドラと一緒にいたくないはずだ。一緒にいればトラブルしか起きないのは目に見えている。

女王の周りをぶんぶん飛びまわる蜂の一匹――。フェイドラが、考え方の似通ったごく少数の男性たちとのあいだに築いてきた正直で誠実な友情など、ロード・エリオットには理解できないのだ。歴史だけでなく女性の人生にも大きな嘆きをもたらしてきた、所有欲や支配欲といった原始的な衝動に屈しない男性がいると知ったら、彼はきっと衝撃を受けるだろう。それだけではない。官能に接しても、奪い、征服し、支配するといった欲求を引き起こされない男性もいるのだ。

まあ、それを説明する義務はない。説明したところで無駄な努力というものだし、共に過ごす時間がますます増えるだけだ。

短い手紙といくらかのお金を旅行かばんの上に置き、すぐに取りに戻ることがシニョーラ・チリッロにわかるようにした。それからこっそり部屋を抜けだすと、暗い廊下に踏みだした。手探りで階段に向かう。抜き足差し足、全身黒ずくめで、次の踊り場までたどり着いた。

闇の中をそろそろと、探り足で次の階段をおりていく。

そのとき突然、影が手すりとドアと壁の形を取った。まるでだれかが雨戸を開けて月光が射しこんだかのように。

「残念ながら、ピエトロは辻で待っていないよ、ミス・ブレア」

背後から聞こえた穏やかな声にがっかりした。くるりと振り返る。

ロード・エリオットが一ヤードほど後ろの開いた戸口にたたずんでいた。彼女の部屋の真下の部屋のドアだ。上半身と足はむきだしで、あたかも眠っていたのを物音で起こされ、とりあえずズボンだけ穿《は》いてなにごとかと調べに来たように見える。部屋から漏れるほの暗いランプの明かりで、全身が金色の光に包まれていた。

彼がここにいるということは、逃亡計画は失敗だ。急速にもどかしさが募っていくにもかかわらず、目の前にさらされた肉体に見とれずにはいられなかった。美しい骨格、広い肩幅、贅肉《ぜいにく》はどこにも見あたらない。運動を怠らない男性だけがいつまでも保持できる、若々しく引き締まった体だ。胸と腹と腕のたくましい筋肉を、ほの明かりが強調していた。

ロード・エリオットが二歩前に出てフェイドラから手提げかばんを取り、彼女の腕をつかんで彼の部屋に押しこむと、ドアを閉じた。

「ここでなにをしてるの?」フェイドラは尋ねた。顔のすぐそばにあるたくましい胸と魅惑的な肌を、ランプの明かりがじつによく引き立てている。計画を阻《はば》まれて落胆していなければ、この美しい光景を楽しめたかもしれない。

「ここに部屋を取った」

ロード・エリオットは先ほどから動こうとしない。フェイドラがちらりと顔を見あげると、じっと見られていた。

体に見入っていたのも気づかれたに違いない。体のあちこちで興奮が静かにざわめきはじめた。彼の目も熱を帯びていたが、そこには冷静さも備わっていて、まるで自分のだけでなく彼女の興奮をも自在に操れるかのようだった。

やはりこの男性はトラブルにしかならない。

「そこにいろ。逃げるなよ」ロード・エリオットが大股で書き物机に歩み寄り、脱ぎ捨てられていたシャツを拾ってはおった。

フェイドラはそちらを見なかった。まじまじとは。けれど目の隅では、腕が動いて腹筋がぴんと張るのをとらえていた。午後に浮かんだ妄想がふたたび襲ってくる。今度はより鮮明に。見おろす顔、手のひらに触れるたくましい肩と胸……。

彼がここで生活をしている証拠も目の隅でとらえた。ランプが置かれているのは書き物机の上で、そこには書類の山もある。彼の指にはインクの染みがついていた。眠っていたのではなく、書き物をしていたのだ。その姿を想像してみた。肌を涼しい夜気にさらし、一心に執筆している姿を。

ぞんざいにシャツをはおっただけという、あまりにもセクシーで危険なほどロマンティックな格好で、彼がこちらを向いた。

「ロード・エリオット、あたしを見張るためにここへ移ってきたの？」

「見張りはシニョーラ・チリッロに任せたよ。ここへ移ってきたのは、夜更けにきみが逃げ計画を読まれていたとは、ますますがっかりだ。「あたしのプライバシーにあのやかまし屋の女将を巻きこむなんて、許しがたいわ」

「だけど正解だった。彼女は喜んで任務を引き受けたばかりか、率先して働いてくれたからね。僕はただ、きみが言いつけに背《そむ》いて宿屋を抜けだしたら教えてくれと頼んだだけなのに、シニョーラはきみを尾行して、きみが友だちに宛てた手紙を途中で押さえてくれたんだ」表情が批判的なものに変わる。「許しがたいのは、きみが真夜中に男と密会しようとしたことだ。それに、もしピエトロが辻で待っていなかったら、どうなっていたと思う？　夜中にひとりきり、よりによってこの町で――」

「お説教はやめて。もし彼が来ていなかったら、すぐに馬車を雇ってたわ。馬車が見あたらなければ荷馬車でもロバでも、とにかく雇って、それで逃げてた」この情けない一件が意味することは、頭の中にずらりと並んでいた。どれもこれも恨《うら》めしいものばかりだ。

「どうやら看守が入れ替わっただけみたいね」フェイドラはつぶやいた。

彼が手提げかばんをつかむ。「なんとでも好きなように」手振りでドアを示し、先に行けとうながした。

ふつふつとした怒りを抱えて階段を逆戻りし、部屋に向かった。恐ろしいことにロード・エリオットは戸口でかばんをおろさず、寝室まで運んでいった。フェイドラはあとを追わなかった。直感的な——ごく女性らしい——警戒心が働いて、居間に留まった。

「こっちへ、ミス・ブレア」

命令されると、これまでにない不快感がこみあげてきた。その内の怒りは理解できるものの、怒り以外の感情も含まれていて、それが彼女をうろたえさせた。男性に命令されるのは大嫌いなのだ。主人のようにふるまわれるのは。それなのに……。

寝室をのぞいてみた。ロード・エリオットがたたずんでいる。白いシャツは襟元が開き、髪はくしゃくしゃに乱れ、表情は決意で硬い。その彼がフェイドラのほうを向いた途端、ふたりのあいだに無言の理解が走った。危険な感覚に、全身がぞくぞくした。

ロード・エリオットがやって来て、彼女を寝室に引き入れた。しっかりと腕をつかんだ手は自信にあふれ、好きなようにする権利があるのだと言わんばかりで、フェイドラは度肝を抜かれた。男性からこんな扱いを受けたのは生まれて初めてだ。落ちつきを取り戻してたしなめる言葉を口にしようとしたが……。

彼の手が伸びてきて、顎の下にあるショールの結び目をほどきはじめた。時間をかけて。法外に接近して。まさか彼もそこまでならず者では……。いますぐやめさせて自分でほどかなくては。そして……。

ショールがするりと取り去られた。肌を滑る感触は、長く緩やかな愛撫のようだった。体を這うショールの端を彼の視線が追い、やがて布は彼の手から垂れさがった。

照らすものといえば開いた窓から射しこむ月明かりだけだったが、彼の顔を見なくてもその思いは克明にわかった。部屋の中に、空気の中にあった。その日の午後と同じように。

フェイドラの中に新たな反応が起きた。これもまた、いままでに体験したことのない反応だ。怖かった。彼でも、無理強いされることでもなく、自分が。この男性に主人のごとくふるまわれて起きる、特異な体の反応が。

ロード・エリオットがベッドを指し示した。「ドレスを脱いで横になれ」

その言葉で、ほとんどわれに返りそうになった。が、完全にではない。説明できない興奮が下腹部でみだらに疼いた。なんということ――。

「やりすぎよ」いまのは本当にあたしの言葉? 理性がようやく良識をかき集めて助けに来てくれたの?

「こうするほかない。またこっそり逃げだされては困る」

「二度としないって約束するわ」

「僕がサンソーニとの約束を破ると思っているような女性が、自らの約束を守るとは思えない。さあ、言うことを聞かないなら力ずくで従わせるぞ」

フェイドラは背中に手を回してドレスのホックを外した。一分と経たないうちに脱いで椅子に載せる。月の光はかすかだが、彼女を隠してくれるほどではない。くだらないけれどステーを着ていればよかった。簡素なシュミーズの下の体が透けて見えているのではないだろうか。

ベッドに近づいて、あまり肌を見せないよう注意しながらのぼった。興奮する。はしたないくらい肌が見えたに違いないから。仰向《あおむ》けになって彼を見あげた。しばし沈黙が垂れこめた。

「なにをするつもり、ロード・エリオット？」

彼がまた笑った。静かに。暗く。「いまは刺激したり焦らしたりするべき時じゃない、ミス・ブレア」

いきなり彼が腰をかがめて身を乗りだした。彼女の上に。心臓が早鐘を打ちはじめる。彼のシャツが大きくふくらんで、いまにも顔に触れそうだ。彼の大きさに圧倒された。爆発しそうな甘い期待に胸が高鳴る。乳房が敏感になって、そして――。

左腕をつかまれてヘッドボードの鉄の格子に引き寄せられた。

「なにをしてるの？」

彼がショールを格子に通す。「きみが逃げないようにしている。僕は睡眠時間が短いほうだけど、二晩続けて徹夜はできない」

「やりすぎよ。卑劣だわ。いますぐ――」

「必要なことだ。こうするか、きみの隣りで眠るかしかない。後者のほうがいいかな？」

下から睨《にら》みつけると、ロード・エリオットが結わえる手を止めて見おろした。途端にフェイドラの心臓は跳びあがった。

「どうなんだ？」彼がくり返す。率直な問いだった。官能で説き伏せるような誘い。

フェイドラは唾を飲んだ。「冗談じゃないわ」

ほの明かりの中でも彼がほほえむのがわかった。それから結わえる作業に戻る。

しばらくしてようやく彼が離れ、背筋を伸ばした。フェイドラはいましめを引っ張った。びくともしない。横を向き、もう片方の手で大きな結び目をいじった。

「好きなだけやってみるといい。絶対にほどけないから。きみは座れるし、動けるし、立つこともできるし、もちろん用も足せる。だけど逃げることはできない。無駄な努力をするよりも、時間を睡眠にあてたほうが賢明だよ」

その口調を聞いてフェイドラは結び目と闘うのをやめ、仰向けになって彼を見あげた。彼女の無力さと彼の支配力が無言の叫びをあげる。彼女の心は反抗的な侮辱の言葉をわめいていたが、体は甘美な温もりと期待を味わっていた。信じがたいことに、この服従には欲望を引き起こされた。とてもエロティックな欲望を。

いまいましいが、それは彼にも悟られている。悟られているのがわかる。

「そうしているきみはとてもきれいだ、ミス・ブレア。とても美しく、非力で、あえてつけ加えるなら……従順、かな？」

「けだもの」

またあの静かな笑い声。そして彼は行ってしまった。あとに残されたフェイドラは、ひと晩じゅう思いめぐらして過ごした。ロード・エリオット・ロスウェルに、どれほどの無力感を味わわされ、どこまで従順にさせられたかを。

5

フェイドラは居間の窓から射しこむ朝日にカメオを掲げた。この二日でお守りのようなものになっていた。彼女を支配する権利があると思いこんでいる男性と、刃《やいば》を交えているうちに。警告してくれればよかったのに、お母さん。

おそらく母はなにも知らなかったから警告できなかったのだろう。エリオット・ロスウェルのような男性とはまるで縁がなく、戦うこともなかったのかもしれない。

母の姿を思い描いた。見る人が思わず息を呑むほど美しい女性だった。愛らしい顔立ちからは想像もつかない明晰《めいせき》な頭脳の持ち主で、母が口を開くか、聡明な瞳を向けるかしなければ、相手はそれに気づかないほどだった。たしかに母は多くの蜂を侍《はべ》らせる女王だった。母を愛する友人の中には、その知性を崇《あが》める学者や芸術家や男性も混じっていて、友情以上のものを求めていた。家にはいつも著名人や母をめぐる恋敵たちが数多く集まっていた。

きっとそのうちのひとりが母を征服しようとしたはずだ。そして高名なアルテミス・ブレアは、知力体力が互角の相手とまみえる原始的なスリルを経験したに違いない。だとしたら、そういう男性が現われるかもしれないと、娘に警告してくれればよかったのに。

フェイドラは窓の外を見やった。眼下ではロード・エリオットがシニョーラ・チリッロの召使いたちに指示して、大きな旅行かばんを馬車に積みこませている。港までふたりを運ぶ馬車だ。フェイドラは目を狭《せば》めて敵の頭を睨んだ。

少なくとも昨夜は縛《しば》られなかった。絶対に逃げだしたりしないとあの手この手で説得したのだ。フェイドラが母の墓にかけて誓って初めて、向こうは承諾した。フェイドラは彼が領主さまであるかのように、嘆願させられた。

母はいまごろ墓の中でのたうち回っていることだろう。アルテミス・ブレアは、たとえ象徴的にでも、決して男性に服従しなかった。結婚もしなかった。相手を生涯の恋人だと感じていようと、その人の子を身ごもっているのがわかろうと。母はなにがあっても自由と自立を守り抜き、自分が選んだ相手を愛して、その相手と床をともにする権利を手放さなかった。結局のところ、愛し、床をともにしたい相手はひとりしかいないと気づいても。

手の中のカメオが温かくなってきた。じっと見つめる。いや、ひとりではない。もうひとりいたのだ。

父の回顧録でそれを知ったときは衝撃を受けた。父の言葉を思い出すだけで、いまでも少し気分が悪くなる。両親は義務や法律に縛られることなく完ぺきな愛を分かち合い、永遠に続く真実の魂の出会いを果たしたのだと信じ切っていた。ふたりの友情は、男女にとってよりよい形があることを世間に証明していたのだと。

両親の関係は何年もそういうものだったが、ついに別の男性があいだに割って入った。〝このもぐり商人は、すばらしくも極悪非道な計画の中心人物だった〟。そう父は書いていた。一字一句を覚えている。英国を旅立つ前に暗記したのだ。〝彼はアルテミスをたぶらかし、もっとも卑劣なやり方で彼女を利用して評判を失墜《しっつい》させ、最終的にはその男の行為が彼女を死に至らしめた。不法に商《あきな》っている偽の骨董品と同じようなまがい物を彼女に売りつけた。しかし彼の正体が暴かれるのは時間の問題だ。なぜならそれらの品々はどれも、実体のあるものだから、いつかだれかが疑わしい出所を暴いて、盗人猛々《ぬすっとたけだけ》しい嘘つきを失墜させるに違いない〟。

ぎゅっとカメオを握りしめた。出所の疑わしい骨董品。遺言状にあとから追加された、ポンペイ出土とされる宝石。これこそ父が言及したものであり、父が描写した男への唯一の手がかりだとフェイドラは確信していた。

〝最終的にはその男の行為が彼女を死に至らしめた〟。その一節が頭から消えない。夜になると、亡くなる前の数週間の、活気をなくしてぼんやりとしていた母の姿が夢に現われて、その言葉がくり返し聞こえてくる。あのころは気づきもしなかった。少なくとも娘のフェイドラにはほほえみかけてくれたから。だけど母は急速に衰えて、あっと言う間にこの世を去った。

ふたたび窓外を見おろした。ロード・エリオットが通りにたたずんで、こちらを見あげている。いつから見られていたのだろう？

もしかしたら母が警告しなかったのは、自分でもわかっていなかったからかもしれない。そのもぐり商人は下の通りにいるあの男性に似ていて、女ならだれしも意識を向けられるだけで心が浮き立ち、人生をつなぎとめる信条も主義も忘れさせられてしまう――そんな人物だったのかもしれない。

この教訓を与え損ねた母を責めはしない。アルテミスのことならなんでも許せる。あまりにも早く世を去ったことさえも。だけどももし、ある男が本当に母を卑劣なやり方で利用したのなら――その男の行為が母を死に至らしめたのなら――それは別問題だ。アルテミス・ブレアの娘は絶対にその男を許さない。父の話が真実なら、かならずその男を破滅に追いやってみせる。

ショールに手を伸ばして頭からかぶった。ロード・エリオットにつきまとわれるのは厄介だけど、イタリアへやって来た本当の目的を邪魔させたりはしない。

エリオットは書類を詰めた手提げかばんを取りに自室へと向かった。階段でミス・ブレアとすれ違う。

「馬車で待ってるわ」きびきびした口調には、いまや彼の前ではあたりまえになった冷たさがこめられていた。

ベッドに縛りつけられたことを許す気がないのだろう。その理由は、屈辱と不信だけではない。ミス・ブレアが縛りつけられて興奮したことはお互いにわかっていて、彼女はエリオットだけでなく、自らの興奮が意味するものを憎んでいるのだ。もし縛られていなかったら、彼女はそれらから逃れるために、夜にまぎれて脱走していただろう。

昨夜はずいぶん強情に、二度と脱走しないと言い張った。心からの言葉に思えたし、信じてもよさそうだったので、承諾した。

それはつまり、エリオットもゆっくり眠れるということを意味していた。一夜目はざわつきと飢えを抱えてベッドに横たわった。欲望がぎざぎざのナイフのように全身を切り裂いた。真上の部屋ではミス・ブレアが薄いシュミーズ一枚でベッドのヘッドボードに縛りつけられ、銅色の絹のように髪を輝かせて肌を露出していると思うと――。

〝なにをするつもり、ロード・エリオット？〟。

まったく、なにをするつもりだったのやら。

手提げかばんと細長い包みを拾って、馬車で待つミス・ブレアの元へ向かった。まっすぐに伸びた背筋とよそよそしく無表情な目が、彼と一緒にいるのはほかに選択肢がないからだと物語っている。一緒の時間を楽しく過ごす気はないらしい。

雇った船は、カステル・ヌオーヴォの近くで待っていた。一時間後、ふたりは湾岸沿いの波間を船で進んでいた。

ミス・ブレアは手すりにつかまって中間デッキに陣取った。過ぎていく海岸線と、その後ろにだんだん大きく見えてくるヴェスヴィオ山を眺めている。海風がショールを髪からそっと押しのけると、現われた白い肌と独特の美しさに、船員たちも目を奪われた。エリオットはのんびりと彼女に歩み寄って、自分が保護者であることを全員にはっきりと示した。

部屋から持ってきた包みを差しだした。

「なに?」ミス・ブレアが尋ねる。

「贈り物だ」

彼女の笑みはにこやかだが毅然としていた。「紳士からの贈り物は受け取らないことにしてるの、ロード・エリオット」

「好意の対価として贈り物を受けとらないのは立派だね。だけど僕は好意を与えられていないから、きみは贈り物を受け取っていいはずだ。この先、僕が誘惑することがあれば、そのときに返せばいい」

もう少しで〝誘惑することがあれば〟という仮定ではなく、〝誘惑したときに〟とたしかな未来として言いそうになった。

ミス・ブレアはまだ迷っていたが、好奇心に負けて細長い包みを受け取り、包み紙の片端を開いた。

「パラソル？」残りの紙も取り去る。そして笑った。「黒。真っ黒ね。すごく……うれしいわ」

「きっと似合うだろうと思ってね」

「これはあたしを、さらなるそばかすから守るため？」

「きみを病気から守るためだよ。この地はもともと日射しがきついし、おまけにいまは真夏だ。内陸に着いたら日陰のありがたさを痛感するだろう」

ミス・ブレアがぽんとパラソルを開いて頭上に掲げた。「この国に詳しいのね。前にも来たことがあるの？」

「二度。最初は大旅行《グランド・ツアー》で、二度目は数年前に」海岸を指差す。「あれがヘルクラネウムだ。ポンペイを灰で埋めたのと同じヴェスヴィオ山の噴火が、ヘルクラネウムを溶岩で埋没させたんだよ」

ミス・ブレアが目を凝《こ》らし、観光客のドレスや上着の色が点々と飾る、ごつごつした土地を眺めた。「ヘルクラネウムにも行ってみようと思ってたのに、シニョーレ・サンソーニのせいで——。この旅ではいろんなものを見逃しそうだわ」

「この小旅行から帰ったあとに見物したらいいじゃないか」

「時間がないの。家に帰らなくちゃならないもの。出版所の経営が待ってるから」

それと、特別な本の刊行が。もしエリオットがメリウェザーと話をしても満足な結果が得られなかったら、ミス・ブレアはしばらく家に帰れなくなる。

「それに、この小旅行が終わったあとにナポリで過ごすのを楽しめるとは思えないわ」彼女が言う。「そのときもまだ、あなたはサンソーニとの約束を守らなくちゃいけないと思ってるんでしょうし、そうしたらあたしはあなたが足の下にいる生活に逆戻りだもの」

ヘルクラネウムで発掘作業をする人々がわかるほど近くを通るあいだ、エリオットは天にそびえるヴェスヴィオ山の光景に見とれた。銅色の髪が腕のそばで躍る。「ミス・ブレア、きみが腹に据えかねているのは僕が足の下《アンダーフット》にいることじゃなくて、僕を屈従させ《アンダー・ユア・フット》られないことじゃないかな？」

彼女の深いため息が思いを物語っていた。〝神さま、どうかあたしにこの時代遅れで想像力の乏しい男性に耐える力をお与えください〟。

「説明しても無駄でしょうけど、仲直りのためにやってみるわ。あたしはね、友だち同士でも夫婦間でも愛人関係にあっても、どちらかがもう片方の言いなりになるのは間違ってると思うの。この考え方が奇異に映るのは、屈従させる側の足がたいていブーツを履いていて、それが振りおろされるのは女性の背中だと、だれもが思いこんでるからにすぎないわ。男性と女性は並んで立つことができる、どちらがどちらを支配するものでもない、そうあたしは信じてるの。母の人生はそれが可能だと証明したし、あたしのこれまでの人生も同じだわ。この信条はあたしたちが生みだしたんじゃない。広く知られてるし、深く尊敬されてる人々にも支持されてきたのよ」

「きみの信条ならよく知っているよ、ミス・ブレア。僕も哲学を学んだし、正しくて合理的にも聞こえる。唯一の問題は、それだけでは説明しきれないことがある点だ」

「そう？　どんなことを？」

「人間の本質。人類の歴史。弱者を餌食《えじき》にする悪が存在し、弱者には庇護が必要だという事実。カンパニアの丘陵地帯にある町や、マルセイユやイスタンブールの裏通りや、ロンドンの貧民街をひとりで歩いてみるといい。守る者のいないひとり歩きの女性がどんな目に遭うか、身をもってわかるはずだ」

「昔の領主は農奴に庇護を与えたわ。だからといって、見返りに屈従を求めるのは正しいことかしら？」

エリオットは笑った。「領主。農奴。女性の生活をずいぶん暗く見ているんだね。そんなふうになるとはかぎらないだろう？」

「でも、なりうるわ」彼女が言う。「あなたなら知ってるはずよ。法律がそれを可能にしてるって」

あなたなら、という強調はごく微妙なものだったので、エリオットは一瞬思い違いのような気がした。とても軽い古傷のつつき方だったにせよ、痛いのには変わりない。胸の奥で暗い怒りが渦を巻いた。

ミス・ブレアは海岸から視線を逸らさない。かすかな頬の赤味から、自分が一線を越えたのをわかっているのが見て取れる。エリオットは反応を抑えたものの、捕食者としての思惑が頭に入りこんできた。どうやったらこの女性の主人になり、彼女をひざまずかせることができるだろう?

「謝るわ、ロード・エリオット。あんな言い方をして――」

「謝られては無礼の上塗りだ、ミス・ブレア。言外のほのめかしは、海風に乗せて運ばせたほうがいい」だけど彼女はそうしなかったし、それを口にしたときの口調は確固たるものだった。「僕の母にまつわる噂のことを言ったんだろう?」

ミス・ブレアがなんと答えたものかとためらい、何度か用心深い目で彼のほうを見てから口を開いた。「たしかに、お母さまが晩年に田舎へさがられたのはお父さまの計らいだったと世間では思われているわ」

貴賤《きせん》を問わずささやかれていた忌まわしい話なら知っている。母が愛人を作り、父はその男を遠い植民地で死なせることで母を罰し、さらには田舎の地所に幽閉したという話だ。

真実なのだろうか? エリオットと兄たちがくだした結論は、愛人がいたのは事実だが、幽閉の部分は嘘だというものだった。噂されているようなことはしていないと父が誓うのを、エリオットは自分の耳で聞いた。それでも母の田舎暮らしは醜聞を助長し、やがては母本人まで信じるようになった。

図書室にいる母の姿が目に浮かぶ。本や書類にかがみこんだ黒髪の頭、自分だけの世界に没頭した様子。息子たちにとって、母はほとんどいないも同然だった。エリオットは末っ子だったから、たいていの時間を母と一緒に図書室で過ごした。母はときおり自分の世界から抜けだして、エリオットを連れて本棚の前を歩いてまわり、彼が読む本を選んだり、彼が書いた文章に寸評を加えたりした。

しかしふたりの関係がもっと近づいたときもある。たとえば、母が手紙を受け取って涙に暮れたあの日。ある英国人将校の死を知らせる手紙を。

〝彼がやったのよ。ほかの方を愛したわたくしを罰するために〟。

それは不義の愛だった。母は姦婦《かんぷ》だった。それでも母の悲しみには心を揺すぶられたが、母の非難は悲しみから生まれた暗い妄想だと思っていた。

隣りにミス・ブレアの存在を感じる。腹を立てていても、女としての彼女の魅力にはつい反応してしまう。彼女の父親が書いた忌まわしい回顧録は、〝ロスウェル家の血がどれほど男を冷酷にできるかを知っているのは、田舎にさがらされた女性だけだった〟、とほのめかしている。それは嘘だとエリオットが確信していても、父の名が非難されては意味がない。

「知り合いだったのよ」ミス・ブレアが言った。「あたしの母とあなたのお母さまは」

「母はアルテミス・ブレアの評論には親しんでいたが、友情についてはなにも言っていなかった」とはいえ、母はどんなことについてもめったになにも言わなかったが。

「顔を合わせてはいないと思うわ。だけど文通をしていたの。言うなれば、ふたりとも書き手だったのね。興味の対象が似てたのよ。お母さまは一度、母に詩を送ってくれたようだわ。母の遺品を整理していて見つけたの。知性のきらめきと繊細な心がよく表われてる、美しい詩だった」

エリオットは近づいてくる海岸の町、ソレントの景色を凝視した。母が、アルテミス・ブレアには作品を送りまでしたのに、自分の息子たちには見せもしなかったと知って、猛烈に腹が立っていた。

「きみの母上は僕の母に姦通をうながしたのか?」自分の耳にもざらついた辛辣《しんらつ》な声に聞こえた。「自由恋愛の教えを手紙で説いたのか?」過激で高名なアルテミス・ブレアが、母の考えを大きな悲嘆へつながるものに変えるところを想像した。

「ふたりは主に文学についてやりとりしていたはずよ。母がお母さまのことを口にしたのは一度だけ、亡くなられたという知らせを受けたときだったわ」

「母上はなんと?」尋ねるというより怒鳴るような口調になった。

「こう言ってたわ、彼は彼女を自由にするべきだった、だけどももちろん男性だからできるわけがなかった」

心の中で雷がとどろいて雲を裂いた。男なら、息子たちの母親がよその男にうつつを抜かすのを許すなど、もちろんできるわけがない、と言ってやりたかった。父がそんな自由を与えなかったのは当然のことだ。

それでも母は逃げだした——母なりのやり方で。

ふと、乗組員のひとりがいつまで経っても索具を操っているのに気づいた。わざともたついて、フェイドラ・ブレアの美しさで目の保養をしているのだ。

エリオットの頭の中の嵐がうなりをあげて、稲妻が光った。感情のままに睨みを利かせとある言葉を口走ると、乗組員は急いで逃げていった。

ミス・ブレアがそれに気づいた。「彼になにを言ったの？」

「たいしたことはなにも。簡単なナポリ方言でプライバシーを求めただけだ」あえて説明しなかったが、口にした言葉のおおまかな訳はこうだった——〝あっちへ行かないと殺すぞ〟。


小気味よい風のおかげで船の旅は快調に進んだ。湾を渡ってソレント半島に近づくにつれ、景色がドラマチックになっていく。高い丘が沿岸を見おろし、緑の急斜面となって海へなだれ落ちていく。小さな浜辺には船がつなぎとめられ、崖には家々がしがみつくように建ち並んで、まるで海の上にいくつもの白やパステルカラーの箱がぶらさがっているかに見えた。

船は小さな半島の先端を回ってカプリ島を過ぎ、サレルノ湾に入った。目の前にそびえる丘陵はますます急になって、険しく近づきがたくなっていく。フェイドラは景色に圧倒された。ロード・エリオットの言ったとおりだ。これを見逃してはもったいない。

「あの上のほうではなにが行われてるの？」絶壁の中ほどに見える動きを指差して、フェイドラは尋ねた。

「王がアマルフィへの道を作っているんだ。斜面を切り開いて」

道路は漁村のはるか上にできあがるようだ。「ずいぶんの距離をのぼるかおりるかしなくちゃならないのね」

「少なくとも船やロバに頼らなくてすむようになる。それに、上からの眺めは絶景だよ」ロード・エリオットが前方の海岸を指差した。「ポジターノはあの岬のすぐ先だ。ノルマン人の建てた古い望楼がここからでも見えるだろう？　この海岸沿いには、ああいったものが数多く存在する。中世にこの地にあったノルマン人の王国をサラセン人の脅威から守るために建てられたものなんだ」

フェイドラは視界に入ってきた塔をもっとよく見ようと、船の舳先《へさき》まで歩いていった。古く無骨な石の塔は数階建ての高さがあり、建築様式はまさに中世風で、細い土地にぽつんと立っている。古城の窓を思わせる小さな窓がところどころに空いている。太陽に恵まれたこの地では、北部からの異質な侵入物に見えた。

「あの背の高い窓は東と西に面してるのね」フェイドラは言った。「あの窓と水平線のあいだにはなにもなくて、もうひとつの窓と高い丘のてっぺんとのあいだにもなにもない——。ねえ、ここには何日かいられるの？」

「そのつもりだ」

サンソーニのもてなしを受けているあいだに、日付の感覚を失ってしまった。いま、頭の中で計算してみる。「もうすぐ夏至《げし》ね。あの塔はなにかの儀式に用いられるのかしら」

「ここはカソリックの土地だからね。そういう迷信は何年も前にすたれた」

ロード・エリオットは答えたが、心はここにあらずだった。音とは関係ない静けさが彼を包んでいる。心の静けさが。まるで彼の精気が、魂の秘密の部屋に引きさがってしまったかのようだ。

彼の母親が置かれていた状況について、少しでも会話にのぼらせたことを悔やんだ。ロード・エリオットは常に正しくて、フェイドラは滑稽にも間違っていると思いこまれているのが腹立たしくて、つい口をついて出た言葉だった。自分の考え方や生き方について議論はしないと決めていたのに。そういう事柄に関しては、この男性はあの絵のような村に住む漁師と変わらないくらい無知なのだから。

帆に風をいっぱいに受けて、船が塔のすぐそばを通った。塔は長く放置されているように見えた。

「これから訪ねる友だちというのは、どういう人なの？」フェイドラは尋ねた。「もうすぐ着くみたいだから、せめて名前くらい聞いておきたいわ」

「マシアス・グリーンウッド。大学での指導教官のひとりだ」

フェイドラは驚きを呑みこんだ。グリーンウッドなら知っている。ナポリにある彼の家を見つけようとしたが叶わなかった。「あなたの荷物が増えたこと、気にしないかしら」

「アルテミス・ブレアの娘なら大歓迎じゃないかな。たしか彼女とはつき合いがあったはずだから」

「ええ、そうよ。あたしも何度か会ったことがあるわ。最後は母の葬儀のときだった」マシアス・グリーンウッドは世間を困惑させた女性をたたえるためにやって来た、多くの学者のひとりだ。

加えて、例の〝もうひとりの男〟について手がかりを与えてくれそうな人物でもある。ポンペイ行きを遅らされて不快に思っていた。ところがロード・エリオットのおかげで、この国でなすべき用事をひとつ片づけられることになった。

「グリーンウッドは彼女を高く評価していた。もし男だったなら、英国でも一、二を争う古代ローマ文字の専門家として認められていただろうと言っていたよ」ロード・エリオットがまだうわのそらの口調で言う。半分しか意識を向けていないかのようだ。

フェイドラはこれまでより少し楽観的な気持ちでポジターノの町を見あげた。使命を進められるからというだけではない。フェイドラはくだらない社会的な決まり事にはとらわれないけれど、世間のほとんどの人はとらわれている。ロード・エリオットとふたりで到着したら、どんなふうに迎えられるだろうかと心配だった。一緒に旅をしているとなれば、フェイドラにとってありがたくないことを勝手に想定されるのではないかと気に病んでいた。訪ねていくのがミスター・グリーンウッドなら、そんな心配は無用だろう。

連れがこちらを見ているのを感じて、フェイドラは振り向いた。ロード・エリオットはしっかり現実の世界に戻ってきていた。

「彼は別々の客を同時にもてなすことがよくあるんだ」ロード・エリオットが言った。「今回もほかに来客がいるかもしれない。軽はずみな言動は慎んでくれるね?」

フェイドラが、ほかの客に許容されうる女性になろうとして従順な愛人を演じると、本気で思っているのだろうか。

そんなごまかしをしようにも、やり方がわからない。

6

ポジターノは船がひしめく小さな入江に位置している。パステルカラーの建物が海の上に建ち並び、険しい山の斜面に折り重なるようにしてひしめき合う。町は急勾配をまっすぐ岸までくだっていた。

フェイドラは高くそびえる崖と、サファイアブルーの海と、濃い緑色の草を眺めた。これほど劇的な自然を目にしたのは生まれて初めてだ。

「どれがミスター・グリーンウッドの家？」と尋ねた。

ロード・エリオットがそばに来て腕を伸ばしたので、フェイドラはその先を目で追った。

「柱が並んでいる、あの上のほうの家だ」

柱は屋根つきの長いベランダを支えており、家はいちばん上の一軒だった。町そのものから少し離れたところに建っている。幅が広いので、その下を滝のように落ちる村の冠にも見えた。

「飛んでいくの？　それとも、かごがおりてくる？」

船員のひとりがどこかへ消えていた。いま、答えとともに帰ってきた。彼の後ろにはロバを何頭か連れた少年ふたりがいた。

フェイドラは少年たちの手を借りてロバの背に乗った。ロード・エリオットは脚を振りあげてまたがった。彼の下ではロバは小さく見え、ブーツは地面に届いている。船員がふたりの旅行かばんと手提げかばんを別のロバ二頭に縛りつけてくれた。

自分たち一行の姿に、フェイドラは笑った。「なんてお供を連れてるの、ロード・エリオット。町を行進したらみんな呆気にとられるわよ。そうだ、写生帳を引っ張りだして絵に残そうかしら。お馬さんにまたがったあなたがどんなに立派だったか、世間の人に見せられるように」

ロード・エリオットがロバの腹を蹴って先頭に立たせ、通りすぎざまにフェイドラの乗ったロバのお尻をぴしゃりとたたいた。「自分のかわいい乗り物の心配をするんだな、ミス・ブレア。落っこちないように気をつけていないと、湾まで転がっていくぞ」

彼の言った意味はすぐにわかった。ロバがのぼる道は驚くほど急で、狭い階段が続いている。本当に海に落ちそうな気がしてきた。ロバの足元は頼もしいものの、フェイドラが腰かけているのは横鞍《サイドサドル》なので、命懸けでしがみついていなくてはならない。

一行はちょっとした見物《みもの》だった。村人たちが戸口や窓から顔を出し、町のてっぺんの屋敷へ向かう外国人たちを興味津々で眺める。子どもたちが列の後ろに集まって、本物の行進を始め、少女ふたりがしばしフェイドラの隣りを歩いて、ショールの下の端から垂れている赤毛を興味深げにつついた。通りすぎるロード・エリオットに小さくお辞儀をする女性もいた。彼のふるまいと態度から、良家の出だとわかったのだろう。

ロバの足並みに慣れてくると、フェイドラも少しくつろいできた。断じて振り返らなかったけれど、田舎らしい石造りの家々を眺めることはした。簡素なバルコニーと瓦屋根が、さまざまな形と色の組み合わせを生みだしている。大きめの家々は色鮮やかなマヨリカタイル（ルネサンス時代にイタリアで作られた装飾的陶器）で玄関ドアの周りを飾っていて、どれもがあの塔のように遠い時代のものに見えた。大半が化粧漆喰《スタッコ》でおおわれており、しばしば華やかな飾りやモールディングが添えられている。中には白い家もあるが、多くが赤やピンクの色味を帯びていた。

開いた窓や市場通りから呼び合う声があたりに響く。どこかで男性がのんびりと、おそらくなにかの作業をしながら、ロッシーニのオペラからのアリアを歌っていた。

屋敷に近づくにつれて、道は平らになっていった。まるで大きな家を建てられるよう、だれかが斜面をひと塊もぎ取ったかのようだ。

アーチの下の開けたロッジア（建物の正面や側面にあって、庭などを見おろす柱廊）に男性が現われた。長身で姿勢正しく、すらりとした体つきに、真っ白な髪とわし鼻の持ち主だ。がっしりと角張った顎は、先端が割れている。マシアス・グリーンウッドには数えるほどしか会ったことがないが、その特徴的な外見は忘れられるものではなかった。

グリーンウッドが手を振り、ロッジアを出てふたりのほうに歩いてきた。

「ロスウェル！　ようやく来てくれてほっとしたよ。仲間がきみのウィットをひどく必要としているんだ」

挨拶をすませてから、エリオットがフェイドラを紹介した。

「前にお目にかかったことがある。また会えてうれしいよ、ミス・ブレア。前回はつらいときのことだったね。きみのお母さんはわたしのような二流の学者たちから尊敬されていて、わたしたちにとても寛大だった。彼女が受け入れてくれたおかげでいろいろな人に出会えたことを、いまも心から感謝しているよ」

召使いが現われると、マシアスが流暢なイタリア語で、ふたりの荷物を運ぶようにと指示を与えた。「中に入って休むといい。ほかの客はシエスタの最中だが、じきに合流するだろう」

フェイドラは石段をのぼり、マシアスに続いてロッジアに入った。アーチのあいだをのぞいた途端、思わず息を呑んだ。

この世のものとは思えない景色だった。ひと目見ればだれでも絵筆とカンバスを持ちだしたくなるに違いない。この丘を見あげたときに圧倒されたとしたら、見おろしたときは畏怖《いふ》の念に包まれた。たくさんの屋根と蛇のような小道が、丘の肌をまっすぐにこぼれ落ちる。斜面があまりにも急なので、ここになにかが建てられているという事実に驚かずにはいられない。果てしない海、低い空、岬の抱擁——危なっかしい高所から眺めると、それらすべてが広々とした夢のような景観を生みだしている。刺激的で現実離れした、美に包まれているけれど危険を秘めた景観を。

「いっそ、このロッジアに住んで、お屋敷の残りの部分は崩れるに任せないのが不思議だわ、ミスター・グリーンウッド」

「ほとんどそうしているよ、ミス・ブレア。ここと、もうひとつのテラスと、バルコニーでね。わたしはカソリックではないが教会には通っていて、ろうそくに火を灯しては、こんな天国で暮らせるだけの遺産を与えてくれた、遠い先祖の魂に祈りを捧げるんだ」

風通しのよい、大理石を敷いた居間に入ると、ひとりの女性に出迎えられた。優雅な物腰の、オリーブ色の肌をしたイタリア人女性だ。その顔は美しく情感に満ちていて、常に哀愁を帯びているように見えた。名前はシニョーラ・ロビアーレ。前に出てきてふたりをくつろがせようとしたところを見ると、ここが彼女の家らしい。マシアス・グリーンウッドは天国に独りで住んでいるのではないようだ。

召使いがワインを持ってきて間もなく、ほかの客がのんびりと現われた。フェイドラにはすぐにだれだかわかった。母の葬儀には来なかったものの、フェイドラがまだ幼かったころに一度か二度、家を訪ねてきた男性だ。明るく洗練されていて、高貴な印象の二枚目には、初めて会ったときから愛着を覚えていた。

「きみの訪問を祝うためにだれが来たと思う、ロスウェル?」マシアスが言った。「きみがナポリから訪ねてくると手紙で知らせたら、この男はきみに会うだけのために奥さんを連れてローマからやって来たんだぞ。ミス・ブレア、こちらはミスター・ランドール・ホイットマーシュ。紳士にして学者、そして英国からのもうひとりの亡命者だ」

　国外生活が長いからだろう、ミスター・ホイットマーシュは大陸風の流儀を取り入れていた。最高に美しい《ベリッシマ》とつぶやきながら、かがんでフェイドラの手にキスをすると、ローマを主な住みかと決めたときに抑制は英国へ置いてきたと言わんばかりに、彼女をちやほやしはじめた。

「不屈の闘士、アルテミス・ブレアのお嬢さんに会えるとは、なんたる光栄」賞賛をたたえた魅力的な笑顔を振りまきながら、彼が言った。

　さすがのフェイドラも、ハンサムな男性に注目されてうれしくないわけはない。が、いつまでも彼女の手を放さないミスター・ホイットマーシュを、ロード・エリオットが非難の目でちらちらと見ているのに気づいた。

「リチャード・ドルーリーが亡くなったことは最近になって知ったんだ」ミスター・ホイットマーシュが言い、フェイドラの手をぽんぽんとたたいた。「ミス・ブレア、きみはまだ喪《も》に服しているようだけど、悲しみをやわらげるために外国へ来たのは、あるいは健康的なことかもしれないな」

「もともとの服の趣味のおかげで喪服を注文しなくてすみましたが、いずれにしても、父は喜ばなかったと思います。最後に会ったときに、喪に服してはならないとはっきり言われましたから」

ミスター・ホイットマーシュの手からそっと手を引き抜いて、言葉を続けた。「故郷から遠く離れたポジターノで、母を知ってる方にこれほどたくさん会えるとは思ってもみなかったわ」

「わたしたちは三人とも芸術愛好会のメンバーなんだよ、ミス・ブレア。母上は女性だから入会できなかったが、最終的にはみんな彼女に敬意を表した」ミスター・ホイットマーシュが言う。「彼女がローマ文字を専門としていたことを考えれば、古代帝国の地で母上を知っていた人物に会うのも、そう驚くことではないだろう」

「あなたも愛好会のメンバーなの、ロード・エリオット？」

「大旅行のあとに入会したよ」

母が死んだとき、フェイドラはまだ十八歳だったから、アルテミスが学者や芸術家をもてなしていたサロンやディナーには仲間入りさせてもらえなかった。それでも、いま目の前には母の親交の輪に加わっていた人々がいる。何度か輪の縁にほんの少し足を踏み入れただけだとしても。

晩年のアルテミスが愛情を傾けた男性について、ふたりの内のどちらかでも気づいたり噂を聞いたりしなかったか、探りださなくては。

フェイドラにとってはありがたいことに、この屋敷にいる女性は彼女とシニョーラ・ロビアーレだけではなかった。ほどなくミセス・ホイットマーシュが自室からおりてきた。ミセス・ホイットマーシュが夫ほど先進的ではないのはすぐにわかった。小柄で色白の愛らしい女性で、あまりしゃべらないものの、その顔を見ていれば考えはたちどころに読みとれる。フェイドラとロード・エリオットが一緒に到着したと知ると、ミセス・ホイットマーシュは薄い笑みを浮かべ、わずかな軽蔑をこめてシニョーラ・ロビアーレをちらりと見てから、堕落《だらく》した女性たちに無言のあきらめと非難を示した。

その晩、全員で戸外のロッジアに集まって食事をしていると、ありがたいことにロード・エリオットがミセス・ホイットマーシュも楽しめる会話に夫人を引き入れて、ロンドンの社交界にまつわるおしゃべりを始めた。フェイドラは残る紳士ふたりから、見逃してはならない古代の驚異に関する助言をちょうだいした。

「パエストゥムにはぜひ行かなくては」マシアスが熱心に勧める。「ロスウェル、わたしからの命令だ、彼女を連れていきなさい。まったく、ポンペイのパン屋や売春宿に押しかける英国人観光客が理解できないよ。すぐそばには世界でもっともすばらしい古代ギリシャの神殿があるというのに」

「ミス・ブレアが行きたいと言うなら、その神殿を訪ねましょう」ロード・エリオットが言った。

このときのマシアスはまさに大学の指導教師然としていた。白髪をくしゃくしゃにして、顎を突きだし、わし鼻を高く掲げて、フェイドラが学生であるかのように——大学は女子を受け入れないが——教えを施《ほどこ》す。

「だからわたしはここへ来たんだ、ミス・ブレア。ロスウェルとホイットマーシュはローマ人を崇めるが、わたしの関心はもっと昔に向けられている。ローマがまだ牛五頭だけの小さな町だったころに、この土地はギリシャの植民地だった。パエストゥムを見れば、より偉大なギリシャ人の精神が理解できるだろう」

「滞在期間を延ばさなくていいなら、助言に従います」

ディナーが終わると、古代について論じ合う男性陣を残して、女性陣はシニョーラ・ロビアーレの案内でロッジアをあとにした。フェイドラはお堅いミセス・ホイットマーシュとの会話を楽しむ気分になれなかったので、疲れているのを口実に部屋に戻ることにした。

召使いの案内で、用意された部屋に通された。正方形で壁は白く、床は屋敷じゅうに見られるのと同じ大理石で、背の高い窓からはロッジアの上に伸びる細いバルコニーへ出られるようになっている。召使いがすでに荷ほどきをして、衣類を濃色の木の衣装だんすに収めてくれていた。洗面台に用意された磁器の水差しには、赤い花と青い葉が描かれている。同じ色が、暖炉と窓の下枠の周りを飾っていた。

ドアを開けて、海からのそよ風と黄昏《たそがれ》の光を堪能《たんのう》した。ロッジアから声が聞こえてくる。マシアスが抑揚をつけて話す声、エリオットの笑い声、長く続く会話の低いうなり。母は本当にこういう〝男の議論〟に受け入れられていたのだろうか。芸術愛好会が敬意を表すときというのは、常に男性から女性へ、なのだろうか。

椅子を引く音とおやすみを言う声が聞こえてきた。静寂が屋敷を包む。フェイドラも床に着こうと立ちあがった。ドレスのホックを外しはじめたとき、バルコニーへと続くドアの外でかすかな音がした。金色の光のすじがバルコニーと夜闇におりる。フェイドラは窓辺に寄ってそっと外をのぞいた。

ロード・エリオットが反対端にシャツとチョッキ姿でたたずんでいた。フェイドラは物音を立てなかったはずだが、彼には聞こえたかのごとく、こちらを見た。

「ちょうど、マシアスはきみをその部屋に通しただろうかと考えていたところだ」彼が言う。

フェイドラは部屋の外のテラコッタのタイルに踏みだした。光は隣室のドアから漏れだしている。ふたつの部屋はこのバルコニーを共有しているのだ。

「ここのご主人はあたしたちの関係を誤解したみたいね」

「かもしれない。だが、だれかとバルコニーを共有しなくてはならないなら、ミセス・ホイットマーシュよりきみのほうがいい」

　フェイドラはもう少し前に出たが、自分の側に留まった。石の手すりに近づくと海を見おろせる。いまは無数に輝く小さな星の光を受けてきらめいている。

「ミスター・ホイットマーシュが、芸術愛好会は母に敬意を表したと言ってたわね。母の能力が認められてたと聞いて、うれしかったわ」

「正直な男なら母上の才能を認めないわけにはいかないだろう。もちろん正直さに欠けて、現実を認められない男もいるけれどね」

「そうね。母に会ったことはある？」

「亡くなられたとき、僕はまだ大学生だった。話に聞いたり町で見かけることはあったが、こちらから話しかけられるほど親しくはなかったよ」

「母をどう思った？」

ロード・エリオットが手すりに腰をあずけ、夜の向こうから彼女を見つめた。彼がこれほどハンサムで魅力的でなかったらいいのに。ろうそくの火が消えて、彼の顔を見えなくしてくれたらいいのに。

「僕は男所帯で育ったし、父は女性をあまり理解していなかった。だからきみの母上のことを知ったときは驚いた。男子学生のあいだでよく話題にのぼっていたよ。熱をあげる者もいれば、不自然とみなす者もいたが、ほとんどは彼女のおかげでものの道理について考える機会を得たんだ。僕はと言うと、彼女は美しくて興味深くて聡明で、おそらく危険な女性だと考えていた」

「危険だったと思うわ。もしもこの世がアルテミス・ブレアだらけになったら、男性はそれまでどおりではいられなくなるもの。全員があなたたちみたいに、ものの道理について考えなくちゃいけなくなるわ」

「たしかにそうかもしれないが、当時の僕はまだ子どもで、本当の危険をわかっていなかった。理解できたのは、彼女の娘に会ったからだ」

今度はフェイドラが笑う番だった。「あなたにとって、あたしは危険でもなんでもないでしょう」

「きみはかつての僕と同じ誤解をしている。危険はきみから生じるんじゃない」

そう。夜闇の中では明らかだ。男の魅力が全身から放たれて、あの衝動を運んでくる。それには驚きも恐怖も感じない。けれど、自分の女としての本能が示した反応には、どうしようもなくうろたえさせられた。

「あなたの最悪の性質をあたしのせいにしないで、ロード・エリオット」

「最悪どころか、悪いとも僕は思わないよ、美しいフェイドラ。むしろ自然で、必要とさえ思える」

自信に満ちた静かな声が、ビロードの縄のようにフェイドラにからみついた。心臓が喉までせりあがり、脈が駆ける。彼は大胆な行動に出たりしていない。それどころか一ミリも近づいてきていないのに、フェイドラは彼の手が伸びてきて体じゅうを這いまわったような気がした。

「きみを奪いたい」そよ風が髪を乱すように、ロード・エリオットの穏やかでのんびりした口調がフェイドラの血を騒がせた。「快楽でわれを忘れさせて、懇願させたい。生まれたままの姿にして震えさせ、心も裸にしてしまいたい――」

「そこまでよ。それがあなたの考える女性なら――」

「僕にこんな考えをいだかせるのは、きみだけだ。きみは出会う男すべてに挑戦を突きつける。だれかがそれを受けて立ったとしても驚くことはないだろう」

「やめて――」

「いや、やめない。いますぐ行動に起こしたい気分だ。きみはそれを知っていながらここに出てきた。僕に挑戦を受けてほしくなかったなら、あのドアから足を踏みださなかったはずだ」

フェイドラは否定しようと口を開けたが、言葉は出てこなかった。

ロード・エリオットがかすかな笑みを浮かべて手すりを離れた。フェイドラの心臓は跳びあがり、脚は萎《な》えた。

「きみの刺激で僕に火がつく――それがきみを熱くさせるんだ」そう言うと、明かりと自分の部屋のほうへ歩み去っていった。「いまぶんぶん飛びまわっているのはだれかな、ミス・

ブレア？」

「娘につけるには奇妙な名前だ。フェイドラとは」マシアスが考えを声に出した。一夜明けた早朝、彼とエリオットはロッジアでコーヒーを飲んでいた。眼下では、ポジターノの町が夜明けとともに目覚めつつあった。

「意味を考えると、英国に同じ名前の女性がほかにもいるとは思えない」マシアスが続ける。

「名前の由来よりその個性を重んじるとは、いかにもアルテミス・ブレアだな」

古い神話の中で、フェイドラは義理の息子とちぎりを結ぶから、たしかに奇妙な選択だ。いくらミス・ブレアとその母親でも、そこまで自由恋愛を信じているとは考えにくい。

「音の問題ではないかと思いますよ。きれいな名前だ」エリオットは言った。

「五つか六つはましな名前を思いつくぞ。いや、初めての子にそんな名前をつけたところからも、彼女の母性がどんなものだったか、推測できるというものだ」

「僕の指導教官だったころは彼女のことを褒めていたじゃありませんか。それにミス・ブレアは亡き母上のことを偶像視しています。彼女に聞かれてはいけないから、いまはこの話はやめましょう」

「彼女ならきっとまだベッドの中だろう。わたしが母親像についてなにをほのめかそうとも聞こえはしないと思うが、きみの忠告は聞き入れるよ」

たしかにミス・ブレアはまだベッドの中にいて、ぐっすり眠っている。エリオットがそれを知っているのは、おりてくる前にこっそりのぞいてきたからだ。彼女の部屋に通じるバルコニーのドアはいまも開いていて、それはまるで彼がぶつけた最後の言葉を否定しているかのようだった――〝ほら、あなたなんてちっとも怖くないわ。あなたの自尊心と法が、最悪からあたしを守ってくれるし、ほかのものからはあたし自身の冷静さが守ってくれるもの〟。

銅色の髪が枕の上を滝のように流れ、クリームのような肌がシーツの下に見え隠れしていた。ほっそりとした美しい脚の片方が、シーツの山の上に伸びていた。中へ入ってただ眺めていたいという誘惑に苛まれると同時に、彼女がこれほどぐっすり眠っていることへの苛立ちも募った。彼のほうはさっぱりだった。

夜通し彼女のことを考えていた。何度もあれこれと思いめぐらした。欲しくてたまらなかった。生活にほかの人間が加わって、執筆の準備にも迫られれば、彼女の存在感は薄くなって、精神状態も正常に近づくと思っていたのに。

「まるで王侯のような暮らしぶりですね」この世のものとは思えないほどエロティックなフェイドラの寝姿を振り払おうとして、言った。「最後に僕が訪ねたときから比べると、格段の進歩だ」

マシアスがにっこりした。「恋人ではなく建物のことを言ったのだろうが、どちらがより大きな喜びを与えてくれるかと訊かれると、答えに詰まってしまうな。石を運びこむのは大仕事だったが、その価値はあったよ。きみも仲間になれ、ロスウェル。古い屋敷を買って、英国の金がこの海岸でどこまでものを言うか、たしかめてみるといい」

「ずいぶんとものを言うでしょうね。この丘を越えてすぐの町まで行くにも、何マイルも船に乗らなくてはならない場所だから。僕は年に二度以上は都会の生活が必要ですが、あなたがこの孤独な土地で幸せなら、言うことはありません」

「ちっとも孤独ではないさ。いつでも仲間がいる。英国から、ローマから、ナポリから、それにポンペイからも訪ねてきてくれる。先月は遺跡発掘現場の監督者をもてなしたよ。ロバに乗ってあの丘をのぼるのも苦ではないらしい」

「紹介状を書いてもらえませんか」エリオットは言った。「この数年で新たに発掘されたものすべてを見たいのです。観光客用の地図に載っているものだけでなく」

マシアスが片方の眉をつりあげた。「夜の悦《よろこ》びを描いたフレスコ画を見たいのか？　わたしがどんな紹介状を書こうと、ミス・ブレアは中に入れてもらえないぞ」

「僕が調べたいのは別のことです。できたら出発する前に時間を取ってもらえませんか。研究の方向性について相談したいので」

「明日の朝、わたしの書斎にこもって話し合おう。ときどき指導教官だったころが懐《なつ》かしくなるよ。だがすぐに学生の大半がぼんくらだったのを思い出して、郷愁を捨てるんだ」

「教官と学生のふりをするのもいいかもしれませんね。頭がすっきりしそうだ。ああ、それから紳士として言っておかなくては。あなたは僕とミス・ブレアとの友情を誤解しているようですよ」

「ほう？　それはまことに残念だ」

そのとき問題の女性が現われた。流れるような黒いドレスと結っていない髪のせいで、美しいケルトの魔女のように見える。マシアスが立ちあがって、彼女のために椅子を引いた。それからコーヒーを注いであれこれと世話を焼きはじめた様子から、彼女が仲間に加わったことで刺激を受けているのがわかった。

「このつましい家でよく眠れたかな、ミス・ブレア」

「つましいだなんて、とんでもない。ええ、よく眠れたわ。波の音と潮風がこれほど安らぐものだなんて知りませんでした」椅子の上で向きを変え、町を見おろした。「あそこでなにをしてるのかしら。海のそばの、あの大きな赤いものは？」

「ああ、あれは行列用の荷馬車さ。きっとペンキ塗りをしているんだろう。ちょうど三日後がサン・ジョヴァンニの祭りでね。洗礼者ヨハネのことだよ。このあたりでは盛大な祝日で、その日の朝は一艘の船も海に出ないことになっている」

「行列があるんですか？」

「行列にミサに催し物——そういう行事だけでなく、みんなで丘にのぼって、油を搾《しぼ》り取るためのクルミを拾うというのもある」

「夏至の日と重なってるなんて、おもしろいわ」彼女が言う。「キリスト教が異教徒のお祭りを引き継いだもうひとつの例かもしれない」

「ミス・ブレアは神話研究で名をなしつつあって、母上のローマ文字研究に匹敵するほどですよ」エリオットは言った。「本も一冊出していて、高く評価されています」

「それはすばらしい」マシアスは賞賛したものの、その話題はそこで留めた。「日付が重なるのは偶然なんだ。太陽神はギリシャとローマの神話において重要な位置を占めていないからね。アポロは関係があるが、太陽神そのもののヘリオスは、役割が劣る。おそらくこの地では太陽があたりまえすぎて、その神を鎮める必要はなかったんだろう」

「エジプトでも太陽はあたりまえだけど、あちらの太陽神は最高位を占めていますよ」エリオットは言った。「サン・ジョヴァンニの祭りについては、ミス・ブレアが正しいんじゃないかな」

「かもしれない」マシアスが言った。「して、クルミの象徴的意味は?」

フェイドラが笑った。「出発するまでに考えておきます、ミスター・グリーンウッド。そんなふうに柔軟な思考をお持ちなら」

「美しい女性のためならいくらでも柔軟になるとも、ミス・ブレア。そこがわたしの大きな欠点でね」ふとロッジアの外に視線を向ける。北からひとりの男が近づいてきていた。「ホイットマーシュが夜明けの散歩から戻ってきたな。じつは彼に、このあいだ見つけた新しいお宝を見せると約束したんだ。ミス・ブレア、きみもわたしのささやかだが評判の悪くない遺物のコレクションを見たいかね？」

「もちろんです、ミスター・グリーンウッド」

マシアスが差しだした手をつかんで、ミス・ブレアが席を立った。ホイットマーシュも加わって、一行は家の中へと向かった。

ミス・ブレアがいつまで今朝の無関心な態度を保てるか、エリオットには興味があった。彼女は頰を赤らめることもうろたえることもなく、平然と彼の存在を受け止めた。そんな態度が、エリオットを苦しめてやまない欲望の暗い部分を刺激した。

その部分が言っている——昨夜、バルコニーで望みどおりに誘惑するべきだったと。時を追うごとに、筋の通った主張に思えてきた。

7

「つまらないコレクションだがね」マシアスは謙遜《けんそん》したが、笑みは誇らしげだった。「ルネサンス期の小書斎《ストゥディオーロ》を模してここに保管している。いわば自分の家の中の避難所で、好きなものだけを収めたんだ」

彼のストゥディオーロは広々とした正方形の部屋で、漆喰壁には古代を思わせる壺や植物のフレスコ画が描かれていた。本や書類が散らばった大きな書き物机に加えて、こまごまとした工芸品が置かれている。机の一隅にはコリント様式の柱頭が鎮座し、高い本棚のてっぺんからは古代の鏡像が見おろす。英国の書店にありそうな足つきのガラスケースには、ほかにもさまざまな遺物が収められていた。

フェイドラはぶらぶらと歩いて棚をのぞいた。ランドール・ホイットマーシュがそばに来て、ジュリアス・シーザーやティベリウスといった人物の肖像が刻まれた硬貨や、平たい小さなガラス瓶を指差した。

「これはすばらしい発掘品だぞ」マシアスが言った。引き出しを開けて布にくるまれたものを取りだし、包みを開きはじめた。

小さなブロンズ像が現われた。くつろいだ姿勢の裸身の女神像だ。

「湾内の入江で泳いでいた少年たちが、砂の底にいる彼女を見つけた。千五百年はそこにいたに違いない。間違いなくギリシャのものだ。古代ギリシャの。おそらくは盗掘品で、ローマ帝国の蒐集家の元へ運ばれる途中だったんだろう」

ホイットマーシュが像を手に取った。「船が沖合で沈没したんだな。沈んだ場所さえわかれば、もっといろいろ見つかるに違いない」

「このあたりの海は急に深くなるからな」マシアスが言う。「もっとあるとしても、潮が仕事をしてくれるのを待つしかないだろう。像にへばりついていたフジツボを丁寧に取りのぞいたら、すばらしい輝きが現われたよ」

エリオットが両手で像を受け取る。「美しい。売るつもりですか?」

「まだ決めていない。売るとしたら、ホイットマーシュがローマで高く売り飛ばしてくれるのではないかな。そうだろう、ホイットマーシュ?」

「それか、僕がロンドンで高く売り飛ばしてもいい」エリオットが言った。「ロンドンのほうが高い値がつくのでは?」

マシアスが指導教官らしい甘やかすような笑みを浮かべた。エリオットの手から像を抜きとる。「そうしてきみの血を商いで汚す? それはできない」

「蒐集家を紹介するだけなら商いになりませんよ。それこそ、イースターブルックが興味を示すかもしれない」

像が作られた時代とその価値について、男性陣が論じはじめた。フェイドラは三人のそばを離れ、ガラスケース見物に戻った。

マシアスのコレクションは折衷《せっちゅう》式で、ひとりの少年がお気に入りの世界のさまざまな断片を家に持ち帰ったかに見えた。あるケースに収められているのは陶器の破片で、価値は低いが素朴な魅力にあふれている。赤味を帯びた表面にひしめくのは、渦巻きや幾何学模様だ。別のケースの花形を務めるのは、傷ひとつない精巧なギリシャの杯で、内側の浅い曲面に、船に乗った酒の神ディオニュソスが描かれていた。

古い短剣と、模様が刻まれた古代ローマの鎧の前を通りすぎると、金属製品を収めたケースにたどり着いた。これには鍵がかけられており、理由は見ればわかった。中に収められているのは金や銀や琺瑯《ほうろう》の細工品で、古代のものもあればそれ以降の時代、この地にノルマン人やサラセン人がいたころのものもある。ローマの神々の小さな像が、フェイドラの注目を得ようとして、からみ合う線やアラベスク模様と競い合っていた。

ケース全体が輝いている。バッグの留め金、耳飾り、紐《ひも》で連ねたガラスビーズ。

「小さな女神は取っておくことにしよう」マシアスが宣言した。「彼女はどこへ収めたらいいかな、ミス・ブレア?」

フェイドラは小さな裸身のブロンズ像を飾る場所をいくつか提案したが、頭の中ではまだこの家の主人の雑多なコレクションのことを考えていた。ミスター・グリーンウッドは古いカメオについてなにか知っているだろうか？

その日の午後は、ミスター・ホイットマーシュが釣りに行きたいと言うので、男性陣は町のシエスタが終わるころに歩いて丘をくだり、船を雇った。そういうわけでフェイドラは、シニョーラ・ロビアーレとミセス・ホイットマーシュと一緒に取り残された。

女性陣は居間の椅子に腰かけて、お互いを飽きさせないよう努力した。やがてミセス・ホイットマーシュが手紙を書きたいからと言って部屋を去ると、シニョーラ・ロビアーレがある話題を切りだした。残っている客との共通の話題だと思っているひとつを。

「とてもすてきな男性、あなたのロード・エリオットは。わたし、シニョーレ・グリーンウッドの英国人の友だち、みんなを好きなわけじゃない。たいてい活気がなくてひどく退屈で、その奥さんも愛人もおもしろみや深みがない。だけどロード・エリオットはハンサムで、おまけにおもしろい。すばらしい男性《ウン・ウオーモ・マグニフィコ》」

「ロード・エリオットはあたしの親友の義理の弟で、彼女の願いであたしに付き添っているだけなの。あたしは彼の愛人じゃないわ」

「本当に？《ヴェラメンテ》」シニョーラ・ロビアーレが冷静な目でフェイドラを観察した。「もっとすてきな服を着れば、ひょっとすると……。マシアスが、あなた、喪に服してないと言ってたし、ここでは黒はたいてい年寄りの女が着る色だから……。それにその髪。わたしの召使いが世話すれば、子どもにもプッターナにも見えなくなる」

プッターナという単語は、ジェンティーレ・サンソーニも尋問のときに用いていた。娼婦という意味だ。シニョーラ・ロビアーレはマシアスと結婚していないから、彼女の中には明確な線引きがあるのだろう。

「あたしがこの服とこの髪型を選んだのにはちゃんとした理由があるの、シニョーラ。これなら忙しい一日を始める前に、長い準備に煩《わずら》わされなくてすむでしょ？」

「ああ、なるほど。よくわかる」表現豊かに大きく手を振って、自分とフェイドラ、それに家全体を示した。「だけど今日はあなたの一日、空っぽ。忙しくない、でしょ？　英国人男性たちが農民みたいに釣りしてるあいだは、なにもすることがない。わたしの召使い、貸してあげる。あなたが、なんと言ったかしら、〝煩わされなくてすむ〟ように」

「ありがとう。だけど、あたしはこれで満足してるの。空っぽな一日については、失礼して部屋で本を読むわ」

「本なら別のときに読める。わたしに言わせれば、あなたもう、じゅうぶんすぎるほど読んでる」立ちあがり、ついてこいとフェイドラを手招きした。「あなた、そのドレスで満足してるかもしれないけど、シニョーラ・ホイットマーシュは楽しそうじゃない。あなたのことを魔女で、彼女の夫を誘惑するつもりだと思ってる。あなた、とても変わってるから、彼女、どう競ったらいいかわからない。そんな発想、どうかしてるとしか思えないけど、あの細面の顔にそう書いてある。もしあなた、ふつうの女性みたいな格好をして、今夜のディナーに現われたら、彼女もきっと不機嫌な顔やめる」

無理強いされたくなかったが、女主人の計画をくじく言い訳を思いつけなかったので、フェイドラはしかたなく立ちあがった。シニョーラ・ロビアーレが腕を組んできて、うむを言わさぬ態度で彼女を階上《うえ》へと連れていった。

エリオットは海のしぶきで濡れたシャツを脱いだ。洗ってもらえるよう召使いに手渡してから、自分でディナーに出る準備を始めた。釣りはいい運動になったし、マシアスが船に持ちこんだワイン《ワイン》を入れる皮袋《スキン》のおかげでいっそう陽気さも増した。

バルコニーに出て耳を澄ました。ミス・ブレアの部屋からはなんの音も聞こえてこない。すでに下へ行ったのだろうと思い、エリオットも居間へ向かった。全員が集まっていた——会うのを楽しみにしていた女性をのぞいて。

彼がいない隙にこっそり逃げだしたのだろうか。エリオットは自分の不注意を呪った。太陽と海に心を解き放たれ、しつこくつきまとう鈍い興奮に悩まされているうちに、そもそもなぜ彼女が一緒にいるかを忘れてしまっていた。

不安を抑えて、ホイットマーシュとグリーンウッドの会話に加わった。しかし時が経つにつれて、ミス・ブレアは逃げたのではないかという疑念が強まっていく。今日のミス・ブレアの行動についてシニョーラ・ロビアーレに尋ねようとしたとき、ホイットマーシュが急に会話をやめて、グリーンウッドの肩の向こうを見つめた。ホイットマーシュの表情に、思わずエリオットも彼の視線の先を見た。

グリーンウッドが振り返った。「驚いたな。あれは本当にわれらがミス・ブレアか？」

間違いないが、このミス・ブレアはエリオットが知っている女性とは大違いだ。黒いローブは消えて、アイボリーのレースと短めのジゴ・スリーブ（羊の脚のように、袖の付け根だけがふくらみ、そこから先は細くなった袖のこと）のついた空色のディナードレスが取って代わった。サテンの帯がお腹を抱き、首と肩はしっとりと白い肌をずいぶんあらわにしている。上品で張りのある胸のふくらみが、低いネックラインを押しあげていた。

髪もふだんと違う。もはや自由になびくことはなく、巻き毛と三つ編みで仕上げられたスタイルは流行最先端と見受けられる。頬には化粧も施しているようだが、もしかすると注目を浴びて赤くなっただけかもしれない。

「母上よりも美しい」ホイットマーシュがつぶやいた。「これほどまでに装《よそお》えるなら、なぜあの尼僧の服で身を隠すのかと思わずにはいられないな」

エリオットはなぜだか知っている。いま、その理由が居間を満たしていた。沈黙の中、男たちはミス・ブレアを見つめ、女性たちは品定めした。エリオットは唖然としている人々のあいだを抜けて、これ以上見世物になることから彼女を救った。

「今夜はとてもきれいだ、ミス・ブレア。ワインはいかがかな」

彼女が前に踏みだして、エリオットに導かれるまま召使いのほうへ向かった。一同は会話に戻った。

「シニョーラ・ロビアーレの仕業《しわざ》よ。これは彼女のドレス」ミス・ブレアが言う。「頑固な女性だわ。どこにも逃げ道はなかった」

エリオットはワインの入ったグラスを差しだした。「彼女の言いなりになってあげたとは、やさしいじゃないか」ドレスの胸元に視線を留めないよう、死に物狂いでこらえた。空色の縁に沿って、クリームのような肌を舐《な》めたり甘嚙《あまが》みしたりしたかった。

「完成するまで何時間もかかったのよ。その点についてはすっかり忘れてたわ。それにこのステー！　まあ、あたしのかわいそうな体があれをどれほど嫌がってるかは想像できるでしょ？」

いや、実際には。ステーを着ける前のシュミーズとストッキング姿なら想像できる。それと、ステーを着けてからきれいなドレスを着るまでの姿なら。

「練習を重ねれば楽になるんじゃないか？」

「練習なんかしません。ディナーが終わったらこの実験はおしまいよ。それまでに自分が卒倒しないことを祈るわ。この拷問《ごうもん》から逃れられるのが待ち遠しい。そもそも、信じられないくらい暑いのよ。アラブ人が暑い中でひらひらした服を着るのには理由があるんだと、ようやくわかったわ。それに――」

長広舌《ちょうこうぜつ》が途中でいきなり止まった。見るとミス・ブレアの顔は真っ赤だ。まるでエリオットの目の中に、彼がどんな想像をくり広げているかが映しだされたかのように。ドレスが滑り落ちてステーが緩められ、彼女の裸身が現われるところを思い描いたのがわかったかのように。空色のドレスは黒のローブよりその体を多く見せており、いまやエリオットには裸の彼女がはっきりと想像できた。

ホイットマーシュが魅力を発散させながら近づいてきた。グリーンウッドはほかの者としゃべりながらもミス・ブレアから目を逸らさない。ミス・ブレアは深く息を吸いこむと、美しさだけでなく聡明さでもみんなを圧倒するべく、さっそうと前に進みでた。

ディナーが終わったら、フェイドラはすぐに自室へ戻って着心地の悪い服を脱ぐつもりだった。が、マシアス・グリーンウッドがストゥディオーロへ向かうのを見て、気が変わった。衝動的にあとを追い、彼がドアを開けたときに追いついた。

「ミスター・グリーンウッド、ふたりきりでお話できるかしら」と尋ねる。

「もちろん、ミス・ブレア。どうぞ中へ。ここでなら、だれにも邪魔されずに話ができる」

歓迎されるまま部屋に入り、机のそばの椅子に腰かけた。いかにも指導教官らしい目でじろじろ見られると、少しばかり、教授になにごとかを嘆願しに来た学生になったような気がした。

「ミスター・グリーンウッド、あたしは英国を発つ前に、母を知ってた人たちといろいろ話をしました。母の晩年に起きたことについて、知りたいことがあったんです。あなたは母をご存知だったし、あなたの名前も何度か話に出てきたわ。あなたならあたしを助けてくれるかもしれないと言う人たちさえいました」

「どういう人たちかな？」

「母の友だちです。母のサロンやなんかにだれが集まっていたか、断片をつなぎ合わせるのに協力してくれた人たち」

「わたしもできるかぎり協力したいが、お母さんとはそれほど親しい間柄ではなかった。大学での仕事があったから、頻繁《ひんぱん》には訪ねられなくてね」

「わかります。だけどそうやって少し離れた間柄だったからこそ、母のごく親しい友だちよりもはっきりものが見えるかもしれないと思うの」

ミスター・グリーンウッドは疑わしそうだったが、それでも尋ねた。「きみが知りたいことというのは？」

「あたしの質問を少し大胆だと思われるかもしれないわ」

彼が笑った。「そうでなかったら失望するところだよ。きみが答えを探しているとしたら、質問は月並みなものではないことを願うね」

冗談のおかげで気が楽になった。そこで、もっとも大胆な質問から始めることにした。

「晩年の母に、新しい恋人がいると思ったことはありませんか？」

大胆な問いを望んでいたとしても、さすがにこの質問は少しばかり気まずかったようだ。グリーンウッドの角張った顔の表情がやわらいで、残念そうな色が浮かんだ。「そう考えるたしかな理由はひとつもない。だが……その、わたしがきみのお母さんと出会ったばかりのころは、いつもドルーリーの姿を見かけたものだが、最後の一年くらいはそれほどではなかったように思うね」

「別の男性に心当たりは？」

彼の目が同情で温もる。小さな笑みは、叔父がお気に入りの姪《めい》に向けるようなものだった。

「そんな男性がいたかどうかもわからない。たしかな話なのかな？」

「父は確信してたわ」

「男というのは、そういうことに関して判断を誤りやすいものだよ。情熱が冷めて距離が広がって――父上は誤解したのかもしれない」

その可能性は否定しない。母の友だちにも何人か、似たようなことを言う人がいた。フェイドラ自身、そうであってほしいと願ってもいた。

「もしかしたらという人物も思い当たりませんか?」

彼が首を振った。「名前を突き止めることはそれほど大事なのかね? あるいは、その疑惑が正しいかどうかを突き止めることは」

「単なる情事だったなら、いいえと答えます」

彼は先をうながすことも、話をそこで終わらせようともせずに、ただ相手を励ますような態度で辛抱強く待っていた。エリオットがなぜこの男性を好きなのか、フェイドラにもよくわかった。マシアス・グリーンウッドには信頼を呼び覚ますなにかがある。わずかな嘘も許さない、頼もしい率直さが。

「母はあたしにカメオを遺してくれました」フェイドラは言った。「遺言状にはポンペイ出土と書いてありました。母は娘になにがしかの保証を与えたかったみたいで、あたしもそれを万一のときの頼りにしてたんです。だけど父が死を前にして言いました、カメオは贋作《がんさく》で、その〝別の恋人〟から母に売りつけられたんだと」

グリーンウッドの顔に渋面が浮かんで、目に心配の色がにじんだ。「きみの暮らしは、そのカメオの値打ち頼みなのかな?」

「最近、あたしの経済状況はますます複雑になっていて。もしかしたら売るしかなくなるかもしれません。だけどもし贋作だったら——」

「お母さんが思っていた、そしておそらくは彼女が支払った、何十分の一かの値打ちしかない。そしてきみも真偽をたしかめなくては、そもそも売ることができないし、たしかめずに売れば、詐欺《さぎ》の片棒を担《かつ》いでしまうかもしれない」

「そのとおりです」

「きみの葛藤がわかるよ。遺産が疑わしいとは気の毒に。もしアルテミスの信奉者がそこまで冷酷なやり方で彼女を利用したなら、そんな悪党は絞首刑に処されるべきだ。きみのお母さんは出会う人すべてに寛大だったが――そうだな、もしかすると少々人を信じやすいところがあって、自分を利用しようとする人間がいることに、なかなか気づかなかったのかもしれない」

グリーンウッドが申し訳なさそうに、やんわりと指摘した。

「たしかに母は人を信じやすかったかもしれないわ、ミスター・グリーンウッド。それに、寛大だったせいで、カメオのほかに遺されたものはほんのわずかなんです。形見《かたみ》として取っておくつもりだったけど、もしこれが母の愛情だけでなくお金まで盗まれたあかしだとすれば、持っておきたいとは思えません」

「そのカメオを拝見してきみの不安を鎮めたいところだが、あいにくわたしにはそちら方面の知識がなくてね。だがもちろんホイットマーシュに見せることはできる。彼のほうが宝石については詳しいんだ。しかしもっと確実なのは、ポンペイにいる専門家に訊くこと――」

グリーンウッドの渋面が晴れて、愉快そうに笑いだした。「だからきみはイタリアへ来た。

そうだろう？　当然だ。なるほどね」

「向こうへ行けば、たしかな答えを得られるかしら？」

「可能なかぎりたしかな答えを。言うまでもないだろうが、意見というのはさまざまだからね。だがまずは発掘現場の監督者に手紙を書いて、きみの道のりをなだらかにしてみよう。二十年も発掘に携《たずさ》わってきた男だから、カメオがれっきとした遺物でその出所はどこか、教えてくれるに違いない」

「積極的に協力してくださってありがとうございます。厚かましいのはわかってますが、その親切にもう少し甘えさせてもらえませんか。不快な憶測をめぐらしてくれとお願いすることになるんですけど」

「わたしは噂話は得意とはいえない、ミス・ブレア。ていどによるな」

きっとそのていどを越えてしまうだろう。「本物であれ偽物であれ、もしこのカメオが実際にある男性から晩年の母に贈られるか売られるかしたとしたら、母と親交があった人で、そういうものを手に入れられただろう男性に心当たりはないかしら」

鷹のような目にベールがおりて、鋭いまなざしが内に向けられた。しばし彼女の質問について考える。彼が何年も前のサロンやディナーパーティの記憶をほじくり返し、いくつもの顔を思い浮かべて会話を思い出すのが、フェイドラには見える気がした。

「だれとは言えない」しばらくしてグリーンウッドが言った。

落胆が胸を刺したものの、それほど深くはなかった。今日すべての謎に説明がつけば、それはすばらしいことだっただろうが、本気で期待してはいなかった。

「だがあるいは……」一瞬、鷹の目がふたたび内に向けられた。「じつは、ポンペイの隠し場所から出土したという宝石を思い出したんだが、ただ、その持ち主はきみのお母さんではなかった。彼女が好んで開いていたサロンのどれかで、入手の可能性が論じられたのを覚えているだけでね。きみがいま持っているのと同じものかもしれないし、違うかもしれない」

「どんな話が出たか、覚えてますか？」

「残念ながら、あまり。わたしは興味がなかったからね。いつのことだったかさえ、はっきり覚えていないんだ」

フェイドラは肩越しに振り返り、ガラスケースをちらりと見た。「すごく興味があるのかと思ってたわ」

「いや、あのとき話題にのぼったものには。出所が怪しいとすぐにわかったからね。ポンペイから持ちだされたものは、なんであれ盗品だ。盗品だと証明してしまうことになるから、発掘の証拠書類もいっさいない」彼が肩をすくめる。「もちろん、そういう細かな点を気にしない人もいるし、聞いた話をそっくり真に受ける人もいる。こうして悪徳商人は富を築くんだ」

「このカメオの入手経路についてはご存知ない？　売ろうとしてる人はいませんでした？」

グリーンウッドが指で机の表面をたたきながら、しばし考えこんだ。「ずいぶん前のことだからな……不当な非難はしたくないし……」

「だれかを非難することにはならないわ。あたしもだれかを責めたりしません——事実だと確信しないかぎり。噂話も、誹謗《ひぼう》中傷もなし。あたしはただ、進むべき方向を知りたいだけなんです」

「細かいことはなにも覚えていない。だがアルテミス・ブレアのそばをうろつき回っている商人が何人かいて、ふたりほど、彼女の晩年によく顔を出していた男がいた。そのうちのひとり、ホレス・ニードリーはたしかな評判の男だったが、商いとなると、もちろんだれにもわからない。もうひとりはあまり信用のおけない人物で、なぜかというと、わたしのような学者との会話を避けていたからだ。そんな態度をとられると、専門知識のほうも怪しいという気にさせられるものだよ」

「その人の名前は？」

「ソーントン。ナイジェル・ソーントンだ。人好きのする男で、成功も収めていたが、わたしの記憶では月並みな人物だった」

「どうもありがとう。英国へ戻ったら、できるかぎり調べてみます。快く協力してくださったこと、心から感謝します」そろそろ失礼しようとフェイドラは席を立った。役に立てたことを喜んでいるのだろう、グリーンウッドが温かい笑みを浮かべた。

「ミスター・グリーンウッド、言いにくいんですが——当時の母の親交の輪には、少なくともあとひとり、商人がいませんでした？　ミスター・ホイットマーシュ。このあいだ、彼がローマで遺物を売り飛ばしてると言ってたでしょう——？」

「なに、あれは友人同士の他愛《たわい》ない冗談だよ、ミス・ブレア。イタリアへ来て以来、彼は自分の手の中に転がりこんできた品の内で、興味がないものをさばくようになった。それだけのことさ。わたしにも経験がある。商いとは呼べない」甘やかすように言いながら、フェイドラを戸口までうながした。「それに、英国にいたころの彼は、そうした商いに従事していなかった。どれほどささやかな形でも。そんなことをしてもためにならなかっただろう。なにしろ彼は紳士だから」

「早く。もう待てないわ。お願いよ」ミス・ブレアの熱心な願いのあとに、深いうめきが続いた。「ああ、待ってたわ。これを待ってたの」

エリオットはバルコニーに立ち、建物の外壁に背中をもたせかけていた。隣りのドアから漏れてきたうめき声にひとり笑う。ステーとサテンから解放されたミス・ブレアの声は、別の意味で解き放たれた女性のようだった。

彼女が召使いをさがらせて、ひとりごとをつぶやく声が聞こえた。「なんて地獄。二度とごめんだわ。こんなものを着るなんて、女性はどうかしてるわよ」

室内を動きまわっているらしい物音が漏れてきた。エリオットは数歩進み、彼女のドアのすぐそばでふたたび外壁に背をもたせかけた。

「無事に生き延びたかな、ミス・ブレア？　それとも永遠に体の形を変えられてしまった？」

どこから声がしたのかと、ミス・ブレアが首を外に突きだした。目の前にいるのを見て、ぎょっとする。「おもしろいと思ってるのね？」

「とんでもない」笑ってしまっては嘘だと白状しているようなものだ。

彼女が顔をしかめた。「そこにいて。話があるの」言うなり首をひょいと引っこめた。

数分後に出てきたときは、見慣れた黒に身を包んでいた。が、髪はまだおろしていないから、完全にはいつものミス・ブレアに戻っていない。

「いつまであたしをここに引き留めておくつもり？」彼女が尋ねた。

その言葉は、彼がナポリのあの庭に足を踏み入れた日以降に起きたすべてのことをほのめかしていた。恨みがたっぷりこもっている。

「二、三日だ。きみが望むならもう少し。ここが安らぐのは認めるだろう？」

「安らぐために英国くんだりから船でやって来たわけじゃないわ」

「そうしたいなら、三日後に出発だ。しかし、母上を知っている人に会えて喜んでいると思っていたんだがな」

彼女が手すりに近づいて、黒い海を見わたした。エリオットはその背中を見つめた。布に隠されているにもかかわらず、見ているのはあらわな体だった。

「白状すると、思ってたよりこの寄り道を楽しんでるわ。今日のシニョーラの仕打ちは別として。距離的には遠回りだけど、結果的には幸運だった。だけど、役に立つだろうと思ってしかるべきだったわね——あなたと一緒に行けば、母の親交の輪に加わってた人と出会うかもしれないというより、まず出会いそうだもの」

なぜ役に立つと思うのか、興味をいだいていただろう——夜がこれほど静かで涼しく、月光が彼女をこれほど美しく照らしだしていなければ。

「ミスター・グリーンウッドはここに住んで長いの？」ミス・ブレアが尋ねた。

「地所を購入したのはたしか六、七年前だ。永住権を取ったのは、ほんの四年前。前回訪ねたときは、建物はまだ荒削りなままだったな」

「ミラノからシチリアまでの、あらゆる遺物専門家を知ってるんでしょうね」

「だろうな。それほど人数は多くないし、そういう人種はたいてい交流を持ちたがるものだから」

「つまり彼はこのお屋敷を買って、改良の手を加えて、ここで暮らしてる大学教授なのね。さぞかし裕福な家の出なんでしょうね」

エリオットの渇望は、彼女の他愛ないおしゃべりにいらいらしていたが、もうしばらくつき合うことにした。壁から離れて、手すりの彼女の隣りに移る。

「ケンブリッジ時代は質素な暮らしをしていたよ。だけど親戚がいくらか金を遺してくれたらしい。おそらくこの屋敷はロンドンで小さな家を買うより安いはずだ。ここことロンドンとでは地価が異なるからね」彼女の凝った髪型に見とれた。今夜のみごとな変身のこの部分を解き放つには長い時間がかかるだろう。長すぎる。そのままにしておこう。

彼が隣りに立っても、ミス・ブレアはちらりとこちらを見ただけだった。「頻繁に発掘現場を訪れていて、現地の考古学者を知ってるような口振りだったわ」

「実際にそうだと思う。なぜそれほど彼に興味があるんだい?」マシアスは彼女の父親といってもいい年齢で、ホイットマーシュもそれに近いが、今夜の彼女の美しさを褒めたたえる様子から、エリオットの中にはおそらくは根拠のない嫉妬心が引き起こされていた。ときどきエリオットを苛むその嫉妬心は、筋が通らないが鋭くて、所有欲のとげで彼の欲望をかきたてた。

「父の回顧録を読んでたら、母の晩年について疑問を持ってしまう箇所があったの。そのことでマシアスにいくつか質問をしたんだけど、いまは彼の答えにどれくらい重きを置くべきか、考えてるところよ」

深刻な顔で思いに耽っていたときに考えていたのはそれだったのか?　昨夜の警告にもかかわらずここへ出てきたのは、エリオットを焦らすためでも彼に挑戦するためでもない。役に立つ情報を求めてのことか。

回顧録には、著者の娘が読みたくないものも含まれているかもしれないとクリスチャンが言っていた。当の彼女がそれを認めたのは重要なことなのだろうが、いまはどうでもよかった。いまは彼女が欲しい。この輝かしい夜にそばにいる女性が。自由恋愛を信じ、くだらない社会的な決まり事になど縛られない女性が。

月光を浴びた白い肌は、ほとんど透きとおって見える。黒いローブは首まであるが、乳房のふくらみなら頭の中で思い描けた。「質問の答えが見つからないままのほうが、いいときもあるんじゃないかな」

ミス・ブレアがこちらを向いた。エリオットの邪念などつゆ知らず。「本心で言ってるとは思えないわ。というより、あなた自身がその助言に従えると思えない。回顧録の中であなたのお父さまに触れられてる部分について話したときの、あなたの顔を覚えてるもの。出版してほしくはないけれど、真実かどうかは知りたいんでしょう?」

彼女の態度と言葉は、新たな挑戦だった。そちらは今夜は受けて立たないが、すでにふたりのあいだに落ちている手袋は拾わせてもらおう。今夜放られた手袋に対処する時間なら、あとでたっぷりある。

「真実じゃないのはもう知っている。だけどその話はずいぶんと深刻だ、ミス・ブレア。申し訳ないが、またの機会にさせてくれ。月光と夜ときみの美しさが、僕の思考をほかのことへと誘《いざな》わないときに」

ミス・ブレアの顔に驚きが浮かんだ。身動きもせずにじっと彼を見つめる。そこになにを見たにせよ、彼女の目に警戒の火花が散った。

くるりとエリオットに背を向けて、自室のドアへと歩きだした。「ほかのことというのがなんだか知らないけど、それなら、どうぞひとりでゆっくり考えるといいわ」

エリオットは彼女の腕をつかんだ。「今回はそうはいかせない、フェイドラ」

言うなり腕の中に引き寄せた。片手で彼女の頬を包み、何日も前から彼をあざけっていた唇を奪った。


いったいなにを――。よくもこんな――。

さっと引き寄せられたことへの衝撃は、くちづけでかき消された。別の衝撃が取って代わる。こんなふうに支配されて、心臓が飛び跳ねたのだ。

キスだけでじゅうぶんだった。しっかりと激しく、断固としたキスには、昨夜の警告が含まれていた。〝きみを懇願させたい。きみの刺激で僕に火がつく――それがきみを熱くさせるんだ〟。

たしかに熱くさせられた。たくましい腕に支配されて、言うことを聞かない高揚感が全身を駆けめぐる。たちどころに体のあちこちが懇願しはじめた。もっと欲しい、やめないでと。

頭が混乱した。次から次へと思考が形成されては消えていく。

彼は許しを求めもしなかった。いったいなんだと思って――。

首筋を伝いおりるキスが言葉をかき消して、めまいがするほど官能的なもやがそれ以外のものをおおい隠した。

こんなのは間違ってる。だけど、ああ……。

唇の温もりが血液にまで浸透して、体じゅうを流れながらいたるところを疼かせる。乳房が張って重くなり、ローブ越しに彼を感じた。ますます熱くかきたてられたフェイドラは、もっと触れ合うことを求めて本能的に体を押しつけた。

ふたたび唇を奪われた。今度は先ほどのように激しいくちづけではなく、ゆったりと誘ってリードするものの、自信たっぷりに求めるところは変わらない。今度のくちづけには、なんでも望みのものを与えたい気にさせられた。

こんなふうに奪われて抗《あらが》うべきなのに、実際はぞくぞくしていた。危険だとわかっていても、刺激的すぎて止められなかった。体は奔放《ほんぽう》さのほうへ駆けだして、心は理性から抜けだした。

彼の愛撫ときたら。求めも探りもねだりもしない。しっかりと頼もしい手が背中を這いおりて、腰からお尻へと向かう。フェイドラがなにも着ていないかのように彼女の体を征服していき、それ以上を期待させた。

彼の舌が入ってきて探索しはじめると、途端に脚のあいだをエロティックな震えが走った。体をまさぐっていた大きな両手がいっそう大胆になる。いまのフェイドラには、自分が敵に降伏して、二度と取り戻せないかもしれない土地を与えつつあることなど、どうでもよかった。快感が刺し、うなり、疼いて、分別のある思考などできなかった。

〝懇願させたい〟。ああ、大いにありえる。すでに乳房はひどく敏感になって、いますぐにでもかわいがってもらえなければ気が変になりそうだ。

そんな無言の願いが聞こえたかのごとく、愛撫する手がお尻を撫でてあげてお腹を這いあがり、乳房の下をさすった。フェイドラは期待にめまいを覚えつつキスに応じて、口と舌と抱擁でうながした。

手のひらがゆっくりと乳房に這いのぼってきた。激しい快感が全身を揺るがす。もう片方の手がしっかりと背を抱いてふらつきそうな彼女を支え、じわじわと下へ向かいながらローブのホックを外していった。

いけない、こんなこと——。

極上のキスに、頭の中で形成されつつあった抗議が引き裂かれた。ゆっくり乳首をつま弾《び》かれるたびに、その断片が夜気に散っていく。

彼が一歩さがって、からみ合っていたふたりの体を離した。月光がふたりに降りそそぎ、彼女の部屋から漏れる金色の光が彼を縁取った。落ちつく時間も、ずたずたになった理性を束ねる時間も、フェイドラには与えられなかった。伸びてきた手がローブの縁をつかみ、黒い布地を引きおろしはじめた。

これまで男性に脱がされたことはない。一度も。それだけはだれにも許さなかった。ところがいまは、その行為に魅せられていた。身動きもできなかった。ゆっくりとおりていく布は、今夜いちばんエロティックな愛撫に思えた。冷たい光に包まれて、彼の顔を見つめることしかできなかった。抑えられた欲望が大気を男性的な力で満たすのを、見るというより感じていた。

袖が腕を滑りおりて、ボディスが腰に引っかかった。彼の手がシュミーズの肩紐に伸びてくる。フェイドラの息はつかえた。またゆっくりと甘美に脱がされるのだという期待に、乳房がいっそう張りつめた。

ところが待っていたのは新たな驚きで、ようやく取り戻しかけていた理性の細い糸を引きちぎられた。今度の脱がせ方は慎重ではなかった。肩紐を力任せに腕から引き抜かれた。性急さや情熱から生まれたのではなく、征服者の権利を見せつける行為だった。

心の中で反乱が起きたものの、フェイドラを溺れさせる快楽の波の前では、錨《いかり》は見つからなかった。あらわな肌を見つめる彼の姿に意識を奪われるあまり、いまも腕にからみついているシュミーズを取り去ることもできなかった。

ただのお遊びよ、とフェイドラは心の中でつぶやいた。この支配と服従のダンスには、なんの意味もないわ。実際には、あたしはなにも与えていない。

だけど――。

指先で乳首をつま弾かれ、手のひらで撫でまわされる。フェイドラは乳房の上を這いまわる男らしい手を見おろした。この手が彼女を完ぺきに焦らし、高ぶらせている。甘美な狂おしさで頭がいっぱいになったフェイドラは、募っていくみだらな快感に身を任せた。理性をつなぎ止めていた最後の糸がぷつんと切れる。粉々にしたかった。至福の瞬間を台なしにしようとする抵抗の最後のかけらを、彼にたたきつぶしてほしかった。

ふたたび体に腕を回されて、のけ反らされた。彼がキスで首から胸へと伝いおりて、肌に熱いすじを残していくと、息も止まりそうになる。歯と口が乳首を弄び、脚のあいだを恥ずかしいほど潤わせた。肉体を懇願させ、低い喘《あえ》ぎ声を漏らさせた。

フェイドラは片腕を自由にして彼の体に回し、しがみつこうとした。彼を感じようとした。

「だめだ」彼がつぶやく。「そのままでいろ」

頭の中の官能的な嵐は従いたがっていた。快感は押し殺すには強すぎた。体はもっと多くを渇望し、完全に解き放たれたがっていた。いま止めるのは不可能だ。不自然だ。

それでも――。

忘却のもや越しに、理性の片目でのぞいた。苦痛なほど激しい快感にもかかわらず、自分が隷属していることが、最初に唇を重ねたときから彼がなにを想定していたかがわかった。

〝奴隷〟はどうにか鎖を逃れた。すでに後悔と欲求不満に苛まれつつも、フェイドラは声を絞りだした。

「そこまでよ。やめてちょうだい」

彼の動きが止まった。短くも恐ろしいあいだ、そのままじっとしていた。それから姿勢を正すと、彼女を見おろした。

片腕で彼女を固く引き寄せた。最初のキスのときと同じように、もう片方の手で頬を抱く。指先に力がこもった。痛くはないが、やさしくもない。

「やめなかったら？」

フェイドラのほとんどの部分ははやめてほしくないと思っていたから、本当の脅しとは言えなかった。が、もし彼がやめなければこちらが抵抗をやめると――彼の力の前では無力だと――思われているという事実が、フェイドラに気骨を取り戻させた。

「いいえ、あなたはやめるわ」

「それほど僕の高潔さを信じているということかな」

「あなたの自尊心を信じてるの。しつこく迫られた女性は絶対に懇願しないわ」

彼が腕をほどいてさがった。それでも気配と表情は、また彼女をつかまえて引き寄せるかもしれないと物語っていた。

フェイドラは手早くローブを引きあげて体を隠すと、そのまま自室のドアに向かった。心臓は早鐘を打ち、体はいまも危険なほど反応していた。

「次のときはやめないぞ、フェイドラ」

敷居をまたいでから答えた。「次があるとは思わないわ」

「あるとも」

ドアの端をつかんで閉じながら、最後に言い返した。「だとしたら、それはあなたが誘惑したときじゃないわ。キスをする前からあたしがそうしようと決めてたときよ。だけど、キスはもう二度とないかもね」

8

彼はまだ外にいる。フェイドラはドアを開けて涼しい夜気を取り入れたかったが、できなかった。誤解されてしまうから。

それでも彼は大胆に入ってくるだろうか？　フェイドラはベッドに腰かけて両腕で膝を抱えたまま、ドアがさっと開いて彼が現われるのを半ば夢想し、願った。

ドアを閉じたときにふるまったほど、実際は落ちついていなかった。興奮はいまだ冷めやらず、体は空気にも敏感なままだ。

自分がいつ彼を止めようと決心したのかわからなかった。本能的なものだった。直感が邪魔をした。

〝懇願させたい〟。

この男性とのあいだに友情などありえない。彼は影響力を及ぼせるよう、彼女には非力でいてほしいのだ。ナポリまでフェイドラを探しに来たのは、しょせん理由あってのこと。友だちなら、回顧録から一節を削除してほしいなどと言えないはずだ。言わないはずだ。けれど奪って征服しようとしている男性なら――罪深い誘惑者なら――ためらうことなく情熱の力を行使するだろう。

なにもかもが残念だ。なぜなら本当に彼が欲しかったから。

こんなふうに男性を欲したのは初めてだった。まったく落ちつかない。危うささえ感じる。これは、ふだんフェイドラが友だちに感じる引力とは違う。友情以外の親密さをときおり受け入れることもある、人と人との触れ合いとは。

代わりに彼の官能的な魔法が、混沌《こんとん》と謎と息づまる畏怖の念を引き起こした。彼にもそれはわかっている。自分がそこにいるだけでフェイドラに魔法がかかることは。

興奮はゆっくりと静まっていき、やがてここ数日耐えてきた肉体的なざわめきに落ちついた。いつしかバルコニーと隣室に静寂がおりていた。フェイドラは体の力を抜いて横たわり、横向きで丸くなった。いまもドアを見つめたまま。

母アルテミスに起きたのも同じことだったのだろうか？　リチャード・ドルーリーとの長年にわたる居心地のいい友情のあとに、アルテミスの規則に従わない男性が現われた？

母が父に誠実でなかったと知って、大きな衝撃を受けた。自由恋愛を信じるというのは、終生にわたる完ぺきな愛を信じてはならない、ということではない。少女のころのフェイドラは、ふたりはかならず添いとげるのだと、自由恋愛のおかげで運命の相手が見つけやすくなるのだと、信じていた。

いま、母を思い描いた。アルテミス・ブレアは美しく快活で、自信にあふれていた。けれど娘よりも人を信じやすかった。実務的な能力も劣った。何年もかけてアルテミスは自分の周りに濠《ほり》をめぐらした。彼女の生き方を受け入れてくれる人々という濠を。母の親交の輪にいた人々は、リチャード・ドルーリーという人物とその役割を理解してくれていた。

もしかしたら、アルテミス・ブレアの人生という興味深い芝居の終盤にひとりの男性が登場して、その濠を渡って彼女の城壁を攻め落とそうとしたのかもしれない。そしてアルテミスはそういう古風な男性との経験に乏しかったから、攻撃に太刀打ちできなかったのかもしれない。

バルコニーで娘ができなかったように。

フェイドラは枕を抱きしめた。母を破滅させた晩年の情事でなにが起きたのか、ようやくわかりかけてきた。

誘惑者が現われて、どんな女性の心の中にもいる原始的な女をたぶらかした。その男は奪い、征服した。影響を及ぼして母を弱らせ、ついには裏切った。

もしその人物が、最初はアルテミスを取り巻く男たちと同じ考えの持ち主だというふりをしていたのなら、母に勝ち目はなかっただろう。

まったく、いまいましい女だ。

翌朝、ロッジアで朝食をとるエリオットの頭の中では、手の施しようがない欲求不満のせいで、フェイドラへの悪態が次から次へとつらねられた。ひと晩じゅうこの体が味わわされた地獄を考えると、紳士的な思考などできなかった。

こちらがバルコニーのそよ風で涼んでいるときに、向こうは閉ざされた暑い部屋で不快な思いをしていると考えることで、満足感を得ようとした。が実際は、彼女の部屋のドアを見るたびに、フェイドラがあのドアを開けてこちらの腕の中に飛びこんできてくれないかと願ってばかりいた。

問題のドアはもちろん不動のままだった。冷静で自立した女性、エリオットの悩みの種であるフェイドラ・ブレアが、そんな勝利を与えてくれるわけがない。

ついにそのドアは拒絶の象徴になった。さらには非難に。そして腹立たしい自制心の宣言に。〝嘆願の代わりに誘惑したの？　よりによってこのあたしを、愚かにも支配しようとしたの？〟。

エリオットはコーヒーを注いだ。エロティックな喘ぎ声がまだ耳に残っている。熱い抱擁と濃厚なキスをいまも感じる。おかげでまた固くなってきた。

手応えは悪くなかった。むしろよかった。それなのに、いったい彼女はどこで口を利くだけの理性を見つけたのだろう。さらには、ふたりをさらおうとする奔流《ほんりゅう》を止める強さまでも。

かすかな衣擦《きぬず》れと足音がロッジアの平穏を乱した。入口のほうを見なくても、だれが現われたかはわかった。

フェイドラがテーブルに歩み寄るまでの短いあいだに、エリオットは悶々《もんもん》として眠れなかった夜がもたらした最悪の怒りにくびきをかけた。が、彼女に挨拶をしたときに、その最後のかけらが頭の中でささやいた。〝次のときは僕を拒めないぞ。なぜならきみの本心は拒みたがっていないから〟。

エリオットの穏やかな歓迎を受けて安心したのだろう、警戒していた姿勢がやわらいだ。彼女がテーブルに着いたので、コーヒーを注いでやる。フェイドラがひとくちすすった。

「文明的な態度で接してくれて、どうもありがとう」彼女が言う。

まさかその話題を持ちだすとは。エリオットは肘をテーブルに突いて、顎を手に載せた。文明的とはほど遠い男女の営みの図がいくつも頭の中に浮かんだ。

「きみが言ってるのは、昨夜きみを撤退させてあげたことかな、それともいまコーヒーを注いであげたこと？」

召使いが現われて、たまごとベーコンが載った大皿を運んできた。マシアスはポジターノをわが家にしたかもしれないが、来客には英国式の朝食をふるまうらしい。

フェイドラがゆっくりとたまごを自分の皿に取った。手元に視線を集中させて。「両方だと思うわ」

「まあ、マーシリオやピエトロなら、昨夜はきみを説き伏せようとしたり咎《とが》めたりして、ちょっとした騒ぎを引き起こし、家じゅうの者を目覚めさせただろうね。だけど英国紳士はただ苦しむよう教えこまれてる」

フェイドラが唇をすぼめた。皿に視線を落としたままロールパンをちぎる。「苦しめたなら謝るわ。そんなつもりはなかったの。もしかして、あなたは英国紳士だから、その話はするべきじゃなかったかもしれないわね」

「そのほうが賢明だ」

フェイドラがゆっくりと朝食をとった。

エリオットは席を立つべきだったが、もちろんそれはできなかった。

フェイドラがフォークを置いて、ハンカチで口元を押さえた。「ロード・エリオット、あと数日ここに滞在する予定なら、あのバルコニーには共通の理解を持っておいたほうがいいと思うの」

信じられない。驚いた。エリオットがいますぐ彼女を肩にかつぎあげて木立の中に連れこみ、昨夜始めたことを終わらせたがっているのは、フェイドラにもわかっているはずだ。それなのに、こうして交渉を持ちかけている。なにを交渉しようというのか知らないが、長い苦悶の夜のおかげで妥協する気などますますなくなった彼のことなどおかまいなしに。

「どうしてかな、ミス・ブレア?」

「だって共有のバルコニーよ。あたしだけ使えないのも、ドアの外に出ればあなたの誤解を招くかもしれないのも、不公平だわ」

「きみが夜中にバルコニーで僕と一緒になっても誤解しないと約束しよう」

フェイドラがその言葉をじっくりと考えた。賢い女性だから、抜け穴にはすぐに気づくのだ。「せめて、バルコニーにつながるドアを開けていても、あなたが入ってくる心配はない、という点だけは同意してくれない？」

「断わる」

「あなたの性格を楽観視しすぎてたみたいね」

「その点には同意する。警告したはずだよ」

「ロード・エリオット、あたしは――」

「ふたりきりのときはエリオットと呼んでくれ、フェイドラ。略式でかまわないだろう？くだらない社会的な決まり事は放っておこうじゃないか。なにしろ僕はきみのあらわな乳房にキスをして、きみは僕が悦ばせるあいだ、僕を求めて喘いでいたんだから」

フェイドラが唖然とした。エリオットは今朝初めてほほえみたい気分になった。フェイドラが、しかつめらしくて尊大な態度になる。「できるだけふたりきりになるのを避けられたほうがありがたいわ、エリオット」

「それなら今朝は簡単だ。正午過ぎまでグリーンウッドと彼の書斎にこもる予定だから」

フェイドラが立ちあがった。「あたしは長い散歩に出て、何時間か全員を避けることにするわ」出ていこうと向きを変えた。

「フェイドラ」

足を止めて肩越しに振り返った彼女に、エリオットは言った。

「ここから脱走しないと約束してくれ。ディナーになってもまだここにいると」

彼女が眉の片方をつりあげた。「シニョーレ・サンソーニにあたしを見張ると宣誓したから?」

「それもある」

フェイドラの表情は、別の理由もわかっていると物語っていた。「約束しなかったら?」

「またベッドに縛りつけてもいい。そうしてほしいかな?」

彼女の顔が真っ赤になった。彼のあてこすりを払うように首を振る。

「約束するね?」

「ええ、約束するわ。必要ないし、ばかばかしいけれど。なにしろ、どうやって内陸へ向かえばいいかはもちろん、この岩山をおりる方法だってわからないのに」

そう言うと、顎をつんとあげて流れるように去っていった。黒い帆を背後でふくらませて。

自室に戻ったフェイドラは荷ほどきを始めた。

どうして計画が読まれてしまったのだろう？　自分をわかりやすい女性だとは思わないが、ロード・エリオットには彼女がなにか思いつく前から予測できてしまうらしい。

空《から》の手提げかばんを脇に置いた。逃げだす準備をしたのは、彼に及ぼされる影響をひと晩かけて素直に考えた結果、衝動的に思いついてのことだった。いま自分は、ばかなまねをして笑い物になるという深刻な危機に直面している。ある男性に欲望を刺激されるだけで、とろけてしまうという危機に。明け方には、挑戦そのものを避けることが、いちばんいい考えに思えたのだ。

腰かけて短いブーツを履くと、バルコニーに出て町を見おろした。下のロッジアから声が聞こえてくる。ほかの宿泊客が朝食をとっているのだろう。

深呼吸をして、いつもの自分を呼びだした。

逃げだそうなんて臆病者の発想だった。この国へ来たのは母についての答えを知るためで、そのいくつかはこの屋敷の中にあるかもしれないのだ。留まるほうがずっと理にかなっている。ロード・エリオットに引き起こされる不安ともろさに屈することなく、大事な謎を追うほうが。

フェイドラがロッジアに戻ったときには、マシアス・グリーンウッドはロード・エリオットを連れてストゥディオーロへ消えていた。が、ランドール・ホイットマーシュが妻とともににテーブルに着いていた。フェイドラはふたりと一緒にテーブルを囲み、夫人が退席してくれることを願った。昨夜マシアスと話した成果が大きかったので、ミスター・ホイットマーシュが新たな情報を提供してくれるかどうか、早く知りたかったのだ。

あいにく夫のほうが先に席を立ち、朝の長い散歩に出かけていった。

「ゆうべはとてもきれいだったわよ」ミセス・ホイットマーシュが言う。

「ありがとうございます」

「いったいどうして……」夫人の視線がフェイドラの服におりる。

フェイドラはあえて説明しなかった。この奇抜な服装は実用主義とめんどうくさがりの産物なのだと話したところで、ミセス・ホイットマーシュには理解できないだろうから。

「わたしが言いたいのはね、お母さまは独特な考えをお持ちだったけど、そういうひと目でわかるようなしるしは取り入れていらっしゃらなかったということなの」

フェイドラははっとした。「母をご存知だったの？」

「ローマに家を構えるまでは、主人はよくお母さまのディナーに出席していたのよ。ほかのご夫人方と違って、わたしは一緒に出かけたわ。主人はお母さまに魅了されていて。彼女が主人に魅了されないよう、目を光らせておいたほうがいいと思ったの」

母アルテミスがミスター・ホイットマーシュに惹かれるなど、ありえない気がした。とはいえ父の回顧録を読むまでは、アルテミスがリチャード・ドルーリー以外の男性に目を向けるのも、想像さえしなかった。

「ふたりの密通は首尾よく防げました？　それとも母はご主人にそういう愛情を注いだかしら」

大胆な問いかけにもミセス・ホイットマーシュは驚きを示さなかった。「首尾よくいったと思うわ。もちろん最晩年になるまで彼女はミスター・ドルーリー以外に目を向けなかったけれど」

「それはつまり、母は晩年になってほかの男性に目を向けたということですね。どうかお気遣《づか》いなく。あたしはアルテミス・ブレアの娘で、母と同じく、そういうことについて率直に話さないのはばかげてると思ってますから」

ミセス・ホイットマーシュが肩をすくめた。「亡くなる前の一年かそこらは、ふたりのあいだは冷めてしまったように思えたわ。もちろん妻としてではないわよ」

彼女を求めている男性は大勢いたの。

最後のひとことを発した批判的で独善的な口調に、フェイドラはかっとなった。アルテミスには言い訳など必要ないとわかっていても、必死に母を弁護した。「母が別の男性に愛情を移した証拠をご覧になっていないなら、冷めたように思えたのは時間を重ねた結果にすぎないかもしれないわ。恋人同士が慣れ親しんで、気が楽になったとか」

「ミス・ブレア、主人とわたしは何年もお母さまと一緒に食事をしてきたの。たいていミスター・ドルーリーがいらっしゃったわ。あなたが言うような慣れや気楽さは最初からそこにあった。ふたりが恋人同士で、あなたがミスター・ドルーリーの子どもだということは、だれに教わらなくても一目でわかったわ。けれど最後の一年は、ミスター・ドルーリーは以前ほどいらっしゃらなくなった。いらっしゃるときは気まずさがあった。あなたはわたしのことを鈍いと思っているかもしれないけれど、男女の仲がうまくいっているかどうかにかけては、めったに見誤ることはないのよ」

たしかに、夫を奪われまいと神経を尖《とが》らせているミセス・ホイットマーシュなら、人間のそういう面に関して鋭くなるのも納得だ。夫人には洞察力もあるだろうか？　すべてを目にしただろうか？　守るべき宝物を持っている女性なら、強大な海賊が別の船に目標を定めたら、それと気づくに違いない。

「母の愛情の新たな対象になったのはだれなんですか？」

「これは試験かなにかなのかしら？　わたしの判断を尊重してもらうには、名前を挙げなくてはならないの？」

「純粋な質問です。母の晩年を知りたいと願う、ひとりの娘からの」

ミセス・ホイットマーシュの憤慨《ふんがい》がとけた。「わからないわ。確実に言えるのは――ほぼ確実に言えるのは――わたしの夫ではなかったということだけ。何カ月かのあいだ、彼女はまるで若返ったかのように輝いていたわ。ところが……」

「ところが？」

「まるでだれかがランプを吹き消したみたいだった。わたしたちが訪ねていった最後の数回のときは、彼女はひどくふさぎこんでいて。だれになのかはわからないけれど、失望させられたんでしょう」

フェイドラもそんなふうにふさぎこんだ母を目にした。ミセス・ホイットマーシュはその理由も深さも知らないにもかかわらず、的確な表現をした。あのときの母は、まさに火が消えたようだった。

「母に新しい恋人がいたんじゃないかと思ってるのは、あなただけじゃないんです」フェイドラは言った。「いくつか名前も聞きました。ミスター・ニードリーとミスター・ソーントン」

「ニードリー？　そうね、多少は筋が通ると思うわ。ミスター・ドルーリーに似ていなくもなかったから。見た目や性格が、という意味よ。ローマ芸術に関してたいそう博識だから、お母さまとのあいだに共通点はあったでしょう。とはいえ、わたしに言わせれば、ふたりはそりが合わないようだったわ。彼はときどきひどく尊大だったから」

ミセス・ホイットマーシュが噂話に目を輝かせはじめた。フェイドラにとってはあまりうれしくないくらい、この話題を楽しんでいる。「惹かれ合うと意外なことも起きるのでは？」

「そのとおりね。それで、もうひとりのソーントンだけど……」しばし考えこむ。「彼女には少し若すぎたのではないかしら。謎めいてもいたわ。だけど頻繁に集まりに顔を出していたのはたしかよ。その場にいれば、まず見逃すことはなかったわ。なにしろハンサムなのよ、驚くほどに。それから貫禄《かんろく》もあって、だけど……」

「だけど？」

「説明するのは難しいわ。印象に残る人物よ。ものすごく。だけどなんというか……曖昧《あいまい》なの。主人が一度、彼を表現するのにその言葉を使っていて、まさに言い得て妙だと思ったわ。そう、彼はいろんな意味で曖昧なのよ」

フェイドラはその表現を頭にしまいこんだ。英国に戻ったら、尊大なニードリーと曖昧なソーントンを探しだして、なおかつ母のごく親しい友だちの何人かに、アルテミスがそのふたりの男性のどちらかに愛情を注いでいたかどうか、率直に質問をぶつけてみよう。

「彼女のことは好きだったわ」ミセス・ホイットマーシュが言う。「わたしが彼女の生活をよしとしていないことは、本人も知っていたの。それでもわたしの考え方を受け入れてくれた。ほかの招待客がわたしに気詰まりな思いをさせるのを絶対に許さなかった。本当に寛大な人だったわ」

「あなたのような考え方には、母は慣れてたと思います。しょせん、それが一般的な考え方ですから。母は自宅から一歩出るたびに、奇妙な人扱いをされてました。母と同じくらい、世間も相容れない考え方に寛大でいてくれたならと思います。そして、母が親交の輪にだれでも受け入れたのと同じように、あなたたちも母を受け入れてくれていたらと」

ミセス・ホイットマーシュが赤くなった。その赤面は、フェイドラが知りたかった以上のことを物語っていた。ホイットマーシュ夫妻がディナーの招待を返したことはない。アルテミス・ブレアは彼らの親交の輪や彼らのパーティには招かれなかったのだ。

朝の打ち明け話が、急に母の思い出への裏切りのように思えてきた。いま聞いたあれこれは、ミセス・ホイットマーシュがいつも友だちと交わしている噂話のこだまなのではないだろうか。社会的な決まり事を拒み通した女性文士には決して開かれることのなかった居間でくり広げられる噂話の。

フェイドラ自身についてどんな噂話が交わされているかも、ほんの少しわかった気がした。彼女の自由を誤解する男性がいるように、笑ったり憶測をめぐらしたり舌打ちをする女性がいるのは知っていた。けれどそういう人たちのほうが無視するのは簡単だ。一緒にいさえしなければいいのだから。

父リチャード・ドルーリーの座を奪った男性がだれなのか、ミセス・ホイットマーシュが知っているよう願っていた。あては外れたが、夫人の直感は無益ではなかった。

フェイドラは席を立った。ロッジアを出ると、町へおりる急な道に向かった。

ポジターノは夜明けとともに女の町になる。フェイドラが活気づいた町の中心部に入っていくはるか前に、元気な男たちは漁船に乗りこんで海へ漕ぎだしていた。

　古くて狭い入り組んだ道をおりるには、ずいぶん時間がかかった。踏み固められていても危なっかしい。パラソルを持ってきていれば杖代わりに使えたし、日射しも遮《さえぎ》れただろう。高い丘の頂《いただ》きにかかった太陽は、熾烈《しれつ》なまでに照りつけていた。

　フェイドラは女性と子どもの視線を浴びながら、市場の通りをぶらぶらと歩いた。レモンや葉物野菜、子羊や牛の関節に見とれる。市場の隅の居酒屋の外には、何人かの男性が椅子に腰かけて、好奇と疑いの目でこちらを見ていた。

　いちばん若いのは黒髪の男で、おしゃれな茶色のフロックコートをはおり、重そうな杖を椅子に立てかけている。ほかの男たちは年老いてしなびて見えた。きっと何年も前に漁の厳しさに別れを告げたのだろう。

　フェイドラが人の流れをたどって歩いていると、別の大通りに出た。ロバに乗ってロード・エリオットの後ろを進んだときと同様、いまもちょっとした見世物になっているらしい。窓から頭がのぞいて、大胆な視線が追いかけてきた。

　通りの端まで行き着くと、丘の斜面のすぐそばにある小さな広場《ピアッツァ》に出た。丘の岩に寄り添う形で作られた小さな壁には彫刻のライオンが組みこまれており、その口からは水が流れだしている。女たちは木陰の石のベンチに腰かけて、ライオンの口の下に水差しを入れる順番を待っていた。

フェイドラはベンチに空間を見つけて涼むことにした。いくつもの黒い瞳がちらちらとこちらを盗み見る。若い女性のひとりが少年の耳になにかささやくと、少年は小道を駆けていった。女たちは水を汲んだあともその場に残り、表現力に富む音楽のような会話をくり広げつつも、見慣れない女性から目を離さなかった。

ほどなくひとりの女性が小道をやって来た。大きな歩幅にあわせて黒いスカートが揺れる。その外見はほかの女性と異なっていた。

まずひとつに、ブロンドだ。濃い金色の髪はうなじのところでシニョンにまとめられ、黒い麦わら帽子の大きなつばの下からのぞいている。フェイドラほど色白ではないものの、この土地ではあたりまえの豊かなブロンズ色は、彼女の肌をほんのりとしか染めていない。

彼女も外国人なのだろうか。マシアスのようにここへ移り住んできた？　遠目では髪と肌の色に少し惑わされたものの、近づくにつれて、アーモンド型の目と高い頬骨とハート型の顔から、彼女もやはりこの土地の人間なのだとわかった。

女性はフェイドラの座っているベンチに腰かけて、何人かの友だちに挨拶をした。フェイドラは頭の中で翻訳しようとしたが、言葉は奔流のようだし、ポジターノの訛《なま》りはナポリのそれとも違った。

「英国人？」

女性の問いに、フェイドラはうなずいた。

「みんなもそれくらいは見当がついたから、パオロ坊やにあたしを呼びに行かせたんだ。ここで英語をしゃべれる女は、いとこのジュリアとあたしだけだからね。ジュリアには会ったはずだよ。お屋敷の女主人。ねえ、あんたは未亡人なの？」抑揚や発音には多少の苦労が感じられるものの、立派な英語だった。

「いいえ、未亡人じゃないわ」

女がフェイドラの長い髪を一瞥する。「それは意外」右手の小道に目を向けて、にやりとした。「ああ、シニョーレ・タルペッタのお出ましだ。あいつのことは無視していいよ。大物《パドローネ》みたいにふるまいたがるけど、権威も力もあいつの頭の中にしか存在しないんだ」

市場通りの端に座っていた足の不自由な男が、杖をつきながらもったいぶった態度でやって来た。老人ふたりも一緒だ。三人はピアッツァの反対側に陣取った。

「あたしはカルメリータ・メッシーナ。ちなみに黒を着てるけど、あたしも未亡人じゃない」

「フェイドラ・ブレアよ。こんなに英語が上手な人と会えてうれしいわ。この国の言葉には挑戦してみたんだけど……」

謝罪などいらないとカルメリータが手を振った。「ナポリで英語を学んだの。ジュリアと彼女の亡くなった亭主と一緒に、何年かあっちで暮らしたわ」カルメリータがシニョーレ・タルペッタを顎で示した。老人たちと話しながらも、じっとこちらを観察している。「やつはお屋敷の人間がここへおりてくるのが好きじゃないんだ。あんたみたいな人に小さな王国を破滅させられるんじゃないかと怯えてるんだよ」

「みんなよくおりてくるの？」

「あそこの人たちにとっては、あたしたちなんかただのおかしな田舎者さ。感傷的な絵の隅にいる、ちっぽけな人間」

「シニョーレ・グリーンウッドもあなたたちとつき合わないの？」

「そりゃ、ときどきはね。去年はよくおりてきたかな。一度はジュリアを連れてきた」タルペッタに軽蔑の顔を向ける。「あいつはジュリアと結婚したかったんだ。もうあんな女に興味はないって言ってるけど、ジュリアがこうしたら這いつくばるに決まってる」そう言ってぱちんと指を鳴らした。

ふたりの会話に引き寄せられるように女たちが集まってきて、くすくすと笑った。

カルメリータがフェイドラを見た。「あたしが黒を着てるのは、王が共和制を倒したときに死んだカルボナリを弔《とむら》うためよ。だけど未亡人じゃないなら、あんたはだれを弔ってるの？」

「父の喪に服してるけど、服でじゃないわ。黒を着てるのは、汚れても目立たないから」

カルメリータが女たちに通訳をすると、みんな一様にうなずいた。

「髪を結ったりベールをかぶったりしないんだね。ほかの人ならプッターナなのかって尋ねるところだけど、あんたがそうじゃないのはわかる。上のお屋敷を訪ねる男が連れてくる女は、どれもこれも流行最先端の格好をしてるもの。もしかしてあんたが髪をほったらかしてるのは、タルペッタみたいな男どもをあざ笑うため？」

「かもしれないわ」フェイドラは数百ヤード先の湾を見やった。「ミスター・グリーンウッドを訪ねてくる人は多いの？　あの屋敷のためだけに特別な船が着いたりする？」

「客は多いし、中にはしょっちゅう来る人もいるよ。友だちが多いんだね、シニョーレ・グリーンウッドは。土地の人間じゃないけど、あの人が使った金のおかげで金持ちになった者はここには大勢いるんだ」

「小さな古代の像を見つけた男の子の家族とか？」

「像の話は聞いたことないね。もっとあっても独り占めできるよう、家族が内緒にしたんじゃないかな。あの人は古いものが好きなんだ、シニョーレ・グリーンウッドは」

カルメリータがまたこちらを監視している男たちのほうを見た。「あいつらはあんたが長々とここに座ってるのが気に入らないんだ。だからもっと座っててよ。英国での生活を聞かせて、フェイドラ・ブレア。だれも水を持って帰ろうとしないのは、あんたの話を聞きたいからだよ」

カルメリータがふたりの会話をすべて通訳して、最後の提案を伝えると、女たちはほほえんだりくすくす笑ったりした。

十八になるかならないかの娘が勇気を出して近づいてきた。おそるおそる手を伸ばし、フェイドラの赤毛を撫でた。

そんな親しげなふるまいもフェイドラは気にならなかったが、気にした人物がいた。男の声が、なにごとか怒鳴る。ピアッツァの向こう側でひとりの老人が前に出た。顔をしかめて、先ほどの娘を手招きした。

うなだれた娘は怯えた目をして老人のほうに駆けていった。老人は娘の腕をつかむと小道のほうへと急《せ》きたてて連れ去った。

「あの娘の舅《しゅうと》よ」カルメリータが言う。「お屋敷から来た外国人の愛人と、どんなふうに親しくなったか、家族に話すんだろう」

その話を聞いて娘の夫が怒るなら、フェイドラは彼女の運命を考えたくなかった。噴水を囲むほかの女たちの目に、急に用心深い表情が宿ったのを見て、悲しくなった。

「あなたたちのだれにもトラブルを招きたくないわ」そう言って立ちあがりかけた。

カルメリータのしっかりした手に腕をつかまれた。「トラブルなしに変化は起きない。この女たちはあの海岸より先の世界を知らないし、あたしのナポリの話も古くなってきた。あんたの故郷の話をしてよ。いったいどんないきさつで、たったひとりで見知らぬ土地へ足を踏み入れるような女になったかを。喪中の娼婦みたいな形《なり》をした、どんな男の手も怖れない女に」

フェイドラは土地の女たちを相手に、噴水のそばで一時間ほど楽しく過ごした。自分の人生について、ロンドンではひとりで自由に暮らしていることについて、カルメリータたちに話して聞かせた。時間が経つにつれて、外国語の奔流がほんの少し理解できるようになってきた。投げかけられた質問が訳される前にわかることもあった。

ピアッツァの反対側ではシニョーレ・タルペッタがじっと監視していた。だれかが椅子を持ってきており、それに腰かけて脚を休めていた。楽しげな女たちは彼が不快そうでも意に介さない。彼は自分を大物《パドローネ》だと思っているかもしれないが、女たちが別の権威に従っているのは明らかだった。その名はカルメリータ・メッシーナ。

とうとう女たちが腰をあげて、それぞれの水を手に、興奮した様子でおしゃべりをしながら去っていった。

「もうじき亭主たちが船で帰ってくる。昼ごはんをこしらえなきゃならないんだ」カルメリータが説明した。

フェイドラは立ちあがった。「あなたがいてくれて助かったわ。おかげでみんなと知り合えた。ちょっとあの塔まで散歩して、それからお屋敷に戻るわ」

「迷わないよう案内するよ。もしタルペッタがついてきても、見えないふりをするといい。あの脚でそんなことするなんてばかとしか言いようがないけど、ああいう男は得てして自分のばかさ加減を証明するものだからね」

この日、タルペッタはたしかにそれを証明することになった。後ろをついてくる様子がないので、彼は尾行をあきらめたのだとフェイドラは思っていた。ところが低地を見おろす岬の小道にたどり着いたとき、ふと見ると、ふたりを監視できる波止場のほうへ脚を引きずっていく姿が目に留まった。

「どうして脚を怪我したの?」フェイドラは尋ねた。

カルメリータが塔の入口をくぐって先に中に入る。「あいつは元兵士で、ナポリにあったあたしたちの家にジュリアの亭主を探しに来たひとりだった。あたしたちを裏切ったんだ。勝てる見込みはなかったけど、あたしたちは戦った。あたしは重たい鉄のフライパンであいつを殴ってやった――ここを」自分の膝を指差す。「頭を狙えばよかった」

「だからいまは、あなたをつけ回してるというわけ?」

「つけ回されてるのはあたしじゃなく、あんたよ。だけどあたしを憎んでるのはたしかね。だってシニョーレ・グリーンウッドとジュリアが出会うよう仕向けたのはあたしだもの。共和制が倒されて亭主が処刑されたあと、ジュリアにはなにもなくなったんだ」

「嫉妬するなら、あなたじゃなくグリーンウッドを憎むべきじゃない?」

カルメリータが先に立って石のらせん階段をのぼりはじめた。「グリーンウッドを憎むことはできないさ。ほとんどの人と同じで、あいつもあの英国人のおかげで裕福になったんだから」

塔のてっぺんまでのぼると正方形の部屋に出た。四方の壁には小さな窓が空いている。ひとつは海に面していて、もうひとつからは丘側がきれいに見えた。

「あの窓のところに立って、港を襲うアラブ人や海賊はいないかと海を見張ったんだ」カルメリータが説明する。「それで、この東側の窓は――まあ、ほかのものを見張ってたんだろうね。丘を越えてやって来る軍隊とか、町のもめ事とか」

フェイドラは西向きの窓から外を眺めた。海は果てしなく広がり、左右には海岸線が何マイルも続く。東側の窓へ移ってみると、太陽が丘の真上にかかっていた。

この塔は軍事的な目的で建てられた。けれど夏至の夜明けには、太陽は最初にこの窓の真正面に現われるのかもしれない。

見張り部屋には、これといって見るものはなかった。石の壁が上のほうで弧を描いて丸天井になっているさまは、英国にある古いノルマン風の教会とよく似ている。床の上の毛布をのぞけばなにもなく、驚くほど清潔だった。

カルメリータが毛布をつま先でめくり、その下の藁《わら》をのぞかせた。「恋人たちがここへ来るんだ」と言う。「ずっと昔から、この塔には夜の訪問者がいたというわけさ」

ふたりがふたたび外に出たときも、シニョーレ・タルペッタの忠実な姿はまだ波止場に立っていた。

「彼はどうやってミスター・グリーンウッドのおかげで裕福になったの？」

「さあ。でも暮らしぶりはいいし、軍隊からのささやかな恩給以外に収入はない。あのふたりは知り合いなんだよ。たまにふたりが顔を合わせたときの様子からわかるんだ。たぶんグリーンウッドはあいつを雇って、あたしたちが大事なお友だちの邪魔をしないよう、見張らせてるんじゃないかな。それか、単にジュリアに近寄らせないためかもね」肩をすくめる。「さあ、ロバ引きの少年を見つけよう。あたしだってあのお屋敷までは歩いてのぼれないよ」

岬をおりていると、波止場にロード・エリオットが現われた。と思う間もなく、シニョーレ・タルペッタが大げさな身振りでこちらを指差し、フェイドラは難なくロード・エリオットに見つかった。

ロード・エリオットがつかつかと波止場からおりて、フェイドラたちを途中でつかまえようと北へ向かいはじめた。

「あれはだれ？」カルメリータが尋ねる。「恋人が迎えに来たの？」

「恋人じゃないわ」フェイドラは頬が熱くなるのを感じた。

カルメリータが笑う。「でも彼はそうなりたがってるんだね？　で、あんなにハンサムだから、あんたもぐらついてるんでしょう。だけどご覧よ、仁王立ちであたしたちを待ちかまえてる。あの男には用心したほうがいいよ、フェイドラ・ブレア」

ロード・エリオットのところまでたどり着くと、フェイドラはカルメリータを紹介した。

ロード・エリオットは優雅に応じたが、不快感は隠し切れていなかった。

「みんなどれほど心配したか、ミス・ブレア。ひとりで町をうろつくなんて、いったいなにを考えていたんだ」ロード・エリオットの口調が叱責《しっせき》に近づく。

「この町を訪れた人に災いが降りかかるとは思えないけど」

フェイドラの言葉を無視して、ロード・エリオットがカルメリータのほうを向いた。「ミス・ブレアへの助力と付き添いに感謝します」

「だれの助力も付き添いも必要ないわ」フェイドラは言った。「だけど友だちができてすごくうれしかった。また会いましょう、カルメリータ」

まだ怒りに顔をこわばらせたまま、ロード・エリオットがロバ引きの少年を探しに行った。

「じゃあ、あたしはこのへんで。あとはしっかり彼に対処するんだよ」カルメリータが言った。「鉄のフライパンが必要になったらいつでも知らせて」

「午前中に発掘現場の監督者宛ての手紙を書いてしまおう」マシアスが言った。「もちろん、きみが英国から携えてきた紹介状だけでじゅうぶんだろうが、わたしのうぬぼれ精神が言うんだ、わたしからの手紙があればより早く作品を見られるに違いない、とね」

「あなたは直接の知り合いですからね。紹介状をいただければ本当に助かります」

エリオットはどうにか意識の半分をポンペイ行きの準備に向けていた。残りの半分は、このロッジアの上のバルコニーを気にしてばかりいる。

昨夜、フェイドラは部屋のドアを開け放していた。

挑戦のつもりか？　それとも無関心の宣言か。確実に言えるのは、誘いではないということだけだ。

エリオットは夜のあいだにバルコニーで長い葉巻を吸って、闇のこちら側から彼女の部屋の開いた雨戸を見つめた。すぐそばにいるせいで引き起こされる誘惑は、ほとんど耐えがたいくらいだった。それなのに向こうの部屋の中から聞こえてくる音といえば、腹立たしいほ

9

どぐっすり眠る女の吐息のみだった。

ようやく自室に戻ったのは、彼女のせいで容赦なく刺激される衝動をくじこうとしてのことだった。やっと包みこんでくれた眠気は、深く長く、夜明けまで続いた。目が覚めてみると、フェイドラはいなくなっていた。

また屋敷を抜けだしたのだ。やめろと言ったのに。昨日、彼女を見つけたあとにいくつか命令をくだしたものの、フェイドラは即座に逆らったということらしい。

「もしそのほうがよければ、きみがポンペイへ行くあいだ、ミス・ブレアはここにいてもかまわないんだぞ」マシアスの口調はさりげない。さりげなさすぎる。まるでなにが教え子の気を逸らしているか察しているかのように。

「彼女は行く決意です」

「なにもきみが付き添う必要はない。彼女がきみに苛立っているのは明らかだしな。わたしが付き添って別々に出発してもいいんだぞ。そうすればきみのめんどうも省けるじゃないか。例のサンソーニとの約束に関しては、万が一お目付役が交替したとわかっても、代理がわたしなら彼も文句はないと思うがね」

「いや、文句はあると思いますよ。宣誓をしたのは僕ですからね。約束の期間が終わるまでは、僕が彼女のそばにいなくては」

サンソーニとの約束は、マシアスの提案を拒んだことにはほとんど関係がなかった。そしていまこの瞬間は、あの回顧録の扱い方について、フェイドラの計画を操らなくてはならないことも、エリオットの決断には関係がなかった。少なくとも直接は。とはいえ、なにもかも一枚布の一部なのだが。フェイドラへの苛立ちは別の色と影を帯びてきていた。いまでは彼女がいつどのように本を出版するか、だけでなく、もっと多くを操りたくなっていた。

「彼女を放さない覚悟のようだから、立派な女性にふさわしい宿屋をいくつか紹介させてもらおうか」マシアスが町ごとに観光客用の宿泊施設を挙げはじめた。

リストの終わり近くになって、エリオットはふと丘の急斜面に視線を奪われた。ホイットマーシュが町のほうからのぼってくる。運動をしたせいで色白の顔は真っ赤だ。

「さすがのきみにも急だろう、ホイットマーシュ？」マシアスも気づいて呼びかけた。「どうりで朝の散歩から帰ってくるのが遅いわけだ」

ホイットマーシュが腰をかがめて膝をつかみ、呼吸を整えた。マシアスに黙れと手を振って、喘ぎ喘ぎ言う。「問題が……町の……塔で……」肺が機能しようとしないのに苛立って、丘の下を指差した。

エリオットはマシアスと一緒に彼のそばへ行った。見おろすと、町は活気づいている。塔に視線を向けると、岬の小道には大きな人だかりができていた。

ホイットマーシュが何度か深呼吸をくり返した末に、ようやく落ちついた。「この丘は走ると命取りだな」

「だから走ってはいけないんだ」マシアスが言う。「なぜ走った?」

ホイットマーシュがふたたび下を指差した。「ミス・ブレアがあそこにいる。あの塔に。連中は彼女を逮捕したがっているんだ」


あの女性には寿命を縮められる。

エリオットは自室に駆けあがり、腹立ち紛れの発想が文字どおりの現実にならないよう、ピストルをつかんだ。部屋を出たところで、ホイットマーシュが自分の銃を確認している姿が目に入った。

「彼女はいったいなにをした?」丘をくだりながらマシアスが言った。

エリオットには想像するしかできなかった。

「わたしに言えるかぎりでは、魔女かなにかだと思われたらしい」ホイットマーシュが深い呼吸の合間に言う。のぼりから完全には回復しておらず、くだりもそれなりにきつい。

「くそっ」エリオットはつぶやいた。

「諸君、われわれの任務は明白だ」マシアスが言う。「彼女を逮捕させてはならない。ロスウェル、きみの話では、サンソーニという男はミス・ブレアがまた問題を起こすと確信していたようだし、この地域の宗教観と正義観からして、一度逮捕されてしまったら、ことは手に負えなくなる」

エリオットは深く息を吸いこんだが、その理由は大急ぎで湾と塔を目指しているからではない。もしフェイドラがあれほど強情でなく、おとなしく屋敷に留まっていたら、三人の男性はこうしてもめ事に突進しなくてすんだものを。

そんな怒りも、胸の中のずしりと重たいもうひとつの感情をろくに鎮めてくれなかった。ここはロンドンではなく、陸の孤島のような外国の丘陵地帯の町だ。服装とふるまいのせいで、フェイドラの立場はもとより危うかった。この地域で魔女だと非難されることには、なんら笑うところはない。彼女は本当の危険にさらされているのだ。

ふもとの小道にたどり着き、サンタマリア教会前のピアッツァを横切る。ペンキを塗ったばかりの飾りつけられた荷馬車が、朝とサン・ジョヴァンニの祭りの行列を待っていた。

三人はマシアスを先頭に湾沿いを走った。男たちの集団が岬への道をふさいでいる。この小さな群衆を構成しているのは、老人や体の不自由な男たちだけではない。塔での一幕のほうが海に網を投じる作業よりおもしろそうだと判断した漁師も混じっていた。

男たちの意気は盛んだ。しわがれ声で悪態をわめき、黒い目を燃やして、両手で大きな身振りをしている。その中央では身なりのいい男が太い杖に体重をかけて立ち、熱心に仲間をけしかけていた。

マシアスが首を傾けて耳を澄まし、情報を集めた。

「ミス・ブレアは夜明けに塔の窓辺にいるところを目撃された」とつぶやく。「朝日に祈りを捧げるとかなんとか、そういうことをしていたらしい。タルペッタは——あそこにいる脚の悪い男だが——昨日も町で彼女を見かけた。女たちを堕落させようとしているところを。わたしにわかったかぎりでは、彼はミス・ブレアを魔術と売春と異端の罪で咎めているようだ」

「異端？」ホイットマーシュが尋ねた。

「この群衆の前まで行きましょう」エリオットは言った。「ホイットマーシュ、武器は見えないところに隠しておいたほうがいい」

軍人のような態度で男たちのあいだをかき分けて進んだが、そんな三人を見ても状況が静まる気配はなかった。

岬ではオペラにふさわしいような場面が待ち受けていた。男たちは町の端に集まり、それと向き合うように大勢の女が塔への道をふさいでいる。女たちも意気盛んで、けんかを始めたくてうずうずしている様子だ。ひとり残らずネッカチーフやベールを外して、髪をおろしていた。

カルメリータ・メッシーナが女たちのいちばん後ろに立って、最後の防衛線を務めていた。金髪をなびかせて黒いドレスを風に翻《ひるがえ》らせた姿は、〝フェイドラ・ブレア教〟の女司祭のように見える。

手には大きな鉄のフライパンを握っていて、ときどきその武器をタルペッタのほうに振りかざすものの、タルペッタは挑発に乗ろうとしなかった。

男と女のあいだにはひとりの男性がいた。どうやら町の司祭《パードレ》らしく、両手をそれぞれの集団に向けて掲げている。まるで、たったひとりで怒りの波がぶつかり合うのを押し止めているかのようだ。

「なかなか興味深い状況だな」ホイットマーシュが辛辣なことを言う。

あいにく危険をはらんだ状況でもあった。エリオットが塔のほうを見あげると、同時にフェイドラが高い窓から見おろして、彼に気づいた。エリオットは安心しろと目で伝えようとした。

「丸く収められないかどうか、たしかめてみましょう、グリーンウッド」エリオットはそう言うと、大胆にも睨み合う両者のあいだに進みでて、マシアスと一緒に司祭に近づいた。

グリーンウッドが司祭と話すあいだも、男たちが怒りをあらわにまくしたてる。知らせは良いものではなかった。

「魔術の咎めは、よりによってこの日に太陽の儀式をしたせいだ。一日くらいのずれはあるだろうが、夏至だからな」マシアスが伝える。「売春の咎めは、全体的なものだ。服装や髪型、ひとりで町をぶらついたこと、などだな。あいにく女性陣の支援ぶりは、ミス・ブレアがいかに彼女たちを堕落させるかという証拠としてしか男性陣の目には映っていない。どうやら昨夜、この町の寝室では奇妙な会話がなされたらしい」

「異端については？」エリオットは尋ねた。

「ミス・ブレアは賢明とはいえないほど詳しく太陽の儀式について説明してしまったようだ。おそらく彼女は、世界じゅうの宗教の共通点にはさほど関心がないのだろうな」

エリオットは、咎めの内容が女性たちからカルメリータへと伝わり、英語に訳されてフェイドラの元に届くところを想像した。長い説明が同じ鎖を逆戻りしてくるところも。長い文章がひとつずつ、意味を解されることなく鎖の輪から輪へと伝っていき、男たちの元へ到達する。不思議なのは、三つ目の咎めが異端で、愚行ではないことだ。

司祭は年配の男性で、白髪頭に柔和《にゅうわ》な顔立ちをしている。町全体が秩序を乱したことで、見るからに心を悩ませていた。司祭がマシアスに話しかけ、祈るように両手を組むと、嘆願を強調するように前後に揺すった。

司祭の言いたいことはエリオットにもわかった。「ミス・ブレアを群衆の気まぐれに任せはしないと伝えてください」

「しかし、わたしたちが真ん中にいると火に油を注ぐばかりだという司祭の意見はもっともだ、ロスウェル」マシアスが言う。「男はわれわれに権力を奪われると考えているし、女は、その、いまはどんな男のこともよく思っていない」

最後の部分は事実だ。女たちは敵を見るような目でこちらを見ている。語気荒く投げかけられる言葉は失礼な侮辱に違いない。たとえ女たちのあいだをかいくぐったとしても、カルメリータと鉄のフライパンが待っている。

エリオットは撤退することにして、男たちのあいだをかき分けて元いた場所に戻ると、マシアスを脇へ引き寄せた。「塔へ行って彼女と話をしなくてはなりません」

「あの塔は防衛のために建てられた。近づく道はふたつしかない。この岬か、海か」

「では海から行くとしましょう」

フェイドラは窓の隅からそっと外をのぞいた。下ではいまも膠着《こうちゃく》状態が続いている。男性陣の関心が薄れてきたと見えるたびに、シニョーレ・タルペッタが彼らを鼓舞《こぶ》していた。

エリオットとマシアスとホイットマーシュは行ってしまった。おそらくこの小さな火事はそのうち勝手に鎮火すると考えたのだろう。司祭が出てきて両者を説得しているとあっては、フェイドラが彼らでも同じように考えたかもしれない。けれどあいにく、この件は今朝、塔に奇妙な英国人女性がいたこととは関係がないように思えた。

ほかのことについても線引きが行われたのだ。古代の儀式と最近のできごとが火種となって。たとえフェイドラが許されたとしても、こうして男に楯突いたせいで女性たちが大きな代償を払わされるのではないかと心配だった。

カルメリータが自由を代償にすることがないよう祈った。鉄のフライパンを振りまわす金髪の女性を尊敬している。あの仕草で、自分は無力ではないと宣言しているのだ。加えて、タルペッタに彼自身の罪を忘れさせまいという意図もある。さらには町の者が彼に従うことをなぜ彼女が許さないか、その理由を思い出させようという意図も。

まったく、シニョーレ・タルペッタには困ったものだ。フェイドラが夜明けとともに塔の中へ入るところを目撃したということは、また尾行していたに違いない。そして太陽が丘の頂きに達したときに、彼女が塔の東側の窓辺に立つところを見たのだろう。

あれから太陽はずいぶん移動したが、下の衝突は一向に終わりそうにない。

フェイドラは西側の窓に駆け寄った。しばらく前にカルメリータが、海からの攻撃に気をつけなさいと大声で忠告してくれたのだ。一時間ほど前に一艘の船が様子をうかがうように近づいてきたけれど、建物の崩れた小石を投げて追い払った。

いま、また一艘が近づいてきた。ポジターノの波止場からではない。カプリ島からの観光客がノルマン風の塔を見物しに来たかのように、西からやって来る。

舳先に立つのは三人の男性で、船を漕いでいるのは屋敷の召使いたちだ。間違いない、エリオットとホイットマーシュとグリーンウッドが助けに来てくれたのだ。

船ができるだけ塔に近づいてくる。ミスター・ホイットマーシュが手を振って、ミスター・グリーンウッドが呼びかけた。エリオットはほほえもうとしたが、唇は苦虫を嚙みつぶしたような形にしかならなかった。

「これでわたしの言った意味がわかっただろう、ロスウェル。海から容易に入れるようでは、塔は目的を果たさない」

「それでも、海へ漕ぎだすにはもってこいの日だ」ホイットマーシュが言う。「われわれがこんな手に出るとはだれも疑わなかったんだろう。波止場はあいかわらず空っぽだ」フェイドラのほうを見あげる。「近づいてみると、あの窓はずいぶん高いな。ミス・ブレア、じつは食料を持ってきたんだが、これではうまくきみの元へ届けられそうにない」

塔の反対側で大きなどよめきがあがった。フェイドラは駆け戻って見おろした。男たちが司祭に詰め寄って、女たちはぴったりと身を寄せ合っていた。

ふたたび海側の窓に駆け戻った。

エリオットが腰をかがめて、長い縄と、三つのかぎ爪がついた大きなフックを持ちあげた。

「さがってろ、ミス・ブレア。塔のずっと奥まで。僕がこのフックを投げこんだら、できるだけしっかり固定させるんだ」

「ロード・エリオット、そんなことができるとは――」

睨みつけられてフェイドラは口をつぐみ、塔の反対側に引きさがった。

金属が石をたたく固い音が三度聞こえ、続いてフックが海に落ちる大きな水しぶきの音が響いた。計画はうまくいきそうにない。

そのとき突然、大きな鉄のフックが窓の向こうに現われた。しばし宙に留まってから、落下しはじめる。三つのかぎ爪のひとつが、かろうじて窓枠に引っかかった。

フェイドラは駆け寄ってかぎ爪を外し、フック全体を窓のこちら側に引きあげて、石の壁に深く食いこませた。

　窓の外を見おろすと、三人が強度をたしかめるように縄を引っ張っていた。ロード・エリオットが満足した様子で、船から狭い浜に飛び移った。ホイットマーシュが大きなかごをふたつ、手渡す。

「食べ物を先にしてもらえる？」フェイドラは頼んだ。「今日はなにも食べてないの」

「わかってるよ、太陽神を待たせてはいけないと思ったんだろう？」エリオットが、かごの取っ手に縄を結ぶ。「僕が子どものころは、言うことを聞かなかったときは夕飯抜きで部屋に行かされた。きみも今日は少しくらい空腹を味わったほうがいいんじゃないか？」

　フェイドラは軽く縄を引っ張った。「そんな、意地悪言わないで」

　もどかしいことに、かごはいましばらく抵抗していたが、やがてエリオットが手を放した。

　フェイドラは両手で交互に縄を引っ張り、ついにかごの取っ手をつかんだ。

　中身を調べて、縄を投げ戻す。「すごいごちそうだわ。ワインにハム、パンにいちじくまで」

「せいぜい楽しむといい。なにしろ町の男たちの思いどおりになったら、今後十年はラード添えのパスタしか食べられないからな。それも、すぐに絞首刑に処されなかったらの話だ」

　エリオットが縄の端をつかんで、もうひとつのかごに結びはじめる。「こっちには毛布と、ほかに必要そうなものが入ってる」

塔の反対側からまたどよめきが聞こえて、彼が顔をあげた。「なにごとだ?」

フェイドラは反対側の窓に駆け寄り、すぐに戻って報告した。「これが最後の食事なら急がなくちゃいけないみたいだわ。シニョーレ・タルペッタが司祭にどけと命じてる」

「急いでこれを引きあげて、すぐにまた縄をおろせ」

向かいの窓から響く騒音に急かされて、フェイドラはできるだけ速く引きあげた。結び目をほどくと縄を放り落とし、ふたたび東側の窓に駆け寄る。

司祭がいなくなっていた。男性側の最前線は、女性側の最前線と鼻を突き合わせている。女性軍の両脇はすでにほころびはじめていた。じきに総崩れになるだろう。

海側の窓に戻ると、グリーンウッドが身振りで海岸を示していた。「あそこに船をつけて、戦線に戻ろう」とエリオットに言っている。

「岬のほうはたいへんなことになってきたわ」フェイドラは呼びかけた。

「大丈夫だよ、お嬢さん」ホイットマーシュが言う。「グリーンウッドは町の人間に顔が利くし、ロスウェルは銃を持っている。きみは安全だ」

いまにも勃発《ぼっぱつ》しそうな乱闘騒ぎに入っていくというのが計画なら、三人の勝利はあてにできない。わが英国の海賊三人組が、彼女を救うために撃ったり切ったりするとは思えないし、そうでなくても数で劣る。

エリオットが塔の壁をしげしげと眺めた。それから塔が建っている足下の狭い砂浜を見おろして、船を寄せつけないために置かれた大きな岩を観察する。「軽く四十フィートはあるな。おりろと言って落っこちられては困るし。もし水が深ければ……」まだ計算しながらつぶやくと、両手をあげて縄をつかみ、のぼりはじめた。

「おい、ロスウェル。気をつけないときみが落ちるぞ」グリーンウッドが言う。

岬のほうから聞こえた悲鳴にフェイドラはぞっとしたが、なにが起きたか見に行きはしなかった。海の上にぶらさがるエリオットから目を逸らせなかった。じわじわと縄をのぼるにつれて、だんだん大きく見えてくる。奮闘のせいで体と顔はこわばっていた。

岬での戦況が女性陣にとって芳《かんば》しくないのはフェイドラにもわかった。それはつまり、彼女にとっても芳しくないということだ。窓の外に首を突きだして、状況をロード・エリオットに伝えた。

彼が悪態をついてさらに奮起した。奇妙な音が階段の下から聞こえてくる。金属製のフライパンがなにかやわらかいものに振りおろされたような音だ。聖人に助けを求めるカルメリータの声が聞こえたと思うや、同じ音がもう一度響いた。男がわめく。

「塔に侵入されたわ、ロード・エリオット」フェイドラはかごの中をあさった。「食べ物か毛布に銃を紛れこませてない？　あれば最後の抵抗ができるんだけど」

「銃の使い方は知っているのか？」苦しそうな声がすぐ近くから尋ねた。顔をあげると、窓に彼の姿があった。両腕を分厚い窓枠にかけて、内側の縁を指でつかんでいる。フェイドラは慌てて手を貸した。「使うしかないなら使えるわ」言いながら、肩とズボンを引っ張る。彼のほうは、彼女の体のどこだろうと、とにかくつかめるところをつかんだ。そしてついに塔の中へ転がりこんできた。猫のようにしなやかに、すぐさま立ちあがる。外ではグリーンウッドが召使いに大声で呼びかけ、せっせと漕いで岬を回るよう命じていた。エリオットがすり切れた上着の下からピストルを取りだした。「ここまで来るあいだ、ホイットマーシュがこの国の丘陵地帯の町ではどんな荒っぽい正義がまかり通っているか、さんざん話して楽しませてくれた。きみの危険を甘く見ちゃいけない。ここにいろ。ついてくるな。耳を澄ましていて、もし風向きが悪そうだと判断したら、そのときは縄と海に賭けるんだ」

エリオットはけっして静かには階段をおりなかった。重たい足音で苛立ちをあらわにした。ふもとへ近づくにつれて、下にいた男たちが静かになっていった。

最後の角を曲がると、いちばん下の段にカルメリータ・メッシーナが鉄のフライパンを構えて立っていた。男四人に囲まれているものの、男たちの視線はいまでは彼女ではなくエリオットに向けられていた。

カルメリータが肩越しに振り返り、エリオットの銃に気づいた。彼女が安心したのか不快に思ったのかはわからなかった。

先ほどのエリオットと同じくらい重たいけれど一定ではない足音が、塔の入口の外から聞こえてきた。シニョーレ・タルペッタがアーチの下に現われる。彼も銃に気づいて、軍人らしく背筋を伸ばした。

「邪魔をしたな」と言う。

「ミス・ブレアは僕の権威と保護の下にある」

タルペッタが軽蔑の表情を浮かべた。「おまえは自分の女を権威できてない」

文法はどうあれ、それには反論できなかった。「保護のほうは、できている」銃口をまっすぐタルペッタに向けた。「家に帰るよう全員に伝えろ」

「彼女はわれわれの法を破った」

「彼女はどんな法も破ってない」カルメリータが言った。「自分を小さな王様だと思ってる男の、勝手な決まり事に反しただけよ」

「見ただろう、彼女が起こしたトラブルを？　女たちに魔法をかけて、異教徒の儀式を行った。ポジターノでは、われわれはそういうことを許さない」

「いまのを聞いた？」カルメリータが言い、ばかにした声で笑った。「口振りまで王様みたい。〝われわれ〟って、自分だけなのに」

エリオットは議論をする気分ではなかった。銃を振って言った。「全員この塔から出ろ。

シニョリーナ・メッシーナ、通訳を頼む」

タルペッタが外に出た。男たちとカルメリータもそれに続く。エリオットはいちばん最後に塔を出た。外に踏みだそうとしたとき、階段から足音が聞こえたので、ちらりと振り返った。ひと房の赤毛が階段の角からのぞいていた。

塔の外に女たちはもういなかった。エリオットは戦いの残党と向き合った。まだ納得していない男が二十人ばかり。

全員が銃を見て怯《ひる》んだ。エリオットが話してカルメリータが通訳をしていると、グリーンウッドの船が岬の裏手にたどり着き、グリーンウッドが岸におり立った。

「僕はロード・エリオット・ロスウェル、イースタープルック侯爵の弟だ」と切りだした。「きみたちの宮廷の役人からミス・ブレアの責任を預かっている。万一きみたちの中のだれかひとりでも彼女を傷つけたら、そのときは僕の相手をしてもらう。ミス・ブレアは魔女でも異端者でも娼婦でもない。それらの咎めを裏打ちする証拠はひとつもないし、きみたちの疑念が誤りであることは僕が紳士として保証する」

カルメリータがひどく長い通訳をまくしたてた。ところどころ聞き取れた部分と、男たちの顔に浮かんだ表情から察するに、カルメリータは〝ロード〟、〝侯爵〟、〝宮廷〟という箇所を過剰に強調したように思えた。

マシアスが到着したとき、通訳が終わった。タルペッタは自軍の士気がほとんど失せてしまったのを悟り、脚を引きずりながらマシアスのほうに近づいていった。ふたりがひそひそと会話をする。

ほどなくタルペッタが去っていき、残された男たちは指揮官と一緒に撤退するのが賢明だと判断した。

グリーンウッドが塔に歩み寄ってきた。

「彼になにを言ってくれたのか知りませんが、感謝しますよ、グリーンウッド」

「いや、誤解だよ。勝利は収めていない」グリーンウッドが言う。「彼はナポリへ使いを送って助言を仰ぎ、同時に軍の助けを求めるらしい」

カルメリータがうんざりした様子で両手を宙に放った。「どこまでばかなの」

見るとタルペッタは町へ戻っていくが、手下の内の十人は岬の端に留まっていた。

「彼らはなにを?」エリオットは尋ねた。

「見張りさ」グリーンウッドが答えた。「きみの銃があるから塔に入ろうとはしないが、ナポリからの助言が届くまでのあいだ、ミス・ブレアを外に出さないつもりだ。おそらく一艘か二艘、海から塔を見張るために船も出されるだろう」

エリオットは悪態をこらえた。フェイドラの聖域は監獄になってしまった。

「向こうが彼女を見張るなら、こっちは彼らを見張るわ。この停戦状態が破られないようにね」カルメリータが言った。

「あの男を打ち負かしたいというきみの野望のために、ほかの女性たちまで苦しめてはいけない」エリオットは言った。「助けてくれたことには感謝しているが、きみの仲間が支払う代償はすでにじゅうぶん高いんじゃないかと思う。今後は僕に任せてくれ」

カルメリータ・メッシーナはフェイドラ・ブレアと同じくらいにしか、エリオットの言葉に耳を貸さなかった。「なんと言われようと、あたしたちは見張るよ。未亡人とかなんとか、だれにも抑えつけられずに暮らしてる女が何人かいるんだ。だけど平和を保つことはその銃に任せるし、あの男に大きな影響力を及ぼして、このくだらない騒ぎを夜明けまでに終わらせるのはシニョーレ・グリーンウッドに任せる」

そう言うと、髪をひとつにまとめながら去っていった。

「あなたがそうしたいと思えば解決できるような口振りだ」エリオットはマシアスに言った。

「わたしの影響力を誤解しているんだよ。それでも、タルペッタが冷静さを取り戻したころを見計らって、説得してみるとしよう。といっても、あの男のことはほとんど知らないが」

「賄賂が効かないか、試してみてはどうです？」

マシアスがにっと笑った。「彼女はきみにとっていくらの値打ちがあるのかな？」

エリオットは銃をしまい、塔の入口に向かった。「いまなら金を積んででも、あの男にくれてやりたい気分ですよ」

10

話をするエリオットとマシアスを、フェイドラは窓から見守った。会話の内容は聞こえないものの、深刻な顔を見れば計画を立てているのがわかる。

数人の男が岬の端で輪になっていた。別の四人が波止場の漁船に近づいていき、乗りこんで出船する。

やがてマシアスが去っていくと、塔の中に石の階段をのぼるブーツの音が響いた。

エリオットが部屋に入ってきた。フェイドラはいまも下の動きを見守っていたが、ちらりと彼を振り返りはした。エリオットの表情には心配と腹立ちがにじんでいた。心配されていると思うとうれしいし、光栄でもある。怒りのほうは、早く消えてくれるよう祈るしかない。

「いまのところは安全だ」彼が言い、事故が起きないよう銃を隅の床に置いた。かごから皮袋を取って高く掲げると、水が彼の開いた口に流れこんだ。

フェイドラは流れる水を凝視した。喉が狭まる。夜明けからなにも飲んでいない。

彼が視線に気づいてこちらにやって来た。「首を反らして」

フェイドラは従って口を開いた。冷たい水がゆっくりと渇きを癒《いや》していく。手の甲で唇からしずくを拭った。「皮袋にはワインしか入ってないかと思ってたわ」

「もうひとつにはワインが入っている。慎重に飲めば、じゅうぶん長持ちするだろう」

長持ち？　もう一度窓の外を見た。岬の端にいる男たちの意味がようやくわかった。「あたしはここから出られないのね？　なにが起きたの？」

町の使いがナポリへ行くのだと、エリオットが説明してくれた。不愉快なサンソーニの記憶がよみがえってくる。説明のあとに続く沈黙の中、これから待ち受ける危険とすでに経験したそれとの重みで、空気がよどんだ。

彼女の頭越しにエリオットが町を見わたした。物思いに沈んだ顔で。まるで、まったく関係のないことを考えているかのようだ。

「僕の言いつけに背いたな」考えていたのはまさに彼女のことだったらしい。「階段をおりてきただろう」

「ほかの人には見られなかったわ。あなたが危険とのあいだに立ちはだかっていてくれたし」

……ささやかな違反よ」

「この塔へ来たのも違反だ。屋敷にいろと言ったのに」

「この塔にいるところをだれかに見られるとは思わなかったのよ」

「だけど見られた。それも異教徒の儀式の最中に。よりによってこの日に」

「儀式なんかしてません。太陽神に祈りを捧げてもないわ。タルペッタは日の出のときにあたしが窓辺に立っているのを見ただけよ。両腕をあげていたのは祈ってたからじゃない。まぶしさから目を守りながら、太陽の位置を見さだめようとしてたの」

「きみが実際はなにをしていたかなんて、どうでもいい。きみは軽率にも自らの安全と評判を危険にさらしたんだ。その結果、町の男女は対立して、きみはこうしてこの塔に閉じこめられることになった」一語ごとに怒りが募っていく。「いまは〝神聖なる自立〟について語ろうだなんて、考えるのもよしてくれ。僕はついさっき命懸けで塔の壁をよじのぼって、僕自身はその考えになんら異論のない町の男たちの命を脅かしたばかりなんだ。いずれ本当に何人か殺さなくちゃならないかもしれない。それもこれも、きみのいまいましい強情さゆえに」

「あたしは夜明けに塔を訪れただけよ。このすべてを予期すべきだったっていうの？」身振りで下の岬と、くり広げられた一幕を示す。「もしだれかに知られたり、いやな思いをさせたりするとわかってたら、絶対にやらなかったわ。いまのあなたには、ものすごく愚かに思えるでしょうけど、あのときのあたしには思えなかったの」

謝罪と呼べたものではなかったが、彼の怒りのいちばん鋭いとげはやわらいだように思えた。さっと向けられた視線がほとんど真上から見おろすほどだったので、すぐ近くにいるのをフェイドラは意識した。「目的は果たせたのか？」

訊かれると思った。「ええ。否定的な証明がそう呼べるなら」高い丘を指差す。「マシアスの言うとおりだったわ。この窓から見ていると、太陽は丘の頂きの真上にも、自分の真正面にも昇らないの。最初に現われるのはやや右手、ほんの少し南側よ」

あざ笑われるのを覚悟した。あるいは、明け方の小さな検証で大きなトラブルを引き起こしておきながら、自説の証明すらできなかったことへの、さらなる怒りを。

ところが彼はいまの言葉について思いめぐらしはじめた。「断定はできない。夏至の日は年によって前後するし、天文学ではささやかな変化が長年のあいだにどう積み重なっていくか、いまだ観測中だ。五世紀前の夏至の朝には、太陽もあの頂きに昇ったかもしれない」

愚か者呼ばわりするどころか弁護してくれるとは、なんとやさしいのだろう。フェイドラは、もっときちんと謝罪しなくてはいけない気にさせられた。「騒ぎを引き起こすつもりはなかったのに、こんなことになってしまって、本当にごめんなさい。あなたが少しくらい腹を立てたとしても不思議じゃないわ」

「僕はものすごく腹を立てているんだよ、フェイドラ。だけどいまはきみの安全のほうが大事だ。確認できるまで僕が言ったとおりにすること。あの銃を手に取るようなことがあればなおさらだ」

エリオットが西側の窓に歩み寄り、なにかを目にして顔をしかめた。フェイドラもそばに行って外を見てみた。三人の男を乗せた船が、塔から五十ヤードも離れていない場所に錨をおろしている。太陽は海に沈みはじめたものの、暗くなるまでにはまだ数時間あった。

「きみの監獄のできあがりだな」エリオットが言う。「マシアスの交渉がうまくいって、ナポリから新たなトラブルが届く前にきみが釈放されるまで、ここで待つしかない。あいにくここの権力者はタルペッタで、マシアスは彼のことをほとんど知らないが」

フェイドラはかごのそばに膝をついて中身を取りだしはじめた。ワインの入った皮袋と果物、それに食べ物の入った袋を壁際に並べる。「カルメリータの話では、ふたりは本人たちが認めてる以上にお互いを知ってるそうだけど」

エリオットが壁に肩をあずけ、かごの中身を取りだす彼女を眺めた。「きみが正しければ助かるが、マシアスには僕に嘘をつく理由がない」

ありがたいことにかごの中には陶器のカップも入っていた。皮袋から水を飲むのはなかなか愉快な体験だったが、ずっと続けたいことではなかった。

「マシアスとはどれくらいのつき合いなの?」と尋ねた。運命がグリーンウッドの手に握られているのは事実だが、質問したのはそれだけが理由ではない。

エリオットが窓から射しこむ陽光を逃れ、彼女が食料を並べている涼しい日陰に入ってきた。床に座って石壁に背をもたせかけると、いちじくに手を伸ばした。

「大学時代は崇拝していたよ。彼はだれからも尊敬される学者で、二冊の本も高い評価を受けていた。僕の研究を励まして、新しい道をたどるための調査方法を手ほどきしてくれた。

彼に関心を向けられて舞いあがったよ。なにしろ、ほかの指導教官と違って、彼はハゲワシのような動機を持ち合わせていなかったからね」いちじくにかぶりつき、残りの食料を手振りで示す。「なにか食べたほうがいい。もし三日後に命を賭けて海を泳いで渡ることになったら、あまり弱っていてはまずい」

フェイドラはパンとチーズを選び取った。「いまのあなたは崇拝してるようには見えないし、彼の態度にも指導教官らしいところはないわ」

「まあ、僕はもう学生じゃないし、いまは本も出しているからね」

「あたしが言いたかったのは、あなたたちのあいだにあるものは、元教え子と指導教官っていうかつての関係に基づいた友情以上のものに見える、ということよ」

エリオットは彼女の好奇心を満たしたくないのか、時間をかけていちじくを食べつづけた。そこでフェイドラも自分の食事を始めた。

「僕の父は温かい人間じゃなかった」さりげない口調でエリオットが語りはじめた。最後に口を開いてから十五分も経ってなどいないかのように、自然な声で。「兄のヘイデンから、厳しさを補ってあまりあるヘイデンの長所を取り払った人物を想像してくれ。それが父だ。子どものころは、父の関心が兄たちだけに向けられて、自分は無視されていることを、幸運だと思ったものだ。かたやマシアス・グリーンウッドは、僕に関心を注いでくれた。僕が大切にするものを大切にして、ことあるごとに褒めて、失望はめったに表さなかった。彼が僕に向けてくれた関心の中には、父親的なものがあったんだと思う」

エリオットが父親のことを語るときの表情を、フェイドラは見逃さなかった。先代イースターブルック侯爵の評判ならよく知っている。喜ばせるのが難しい親だったのは疑いようもなく、また、人生のほかの領域でそうだったと噂されているのと同じくらい、息子たちに対しても厳しかったのだろう。

けれどフェイドラの注意をとらえたのは、エリオットの作られた落ちつきではなかった。むしろ、彼の目をよぎった別の感情だった。

エリオットはずっと、リチャード・ドルーリーの回顧録が先代侯爵にまつわる嘘をほのめかしていると言い張ってきたが、もしかしたら、それが嘘だという確信はないのかもしれない。ここでこうして彼を見ていると、本当は父親が例の将校を殺させたのではないかと疑っているのがわかる。その小さな疑念は現実味を帯びるだろうか——実体を得て避けられなくなるだろうか——もし問題のほのめかしが活字になってしまったら?

科学者の中には、犯罪的行動もある種の病気と同じように、遺伝によって受け継がれると考える人もいる。自分の血筋に、容赦なく殺人を計画する能力が含まれていると知るのは、耐えがたいほどつらいことかもしれない。

「マシアス・グリーンウッドには子どもがいないわ」フェイドラは言った。「たぶんあなたは彼の知的相続者であり、仕事の面での後継者なのね。彼の中に父性的なところがあるとしたら、たぶんあなたの中にも息子らしいところがあるんだと思う」

エリオットが肩をすくめた。「きみの言うとおりかもしれないな。いまの僕らが友情で結ばれているとしても、彼はそんなふうに僕を見ているかもしれない」

グリーンウッドは実際にそんなふうに見ているように思えたが、それはエリオットも同じに思えた。ふたりが互いに示す態度には、気のおけない友情と男らしい愛情を想起させられる。父親と成長した息子のあいだに見られるようなものを。

だとしたら、マシアス・グリーンウッドはエリオットにとって大事な存在だ。なにをいまさら？　エリオットはわざわざこの地を訪れたではないか。かつての教え子は歴史家として指導教官をしのいだにもかかわらず、新しい調査について論じるためにポジターノまでやって来た。

石の床の上でつましい食事をしていると、世界から切り離されたような気がしてきた。エリオットが率直に父親を描写したことで、肉体的な悦びから生じるよりもっと好ましい親密さへのドアが、そっと開かれたように思えた。フェイドラは、友だちとのあいだに感じる居心地のいい雰囲気を思い出した。

「どうしてそんなにグリーンウッドのことを知りたがるんだ、フェイドラ？」

ふたりのあいだに生まれた心地よさを踏まえて、どう答えようかと考えた。「彼にすごく興味があるの」

「なにを言うんだ。きみの父親でもおかしくない年齢だぞ」

うんざりした口調にもう少しで笑いそうになったが、エリオットの目の中の熱い苛立ちに気づいて思いとどまった。彼は嫉妬している。途方もなく時代遅れで図々しいと感じたけれど、なんとも憎めない。たしなめるより、くすくす笑いたかった。

「誤解よ、エリオット。彼はあたしの母を知っていて、あることに関するあたしの質問に、親切にも答えようとしてくれたの」

「あること?」

「晩年の母には、秘密の恋人がいたかもしれないの」

エリオットが眉をひそめた。「リチャード・ドルーリーは――」

「最後は違ったわ。別の人がいたの」

「それがだれか、マシアスが知っているって? 当時彼はケンブリッジに住んでいて、たしかにときどきロンドンを訪ねてはいたが……」

「彼は鋭い人だから。母に別の恋人がいたかもしれないとほのめかしたときも驚かなかったわ。その恋人も骨董品を扱っていたらしいんだけど、マシアスに尋ねたら、母の親交の輪に加わっていて骨董品を扱っていた人の名前を、いくつか教えてくれたの。母のごく親しい友だちには別の男性なんていなかったと言われたわ。きっと世間がいだいてるアルテミス・ブレア像を変えたくなかったのね。だけど彼は正直に話してくれて、あたしは感謝してるわ」

彼女の言葉を受けて、エリオットが考えこんだ。興味を引かれたようにも疑っているようにも見える。「どうしてその男の名前を知りたいんだ、フェイドラ？　母上の親しい友人が否定したのなら、そもそもほかの男などいなかったかもしれないじゃないか」

「いたと思うわ。父が回顧録に残した文章が証拠よ。だれだろうと、その人物は犯罪者だったの」

エリオットの表情が曇った。「もうひとりの名前のない人物？　もうひとつの、評判を台なしにする醜聞の種？」即座に立ちあがった。大股で歩み去ってしばし壁を見つめ、やがて振り返った。「いっそ燃やしてしまうか、でなければ永遠にしまいこんでしまったらどうだ」

「それであなたのご家族は救われるかもしれないけど、母の晩年の恋人は救われないわ」

「どうして？」

フェイドラはチーズを湿った布でくるんだ。「たとえ回顧録が出版されなくても、その部分はあたしがかならずはっきりさせて、その人にはあたしなりのやり方で対処するからよ」

彼の機嫌も表情も晴れなかったものの、目には用心深い好奇心がのぞいた。「穏やかな口調だけど、苦い決意を感じるな。きみにそこまで思わせるなんて、いったい父上はその男についてなにを書いたんだ？」

フェイドラは腰をあげて、黒いスカートをはたいた。「その男は母を誘惑して、もっとも恥ずべき形で裏切って、それが母を死に至らしめたと。これが真実かどうか、たしかめなくちゃならないの」

「雲をつかむような話だ」

「でもないわ。もっとあるの。だけどあたしだって、絶対にその男の正体を突き止められるとは信じてないわ。信じてるとしても、半分だけよ」

フェイドラは部屋の中央に進んで周囲を見まわした。「何日かここで過ごすなら、居心地よくしなきゃね」と言って、かごをひっくり返す。「取っ手を外せばスツール代わりになりそうだわ」

エリオットが食料と一緒に届けられたナイフを取ってきた。かごを窓の下枠の石に載せて、鋸《のこぎり》を使うようにナイフを前後に動かす。「父上が母上について書いたことを、あまり真剣に受け止めないほうがいい。父上は袖にされたわけで、そういうときの男の判断というのは曇りやすいものだから」

フェイドラは藁にかぶせてあった毛布を拾い、清潔さをたしかめた。頭上の石の丸天井にいくつか金属製のフックがあるのに気づく。「父は母のなにを手に入れていて、なにを手に入れていないか、ちゃんと理解してたわ。恨みや苦しさからじゃなく、愛した女性がひどい扱いを受けるところを目撃した男として、文章にしたのよ」

エリオットはナイフを動かしつづけたが、その決意の表情はかごの取っ手に向けられたものではなかった。「謎を突き止めるときはじゅうぶんに気をつけろ、フェイドラ。間違った人物を非難したり、善良なだれかを攻撃したりしないように」

「善良な人なら、あたしも回顧録も怖くないはずよ。本当に善良ならね」

　そのときかごの取っ手が外れた。エリオットがナイフを押し当てた力で折れたのだ。耳障りな音が石の丸天井に響いた。まるで彼女の最後のひとことで、エリオットの忍耐も折れたかのように。


　それからの数時間はもっと気楽な話をして楽しく過ごした。フェイドラの親友のアレクシアは、エリオットの兄のヘイデンと結婚したばかりで、ふたりはこの夫婦についてあれこれと思いめぐらし、なにが起きてなにが起こらなかったか、勝手な噂話に花を咲かせた。おかげで先ほどの会話から生じた雰囲気が軽くなった。

　しかしエリオットはいまも考えていた。母親を裏切った男について語ったときの、フェイドラの口調や表情が忘れられなかった。

　フェイドラは、本人が言っているとおりの〝好奇心旺盛な観光客〟ではない。使命を持って海を渡ったのだ。その使命はなにかの理由で彼女をナポリに導いた。ポンペイ行きが遅れるのを喜ばなかったのもそのせいだ。マーシリオやピエトロとの友情の根底にさえ、調査という目的があったのかもしれない。

　振り返ってみると、エリオットがあの庭に立った日以降の彼女のあらゆる言動は、母親の最後の数カ月について、さらには母の衰退と死を招いたらしい男について知るための計画の一部だったのだ。

いま、フェイドラはおしゃべりをしながら、殺風景な部屋をできるだけ快適にしようと動いている。エリオットは彼女の指示を受けて縄の先端を丸天井のフックに結わえ、反対端を金属製のフックで石の床に固定した。フェイドラがそこに古い毛布をかけて目隠しを作り、奥にマシアスの召使いがかごに入れておいてくれたおまるを置いた。

すべてが終わったときには黄昏が迫っていた。新しい毛布を藁に載せ、ひっくり返したかごをスツールにすると、質素だけれど住めなくはない〝家〟ができあがった。ひとり用の家が。

塔の最上階のこの部屋の下には、天井の低い空間がある。エリオットはそこで寝ることになるのだろう。女王の聖域にいてもいいというお許しを、うまいこと引きださないかぎり。

「きみは家を整えるのが得意なんだね、フェイドラ。召使いなしで暮らしている成果かな」

「母が下手だったから自然とやり方を覚えたんじゃない？　だけどおかげで助かったわ。ひとり暮らしを始めたら、なんでも自分でやらなきゃいけなくなったから」

フェイドラがワインの入った皮袋とカップを、町に面した窓まで運ぶ。何度か失敗してからようやくカップに注ぐと、エリオットに差しだした。

エリオットは彼女の隣りの窓辺に立って、コップを傾けた。塔の長い影の向こうでは、夕ルペッタの手下たちが岬の端に野営を張っている。聞こえてくる笑い声から察するに、くつろいで楽しんでいるらしい。

「どうしてひとり暮らしを始めた？」

窓から射しこむ黄昏の銀色を帯びた光の中では、彼女はとても美しく見えた。ふたりの背後では、反対側の窓から燃えるような色をした太陽の最後の光が射しこんでくる。その輝きを受けたフェイドラの後頭部は真っ赤に燃えあがり、東を向いた顔の透けるように白い肌と、強烈な対比を成していた。

「女性は自分の親から依存心を学ぶ、というのが母の持論だったの。自立を怖れるよう教えこまれて、やがては手に入れられるときでも拒むようになると。そういうわけで、あたしは母方の叔父から遺産を受け継いだときに、母の家を出てひとりで暮らすよう勧められたわ。母に依存したまま大人になってしまう前に」言葉を止めて穏やかに身を乗りだし、塔に近い地面を見おろした。そこには別の野営が張られており、年配の女性五人とカルメリータ・メッシーナが陣取っていた。

「あたしは十六だった」フェイドラが下を見おろしたまま、つけ足した。

視線を野営地に向けているから、彼の反応は見えなかっただろう。「まだ子どもだ」エリオットは口調に非難が混じらないよう気をつけた。フェイドラは母親を批判されたくないだろうし、エリオットはいまは彼女と口論をしたくない。

フェイドラが岬を見おろしたまま答えた。「ええ、子どもだった。だけどその年齢で嫁がされる女性はたくさんいるわ。そのほうが驚きの運命じゃないかしら。両親に言われるまま結婚するには幼すぎるし、あたしも自立するには幼すぎた。だけど母はあたしの人生から出ていったわけじゃなかったから、娘への義務を放棄したというんじゃないのよ。最初の何年かはひとりきりで暮らさなくてすむように、家政婦も雇ってくれたわ。母の家にはよく足を運んだし、そこで暮らしていたときとほとんど変わらないくらい顔を合わせてた」

彼女の口振りでは、正常かつ分別があることのように聞こえた。エリオットには、ひとりで暮らす十六歳のフェイドラを想像できなかった。だれの保護も監督も受けずに、雇われた他人の力だけを借りて。エリオットの従妹のキャロラインは、この社交シーズンにデビューしたばかりだが、あと十年は鍵をかけて閉じこめておきたい気にさせられるほど子どもっぽい。

もちろん十六歳でもフェイドラ・ブレアは子どもっぽくなかっただろうし、それほど世間知らずでもなかっただろう。アルテミスは娘にひとり歩きを教え、わが道を進めるように育てた。それでも想像すると腹が立った。自分の急進的な考え方には利点があると証明するためにわが子を用いるのは間違っている。

「当時はつらいとも思わなかったし、なにもかも母が期待したとおりに運んだわ。そういう自由を一度でも味わった女性は、絶対に手放さなくなるものよ。だけど母が亡くなったときは——あのときは、多少怒りを感じたわね。あたしの自立をほんの少し先送りにしてくれてたら、最後の二年間を母のそばで過ごせたのにって。もちろん母も、残された時間があんなに短いとは思ってもみなかったんでしょうけど」

「きみが話してくれたような自立なんて想像できないな。男の僕でさえ、それほどひとりで生きたことはない」

「いまもイースターブルックのお屋敷に住んでることなら関係ないわ。あなたは男だから自由だもの」

「僕が言いたいのは法や習慣や経済的なことじゃなくて、人生の話だ。僕はひとりではないし、他人に足かせをはめられてもいない。信頼し合える兄がふたりもいるし、僕を頼ってくれる親族もいる。僕は彼らのもので、彼らは僕のものだ。たとえ兄たちと憎み合うようになったとしても、人生の重荷は分かち合える」

フェイドラの顔に切ない表情が浮かんだ。とても美しい。「そうね、ひとりでもきょうだいがいればよかったと思うわ。すてきだったでしょうね。とりわけ、いまみたいなときは」

独りぼっちになったいまは、という意味だ。彼女が選んだ道も、永遠に独りぼっちでいることを意味している。子どもでも生まないかぎり。とはいえフェイドラは自分がなにを犠牲にしたかわかっているのだろう。その価値を軽んじてはいない。重みをきちんと理解している。十六のときは無理だったとしても、成熟してからは。犠牲にするなど彼には理解できないが、それでも彼女の勇気を認めないわけにはいかなかった。

フェイドラは少し悲しそうに見える。孤独と向き合わせたことをエリオットは申し訳なく感じた。「失った家族に代わって、友情が支えになってくれるんじゃないかな」

茶目っ気のある光が彼女の目の中で踊った。ユーモアと活気が思考の深みから浮かびあがってくる。「ある意味では。だけどあなたが話してたような家族とは違うわ。中には姉妹や兄弟のような人もいるし、すごくやさしい旦那さまみたいな人もいたけれど、きずなは永遠じゃなかった。年をとるにつれて、あたしは本当に自立の恩恵を受けたんだろうかって、悩むことになるかもしれないわね」

つまり、すでに悩んでいるということ。

遠回しに恋人のことをほのめかされて、ふたりのあいだの空気が一変した。この美しい光の中でこれほど近くにいたら、どうしたって彼女と求め合うことを考えてしまう。数時間前に階段をのぼったときから、妄想に背中を押されつづけていた。あの鈍い興奮が彼女の言葉で高まっていき、こちらを見つめる彼女の視線には挑戦を感じた。

突然、欲望がこれまでにないほどきつくふたりを締めあげた。フェイドラはまったくその力に抗おうとしない。ほどなくエリオットは落ちつかなくなってきた。唇も指先も触れない内から、これほど大胆に自らの興奮を認める女性には、生まれてこの方ひとりも出会ったことがない。

相手がほかの女性なら、エリオットも行動を起こしただろう。いつか、この女性を相手にそうしたように。だがバルコニーでのあの最後の夜に、彼女が去り際に放った言葉を忘れていなかった。もしフェイドラがあのときの脅しに忠実だとしても、いまは彼女に拒む機会を与えるほどの高潔さを奮い起こせないかもしれない。

この女性は彼の血の最悪な部分を刺激する。父から受け継いだ奔流を。手を伸ばして彼女を抱きしめ、愛撫してむさぼりたかった。快楽を利用して彼女を自らの欲望に――だけでなく彼にも――服従させたいという誘惑が、残された良識をいまにも押し流しそうだ。

彼女に背を向けて歩きだした。銃と、毛布の一枚を拾ってさらに歩き、階段をおりる。さもないと、人でなしになってしまいそうだった。あるいは、みじめな蜂の一匹になりさがって、女王の好意を求めてぶんぶんと飛びはじめそうだった。

フェイドラは海に沈む太陽を眺めた。紫とオレンジの光のすじがなめらかに水を染める中、ゆっくりと闇がおりていく。海に浮かぶ船から男たちが手を振り、親しげに挨拶を寄こした。彼らもワインの入った皮袋を持っているようだから、それで愛想がよくなったに違いない。

食料と一緒にかごに入っていた大きなろうそくを見つけて火をつけた。夜のそよ風に消されない、部屋の隅に立てる。階下でエリオットが動く音が聞こえた。床に敷いた毛布一枚だけの上で、どうにか居心地をよくしようとしているのだろう。

彼が去ったあとも体の火照《ほて》りは完全には落ちつかないし、思考のほうも、一緒にいた最後の数分からさまよいだしていた。熱い脈がやさしく打ちつづけ、意識をうながす。いつもならエリオットが近くにいてもそれで終わりだったのが、いまは彼がじゅうぶんそばにいることを体が強く意識していて、フェイドラに安らぎを与えようとしない。乳房は張りつめたままで、先端は彼女が動いて布が擦《こす》れるたびに反応する。

最後の会話で砦が崩れた。いまはもう、やさしい男性としか思えない。彼は、当のフェイドラよりも彼女を理解してくれた。いい気味だという顔もせず、彼女の人生の完ぺきとは呼べない側面に真の思いやりを示してくれた。

この男性には非難されたくなかったから、アルテミスをかばうためにほんの少し嘘をついたものの、彼の反応からすると、いらない心配だったらしい。実際のところは、アルテミスの信条は正しかったけれど、その方法はいつも正しいとはいえなかった。たった十六歳での独り立ちは、彼に認めたよりはるかに戸惑いと不安だらけだった。いきなり船から海へ放りだされて、泳ぎ方を学びなさいと言われたかのようだった。

その誤算については何年も前に母を許したが、もしも他人があの大きな過ちでいっぱいの頼りない最初の一年のことを知ったら、母を許すかどうかは怪しい。世間にとっては、アルテミス・ブレアがよい母親ではなかった――ばかりか、まともな女性ですらなかった――という、もうひとつの証拠になってしまう。

階下から物音は聞こえなくなったが、間違いなく彼の呼吸は聞こえた。これほど早く眠るわけはない。理由はわからないけど断言できる。抑えきれない情熱を鎮めようと、フェイドラは足音を消して歩き回った。いまや欲望は肉体的なものばかりではないのを認めようとした。今日、危険と秘密を分かち合ったときに感じた親密さを探ってみたかった。

両手で乳房を包んだ。刺激が募って高まり、全身をめぐる。目を閉じて手なずけようとしながら、欲求について語る母の声を思い出した。

〝肉欲は男性だけでなく女性にもあるの。自分の欲望を否定してはいけないけれど、選ぶ相手には気をつけなさい。たいていの男は、根本的には征服者よ。そういう原始的な欠点に脚を引っ張られない、数少ない文明的な男性を見つけなさい。もしも快楽の相手に征服者を選んだときは、明け渡すのは肉体だけで、それも一時的な愉《たの》しみにすることを忘れないで。なにがあっても、そんな男性を変えられるなどという幻想をいだいてはいけないわ〟。

フェイドラは階下の男性を思い描いた。互いを欲する熱でこの部屋の空気がうなりをあげていたにもかかわらず、去っていった男性を。彼は征服者のひとりかもしれないが、愚かではない。彼女が与えようと思ったものしか手に入れられないと理解できるはずだ。その点だけは、はっきりさせよう。

11

エリオットはひとり寂しく毛布に身を横たえて、考えごとを始めた。運がよければ、じきに上の階にいる女性を思い描くのをやめられるだろう。

自分が記した歴史の世界へとむりやり頭を向けた。そこへ旅するのに書類はいらない。メモや下書きは記録のために存在するのであって、思い出すのに必要だからではない。すべての情報は頭の中にあり、手を伸ばせばいつでもそこにある。会話がつまらないからと安らぎを求めてその世界に逃げこみ、どうにかやり過ごしたパーティなど数知れない。

兄のクリスチャンとヘイデンも似たような秘密の部屋を頭の中に持っている。ふたりともその部屋に入ったときは、背後でぴたりとドアを閉じて完全に現実から離れてしまう。エリオットだけが自在に部屋を出入りできた。まるでドアは永遠に少しだけ開いているかのように。現実とのつながりは常に手の届くところにあった。

いまはそのことがふだんよりありがたく思えなかった。彼を邪魔したがっている世界は、静まろうとしない欲求不満で成り立っている。上階の動きが気になってならない。先に奪ってあとから修正した場合、高潔さと自尊心が払うことになる代償はいかほどか、悪い血が見積もっていた。

どうにかそのほとんどをドアの外に押し止めることに成功したエリオットは、古代ローマの歴史から拾い集めた埋葬の儀式に関する情報をまとめることに、意識を集中させた。

「エリオット」

ぱっと目を開いた。全身が緊張する。すぐそばにいてもおかしくないくらい、はっきりと聞こえた。壁と階段の石が彼女の声をここまで運んだのだ。実際には声を張りあげてなどいない。

ふた言目はなかった。いまのでじゅうぶん聞こえたと思っているのだ。あるいは頭の中で呼びかけただけでも、彼が上に来ることはわかっているのか。

もしかしたらろうそくを灯すのに手助けが必要なだけかもしれない。それともどちらかの窓から動きを認め、看守がめんどうを起こそうとしているのに気づいたという可能性もある。呼びかけて訊けばいいだけなのに、エリオットはそうしなかった。ふたたび歩み去ることはできないとしても。

フェイドラは火と遊ぶほど愚かではないと信じて、階段をのぼった。

淡い光と暗い影が、上階の壁と丸天井の石の上で躍る。つりさげられた毛布が垂れ幕のように一隅を切り取っていた。大きなろうそくが一本、穏やかに燃えて、その太い炎が冷たい月明かりに金色の光を添えている。

ぼうっとした明かりは一カ所に集まって、一点を強調していた。白っぽい人影が光を吸収して、真っ赤に燃える銅と白い磁器のなまめかしさをいや増す。

フェイドラは藁の敷物に膝をつき、かかとにお尻を落としていた。階段と彼のほうを向いている。彼女を目にしてエリオットの足は止まった。つかの間、その美しさと大胆さに畏怖の念を抱いた。

生まれたままの姿だ。豊かな髪があらわな肌を流れ落ちている。それはまるで赤い絹のカーテンを左右に開き、クリームのような肩とやわらかな腕、丸い乳房とくびれた腰をのぞかせたような光景だった。

フェイドラはしばらくのあいだそのまま彼に眺めさせていた。彼の中で嵐が起こるのを見守り、自分の中にも同じ嵐が渦巻いていると目で訴えながら。

それから両手で髪をかきあげて背中に押しやると、すべてをあらわにした。胸のふくらみはこんもりと高く、先端はくすんだピンク色に尖っていた。

「あなたが望むなら、今夜は快楽を分かち合いましょう」彼女が言った。

エリオットは上着を脱いで彼女に歩み寄った。「僕が望むなら？　僕は初めて会ったときからきみを手に入れたかったよ」

フェイドラが体の力を抜いて、彼の足元に裸身を横たえた。シャツを脱ぐエリオットを眺めながら言う。「そういうふうにはならないわ。互いに互いを手に入れるの」

「どうとでも、きみのしたいように。この降伏の条件がなんだろうと気にしない」気になるのは、刻一刻と募って圧倒的になっていく欲望だけだ。彼女のそばに膝をついた。

「これは降伏じゃないわ、エリオット。友情を楽しむ一夜よ」フェイドラがズボンのボタンに手をやった。

そのせいで股間のものがいっそういきり立った。美しい裸身を見おろす。どこまでも無防備で歓迎している体を。妄想が浮かんで衝動が血をたぎらせた。これを友情だと思っているなら、彼女は男をまったく理解していない。

「いいとも、フェイドラ。もちろんだ」

エリオットは本心で言っていない。フェイドラの魂はそれをわかっていたが、いまはどうでもよかった。

彼は魅惑的で美しい。膝をついていてもなお背の高さを感じさせる。むきだしの胴と肩は、藁の敷物と彼女のはるか上にあるので、なんだか自分が小さくなった気がした。それにどこか……頼りなく。新しい感覚だ。この男性と出会うまでは一度も感じたことがなかった。だけど不快ではない。彼が本当の危険を呈していないとわかっているから、いまはこの感覚を愉しもうと決めた。

光は彼の肌をブロンズ色に変え、筋肉に沿って暗い輪郭線を描いている。やわらかなところはどこにも見あたらない。肉体にも表情にも。情熱が、ロスウェル家の特徴である険しさを、このもっとも人当たりのよい息子の中にさえ浮き彫りにしていた。一日の冒険のあとで黒髪は乱れ、ひたいと顔にかかっている。フェイドラが服を脱がせようと手を伸ばすと、瞳が黒水晶に変わった。

エリオットが両手を脇におろして、彼女に身をゆだねた。そうしてただ見おろす。続けてみろと挑んでいるのだろう。こんな挑戦を前にして彼女が逃げだすかどうか、試しているのだ。

視線を合わせたまま、フェイドラはわざと時間をかけた。すばらしい感覚に体が目覚めていく。なにが待っているかを知っているから、刺激がますます強くなる。ふたりのあいだで高まる期待はあまりにも甘美で、これまでに体験した中でも指折りの快楽のひとつだった。

ボタンを外すと、手のひらでお腹を撫であげて、肌の感触を味わい、やわらかな表面とたくましい骨格という男らしい組み合わせに酔いしれた。欲望であらゆる感覚が鋭くなる。直感さえも。おかげで、触れられて彼がどんなに悦んでいるか、現実のほかの部分がどんなふうに彼の頭から消えつつあるか、フェイドラには手に取るようにわかった。

むきだしの部分に触れ尽くすと、残りの服を脱がせはじめた。ゆるい下穿きに手をかけて、ゆっくりと愛撫するように下へずらしていき、膝の周りにたまらせた。指先で彼の体を知っていく。しっかりした腰と腿の上を這いまわり、ところどころで力をこめる。羽のように軽いタッチで長いペニスを先端まで撫であげ、やさしく弧を描くと、そこから先はもっと強く愛撫しはじめた。

エリオットはこらえようとしていたが、官能の嵐に呑まれていくのがフェイドラにはわかった。顔つきも視線も険しくなり、全身がいっそうこわばった。

「そのまま続けたら、礼儀も思いやりも抜きで凌辱《りょうじょく》されてしまうぞ、フェイドラ」

フェイドラはその脅しと自らの体の興奮を秤《はかり》にかけた。「かまわないわ。準備は整いすぎるほど整ってるもの」

彼が隣りに移動して、蹴り捨てるように服を脱いだ。裸体で彼女におおいかぶさり、両肩の外に前腕を置いて体を支えた。

そしてキス。長く深い親密なくちづけはフェイドラの心をひどくそそり、不思議な甘い切望を湧《わ》きあがらせた。ぴったりと体を重ねてもらえるように脚を開き、いますぐに交わろうと無言で誘った。そうすれば夜全体が感動的なものになるかもしれない。

エリオットが見つめおろした。「きみはじつに寛大な女性だ」

「寛大じゃないわ。快楽に対して正直になれば、女性も望みのものを手に入れられるのよ」

「それはじつにあっぱれで民主的な考え方だ。ただしきみは正直じゃないし、だから僕を悪い男にしようとそそのかしている」

「あたしは自分の欲望を、これ以上ないほど正直に認めてるわ」こんなふうに焦らされて、もどかしくなるくらいに。フェイドラはわずかに腰を浮かして彼をうながした。

憎いほど巧みな反応が返ってきた。一瞬押しつけられたものの、それだけでは足りない。秘めた部分に彼を感じた。触れるか触れないかの、恐ろしくもすばらしい焦らしを。

首と肩にキスされた。「準備は整いすぎるほど整っていると言ったね」エリオットが熱い興奮を呼び覚ましながら言う。「それは本当じゃないようだけど、おそらく無知ゆえにそう言ったんだろう」

フェイドラは血の中のすばらしい疼きにわれを忘れていたが、そのひとことでかっとなった。「無知じゃないわ。それは明らかだと思うけど」

彼女を愛撫できるよう、エリオットが上体をずらした。先ほど彼の腰と腿を這いまわったフェイドラの手の動きをまねるように、乳房の付け根とふくらみを軽やかに舞う自分の指先を眺めながら、エリオットが言った。「準備の整った女性は、いまのきみほど落ちついていられない。つまりきみは準備ができているとはほど遠い。無知でなければそれを知っているはずだ。だがもしかすると、きみは感情の赴くままになるのが怖いのかもしれないな」

そう言って指先で乳首をかすめた。フェイドラの体は芯から震えて、顎からつま先までわななきが広がった。そのさざ波はとてつもない快感だったけれど、官能的な拷問から逃れたくて、フェイドラは弓なりになって彼を受け入れようとした。

今度はもう少し力強く乳房を撫でられた。先端を擦り、先ほどの震えを意図的に高める。フェイドラはこの誘惑を、自信と大胆さをもって始めた。ところがいまでは、あの魅惑的なもろさの波に、しっかり守っていた自分を洗い流されていた。

流れに抗えなかった。フェイドラが抗おうとしたのに気づいたのだろう、エリオットが重ねていた体を離した。まるでフェイドラの準備がいつ整ったかは、彼女ではなく彼が決めると宣言するかのように。エリオットが彼女の隣りに横たわって片方の肘を突くと、長くたしかな手つきで愛撫しはじめた。わがもの顔で、いたるところを。

彼の手に戻ってきてほしくて、乳房が疼いた。新たに火をつけられた快感と興奮が追い打ちをかける。欲求不満で頭が変になりそうだ。こんなふうに身を引かれていては、抱きしめることさえできない。彼の体勢のせいで、おとなしく仰向けに横たわり、視線とよこしまな手のなすがままになるしかなかった。

抱きしめることはできないが、触れることはできた。すべてに手が届かないわけではない。右手で彼の内腿を探った。ひとりで溺れてたまるものかと、手を上へ向かわせた。

望んだとおりの反応が得られた。泣くほどほしかった反応が。しっかりと完ぺきに乳房をまさぐられ、本当に正気を失いそうになる。耐えがたい快感はますます募り、もっと多くを求める渇望でいっぱいになった。

彼がうつむいて乳房に口を運んだ。新たな感覚が響きわたる。それは甘く激しく力強く、必死でつかまっていた現実から彼女を引き剝がした。フェイドラはありったけの力で彼の肩にしがみつき、ひとりで流されまいとした。いまや一心不乱になっていた。心は嘆願をくり返し、体は切望ではち切れそうだ。命懸けの抱擁と激しいくちづけに、ますます純粋な感覚の深みへと引きずりこまれていった。

新たな部分に触れられた。待ちわびながらも怖れていた——と同時にひどく必要としていたものだったから、安堵《あんど》のあまり気を失いそうになる。感覚が悲鳴をあげた。もっと大きく脚を開いて、やめないでと体で訴える。そこから深い震えが広がっていき、解放を求めて懇願したくなるほど責め苦が高まっていった。

そのとき、彼がふたたびおおいかぶさってきた。始めと同じように太腿のあいだに陣取って、あの焦らすようなやり方で軽く押しつける。いまいましい、と思った瞬間、荒々しく唇を奪われて挿入された。フェイドラの安堵のうめき声が飲みこまれる。

激しく深く根元まで突き立てられて、ついに満たされた。得《え》も言われぬ快感の爆発に、安らぎと至福でいっぱいになる。フェイドラはその中を漂った。絶頂の激しさと実体のある恍《こう》惚《こつ》感に圧倒されていた。

聖なる闇からゆっくりと出ていった。しがみついていた肩を腕に、腰を脚に、感じる。深く沈められた彼の分身はいまも大きく固いままだ。

エリオットの湿った髪の向こうを見ると、瞳はいまも官能的な険しさに激しく燃えていた。

「満足したようだね、フェイドラ」

満足しすぎて、二度と不満を覚えられない気がした。「ええ、ものすごく」

彼がゆっくりと腰を動かし、絶頂の余韻《よいん》でいまもひどく敏感な部分をじっくりと擦った。

「自分の快楽を得るのがこれほど上手な女性には、たぶんお目にかかったことがない」そう言って、唇にしっかりとキスをする。すると驚いたことにフェイドラの奥深くで満足感が薄れ、新たな切望がかすかに、だけどはっきりと震えた。

彼がふたたび目覚めさせたのだ。じっと見おろす顔はひどく冷静で、この長く深い突きで自分がなにを引き起こしているか、正確に把握している。「これほど徹底的に女性から奪われたことは、たしか一度もない」

「満足を分かち合えなかったとしても、あたしを責めないで。ふつうなら、そういうものには一体感があるのよ」

「きみがその一体感を得たことがあるとは思えない。きっときみの友だちは、きみが快楽を見つけられるよう奉仕しながら彼らの快楽を見つけるんだろうが、それは同じことじゃない」

フェイドラは静かな言葉に批判の色を聞き取った。もし彼からあふれだす男らしい力をここまで意識していなかったら——もし新たな興奮の震えに夢中になっていなかったら——彼の非礼を咎める言葉を探しだしていただろう。

けれど体の満足感は急速に薄れつつあって、代わりに深く響く切望が目を覚ました。戸惑いと、歯を食いしばるほどの必死さに彩《いろど》られた切望が。

もう一度忘我の境地に至りたかったけれど、悔しいことに手が届かない。フェイドラはしっかり現実世界に戻っていて、時間をかけすぎる男性を激しく意識していた。なお悔しいことに、彼もそれをわかっている。

腰を動かして、もっと欲しいと訴えた。もっと速く。彼が片手で右のお尻をさすり、ぎゅっとつかんで止めさせた。「互いに互いを手に入れるんだときみは言ったね。僕はゆっくりきみを手に入れたい」

「あたしが果てたときに果てなかったなんて、不作法な人ね」男性がここまで自制できるとは知りもしなかった。

かすかな笑みが返ってきた。彼の手がお尻から離れる。あきらめたのだと思った。ところがまた手が伸びてきて、彼の腰にからめていた脚の片方をほどかれた。

もう片方の脚も外される。太腿を合わせて組み敷かれた。ふたたび彼が腰を動かしはじめると、今度の快感はあまりにも激しく渦を巻き、フェイドラは思わず息を呑んだ。

感覚に度肝を抜かれた。征服された。拒むこともできず、感情の赴くままに流された。だが最初の絶頂が物語っていた――これは別物だと。いままで完全にわれを忘れたことは一度もない。自分の悲鳴が聞こえて、彼のオーラに満たされた。あのもろさが戻ってきた。今度は少し色合いを変えて――あいかわらずぞくぞくするけれど、漠然とした恐ろしさをともなって。

彼のほうは、自制心を失いも圧倒されもしなかった。突きの速さと強さが増したときも、フェイドラが絶頂に悲鳴をあげたときでさえ、力を抑えていた。

今回は一体感があった。忘却の中にひとりではなかった。むしろ彼の存在感が強まっていた。落雷のように、輝かしいまでの安堵感が全身を貫《つらぬ》く。そんな中でもはっきりと彼を感じた。

余韻に包まれたまま、冷静さの残骸をかき集めていつもの自分に戻ろうとしたとき、ふと不安が生じた。腕の中に彼がいる。この体におおいかぶさっている。疲れて満ち足りて静かだけれど、まぎれもなく、気まずいほどに、現実だ。

こういうことで不利だと感じたことは一度もない。満たされた至福の下で、この新たな状況をゆっくりと吟味してみた。どういう意味があるのか、なぜこうなったのか、見極めようとした。

この謎めいた感覚は、彼が去れば消えるに違いない。すべては夜と闇と快楽のせいだ。

エリオットが前腕を突いて体を起こした。じっと彼女を見おろして、深いところまで視線で侵す。その瞳があまりにも熱くひたむきなので、彼女の意識に焼き印を押そうとしているかに思えてきた。すると彼が姿勢を変えて、こちら向きに横たわった。そして彼女に片腕を回したまま、じきに眠りに落ちた。

朝までここにいるつもりなのだ。フェイドラが友だちにそれを許したことは一度もないが、彼を起こして下の部屋へ行かせ、石の上に毛布を敷いただけの場所で寝ろなどとは口が裂けても言えなかった。それでも……。

丸天井の石の上で躍る鈍い光を見つめた。最後にじっと見つめられたときの彼の視線は、温かく胸を揺すぶるものだったが、ふたりの交わりの力を認めろと要求してもいた。いまもふたりを結びつける深い親密さを含んでいて、その結びつきから逃れてはならないと主張していた。

だがそれだけではなかった。これまで男性の目に見たことのないなにかがあった。少なくとも、彼女を見つめる男性の目には。

フェイドラは征服者の目を見つめたのだ。

彼はいったいなにを勝ち取ったと勘違いしたのだろう。

エリオットの心のドアは少し開いたままだった。フェイドラの寝息と寝言が聞こえる。もうすぐ夜明けだ、彼女もじきに目覚めるだろう。いまは平穏と、彼女がそばにいることと、肌に触れるひんやりした空気を楽しみながら、頭の中でほかのことを整理しよう。

なにかの音で眠りから引きだされて、新しい一日が始まったのだとおぼろげに悟った。いま、銀色の光の向こうにぼんやりと形が浮かびあがる。目を凝らすと、部屋の端にかごがあった。新しいかごだ。階段のてっぺんに置かれている。年配の女性のひとりが食料を届けてくれたのだろう。

そのとき、喉を鳴らす猫のように、フェイドラがゆっくりと目を覚ました。一度丸くなってから、優美な裸体で伸びをし、それから彼のほうに背を向けたので、美しい腰のくびれを拝《おが》む栄誉にあずかった。

いまの彼女はとてもやわらかそうだ。そして、実際の年齢よりずっと若く見える。黒い服を脱いで世間に立ち向かう鎧を取り去った姿は、意外なほどもろく映った。昨夜、彼女のこの別の面があらわになった。説明も定義もできないやり方で。フェイドラの情熱は世慣れていながら純心で、そこには自信と不安の両方があった。彼女が世間に見せようとしない弱さとやさしさを感じた。彼女が生きる象徴的な人生は、そうした矛盾《むじゅん》を許さない。

もう一度、彼女が欲しかった。なにしろ朝のフェイドラはとても美しく、裸のフェイドラには——服も鎧も取り去った姿には——魅了されたから。彼女を欲する気持ちはしばらく消えそうにない。求め合った記憶に刺激されながら、今後見込みがありそうな時間と場所、夜と昼とを数えた。

そんな彼の考えが聞こえたかのごとく、フェイドラがびくんとした。すぐさま仰向けになる。開ききらないまぶたのあいだから、自分がどこに、だれといるのか、見極めようとした。ほのかな赤味が首からきれいな乳房までを染めた。先端が固くなったものの、ひんやりとした海風のせいではない。

恥じらいのせいで、少女のように頼りなく見えた。かすかなしかめ面で自分の体を見おろしたのはなにを思ったからだろう。いまの彼女はあまり大胆ではない。夜の闇が別世界に連れていってくれない、いまは。

そんな彼女に手助けをするべく、エリオットは服を着ると、黒い布の山を手渡してやった。フェイドラが起きあがって、ローブを頭からかぶった。

藁布団の彼女の隣りに腰かけた。昨夜の話をされるだろうか。そのときはなんと答えようか。ここにいるのは感謝や謝罪を期待するような女性ではない。報酬や支援の申し出も、もちろん望んでいない。彼からはなにも期待していないし、そうした申し出はすべて悪意に取るだろう。

「アレクシアがいる」やぶからぼうにエリオットは言った。「昨日、きみは孤独だと言ったけど、アレクシアは忠実な友人だ」今朝、隣りに横たわっているあいだずっと、フェイドラの言葉が頭の中で踊っていた。少女時代の友情はどんなものだったのだろう、そもそものころに友人はいたのだろうか。アルテミス・ブレアの娘と友だちになることを、娘に許す母親は多くないはずだ。

フェイドラが身を乗りだして彼の頰に軽くキスをした。今日のいつかの時点で、目に見えない親密さは消えて、彼女は昨夜を過去とみなしはじめるだろうと予期していた。だがいまは、少なくともこの仕草で、彼の気づかいを愛《いと》おしく思っていると示してくれた。

チャンスとばかりに彼女に腕を回した。こうして藁布団に座っていると――壁に背中をもたせかけて、美しい女性の頭を肩に載せ、窓から流れこむ海の音と潮の香りを感じていると――このまま一日を過ごすのも悪くないという気にさせられた。

「アレクシアは、あたしたちの友情を許可するとあなたのお兄さんに約束させたのよ」フェイドラが言った。「結婚の取り決めをするときに、約束させたの。あたしは……。結婚式に招待されたけど、新婚夫婦のあいだにいざこざを招くだけだからと手紙で説明して断わったわ。そうしたらアレクシアから返事が来たの」深く息を吸いこむ。声が小さくなった。「読んだときは涙が出たわ。あたしのためにそんな気高いことをしてくれた友だちは初めてだった。人生のあんな大事なときに、あたしのことを考えてくれるなんて――あなたのお兄さんが同意してくれたことも、いまだに信じられない。あたしはたいていの男性が妻の知り合いにしたがらない女だもの。まだしも高級娼婦のほうが、メイフェアの客間では歓迎されるわ」

兄の寛大さはもっと大きな計画の一部だったのだろう。ヘイデンにとってフェイドラ・ブレアは、欲しい女性を手に入れるためなら簡単に譲歩できることだったに違いない。

だがそれを言っても意味はない。「ヘイデンは社交界の奴隷だったことがないからね。アレクシアの幸せが兄のいちばんの願いなんだ。きみとの友情が彼女にとってなんの危険もないことは、兄もわかっているよ」

「もしお兄さんが本気でそう信じてるなら、愛のせいで愚かになったのね。だれかの父親や夫があたしと親しくしちゃいけないと言ったとしても、責めはしないわ、エリオット。あたしが彼らの立場で、彼らが信じることを信じてたら、きっとあたしも同じことを言うもの」

エリオットは彼女の頭のてっぺんを見おろした。澄んだ朝日を浴びたいまは、赤というより金色に見える。フェイドラは孤独な幼少期を憐れまれることなど望んでいない。ありのままの彼女に適応するよう、世界に変わってほしいとも思っていない。ただ、放っておいてもらいたい、自身が選んだ異端の道を歩ませてほしいと願っているだけだ。

それがわかると、いま感じている満足感に新たな温もりが加わった。あいにく彼女を放っておくのは不可能に近い。

「ロード・エリオット」

カルメリータの声は、石の階段から聞こえたのではなかった。塔の外からだ。早朝にかごを届けてくれたのは彼女たちのだれかで、今度は邪魔をするまいとしているのだろう。

エリオットは起きあがって窓の外を見おろした。年配の女性五人がカルメリータの周りに集い、頭を寄せて話しながらも、まだ見張りを続けていた。

「ロード・エリオット、シニョーレ・グリーンウッドが来たわ」岬の向こう、男たちが新しい一日に目覚めはじめた端のほうを手振りで示した。

マシアス・グリーンウッドは漁船でひしめく波止場を横切っている。町のにぎやかな音を聞いて、エリオットはなぜだれも海に出ていないのかを思い出した。今日はサン・ジョヴァンニの祭りの日だ。

男たちがマシアスを通した。通りすぎるときにマシアスがなにか言葉をかける。それから窓辺のエリオットに気づいて手を振った。笑顔と快活な足取りがよい知らせの到来をほのめかしている。

マシアスが、カルメリータと年配の女性たちに深々とお辞儀をしてから塔の窓を見あげた。

「心からの礼を言ってもらわなくてはならないな、ミス・ブレア、ロスウェル。じつに如才ないわたしの外交手腕と機転の働かせぶりときたら、外務省の職員にも匹敵するくらいだ」

「じゃあ、あのばか男を説得したの？」カルメリータが尋ねた。

「妥協案に至ったよ。これできみたち女性陣も見張りを務める必要はなくなった」

カルメリータが年配の女性たちに説明すると、いくらか抵抗にあった。しばし口論が続いたものの、結局はカルメリータが勝った。女性たちはみんな町へ戻りはじめた。

「上へ行って説明しよう」マシアスが言い、入口のまぐさの下に消えた。

エリオットはフェイドラのほうに向きなおった。いまや彼女は落ちつきを取り戻して、自信と奇抜さが目印のいつものフェイドラ・ブレアに戻っていた。黒いローブが、数時間前に彼がわが物にした体をおおっている。フェイドラが腰をかがめて藁の上の毛布を撫でつけ、昨夜のできごとの明らかな証拠を消した。

「誘惑に屈して、もっと早くにきみを起こすべきだったな」エリオットは言った。「あんな夜はこれほど不意に終わるべきじゃない」

フェイドラの小さな笑みは神経質そうに見えた。「不意にだろうとゆっくりだろうと、いつかかならず終わるのよ」

それに返したい言葉は山ほどあったが、マシアスの足音が部屋に近づきつつあった。

マシアスの白髪頭と笑顔が現われた。とてもうれしそうに見える。

「監獄の鍵を持ってきたぞ、ミス・ブレア。ただしこの鍵を使うには、きみはいますぐポジターノを発たなくてはならない」

12

「ゆうべ、タルペッタにしこたまワインを飲ませたんだ」マシアスが言う。「英国の侯爵の弟を巻きこんだ国際的な問題を引き起こして、王の機嫌を損ねたくないだろうと説得したよ」

「脅しより筋の通った論理のほうが重みがあるといいけれど」フェイドラは言った。またしてもエリオットのおかげで自由を取り戻すのかと思うと、悔しい気持ちになった。

感謝するべきだ。昨夜のあとでは、この男性に助けてもらうのをロマンティックだと感じてしかるべきだ。そんな反応が胸の中で芽生えたものの、理性はこれでどのくらい借りが増えたかを計算してもいた。こんなことばかり続いていては、望ましくない誤解を与えてしまうかもしれない。

「どんな論理でも受け入れさせるさ」エリオットが言った。

その口調は〝女は黙っていろ。男に任せておけ〟と物語っていた。

マシアスがなだめるような笑みを浮かべる。「ミス・ブレア、タルペッタは自尊心と権威で武装したような男だ。もっとも効果的な論理は、彼が考えているとおりに行動すればその両方を損なうだろうとほのめかすことだった」

「それでうまくいったのなら、かまわないわ。申し開きができたらもっとよかったけど、安全と自由のほうが大事だもの」

「すぐにポジターノを発たなければという話でしたが、すぐというと、どのくらい？」エリオットが尋ねた。

「屋敷に戻ってきみの荷物をまとめたら、ただちに出航だ」マシアスが、かごと毛布を手で示した。「これは置いていけばいい。あとで召使いを取りに来させる」

フェイドラはふたりに付き添われて塔を出ることになった。階段をおりる前にもう一度だけ部屋を振り返る。いまもつましく素朴な印象だが、昨夜、黄昏と闇の中で感じたほど魅力的には思えなかった。いまはありのままに見える。危険と恐怖から生まれた質素な石造りの部屋と、非力さを感じなくてすむようにわが家を作ろうとした努力の結果に。

昨夜のすべては、危険を前にした女性的な反応だったのではないだろうか。これまで、輝く鎧をまとった騎士の魅力が理解できたことはなかったが、かといってフェイドラが悩める乙女だったこともない。

論理的に解釈しよう。明るい太陽の光も、月明かりのロマンスは単なる愛おしい夢として記憶に残るだろうとほのめかしている。ところが階段をおりようとすると、エリオットが丁重かつ支配的な態度で彼女の手を取り、愛の塔から導きだした。

穏やかなエスコートに胸がよじれた。触れられて脈が速まる。階段の壁の細い隙間の前を通ったとき、射しこむ光が彼の端整な顔を縁取って、昨夜そっくりに見せた。フェイドラは一瞬、めまいを覚えた。彼がいともたやすくその場の空気を変えて彼女の心に入りこんでくることに、畏怖の念すら感じた。

外に出ると、焼けるように熱い夏至の日が待っていた。朝の海風は弱まって、太陽が町をまぶしい光と濃い影にくっきりと分けている。岬にはだれもいない。波止場も空っぽだ。

「もうすぐ祭りが始まる」マシアスが言った。「みんな教会前の広場《ピアッツァ》だ」

「迂回《うかい》しましょう」エリオットが言った。またかすかな不安の渋面が浮かんでいる。いまもトラブルを危惧《きぐ》しているのだ。未知の領域を慎重に進む猫のように。

「かまわないが、行列の準備を見逃してしまうぞ。とても興味深いのだが」マシアスが先頭に立ってピアッツァの脇にある小道を進む。「ロスウェル、きみの用心は立派だが、ミス・ブレアはもう安全だ。タルペッタは譲歩したほうが得策だと納得している」

ロバ引きの少年はひとりも見あたらなかったので、三人は屋敷までの長い道を徒歩でのぼりはじめた。ピアッツァからの音が静かな家々のあいだを漂ってくる。南へ向かう道を渡ったとき、フェイドラは黒い影を目の隅にとらえた。町の住民全員が教会にいるわけではないらしい。

丘をのぼるのはひと苦労だった。だんだん脚が痛みはじめて、ついには力が入らなくなってきた。太陽は容赦なく照りつけ、黒い服が汗で湿りだす。エリオットはまったくつらそうではないが、マシアスはそれほど若くない。息が苦しそうになってきた。

「もう少しゆっくりじゃないと無理だわ。ミスター・グリーンウッド、一緒にいてもらえません？　ロード・エリオットに先に行って準備を始めてもらってはどうかしら」

「いい考えだ、ミス・ブレア。少し顔色が悪い。このあたりで休んではどうかな？　急がなくてはならないが、背中に銃を突きつけられているわけでもない」

「太陽のせいでめまいがしてるけど、ゆっくり歩けばなんとか――」

「なにごとだ」

エリオットのうんざりした声に遮られた。フェイドラはマシアスから視線を逸らし、マシアスも彼女から意識を逸らした。ふたりとも前方に目をやって、エリオットを立ち止まらせたものを見ようとした。

小道に五人がいた。未亡人の黒い服に身を包み、アラブ人か尼僧のようにベールをかぶった年配の女性たちが――カルメリータの仲間たちが――立ちはだかっていた。

「にっこりして通りすぎるんだ」マシアスが言い、善意のかたまりのような顔を女性たちに向けた。

相手が老婦人だけなら通用したかもしれない。あいにくほかにもいた。フェイドラには、何人かに見覚えがあった。井戸のそばで顔を合わせた者や、男たちに立ち向かった者だ。みんな批判的な目で小道を見おろしている。

彼女たちの非難の対象は、ほかならぬウォーモ・マグニフィコ、すなわちロード・エリオット・ロスウェルだった。

集まってきた女性の輪をカルメリータがかき分けて前に出た。両腕で大きな身振りをしながら老婦人をたしなめる。老婦人たちの反応は、エリオットのほうへ投げかけつづけている短剣のような視線に負けないくらい鋭かった。

マシアスが別の道を探そうと向きを変えて、「おお、なんと」とつぶやいた。

フェイドラも振り返ると、背後の小道にはさらに女性たちが押しかけていた。

老婦人とフェイドラたちのあいだにある二十歩ほどの距離を、カルメリータがやって来た。謝罪とあきらめをこめて顔をしかめる。「ちょっと問題が起きたんだ」

「タルペッタとグリーンウッドは合意に達している」エリオットが言った。「それをみんなに説明してくれ。ミス・ブレアを守るためにわが身を危険にさらしたきみたちが、いまは彼女の脱出を阻んでいると」

カルメリータが厳かにうなずいた。「だけどこれもフェイドラを守ろうとしてのことなんだ。いま案じてるのは、彼女の貞節よ」わけ知り顔でエリオットを見た。「みんな思ってる、あなたが……その……。じつは、ただ思ってるんじゃなくて知ってるんだ」

フェイドラは顔が赤くなるのを感じた。エリオットの顔は無表情のままだが、かすかに紅潮した。

「なにも知ってるはずがないわ」フェイドラは言った。

「フェイドラ・ブレア、男とふたりきりであの塔にいたってだけで、彼女たちの目にはあんたが汚《けが》されたように見えるんだよ。だけどあそこにいるマリアは夜明けに水とパンを持っていって、それで……」カルメリータが両手を広げ、すべて目撃したのだと身振りで示した。

「あたしは見たものを忘れるように言ったんだ。だけど町の女たちは――いまじゃあんたを姉妹のひとりだと考えてる。あんたのために戦ったし、この誘惑者の好き勝手にはさせやしない。ものごとを正さないかぎりはね」

「誘惑者？　待ってくれ、僕は――」

マシアスが大仰にため息をついて遮った。「ロスウェル、とんでもなく軽率なことをしでかしたようだな」

フェイドラは前に出た。「この戦いばかりは、ほかの女性たちに加わってもらう必要はないわ、カルメリータ。あたしは大人の女性だし、信じてるの――ちょっと待って、司祭がここでなにをしてるの？」

昨日の衝突に巻きこまれた気の毒な司祭が、群衆の前に押しだされようとしていた。

「これこそ好ましくない展開というやつだな」エリオットが辛辣に言った。

「エリオット、どうにかして」フェイドラがいまにも気を失いそうな声で訴えた。いまや町じゅうの人間に取り囲まれているように思える。いくつもの体がゆっくりと流れる川のようになって、小道に入ってくる。エリオットとフェイドラとマシアスと気の毒な司祭は、いわば奔流に運ばれる難破船の残骸だ。

「どうしろと言うんだ、フェイドラ？　紳士としては、自分が汚した女性との結婚を拒んだりできない」

「なに言ってるの。これは強制なんだから、拒んでも人でなしにはならないわ。それにあなたはあたしを汚してもいない。まさか本当にやる気じゃないでしょうね？」

われながらどういう気なのか、まだわからなかった。わかっているのは、いまここで自分の考えに固執するのは危険だということだけだ。町は婚礼を前にして沸き返っている。タルペッタのもっとも忠実な支援者でさえ満面の笑みだ。見たところ、住民のだれもが、これは記憶に残る最高のサン・ジョヴァンニの祭りになると思っているようだった。

一歩ごとにフェイドラの目が丸くなる。「じゃあ、あたしが拒むわ」

マシアスが彼女のほうに首を伸ばした。「ミス・ブレア、わたしは何時間もかけてシニョーレ・タルペッタを説得したばかりだ、きみは、その、不貞淑《ふていしゅく》ではないと。もしきみが、その、親密な間柄にあるところを目撃された男性との結婚を拒めば、わたしの努力は水の泡になってしまう」

「結婚はしません。たとえ剣で脅されても」

エリオットも剣で脅されての結婚は望んでいないが、目の前にそびえる教会を、フェイドラが怖れるほどには怖れていなかった。女性に求婚したいと思ったことはないにせよ、フェイドラのように主義として結婚に反対しているわけではない。たしかに悪い縁組みは人生を地獄にすると家族の歴史が証明しているものの、この状況には関係がない。まだ。

「そもそも法にかなってるの？」フェイドラがマシアスに尋ねた。「あたしたちはカソリックじゃないし、ここは英国じゃないわ。挙式前の結婚予告も結婚許可証もない。そんなものが結婚と呼べる？　なにしろカソリックの式だけでも英国では違法だし、それに――」

「確実なことはわたしにもわからない。だがきっとあとで解決できるさ」

「あとで解決？　解決の結果が気に入らなかったらどうすればいいの？　あの人たちに言って。お願いだから――」人の流れが変わって続きは遮られた。

小道から急にピアッツァに出たのだ。周りを取り囲む体の壁は形を変えて隙間が生じたものの、分厚いことには変わりない。その中央にいる三人に、新たな人物が加わった。シニョーレ・タルペッタが脚を引きずりながらエリオットの隣りにやって来た。

「いい結末だ」尊大に認める。「彼女が花嫁《ウナ・スポーザ》になったら、男の法律が使える。今後はおまえも、もっとうまく権威できる」

エリオットは頭に浮かんだ悪態をどうにか抑えた。タルペッタの存在は偶然ではない。老婦人たちの噂話を小耳に挟んで、町の住民をこの茶番へとけしかけたに違いない。

マシアスが人をかき分けてタルペッタのそばへ行き、低い声で耳打ちした。なにを訴えたにせよ、成果はあがらなかったらしい。マシアスがエリオットのそばに戻ってきた。

「船の準備をたしかめてくる、ロスウェル。英国人の証人がいなければ、この結婚が適法ではないと主張する助けにもなるだろう」

エリオットはすでにそれを計算に入れていた。フェイドラはと見ると、祭壇ではなく絞首台に連れていかれるような顔つきだ。彼女の絶望には同情するが、同時にかなりの苛立ちも覚えていた。あれではまるで、ロード・エリオット・ロスウェルとの結婚は死よりも悪い運命のようではないか。

この運命はどちらが選んだものでもなく、どちらも予期すらしていなかったという事実は、問題ではない。ふたりの名誉と彼女の身を救うために屠《ほふ》られるのは彼だ。せめて少しくらい感謝を示してもらいたい。

マシアスが人波に流されていった。群衆が道を空け、司祭と〝いけにえの子羊〟を教会のドアへ向かわせる。フェイドラが真っ青になった。

司祭がエリオットと花嫁のほうを向いた。助手が輝く祭服を手に教会から駆けだしてきて司祭に着せる。司祭が群衆に語りかけた。

「なにを言ってるの？」フェイドラが尋ねる。

「僕にわかるかぎりでは、結婚式はここで執り行われ、そのあと教会の中へ入って書類に署名をするらしい」

「ここで？」フェイドラが地面を見おろした。〝ここ〟が実際にどこを指すのか、たしかめるように。一瞬、本当に彼女が気を失うのではないかと思った。「いま？」

「残念ながら」エリオットは彼女の手を握った。「しっかり、奥さん」

冗談のおかげで彼女の顔に少し血色が戻った。彼を殴りたがっているように見える。

司祭が祈禱《きとう》を始めると、群衆が静まった。この結婚式は無効だと主張するためのひとつ目の論拠は――宣誓はフェイドラが理解できない言語でなされたという主張は――成り立たないことをエリオットは悟った。司祭が用いたのはラテン語で、フェイドラが完ぺきに理解できる言語だった。

エリオットは高速で頭を働かせた。じきにふたりは結婚の誓いをさせられる。ちらりと肩越しに振り返って、うっとりと耳を傾けている人々を見やった。教会法についてなにか知っていればよかった。

司祭が徐々に乗ってきた。声量があがって、ピアッツァに集った人々の頭上に声を響きわたらせる。フェイドラは白馬の騎士が助けに来るのを待つ乙女のように、そわそわとあたりを見まわしてばかりだ。

司祭が宣誓を口にして、期待の顔で花婿《むこ》のほうを向いた。エリオットはフェイドラを見た。

彼女の目は、いまこそ人でなしになってと訴えていた。

タルペッタの小さな咳払いが耳に飛びこんできた。その音で、昨日の危険だけでなく、ナポリへ送られた使いのことも思い出さされた。

エリオットはフェイドラに向きなおった。このの結婚式が法にかなっているとは思わないが、もしかしたらということもありえる。だとしたら、ふたりは永遠に結ばれる。彼女のやり方しだいでも。

彼のやり方しだいでは、もっとひどい展開になっていたかもしれない。彼女のやり方しだいでも。

エリオットは宣誓の言葉を口にした。


フェイドラはなかなか宣誓の言葉を口にできなかった。言葉が喉に張りついて出てこないのだ。意識的に避けてきたやり方で運命を定めようとしているのではないだろうか。監獄から別の監獄へと移るだけなのではないだろうか。

絶望を隠しきれないまま、エリオットを見つめた。

彼は辛抱強く待っている。目は穏やかだが表情は固い。心の中でなんと言っているのか、聞こえる気がした。すべては悪い冗談だらけの奇妙な夢に思えるけれど、シニョーレ・タルペッタの暗い人影が十歩ほど離れたところにたたずんでいて、いまもこの土地の危うい崖っぷちを歩いているのだと思い出させてくれた。

抑えていた混乱が沸点《ふってん》に達した。もし万が一……。ひょっとしたら彼は……。何年もかかるかも……。

ばらばらになった思考を整理して論理にしがみつこうとした。もちろんこれは法にかなった結婚ではない。もちろんエリオットはなにか問題が起きたら解決に手を貸してくれる。彼だって彼女同様、この結婚を望んでいないのだ。快楽の一夜で男性の考えは変わりっこないし、脳みそをどろどろのお粥《かゆ》にされることもない。

ためらっているうちに場が気詰まりになってきた。群衆がざわつきはじめて、司祭の眉がつりあがる。後退しつつあるおでこを目指す、ふたつの半月のように。

カルメリータが彼女を評価しなおすかのように、好奇の顔を向けた。

フェイドラは深く息を吸いこんで誓いの言葉を口にした。

わっと歓声があがった。蜂の巣をつついたような騒ぎだ。高揚感の中で、サン・ジョヴァンニの祭りが始まった。

司祭がさがり、行列の準備に取りかかるよう群衆に語りかける。それから新婚の夫婦に人さし指を曲げて合図をし、向きを変えて教会に入っていった。

「書類に署名をさせたいんだ」エリオットが説明する。

フェイドラはどうにか落ちつきを取り戻そうとした。「少なくともこの太陽から逃れられるわね。こんなに暑いと思ったのは生まれて初めてよ」

エリオットがそばに来た。「たしかに顔色が悪い。日に当たったせいで気分が悪くなったんだろう。卒倒しなければいいが」

彼の気づかいには特別な響きがあった。フェイドラは彼を見あげ、教会のドアを見ている司祭に視線を移し、それからまだあたりをぶらぶらしている群衆の残りを見やった。

手を頬にやり、おでこに当てる。「ひどくめまいがするわ。気付け薬はないし。興奮したせいね、それと太陽と――」ほんの少しふらついた。

即座にエリオットの腕に支えられた。「僕につかまれ。中へ入ろう」

カルメリータがふたりに付き添って証人になろうと前に出た。シニョーレ・タルペッタも続く。

「だめだ」エリオットが彼に言った。「あなたは妻の友だちじゃない」カルメリータのほうを向く。「別の人を選んでくれ。だれでもいい」

フェイドラの具合の悪さは最初は演技だったのに、いまでは本物になっていた。エリオットに導かれて教会の涼しい暗がりへと進む。カルメリータも漁師を連れて入ってきた。ふたりがドアを閉じると、ピアッツァの騒ぎが遠のいた。

ぼんやりとした明かりの中で聖書台にかがみこむ司祭を、フェイドラはこっそり見守った。司祭は羊皮紙にせっせと書きつけている。手元には分厚い本もある。

カソリックの結婚式についてはなにも知らないが、英国の法律についてならいくつか知っている。誓いの言葉を口にするのと、書類に署名をするのとはまったく別物だ。自ら進んで名前を記してしまったら、一巻の終わりと思っていい。

エリオットの胸に手のひらを押し当てて、やめさせようとした。いまは日射病のふりをする必要はない。教会内のひんやりとした空気に触れて、汗が体温を奪う。頭と手足の先から血が引いた。

エリオットの顔が、近づいてきたと思った途端に闇に消えた。

「彼女、ふりをしてるの？」カルメリータがささやいた。

「そういうわけでもなさそうだ」エリオットは腕の中の体を見おろした。フェイドラが倒れた瞬間に抱き止めて、女優並みの失神の演技に舌を巻いた。しかしぐったりとした体と土気《つちけ》色の顔から察するに、演技ではなかったらしい。

司祭が両手を揉みしだきながら駆け寄ってきた。エリオットはラテン語で言った。「妻を屋敷に連れ帰って休ませたい。午後にここへ戻ってきて、書類に署名します」

司祭にとって、この二日間はさんざんだった。ほっとした様子で手を振り、どうぞ行きなさいと伝えた。エリオットは正面玄関に戻るのではなく身廊《しんろう》を目指した。「別の出口を教えてくれ」とカルメリータに言う。

カルメリータが駆けてきて、脇の通路の先にある小さなドアを指差した。エリオットはつかの間足を止めてカルメリータに礼を言い、それから人気《ひとけ》のない小道を海のほうへ大股で歩きだした。

腕の中のフェイドラが身動きをして、うっすらと目を開けた。エリオットがさらに数歩進んだところでようやく彼女が意識を取り戻し、批判的に状況を分析した。

「どうしてあたしを運んでるの？」

「きみが失神したからだ」

「おろして。あたしは失神したことなんてないわ」

エリオットは立ち止まり、彼女を立たせた。「さっきはした。ばったりと」

フェイドラが足元をたしかめる。「じゃあ、さっきまでは失神したことなかったわ」

「それはきっと、さっきまでは僕と結婚させられたことがなかったからだろう。あまりのおぞましさに、衝撃を隠しきれなかったと見える」

「失神しろと言ったのはあなたよ。暗に命令したじゃない」

「それだけ几帳面《きちょうめん》に僕の命令すべてに従ってくれるなら、きみとの結婚生活も我慢できるかもしれないな」フェイドラは復活したようだ。エリオットは腕を差しだした。「つかまれ。道は急だ」

フェイドラがその腕に腕をからめ、彼の大股に合わせようと飛び跳ねるようについてきた。

「屋敷へは戻らないの？」

「行列がここへたどり着く前に、グリーンウッドが船を準備してくれるはずだ。運がよければ、だれにも気づかれないうちに出発できるだろう」

脱出の可能性にフェイドラの足取りが加速した。波止場近くまで来ると、四人の男が乗りこんだ漁船のそばで待つマシアスの姿が目に入った。

ふたりに手を振り、乗組員たちに出船の準備を命じる。「早く乗りなさい。礼儀や別れの挨拶は無用だ。荷物は船に積んである」

エリオットはフェイドラを乗りこませた。恩師の言葉にもかかわらず、別れのために立ち止まった。「ぜひ英国を訪ねてください。しばらく帰っていないでしょう?」

マシアスが焼けつくような太陽に顔を向けた。「わたしはこの地にあまりにも順応してしまったんだよ、ロスウェル。じめじめした英国には魅力を感じない。だがそうだな……先のことはだれにもわからない」

「手紙を書いて、ポンペイでの成果を知らせます」

「わたしからの手紙はきみの書類の中に紛れこませておいた」エリオットが船に乗るあいだ、グリーンウッドがフェイドラに言った。「ホイットマーシュがきみたちの結婚におめでとうと」

「あたしは結婚してません」

「ふむ……」グリーンウッドが肩をすくめ、その点は曖昧だと示した。お辞儀をして去ろうとした。

「ミスター・グリーンウッド」フェイドラが呼びかけた。「二度と会えないかもしれないわ。ご親切とお力添えに感謝します」

「アルテミス・ブレアの娘をもてなせて光栄だったよ。ぜひ手紙を書いて、あの小さな謎が解けたかどうか、知らせてくれ」

船がゆっくりと波止場を離れた。すり鉢のような急斜面のそちこちを彩る屋根という劇的なポジターノの町を背景に、マシアスの姿が小さくなっていく。

ようやく安全を手に入れて、忘れたい危険から逃れられたと、フェイドラは心の底から安堵した。

エリオットの腕が腰に回されて、後ろから抱きしめられた。親密な抱擁が与えてくれる安心感と守られている感覚に、フェイドラは屈した。たくましい胸にもたれかかり、〝彼の強さに甘えて自分の強さを捨ててしまえ〟と誘う声には気づかないふりをした。

13

腕の中で眠りに落ちたフェイドラを、エリオットは船の手すりから木のベンチへ運んだ。乗組員に命じてふたりの上に帆布で間に合わせの天幕を作らせ、高く昇った熱い太陽から美しい白い肌を守ろうとした。

フェイドラのことばかり考えて二時間が過ぎた。ポジターノで交わした誓いの言葉は、喜劇なら最後の台詞《せりふ》だったかもしれないが、おかげで計画がややこしくなった。いまエリオットが感じている責任感を、フェイドラは受け入れないだろう。英国の法律がどう定めていようとも、エリオットに彼女を守る権利があるということを認めないはずだ。そうした務めを行使するための権威を、フェイドラはどんな男にも認めないに決まっている。

そんな思いを感じ取って戦闘意欲をかきたてられたかのごとく、彼女の目が開いた。彼に寄り添ったまま、海の向こうの東の水平線にぼんやりと見える険しい海岸を眺める。

ちらりと空を見あげて、太陽の位置を確認した。「岸からずいぶん離れたのね。そろそろアマルフィに着くころじゃない？」

「パエストゥムの海岸に向かうよう命じた。あそこの神殿を見たいと言っていただろう？」

フェイドラがまつげを伏せて計画の変更を思案した。「決める前にあたしを起こして、パエストゥムへ行きたいか訊いてくれたらよかったのに」

訊かなかったのは選択肢を与えたくなかったからだ。ポンペイに着いてしまったら、彼女はまた自分の使命に没頭するだろう。その後ナポリへ戻ったら、今度は彼が自分の使命に専念しなくてはならない。一日か二日は、そういう言い争いを避けたかった。

「教会で具合が悪くなったのは本当だろう？　少し休息が必要だ」

フェイドラが小さくうなずくと、銅色の髪が彼の肩をかすめた。腕の中から抜けだそうとしないのがうれしかった。眠っているフェイドラは美しい奇跡だ。この二時間、彼女の顔をつぶさに観察して、女らしい香りを吸いこみながら、やわらかい体を抱いていた。だが目覚めて油断のないフェイドラは、はるかに興味深い。

「言うまでもないけど、実際には結婚してないのよ」何時間もその話をしていたかのようにフェイドラが言った。無言のうちに、あるいはそうだったのかもしれない。

「じつは、両シチリア王国においては、していることになっている」

「どの書類にも署名してないわ」

「ここはカソリックの土地だ。結婚は契約ではなく秘跡とみなされる」

「あたしたちはカソリックじゃないもの」

「その点は重要かもしれないが、確実なことは言えない。ここで法にかなっているなら、国に帰っても適法じゃないかと思う」激しい反論に身がまえた。

ところがフェイドラはかすかな狼狽を見せた。ごくかすかな表情だったので、顔がすぐそばにあって腕の中に抱いているいまでなければ、気づかなかったかもしれない。

「この王国がなにを適法だと思うかは問題じゃないわ」彼女が言った。「あたしたちはじきに英国へ戻るんだもの。もっとちゃんとした法律がある国へ。重要なのは、本当には結婚していないとふたりとも了解してる点よ」

船が向きを変えた。舳先が南東を、岸のほうを目指す。エリオットが目を凝らすと、遠くの小さな港が目的地だとわかった。

「言って」彼女が要求する。

「なにを?」

「本当には結婚していないとふたりとも了解してるって」

そう言って納得させることもできるが、嘘はつきたくない。それればかりか、どっちつかずのこの状態に、本来なら感じてしかるべき狼狽が湧いてこないのだ。結婚したいと思ったことはない——とりわけフェイドラ・ブレアのような女性とは——が、一生離れられないかもしれないと知りながら、それでも誓いの言葉を口にした。

さしあたってこの地では、彼女の夫でいるのは都合がいい。彼女を守りやすくなるし、フエイドラに貴族の家柄という特権の外套を着せられる。そのうえ常に監視できる――昼夜を問わず。そしてもし英国へ戻ったときに、ポジターノでの宣誓がふたりを結びつけるとわかったら――それもまた好都合だ。

ふたりが本当の夫婦になったら、あの回顧録を出版するかどうかを決めるのはフェイドラではなくなる。家名を守るためにこれほど思い切った道を取ることになるとは考えもしなかったが、運命はふたりを導き合わせた難問に、予期せぬ解決法を用意していたのかもしれない。

もちろん彼女はその解決法を忌み嫌うだろう。だからエリオットはこの船の乗組員に命じてパエストゥムに向かわせた。フェイドラ・ブレアが、エリオットの生活をこの世の地獄にすることに残りの人生を費やすかどうかを知る前に、できるだけ長く魔法に浸っていたかった。

「僕にはなにもわかっていないのに、ふたりとも了解してると言えだって？　きみにもわかっていないのに？　きみが実際に求めているのは、僕たちが結婚していないことをふたりとも了解しているふりをすると言え、ということだろう？」

「賢い解釈だわ」

「賛成できないね。すばらしい機会を無駄にする犯罪的行為だ」

彼の返答に――だけでなく、からかうような口調にも――むっとして、フェイドラが彼の腕の中から抜けだして立ちあがった。正面から向き合って腰に両手を突き、説得するまであとに引かない女性の構えを取った。

帆布の下の薄暗い影のせいで、肌が不思議な輝きを帯びる。そよ風を受けた髪がたなびいて、生きている光輪のように体の周りで踊った。スカートの薄い布地が後ろへ吹きつけられて脚と腰の形をあらわにし、彼女の裸体と今日の始まりを思い出させた。

「どうして英国へ戻るまであの結婚がなかったふりをしなくちゃいけないか、理由を説明させて」フェイドラが指折り数えながら理由を挙げはじめた。

彼女の声は遠くの聖歌に聞こえた。いつの間にかエリオットは塔の部屋に戻っていて、膝をついて彼女の裸体を見おろしていた。それから昨夜のように彼女を奪っていた。ただし今回は、法で夫に定められた真の所有の行為だった。

フェイドラが日よけの影の端に沿って、彼の前を行ったり来たりする。説明は延々と続いているが、エリオットにとってはドアの外でかすかに聞こえるどうでもいい言葉でしかない。彼女をむさぼっている部屋の外で。

フェイドラの歩みが止まった。両手が腰に戻る。

「聞いてないのね」

「聞いているとも。きみの論理にはオックスフォード大学の教授も脱帽するだろう。僕にも反論の言葉はない。ただ、いまはどうだっていいというだけだ」

ベンチに腰かけた愚かな男性に、フェイドラが深いため息をついた。「欲しくもない女性と永遠に結びつけられてしまったのかどうかについて、考える価値はないの？」

「すでにじゅうぶん考えた。問題の女性を欲していないという点だが、そこがややこしいところでね」

彼女を膝の上に引き寄せてキスをした。昨夜の親密さを思い出させようとする。この欲望を分かち合わせようと。この好ましくない展開の中で、彼にとっていま重要な唯一のことをわからせるために。


宿屋の主人の女房は、女王の廷臣もかくやという華々しさでフェイドラの寝室のドアを開けた。廊下の先では主人のほうが、エリオットを別の部屋に通している。どうやら宿屋の主人とその妻は、このすばらしい男性《ウォーモ・マグニフィコ》の到着には多少のおべっかが必要だと判断したらしい。

フェイドラが廊下の先を見やると同時に、エリオットもこちらを見た。部屋のあいだの距離を目で測っているようだ。しばしの気まずい時間、収まりかけていた興奮がふたたび騒ぎはじめた。フェイドラは部屋に入ってドアを閉じ、彼の影響力から逃れようとした。

船上で過ごした最後の三十分のせいで、自分が陥ってしまった奇妙な状況のとらえ方がめちゃくちゃになってしまった。彼のキスには頭も体も心も乱される。甘美な時間を過ごせば過ごすほど、慣れ親しんだ精神的支柱からゆっくりと引き剝がされていく。まるで海図にない海へ連れていかれたかのようだ。

あの結婚の誓いが精査に耐えないだろうことはほぼ間違いないが、それでも厄介な問題の種を作ってしまったのには変わりない。結婚などしていないと考えるのが賢明なのだ。あいにくエリオットは、したと考えるほうが都合がいいと思っているようだけど。

彼にとってのうまみは、進行中の情事だけではなさそうだ。なにしろ夫なら、ほかのことにも権利を主張できる。彼女の考えや計画を知る権利。守り、所有する権利。賛成できないときは干渉する権利。彼女の〝夫〟が味方してくれなければ、この土地の人間はだれもフェイドラの肩を持たないだろう。

宿屋の主人の女房が大きな旅行かばんを開けた。服を出してさっと振っては、洋服だんすのフックにつるしていく。黒い目が、ずらりと並んだ黒い紗とクレープ地を眺めた。

「お気の毒に《ミ・ディスピアーチェ》」

喪服だと思ったのだ。しかしフェイドラは誤解を解くための言葉を知らない。ポジターノで説明したときもあまりいい結果にはならなかった。

主人の女房が水を取りに出ていった。戻ってきて洗面器に注いでから、フェイドラが服を脱ぐ手伝いを申し出た。「あなたのご主人――二枚目で洗練されてる《ベッロ・エレガンテ》」背中のホックを外しながら言った。

彼はあたしのご主人じゃありません――。否定の言葉は声にならないままだった。この宿屋の主人夫婦がどう思おうと関係ない。エリオットの言ったことは、ひとつの点に関しては正しかった。ふたりは結婚していると思われていたほうが、この旅は容易になる。すでにこれまでとの違いを目にしていた。いつも耐えているかすかなあざけりの代わりに、この宿屋では敬意をもって扱われた。

ようやく落ちついたときには黄昏が迫っていた。宿屋の主人の女房が出ていくと、エリオットが戸口に現われた。これまでの一週間で彼のイタリア南部訛りは上達しており、いま、その言葉で宿屋の主人の女房になにか指示をした。

「なんて言ったの？」

「戸外で夕飯をもらうと。ここにはきれいな庭があるんだ。それから、あとで風呂の準備もしてくれと頼んでおいた。さあ、下へ行こう。今日は船の上でパンとチーズを少し口にしただけで、ほとんどなにも食べてない」

「すぐに行くわ。少しひとりになりたいの」

ドアが閉じた。エリオットが去ると同時におりた静寂を吸いこんで、彼の存在感が薄れるのを待った。空気が正常に戻って、完全に彼から切り離されるのを。思っていたより時間がかかった。

きっと昨夜のせいだ。親密さが強すぎた。彼は真の意味で奪った。それも、自らの快楽以上のものを。フェイドラはなにを許してなにを許さないか、はっきりと示したが、彼はあえて好機につけこんだ。勇気を出して認めると、彼女にはそれを止める術《すべ》がなかった。なにしろ彼は、つけこむ好機を手にした初めての男性だったから。

室内を見まわした。きっとこの宿屋でいちばん上等な部屋なのだろう。設《しつら》えられた木の家具は、ナポリでよく目にする精巧な彫刻が施されたものの田舎版に見える。淡いブルーの模様が入ったかけ布がベッドをシンプルに飾り立て、厚板張りの床にはフックト・ラグ（麻や綿の布の下から毛糸を引きあげて表にループを作ったじゅうたん）が花を散らしていた。

庭での夕食が楽しみだ。お風呂も大歓迎。エリオットは彼女の欲求に前もって対処した。その裏にある想定は、見逃したいと思えば見逃せる。エリオットは男性が女性を世話するようにフェイドラを世話していて、彼女以外の女性ならだれでも喜んでいるだろう。不服を唱えるのは失礼であるばかりか恩知らずにも映るはずだ。

問題は、もしそんな想定をこのまま許してしまったらどうなるか、見当がつかない点だ。危険は彼だけでなく彼女の中にもある。女性は社会が定めた暮らしを送るのがいちばんだと、世間はこぞって信じこませようとしている。それに逆らうのがあまりにも難しく孤独に思えて、自分の信条に疑問をいだいたときも一度ではない。世間の常識という流れに逆らって泳ぐのは疲弊《ひへい》させられる作業だ。もし川下へ向かう船が通りかかったら、乗ってしまいたい誘惑は計り知れない。

もしも船に掬いあげて守ってあげようと申し出た男性が、ハンサムで裕福で知性と情熱にあふれていたら、いままで自分はまったく間違った方向に泳いでいたのだと結論づけるのはいとも簡単だ。泳ぎ方をすっかり忘れてしまったことに気づいたころには、おそらく長い時間が過ぎているだろう。

鏡台の前に座って髪にブラシをかけ、うなじでふんわりとシニョンにまとめた。エリオットのために。ほかにも庭で食事をする客がいたとしても、彼女の奇抜さのせいで気まずい思いをさせないように。大きな旅行かばんを開けて帽子を見つけ、ピンで留めた。

鏡をのぞきこんだ。外見上のこの小さな妥協は簡単にできた。失うものはなにもないし、自分がなぜその選択をしたか、はっきり理解した上での行いだから。こんなささいな妥協では、彼女という人間の輪郭を引きなおせはしない。それができるのは、これほどあからさまな変化でも、これほど意識的に選んだ行為でもない。

庭で待っている男性のことを考えた。とてもハンサムで魅力的だ。数日間の夫婦ごっこにはじつにそそられる。フェイドラの中の疲れた部分は、しばらくのあいだだれかにめんどうを見てもらうことを切望していた。もしかしたら一、二週間ほど戦いを放棄して、英国に戻ったらまた武器を手にすればいいのかもしれない。

母の記憶が立ちはだかった。心に浮かんだアルテミス・ブレアの美しい顔は、懐疑的に片方の眉をつりあげていた。アルテミスは一度も娘に同じ道を強いなかった。母のような自由を求めると、なにを失ってなにを手に入れるか、詳しく説明しただけだ。それと、中途半端な妥協などないことと、だれからの受容や敬意も得られないことを忠告した。世間は女性が妥協点を見つけるのを許していない。世間から受け入れられる女性になるという選択を取り返しのつかないものにするために、法律は定められたのだ。

フェイドラは準備を終えた。この土地の人々にはエリオットと彼女は夫婦だと思いこませておくけれど、エリオットにそう思いこませてはいけない。あの結婚が有効かもしれないとか、一時的に結婚していることにしようとも。もしそんなゲームをしてしまったら、フェイドラは確実に負ける。

日が沈むにつれて彼女はますます美しくなっていった。日中は燃え立つようだった髪の色を黄昏の光が冷まし、やわらかな印象をもたらす。食事を終えるまでのあいだ、エリオットは詩的な感傷を抑えられなかった。ふたりが座ったテラスのまわりには花々が咲きみだれ、まるで宝石のようにふたりを囲んでいた。

時間をかけて夕飯をとりながら、翌日のパエストゥムの神殿訪問について話をした。夜が近づいてくると、フェイドラが静かになった。これからの時間と上階の部屋のことを考えているのだ。彼女の目を見れば、ふたりのあいだで募りつつある期待を意識しているのがよくわかる。いま、フェイドラは初めてそれを隠そうとしたが、彼女は隠すことには慣れていない。ひとり、またひとりとほかの客がテラスから去っていく。宿屋の主人がコーヒーを運んできて、うやうやしく供してから、建物の中に戻っていった。

「フェイドラ、太陽は沈んだし、ほかの人間は去った。もうその帽子を脱いでもかまわないよ」帽子が妥協のしるしなのか、それとも単なる日射病の再発予防なのか、エリオットにはわからなかった。つばが深い影を落として、あの大胆な瞳を隠している。なにものにも彼女の欲望を隠してほしくないのに。

「あたしに許可を与えるような口振りね、エリオット。それか、命令しているような」そう言いながらもピンを外して、帽子をテーブルに置いた。「あたしたちの状況をどう考えてるにせよ、あたしを妻扱いするのはやめて。うれしくないわ」

なぜわかる？　妻になったことなどないのに。妻がいる家庭で育ってもいないのに。

曖昧な笑みが同意と解釈されて、薄れゆく光の中でふたたびふたりの時間を楽しめることを願った。フェイドラが期待の目で見つめる。もっと明白な肯定を待っているらしい。どうやらいま決着をつけたいようだ。彼女が納得するまでこのテラスから出られないだろう。

「じゃあどんな扱いをすればいい、フェイドラ？　愛人？　つかの間の恋の相手？」

「友だちよ」

「昨夜は友だちだった。きみに許されるかぎり、あんなふうに扱いつづけたい」

暗くなりつつあるにもかかわらず、彼女の頬が染まったのがわかった。「昨夜とまったく同じというわけにはいかないわ。それが心配の一部よ」

「昨夜は心配しているようには見えなかったけどな。だけど変わる努力をしよう。言ってくれ、きみは友だちにどんな扱いを受けている？」

「そうね、もっと……。その、どちらにとっても、あなたがゆうべ言ってたような、降伏とか勝利である必要はないわ。服従とか所有の問題でもない。男性はかならずしも――人はかならずしも、相手の心を侵略する必要はないのよ」最後の言葉の裏の意味には気づいていないようだった。

　エリオットは本能的に、過去の恋人の存在をにおわせる言葉に反応した。激しく。だれにも心は侵されなかったという証言にもかかわらず。

　嫉妬に引き裂かれた。ほとんど経験のない感情だ。その危険な力に畏怖の念と嫌悪感の両方をいだきつつ、心の地下牢へ押しやろうとした。男性はする必要がないとフェイドラが考えているものの中で、嫉妬は筆頭を飾るに違いない。

　激しい感情を抑えようとしたものの、完全には御《ぎょ》しきれなかった。苛立ちが募って怒りに変わる。「なにが必要でなにが必要でないか、きみがじっくり考えてきたのはわかったよ、フェイドラ。僕よりはるかに意識を払ってきたらしい。僕の目には、きみの哲学はあまりにも洗練されて計算高く映るな」

「その口調なら知ってるわ。小ばかにするのはやめてちょうだい。わかってたわ、あなたが絶対に――。ねえ、不可能じゃないのよ、快楽を分かち合って、そして――」

「そして、なんだ？　隣りに横たわっている体に無関心な顔で夜明けを迎えることが？　肉欲を満たしたいだけなら娼婦を買えばすむ。以前は僕も、快楽以上のものを求めないなんて寛大な女性だと言ったかもしれないが、要するにきみはなにもわかっていないんだ。夜明けまで友だちといたことはないんだろう？　夜が明けるずっと前に帰らせていたんだ、だれのものにもならないために」

「無関心な顔なんかしてないわ。だけど、だれのものにもならなかったというのはそのとおりよ。情熱が生みだした偽りのきずなに縛られたりしなかったし、行為そのものにも支配されなかったわ」

ほかの男性とのことなど聞きたくなかった。「きみの友だちは、本当の考えと反応は隠しておいたほうが得策だと思っただけさ」

今度は彼女の怒りに火がついた。まあ、昨夜彼が踏み外したらしい、なにかしらの原則について口論をするのなら、早く終えてしまったほうがいい。

「いま話してるのは愚か者や人でなしのことじゃなくて、善良で正直な男性のことよ。あなたとは違うの」彼女の言葉はきびきびと歯切れよく、冷たかった。賢明な男ならここで撤退するだろう。

撤退してたまるか。

「彼らが男なら、僕とそう変わらないはずだ。男というのは、一緒にいる女性が男らしい考え方を好きじゃないからといって、男らしく考えるのをやめられない生き物だからね。きみの友だちは、きみに好かれたいがゆえに、男らしい考え方をしていないふりをしたんだろう。僕たち男は、しばしばそういうことをするものだ」

「ふりだったなら、気づいたと思うわ」

「あるいはきみは快楽を手に入れるのに夢中で、そういう都合の悪い心の侵入に気づくのを必死で避けていたんじゃないか」

昨夜の彼女のふるまいを批判する言葉を聞いて、フェイドラの顔に衝撃の表情が浮かんだ。

「あたしはただ……。まあ、母の言ったとおりね。たいていの男はあたしの言うことを理解できるほど啓蒙されてないし、なにを言われても考え方を変えない」帽子を取って立ちあがる。「友だちのひとりになってもらえなくて残念だわ、エリオット。あなたはふさわしくない」

フェイドラは庭を横切って宿屋のドアに向かった。女王は決断をくだした。この蜂は、よそでぶんぶん飛びまわるしかない。

いつものエリオットなら、女性の拒絶をユーモアとゆとりを持って受け入れる。いつもならたいした問題ではないし、しばしの肉体的な不都合でしかない。

だがこの女性のきっぱりとした拒絶は大問題だった。理由は考えたくもない。フェイドラはまた挑戦状を突きつけたのだ。無視することはできない。ふたりの形勢は、彼女が歩み去るのを最後に許したときから大きく変わっていた。

まったくあの男性《ひと》ときたら。どうしてあれほど知的でありながら、あれほど愚かになれるのかしら。よくも遠回しに言えたものだ――いや、遠回しではなく、あからさまにほのめかした――いや、ほのめかしたのでもなく、真っ向から非難した――友だちとの関係において、フェイドラは娼婦にすぎないと。

部屋に戻るまでずっと心の中で悪口を言いつづけた。彼に女友だちはひとりもいないだろう。間違いなくロード・エリオット・ロスウェルは、愛人と娼婦には詳しくても、きちんとした女性を相手にしたことがないのだ。

部屋のドアの掛け金をつかんだ。彼に見こみはない。今後数日はどこへ行くにも一緒で、肉体的な親密さを欠いたあのしゃくに障るやり方で邪魔をされ、彼が部屋に入ってくるだけで心はばかげたダンスを踊るだろう。彼には息苦しくさせられるけど、二度と誘惑に屈したりしない。

大きくドアを開くと、湿った熱に出迎えられた。召使いがお辞儀をして忙しく立ち働きはじめ、暖炉の低い火にかけられていた大きな手桶を掲げると、待ち受ける金属製の浴槽に湯を注いだ。

急にこの二日間の疲労が襲ってきた。体からは昨夜の残り香が立ち昇っている気がする。

ねっとりと甘いそのにおいに、たったいま拒絶した快楽とその力を思い出させられた。この数日を人生から洗い流したらさっぱりするだろう。

　召使いが浴槽の準備を終えた。フェイドラは少女をさがらせて、これまでどおり、自分で服を脱ぎはじめた。ドレスとシュミーズを取り去って、ひとつひとつの動きで宣言する。ここにいるのは、男性が身勝手な理由から守ろうとする甘やかされた存在ではないと。彼女はフェイドラ・ブレア、自由で自立していて、自分が定めた決まり事以外のなにものにも縛られない女性だ。

　浴槽に身を沈めると、思わずうめき声が漏れた。湯の温もりが、実際は肌を冷ます。体が芯からくつろいだ。庭から連れてきた張りつめた怒りを、さざ波が癒してくれた。

　長いあいだ湯に浸かってから起きあがると、髪をほどいて洗った。香《かぐわ》しい石けんで体を擦り、泡で遊ぶ。心は軽く、体は清潔に、さらに自信も取り戻したフェイドラは、ここ数日でいちばん自分らしい気分を味わいながら浴槽の中で立ちあがって、夜のそよ風が体を伝い落ちる水滴を舐めるに任せた。

　感覚のとりこになった。本当に涼しいと感じたのはこの何日かで初めてのことだ。なんて気持ちがいいのだろう。もう少し湯を浴びようか。

　そのとき、ドアの掛け金がかちりと鳴ってひとりの時間が破られた。だれかが入ってきた。物理的に、精神的に。意図的に。しばし身動きもせずに立ちつくした。心をかき乱されていた。肉体をかきたてる興奮が慎重な決断をあっさり覆したことに、驚いていた。

浴槽の横のスツールに載せられたタオルに手を伸ばした。

日に焼けた男性の手が先につかんだ。

14

部屋を訪ねるころには風呂を使い終えているだろうと思っていた。ドアを開けたエリオットは思い違いに気づき、出なおそうとした。彼女の慎みを守るためではない。その段階は超えている。

裸で浴槽に立つ彼女を見て口の中が乾いた。身動きもせず静かにたたずむ姿は像のようだった。時間の流れが遅くなるのを感じながら、完ぺきな背中と腰の曲線をゆっくりと目で追って、背筋のいちばん下のかわいらしいくぼみを見つめた。エロティックでやわらかいお尻の丸みは、秘密の影につながっている。胸を張った姿勢は自尊心の表われだ。これほど個人的なひとときだというのに。

エリオットを引き止めたのは肉体的な反応ではなく、彼女に感じている激しい欲望よりもさらに本能的な反応だった。僕のものだ。直感による宣言は、容赦なく彼を切り裂いた。

欲望ならなじみ深いものの、この宣言は別だ。庭で感じた嫉妬のように、ふとその危険に気づいた。と同時に、これまで気づくのを避けていたことを瞬時に悟った。フェイドラへの渇望は、自分でも知りたいのかわからない事実をあらわにする。

彼女のほうへ歩きだした。エリオットが体に見とれていた長いあいだも動かなかったのが、いま、びくりとした。彼がタオルに手を伸ばすと同時に彼女も手を伸ばした。必死と呼べそうなすばやさで。まるで怖れているかのように。

小さな水滴があらわな肩と伸ばした腕で輝いた。彼がつかんだタオルの横を、白い指がつかむ。ふたりはそのまま凍りつき、動くことなく無言でタオルを奪い合った。

僕のものだ。心の中で宣言が自然にくり返された。フェイドラが、彼女自身と彼の中に解き放った衝撃に反応して。彼女は出ていけと言わなかった。部屋に入って裸体を見ることを許した。原始的な鼓動のように室内で脈打つ官能的な雰囲気を追い散らすためのことは、なにひとつしなかった。

本人はまだ気づいていないかもしれないが、フェイドラはすでに降伏している。

エリオットはタオルを放した。フェイドラが引ったくって裸体に巻きつけ、体の正面でぴたりと閉じた。浴槽から出て彼と向き合う。

大胆にも長々と彼の顔を見つめた。エリオットはこれまで、女性を欲するあまり、わけのわからないふるまいをしたり無謀な行動に出たりする男のことが理解できなかったが、いまようやく理解できた。フェイドラがちらりと視線をおろして、彼のシャツとまくった袖、ズボンとむきだしの足を見た。

「髪が濡れてる。あなたもお風呂をすませたのね」フェイドラが言った。彼女の濡れた髪はくしゃくしゃになって片方の肩にかかっている。

フェイドラが浴槽を見やった。消えそうな石けんの泡がいまもあちこちに浮かんでいる。

「長く浸かりすぎたわ」

十分に肌を体を隠しきれないタオルを巻きつけたまま、この会話をすることになるくらい長く。そのタオルもいまや湿り気を帯びて体の曲線に張りつき、むしろ官能を増している。

フェイドラが向きを変えて呼び鈴の紐に手を伸ばした。「召使いは今夜の内に湯を捨てたいでしょうから」

彼女を遮るには二歩で事足りた。白い手が紐を引く前に、手で包みこむ。もう片方の腕を体に回し、肩にそっとキスをした。冷たい水と香しい花のにおいに頭の中を満たされた。

フェイドラが官能的なため息を押し殺して、喜びを示すかのようなかすかな筋肉の収縮を抑えようとした。「あなたを部屋に招いた覚えはないわ」

「ああ、そうだね」

「こんなことはするべきじゃ――」エリオットが腕に力をこめて首筋の敏感な部分にキスをすると、言葉が途切れて静かな喘ぎ声が漏れた。

「あたしを誘惑しようとしてるのね」つぶやくように言う。

「なにもしようとしていない」さらに強く抱きしめて、いまでは彼女の体の線をくっきりと浮かびあがらせているタオルを撫でおろすと、目で楽しんだばかりのものを今度は手のひらで堪能した。

フェイドラがやわらかな声で笑った。「いけない人」

「かもしれない」彼女の両手はいまもタオルを胸元でしっかり押さえている。エリオットはその手をそっと離させようとした。

が、フェイドラはますます固く握りしめるばかりだった。興奮しているのは間違いないが、胸の内には抵抗も生じつつある。それを封じこめるために、エリオットは両手をタオルの下に滑りこませた。

フェイドラは美しく震えたが、抵抗はまだ鎮まらなかった。「あたしの友だちのひとりにはなれないと言ったはずよ」

「きみの友だちになりたいとは思っていないとナポリで言ったはずだよ」もう一度タオルを放させようとする。「きみはこのタオルを放す。なんと言おうときみはそれを望んでいるから」

「悪魔の危険な誘惑ね」

首筋にまたキスをした。腕の中のフェイドラは小さくてもろい。「僕は危険じゃない。今夜きみが欲しい、それだけだ」

「本当だとは思えない」前半と後半、どちらを疑っているかは言わなかった。両方とも嘘だと思っているのかもしれない。

エリオットは無理強いしなかった。タオルをつかんだフェイドラの手に手を重ねて、無駄な抵抗をやめるのを待った。

彼女がどんな反論を抱えているにせよ、それは声にならなかった。こわばっていた体が徐々にほぐれていく。手の下の指が緩んだとき、フェイドラが体を許すことにしたのだとはっきりわかった。

なにものにも愛撫を妨げられないよう、エリオットはするりとタオルを抜きとった。彼女の肌はひんやりとみだらだったが、どこに触れてもそこから内なる炎が彼の中に流れこんできた。両手で乳房をおおって乳首をいたぶっていると、彼女の深い息づかいに快感のやわらかな喘ぎ声が混じりはじめた。首と肩が出会うカーブに唇を押し当てて、欲求の速い脈を味わった。

僕のものだ。


あたしはそれほど考えなくていいことを考えすぎていた。この情事を大事《おおごと》にとらえすぎていた。快楽を分かち合うだけ。それ以上じゃない。

そんなもっともらしい理由づけを最後に、フェイドラは思考を止めてエリオットの誘惑に屈した。たちまちどんな思考もかなわない、圧倒的な感覚の場所へと連れていかれる。

抱きしめられたときにはすでに途中まで来ていた。良識にしがみついていようとするものの、彼に引き起こされた炎で灰にされてしまう。ぼやけていく頭を引っかきまわしても、庭でこの男性を拒んだ確固たる理由が見つからない。

いま、彼の両手は体を這いまわり、彼女を興奮させて所有していく。温かな手でゆっくりとさするたびに、昨夜の恍惚感をふたたび教えてやると約束する。そんな誘惑の前には、危険と代償についての意見など、愚かでつまらないものに思えてきた。

彼の手でされることが大好きだった。フェイドラはたくましい体にもたれかかり、自信に満ちた愛撫をぞんぶんに味わった。ざらついた手のひらが腰とお腹を撫で、指が太腿と乳房を絶妙に焦らすのがたまらない。彼に触れられるとぞくぞくした。なぜならこの男性は自分にどんな力があるかを知っているから。

それがなにを意味しようとするまいと気にしない。そんな選択には自由があった。意識も思慮もない、浮き立つような自由が。条件つきの降伏には、肉欲を否定しようとしたあとでは安堵すら覚える。いまは奔放に浸って、計算と議論は先送りにしよう。

フェイドラが降伏すると、彼の態度は誘惑というより、所有者としてのそれに変わった。それでかまわない。かまうどころではない。フェイドラは降伏のエロティシズムにすっかり魅了されていた。彼の強さに支配されるに任せた。体を差しだして、もっと多くを求めた。快楽の震えにわれを忘れ、それがなにを意味するかなど考えられなかった。

たくましい腕に抱きすくめられた。まぶたを開けて、美しく男らしい手が乳房を撫で、先端をゆっくりと何度も転がすさまを見つめた。やさしくいたぶられるたびに、鋭い矢が全身を貫く。フェイドラは体を弓なりにして乳房を突きだし、もっと多くを、いや、すべてを求めて悲鳴をあげた。興奮と熱い感覚が脚のあいだにひたひたと溜まっていき、ついには身も心も狂わす期待を抑えきれなくなった。

長い愛撫ののちに彼の抱擁が変化した。片手が下に伸びてきて、太腿のあいだの湿った香る部分を探り当てた途端、フェイドラは欲望に支配された。

ほとんど立っていられない。息をするのもやっとで、短い喘ぎには焦れったさの悲鳴が混じる。腕の中で向きを変えて彼にしがみつき、この体が欲するままに触れようとした。

彼はそれを許さなかった。それどころか、前腕をつかんでいた彼女の手を離させて、ベッドのフットボードの上端をつかませた。急に彼の支えを失う。フェイドラの手は彫刻を施された木のへりを握っていた。

背後で彼が見ているものを想像した。無防備な裸体の後ろ姿。

肩越しに振り返ると、彼は服を脱ぐところだった。すでにシャツを取り去っている。フェイドラは後ろを向きかけた。

「だめだ。じっとしてろ。そうしているきみは美しい」

心臓が重たい脈を打った。美しく、受け身で、待ち焦がれている。興奮が新たな色合いを帯びて、漆黒《しっこく》の宝石に変わった。まったく別の興奮が体を舐めて、もどかしくも耐えがたい苦痛をもたらした。

ひどく原始的なこの新しい欲望をこらえようと目を閉じた。あまりの威力に怖くなる。そのせいで、背後の男性が抗しがたい危険な挑戦に変わるから。

彼が下穿きを脱いで歩み寄ってきた。みだらな期待と激しい興奮が全身をわななかせる。この男性は触れることなく彼女をおおった。そうしようともしない内に彼女を支配した。

フェイドラは固い手のひらを感じた。肩から腕へと撫でおろして、ゆっくりと撫であげる。

「前を向くな。僕が顔を見ていられるように、そのまま首を回していろ」

手のひらが背中を撫でおろして前に回り、乳房をおおった。いまや乳首はさらに感じやすくなっている。かすかに触れられただけで、得も言われぬ衝撃が体を貫いた。

フェイドラは、顔は背けなかったが目は閉じていた。闇には少しばかりの安全がある。少しばかりの拒絶が。けれど快楽と感覚しかない自分だけの場所に逃げこむことはできなかった。彼がいた。塔での二度目のときのように。だれがこれをしているか、はっきりと意識させられた。

ベッドに移るのだと思っていたが、彼はその場から動かなかった。巧みに乳房を愛撫して、燃えさかる欲求から生まれた狂おしさへとフェイドラを押しやっていく。フェイドラは震えながらフットボードにつかまっているしかなかった。体がもっと多くを求める。ついにふたたび喘いだとき――本能的に背中を反らしてお尻を突きだしたとき――いまにも泣きわめいてしまうと思ったとき——もう一度抱きしめられた。

片腕で抱いて支え、手のひらで乳房をおおう。もう片方の手はお尻の割れ目をたどり、太腿のあいだで熱く脈打つ潤《うるお》った部分を探り当てた。

こんなものは体験したことがなかった。フットボードを壊さんばかりに握りしめたが、現実のそれ以外の部分は、ますます高まり、募り、切実になっていく快楽でおおい隠された。見ることも話すことも聞くこともできなかったが、心の中には言葉があった。請い求める言葉、なにものにも止められない要求と懇願の呪文が。

ついに奪われた。打ち消しようのないやり方で。しっかりとお尻をつかんで激しく挿入された。フェイドラは一刻も早く満たされようとしたが、彼は至福の責め苦を長引かせ、もうすぐ満たしてやると焦らしながら両手でますます興奮させた。

フェイドラの中でいちばん深い震えがいつ始まるか、彼は知っているかのようだった。最高に深い快感が血管で脈打ち、体じゅうで震える。そのとき彼を感じた。完全に満たされて、脈の中へと押しやられた。やがてそれは心臓の鼓動と命の息づかいと溶け合って、ひとつになった。そのあいだずっと彼は一緒だった。頑として去ろうとせず、震えが悲鳴に変わり、至福の奔流となって全身を貫いたときも、彼女を支配していた。

ふたたび抱きしめられた。彼に包みこまれ、ふたりの体と汗で結びつけられる。無我夢中の最後の瞬間の悲鳴がいまも室内にこだまする中、耳元で深い息づかいが聞こえた。背中に彼の鼓動を感じた。彼女の心臓と同じリズムを刻んでいた。

窓の鎧戸の隙間からひとすじの光が射しこみはじめるのを、エリオットは眺めた。フェイドラはじきに目覚めて神殿を尋ねる支度を始めるだろう。

彼としてはむしろこのベッドで一日を過ごしたかった。古代ギリシャ人にとって辺境の植民地だったこの一帯の神殿なら、どれもすでに見学している。遺跡を見れば、神殿の美しさや均衡がどのように変化してきたかについて、古文書に記されていたことがよくわかる。重厚で男性的なパエストゥムのバシリカ（紀元前六世紀の建築で、エンタシスという柱のふくらみが特徴的な神殿）から、一世紀ほどのちの第二ヘラ神殿（周囲に横六本、縦十三本の柱をめぐらせたドーリス式神殿）まで、すべてがそこにあるのだ。

エリオットには既知のものでも、フェイドラはまだ見たことがない。彼女は長い一夜にも異を唱えなかった。最後にもう一度、彼が手を伸ばしたときも。それはゆっくりとくつろいだ営みで、行為のあいだずっと言葉を交わしていた。だが彼女はこれが何日も続くとは思っていないだろう。彼がどんなにそれを願っていても。

この関係について、いくつかのことを決めたほうがよさそうだ。しかしなにを決めたらいいのだろう。これは月並みな情事ではない。ふだんのエリオットならいまごろ相手にかりそめの誠実さくらいは期待している。相手がほかの女性なら、この情熱には名前がつけられて、なんらかの理解と取り決めが交わされているはずだ。

愛人。恋人。かわいい人。フェイドラはどんなレッテルも拒むだろうし、実際にどれもふさわしくない。それでも彼女をそばに置いておきたかった。あの美しさに似つかわしいドレスを着せて、本人にはまかなえない召使いをあてがいたかった。

妻。たとえ本当はそれが正解だとしても、問題外だし、口論になるに決まっている。

娼婦。罪人。世間は彼女をそんなふうに見るかもしれないが、フェイドラの考え方を理解している人間なら、決してそうは思わない。

友だち。

頭の中でその言葉を転がしてみた。フェイドラが親しい男性に許すただひとつの肩書き。夜のせいで妥協しやすくなっていたから、エリオットは彼女のほうにその肩書きを当てはめてみた。

心の中の原始的な獣は餌を与えられて落ちついていたので、いま、怒りの咆哮《ほうこう》をあげることはなかった。が、しゃべりはした。最初の宣言に比べたらはるかに自信に満ちた声で。所有欲を無視することはできない。彼女を友だちとはみなせない。友情にはこれほどの確信と欲求はなく、もっと自由がある。

フェイドラが目を擦った。まぶたを開けてベッドを見おろし、シーツの下の体がこしらえたなだらかな丘を眺める。それから横を向いて彼を見た。

「昼の暑さを避けるなら、そろそろ出発したほうがよさそうね」彼女が言う。

「明日行けばいい」

フェイドラが手を伸ばして、指で彼の胸を歩いた。「あなたに歩けなくさせられる前に行ったほうがいいと思うけど」

そんなふうにじゃれられて、ばかばかしいほどうれしくなった。今朝このベッドを出たらこの関係を終わらせようと彼女が思っていないらしいことにも。彼女がどう思っていようと、終わらせるつもりはないが。

「ゆうべは、はめを外しすぎたわね」

「すばらしい形で」

「旅先で英国人をおかしくさせるのは太陽だと思う？　あたしたちの国の人間は、外国に行くと良識を捨てておかしなふるまいをするという長い伝統があるわ。なにしろこんな日射しに慣れてないんだもの。対処法を知らないから大失敗をするのね」

「女性を欲するのに地中海の太陽はいらない。それがきみならとくに、フェイドラ」

彼女の見解には認めたくないほど真実が含まれていた。この女性といると、ほとんどの良識を捨ててしまう。欲望に支配されるがままになり、引いては厄介な状況に陥ろうとしている。義務と責任を後まわしにして自分のやりたいようにするなど彼らしくない。フェイドラに引き起こされる衝動は、ほかの女性に感じるものとは違う。

フェイドラが応えてほほえんだが、頭では別のことを考えているのがわかった。きっと昨夜のみだらな営みにつける、彼女なりの呼び名を探しているのだろう。

「あなたの言うとおりかもね。太陽のせいじゃないわ。故郷を遠く離れて、あたしたちを形成する歴史や義務から逃れられるせいよ。遠いところへ行くと、人は別の人生を手に入れて別の人間になるんだわ。外国の人がロンドンを訪ねたら、その人たちもつかの間の別の人生を過ごすんじゃないかしら」

「そして自分たちがおかしなことをするのは霧と雨のせいだと言うんだろうな」

フェイドラが笑って仰向けになった。シーツが乳房からお腹にかけて優美な山並みを描く。エリオットは低地に視線を奪われた。

「子どもができるか心配じゃないのか、フェイドラ？　これまではもどかしさのあまり不注意なことをしてしまった。今後はきちんとしよう」

彼女が低地に片手を載せた。「そういう予防措置はあんまり取りたくないの。もし子どもができたら、母があたしを育ててくれたように育てるつもりよ。なにしろあたしは女性だし、子どもを授《さず》かるのは女性にとって自然なことだもの」

アルテミス・ブレアはフェイドラを身ごもって育てたが、彼女の場合、リチャード・ドルーリーと結婚しているも同然だった。このベッドの中でなにが起きているにせよ、それと同じではない。「僕が認知しないとは思ってないだろうね」

フェイドラの笑いはあざけりにしては温かすぎた。「あなたが？　まさか。たとえあたしに頼まれても、そんなことしない人だと思ってるわ。だけどおせっかいな邪魔者になるんじゃないかとは思ってる。とはいえ、いままで子どもができなかったことを考えると、あたしはそれほど恵まれてないんでしょうね」

恵まれて。つまり妊娠をまったく怖れていないのだ。予期せぬ言葉に、この女性が彼と同じ世界に生きていないことを、ほかの女性の恐怖や願望を支配している法には従わないことを思い出させられた。愛人、妻、罪人、友だち。彼がつけようとしたどんな呼び名もふさわしくない。

もう一度体を下に感じようと、彼女の上に重なった。ぴったりと触れ合った肌のなめらかな温もりを味わいながら、ユーモアにあふれた輝く瞳を見おろした。

「僕たちは欲望に耽るべきじゃないかな、フェイドラ。英国人の名に恥じないくらいはめを外すんだ。ナポリに戻るまで、この異国の太陽の下で別の人生を生きる自由を楽しもう」

頬から顎にかけての繊細な曲線をそっと撫で、彼女がかすかにうなずくのを指先で感じた。唇を重ねた。いまはそのうなずきにこめられた約束を追及する気になれなかった。フェイドラにもほかの女性にも、それ以上を期待せずにキスをしたのはこれが初めてだった。

15

「圧倒されたわ、エリオット。先週もすばらしかったけど、これはいままでで最高の体験よ」

「これまでに見てきた街や遺跡をうわまわるだけで、すべての体験じゃないだろう?」

ふたりは互いをよく知る恋人同士のような、親密な視線を交わした。そう、もちろんフェイドラが言ったのは古代の遺跡のことだけだ。隔絶されたすばらしい古代遺跡パエストゥムと、芸術家の手によるかと思えるほど画趣に富むアマルフィは、ふたりの圧倒的な体験がくり広げられるもうひとつの環境でしかない。

ふたりは海に洗われた美しいアマルフィで必要以上の時間を過ごしてから、陸路でポンペイに向かった。北へと戻るその短い旅さえ、世界を寄せつけないための手段だった。エリオットが旅の手配をして、一日でわけなく行けるところを三日かかるようにした。

昨夜は小さな村に泊まった。ふたりは激しく必死に求め合った。おそらくふたりとも知っていたのだろう、夜が過ぎれば夢は終わると。フェイドラは夜明けにふと目を覚まして、悲しく切ない気分になった。ポンペイが手招きしている。それとともにふたりが無視しつづけてきた現実が訪れる。

エリオットの共犯者めいた恋人同士の笑みにも悲しみが秘められていると思うのは、気のせいだろうか？　だけど彼の目には先週の明るい陽気さだけでなく、陰と謎も映っている。エリオットがポンペイへ来たのは次の本のためだが、今日の心ここにあらずの理由は調査だけではなさそうだ。

踏み固められた道にまっすぐに残る深いわだちを、フェイドラはつま先でついた。「ローマ人の戦車がこの道を走っていったかと思うと、土埃《つちぼこり》もそれほど気にならないわ。だって二千年前に舞ったのと同じ埃なのよ」

「あそこにパン屋がある。英国のとそう変わらない、いろいろな意味で」彼に導かれて建物に入った。壁にはオーブンのための深いくぼみが穿《うが》たれている。人々がそこでパンを焼いたり、召使いが主人のために買いに来たりする様子が目に浮かんだ。近くのヴェスヴィオ山がもくもくと灰を噴出しはじめたときの彼らの恐怖と、灰が町に降りそそいでポンペイとその住民を埋めてしまったときの心痛も想像できた。

発掘された通りをそぞろ歩く観光客は、ほかにも大勢いた。大半は案内人をつけているけれど、フェイドラには必要ない。エリオット・ロスウェルがすべて説明してくれる。

気がつけば発掘中の現場の端まで来ていた。シエスタの終わりとともに作業が再開したらしい。ずらりと並んだ男たちが土の入ったかごを手から手へと渡し、少しずつ遺跡を掘り起こしていく。手押し車に土を載せて市の壁の外へ運んでいく者もいる。町はゆっくりと復元されていた。

「見つかったものはすべて記録されるんでしょうね」フェイドラは言った。「それが正しいやり方なんでしょう?」

「かつてはただ宝のために掘り起こしていたけれど、いまは陶器の破片だろうとレンガだろうと、すべて記録に残される」

「財宝目当てに掘っていたころは、そういうものは記録されなかったの?」

「王はきちんとした財産目録をつけるものだし、ナポリの王は昔からポンペイをわがものと主張してきた。前世紀の記録はそれほど系統立っていなかったけど、価値のあるものは書き留められたよ」

フェイドラは発掘中の現場の縁に沿ってぶらぶらと歩いた。歩くたびに太腿をたたく小さなものは、〝ここにいる〟と怒り混じりに主張しているかのようだ。今朝、カメオを持っていくのを忘れそうになった。エリオットが馬車の手配をしに出かけ、ひとり残されて初めて思い出した。

この男性との快楽が及ぼした影響だ。いま、カメオはドレスのポケットの奥から太腿をたたいている。こつん、こつん、こつん。〝ここに来た本当の理由を忘れるな〟。

エリオットも別の種類のものにつつかれているのではないだろうか。彼も理由があって英国を離れた。ポンペイでの調査が終わったら、どれくらいでもうひとつの目標に意識を向けるだろう？

彼のためにすぐ終わらせてあげたかった。たしかにナポリでは、回顧録を改竄《かいざん》すると思われていたことに腹を立てた。彼の父親への義務は、彼女の父親への義務よりも大事だと言わんばかりのふるまいに。けれどいまは、フェイドラの義務感によってふたりの溝がより深まってしまうのではないかと不安だった。

太陽が照りつける。ふたりを包む静かな呪文が影とともに伸びる。

フェイドラは足を止めて、彼と一緒に発掘現場を見わたした。

先週のことを思い返した。この情事もあと数日は続くだろう。少なくともナポリに戻るまでは。だけど、もはやこれまでと同じではない。別の人生を生きるふりも、義務から解き放たれたふりもおしまいだ。今後は自分という人間を無視できない。

「監督者を探したら？」フェイドラは言った。「ここで調査をするんでしょう？」

エリオットはすぐには答えなかった。ただそこにたたずんで、そばにいるだけで彼女に影響を及ぼした。彼の存在感に興奮させられるのは体だけではない。その親密さには夜でなくてもかきたてられる。それはいまも全身をめぐり、ふたりの思考は完全に別のものに向けられていると告げていた。フェイドラは、夜明けに胸をわしづかみにしたのと同じ切なさを感じた。

「そうだな、そろそろ時間かもしれない」エリオットの手に手を包まれた。「一緒においで。監督者に紹介しよう。彼もきみの母上を知っていたかもしれない」

エリオットが発掘現場にフェイドラを連れこんでも、作業員たちは異を唱えなかった。だが手を止めて眺めはした。全員の視線が隣りの女性に注がれているのをエリオットは感じた。帽子をかぶったくらいでは、赤毛と美貌は隠せない。奇抜な服装を一般的なものに替えてもフェイドラは際立っていた。あのディナーパーティで流行最先端の装いをしたときは、全男性の視線を独り占めした。

ひとりの男が近づいてきた。埃をかぶっているが、フロックコートと帽子を見れば、この人物が発掘作業をしないことはわかる。黒い目が侵入者ふたりをすばやく品定めした。結果浮かんだ笑顔から察するに、怒鳴るのではなく歓迎することに決めたらしい。

「ボンジョルノ、シニョーレ。マダム」軽くお辞儀をする。「英国からですかな?」

「ああ。突然やって来て申し訳ない。僕はロード・エリオット・ロスウェル。こちらは――」この数日、何度もくり返した紹介に口ごもった。つましい宿屋の主人に妻だと言うのと、これほどの紳士に言うのとでは別物だ。「こちらはミス・フェイドラ・ブレア。僕たちは監督者のミケーレ・アルディーティ氏を探しています。今日はこちらだと聞いたのですが」

「わたしがミケーレ・アルディーティですよ。お越しくださって光栄です、ロード・エリオット。シニョーレ・グリーンウッドから一週間前に連絡があって、あなたたちがじきにこちらへ来られると聞いていたから、なにかあったのではないかと心配していました。ポルティチへ寄られたときに、向こうにいなくて申し訳ない。そのせいでここまで足を運んでもらうことになった」

「遠い道のりではなかったし、ポルティチの家並みを眺めるのはいつだって楽しいものですよ」

エリオットがアルディーティに会うのはこれが初めてだ。前にポンペイを訪ねたときは、この監督者はいなかったのだ。アルディーティは愛想のよい男で、追従《ついしょう》するのではなく気さくにふるまうだけの自信を有しているらしい。

アルディーティが大きく手を振って背後の現場を示した。「新しい発見が山ほどありますよ。残念ながらいくつかはレディにお見せするにはふさわしくないし、足元も危険だ」しばしフェイドラを見つめた。「シニョーレ・グリーンウッドの手紙には、あなたが来ることも書いてありました。アルテミス・ブレアのお嬢さんですね」

「ええ」

「彼女が訳したプリニウスを読みましたよ。もしかしたら最高のイタリア人翻訳家ほどには微妙なニュアンスが出せていなかったかもしれないが、英国人女性にしては、みごとなものだった」

フェイドラが礼儀正しく賞賛を受け止めて、言った。「女性が見るのにふさわしい発見だけ見せてもらおうかしら。そのあとは宿屋にさがるので、ロード・エリオットはゆっくり残りを眺めるといいわ」

アルディーティがすばらしい考えだと同意して、最近発掘されたばかりの建物を自らふたりに案内した。

フォルトゥナ神殿と、広場近くの別の遺跡を見学した。歴史家のあいだに多大な興奮を引き起こした最近の発見、ヴィア・ディ・メルキュリオにある最初のインスラエ、つまり家々の跡を、時間をかけて見て回った。その後はアルディーティに連れられて、パンサの家を訪れた。男たちの一団が慎重に壁を掃除するそばで、フェイドラはアルディーティから復元の長い歴史を教わった。

外に出ると、アルディーティが作業員のひとりを使いに出した。

「建築家にして発掘現場の管理者でもあるニコラ・ダプッツォを呼んでおきました」と説明する。「ご覧になりたいものはすべて彼が見せてくれるでしょう、ロード・エリオット。日が暮れて現場が閉鎖されるまでいてもらってかまいませんし、今後はいつでも好きなときに訪ねてください。しかし、ミス・ブレアにふさわしい宿屋がここで見つかるとは思えない。わたしがミス・ブレアをポルティチまでお連れしましょうか？　あなたは調査が終わってから博物館に来るといい。おふたりにふさわしい宿屋を紹介しますよ」

ふたりはアルディーティの案に賛成した。ほどなくやって来た現場管理者にアルディーティがエリオットをゆだね、それからフェイドラに腕を差しだした。エリオットはのんびりと歩いていくふたりを見送った。アルディーティは自分が引き受けた若い女性への賞賛を隠そうともしない。美辞麗句が土埃に舞った。

ご機嫌取りをするアルディーティの姿にこみあげてきた嫉妬を、エリオットは心の中で笑った。そろそろ、ふたたびドアを閉ざすことを思い出す時間だ。さもないと、今日これから聞く言葉をひとつ残らず忘れてしまう。問題は、今後もドアを開いたままにしておけるかどうかだ。


ポルティチはヴェスヴィオ山の西に位置する壮麗な屋敷の集まりで、どれも前世紀によく見られた古典的な様式を呈していた。まるでだれかが英国のすばらしいカントリーハウスを集めて、海へとつながる道沿いに並べたかのようだ。

ミケーレ・アルディーティから博物館を案内しようと言われたとき、フェイドラは断わらなかった。彼があれやこれやの発掘品について長々と語るあいだも、時が来るのを待った。

彼は見学の旅をできるだけ長引かせたが、ついにすべてが終わった。エリオットはまだ博物館に現われないし、日が暮れはじめるまでにあと一時間はある。シニョーレ・アルディーティがそれに気づいて、彼の事務室でコーヒーを飲まないかと誘った。

いくらシニョーレ・アルディーティが紳士的な保護者を演じていても、きちんとした女性なら断わっただろう。けれどフェイドラは、一般的な意味でのきちんとした女性ではない。

「ロード・エリオットからあなたは監督者だと聞いたけど、実際に掘る作業はなさらないの？」広々とした事務室に落ちついてから尋ねた。古きポンペイの品々が棚を飾っている。

「発掘を監視して復旧作業に当たるのは、建築家と管理者でね。わたしが担当しているのは現場と、いまわたしたちが座っている博物館の事務作業だよ」

「ここへ来て長いんですか？」

「一八〇七年からだね。ナポレオンに任命されたんだ。彼が敗北して君主制が復活したときも、続投を依頼された」彼の口調は、すぐれた監督者を見れば王にはわかるのだと物語っていた。「フランスの下でいろいろと改善されてね、発掘方法に重要な変化をもたらすことができたよ。けれどもブルボン家が復活すると――前国王はわたしたちの仕事を支援してくれなかった。八年前には、発掘者は十八人に減っていたよ。だがいまの王はこの都市を復元させることに、それも正しくやることに、利点を見出した。これはわたしたちの歴史、わたしたちの遺産なんだ」

彼は滔々《とうとう》と語った。正しい発掘方法と、ポンペイ復元における彼の重大な役割について、細かく説明する。そのあいだずっとフェイドラは片手をスカートに当て、ポケットの中の小さな重みを感じていた。

彼の熱弁が収まりはじめると、フェイドラはやっと本当に教えてほしかった話題を切りだした。

「シニョーレ・アルディーティ、もう少しあなたの専門領域に踏みこんでもかまわないかしら？　とても知りたいことがあるんだけど、あなたほど詳しい方はほかにいないと思うの」

彼の眉がわずかにあがった。謙遜して手のひらを上に向ける。「わたしでお役に立てるなら喜んで、ミス・ブレア」

フェイドラはポケットからカメオを取りだした。彼の机に置く。「このカメオはポンペイで出土したと聞いてるわ。遺跡で見つかったもので、骨董品だと。それが本当かどうか、あなたならわかるでしょう？」

シニョーレ・アルディーティの視線がカメオに集中した。しばらく見つめてから手に取り、窓辺に持っていった。「これをどこで？」

「それは言わないでおくわ」

彼が丹念にカメオを眺め、眉間にしわを寄せて小さな彫像を見つめた。「残念ながら、贋作だな。非常に精巧な贋作だ。こういうものはいくつか出回っているんだが、贋作者を突き止められたためしがない。昔ここで働いていた修復家じゃないかと睨んでいるがね。だれにせよ、ひどく狡猾《こうかつ》な人物だ。多くは作らず、裏で非常な高値で売っている。そういう品を引き受けて、あれこれ訊かずに扱う不届きな業者がいるんだよ」

「贋作というのは間違いないの？」

「男として誓ってもいい」

それでは満足できない。「なぜわかるのか、訊いてもいいかしら？　これから先、〝不届きな業者〟の罠《わな》にかからないように」

「なぜと言われても、わたしにはわかるんだよ。わかるのが仕事だからね。これが地中にあったなら、レリーフはもっと摩耗《まもう》していなくちゃならない。きれいすぎる。完ぺきすぎるんだ。象眼も——金がもっと不均一でなくちゃおかしい。だがいちばんの根拠は、わたしがこの現場を二十年にわたって監督してきたことだ。過去十五年間は、壁の内側の都市全体を管理して、未来に伝えていくべき遺産が分散しないよう大事に守ってきた。あらゆる出土品が目録に載せられて説明を添えられるよう、注意してきた。わたしがこの手でこの博物館に持ってくるかナポリに送るかしないかぎり、なにひとつポンペイの外へ出ることはない」

「あなたが来る前に発掘された可能性は？　方法がいまほど系統立っていなかったころに」

「いいかい、本物ならこれは値打ちものだ。かつては粘土細工や日用品、壊れたものなんかはごみとして処分されたかもしれないが、宝石は違った。もしも労働者のだれかがこういうものを盗んだら、絞首刑に処されただろう。いや、これは贋作だよ。きみにそう言わなくてはならないのはとても心苦しいが」

カメオを受け取ろうとフェイドラは手を差しだした。シニョーレ・アルディーティはほとんど返したくなさそうに見えたが、結局は手のひらに載せた。

博物館は静かになっていた。アルディーティが窓の外を見やる。「ああ、ロード・エリオットの馬車が来た。喉の埃を洗い流してくれるのは赤ワインだけだと教えなくては。ポンペイでは、土さえ特別なんだよ」

アルディーティの言ったとおりだとエリオットは思った。部屋を取ったポルティチの宿屋でフェイドラと食事をしながら、さらに喉の埃を洗い流そうと、赤ワインの入ったゴブレットを掲げた。

ふたりのほかにもけっこうな数の英国人の宿泊客がいた。だれもが発掘現場を訪れるという贅沢に浴し、避暑に訪れたナポリの貴族のもてなしを楽しんでいる。

エリオットは今回、部屋をふたつ取った。フェイドラを妻とも言わなかった。ほかの宿泊客に知った顔はないが、同国人のだれかが、侯爵の末の弟か風変わりなフェイドラ・ブレアに気づく可能性は高い。

が、それはないかもしれない。フェイドラはディナーに青いドレスを着て現われた。当人いわく、彼女が持っている唯一のふつうの服なのだそうだ。髪もアップにしてあって、それはパエストゥムでしていたようなあっさりしたまとめ髪ではなく、もっと流行に沿った形だった。ふつうの装いというのは、フェイドラ・ブレアには効果的な変装なのだろう。それこそ彼女の狙いだったに違いない。

「知りたかったことはわかったの？」フェイドラが尋ねた。

「ああ。だけど明日も行くつもりだ」今日は多くを学んだ。日暮れが近づいたころにはどうにか新たな発見に集中して、このもうひとつの情熱に意識を傾けることができた。案内役も、遺跡についての活発な議論に彼を巻きこむことで協力してくれた。エリオットの意見を求め、遺物のいくつかに関してはその起源を論議した。

また研究に没頭できて心地よかった。遠ざかっていた時間が長すぎた。フェイドラに気を取られすぎていた。こんなことはいままで一度もなかったし、それがなにより、この女性の力を物語っている。だが今日は、もうひとりの自分がふたたび目を覚まして伸びをし、生き返った。ポンペイを出発するときには、到着したときよりずっと満足していた。この数週間でいちばん自分らしくなった気がした。

「きみもだろう、フェイドラ。知りたかったことがわかったんじゃないか？」

「どうしてそう思うの？」

「きみは理由があってここへ来て、運命に導かれるようにして、もっともよく答えてくれるだろう人物に質問する機会を得た。きみがその機会を見すごすとは思えない」

「ええ、彼に質問したわ。そして答えをもらった」

「それは回顧録の別の文章についてのことかな?」

回顧録のことを言われて悲しくなったかのように、フェイドラの表情が曇った。塔でのあの日以来、初めて話題にしたことにエリオットは気づいた。

「母はあたしにカメオを遺したの。母からは、ポンペイ出土のものだと聞いてたわ」フェイドラが説明する。「だけど父の回顧録には、それは贋作だと書かれてた。例の別の男性が母に売りつけたものだって。あたしには知る必要があったの。価値を大きく左右するから」

「もし贋作だとしたら、母上の恋人について書かれていたほかのことにも信憑《しんぴょう》性が出てくると思ってるのかい?」

「ええ」

「じゃあ、きみのために本物であることを祈るよ」

「残念ながら、シニョーレ・アルディーティは骨董品じゃないと断言したわ。偽物よ。彼の話では、こういうカメオは何年も前から模造されて売られてたんですって」

フェイドラが、注文したアイスクリームをスプーンで掬う。冷たいデザートを口の中で転がしながら、頭の中では考えを転がしているのだろう。

「母と親交があったふたりの業者の名前を、マシアスから教わったわ。こういう偽物を手に入れるには、業者の存在が欠かせないと思うの。ひとつじゃないのよ。父は模造品の不法な売買計画について書いていた。複数よ」

「どんな名前を知っていようと、その人物を突き止めるのは難しいだろう」

「どうにかするわ。だけどいま考えてるのはそのことじゃないの。アルディーティよ。信用していいのかわからなくて」

「きみは専門家の意見を求めてポンペイまでやって来た。この世で最高のひとりから意見を聞いた。今度はその人物を信用できない？」

「だってそのカメオを見せたら動揺したのよ。彼が嘘をつく理由は大いにあるわ。もしなにかが盗まれたら、責任は彼にあるんだもの。少なくともこの二十年間はなにも盗まれてないと主張することは、彼にとってものすごく重要なのよ」

固い決意で探してきた証拠を、彼女はいま目の前にして拒絶している。カメオに価値がなくては困るからか、それとも母アルテミスが騙されたと認めたくないからか。「フェイドラ、まさかその件でアルディーティを責めるようなばかなまねはしないでくれ」

「だれも責める気はないわ。あたしは自分の目的のために真実が知りたいだけ」

彼女は自分の目的を本当にわかっているのだろうか。「調べているうちに疑惑がばれたらどうする？　責めなくてもだれかの名誉を傷つけることはあるんだよ。噂話だけでもじゅうぶんだ」

フェイドラがうつむいてアイスクリームの残りを見つめた。みるみる溶けてクリームの池になっていく。この女性が周囲の目に、叱られた妻のように映るのはいやだった。考えを隠している妻のように。

だけどある考えだけは明らかだった。それはいま、顔をあげて彼を見た瞳を、うるませていた。〝まだよ。あたしたちにはまだ時間がある。真実や噂話や名誉について話をするまでに、もう少しの時間が〟。

彼女の悲しみに心を動かされた。自分の言葉を悔やむ。そういうことについて話をするまでに、永遠の時間があればいいのに。

「悪かった、フェイドラ。どんな言い争いであれ、避けられるうちは避けよう。イタリアの太陽は僕をおかしくさせてるかもしれないが、必要以上に早くその光を遮りたくはない。そうだ、アルディーティがきみに見せるのはふさわしくないと言ったのがどんなものだったか、話して聞かせようか？」

フェイドラが和平の申し出を受け取った。いたずらっぽい笑顔で悲しみを隠す。「想像はつくわ。なにしろあたしは王宮コレクションの秘密の一部を見たのよ」

「ナポリのコレクションがポンペイの壁にいまも残るフレスコ画に匹敵するかどうか。その独創性ときたら驚くべきものだったよ。描写するだけでうまく伝えられるとは思えないな」

「ほらね？　だから女性が排除されるのは不公平だっていうのよ。あたしたちは子どもじゃないわ。女性は驚愕《きょうがく》して憤慨するに決まってると男性は信じたがるけど、そんなことはめったにないの。あたしも連れていってもらうべきだったと思わない？」

まさか。エリオットは席を立って手を差しのべた。「たしかに不公平だな。どうだろう、言葉ではフレスコ画を伝えきれないかもしれないが、実例で示せばきみの好奇心も満たされるかもしれない」

フェイドラはためらわなかった。彼女の目に浮かんだ期待にだれも気づかなくても、エリオットはいつも気づいた。彼女の素直な欲望に彼の欲望もいや増す。彼女を所有することで、彼も所有される。

フェイドラの部屋に入るのではなく、彼の部屋に連れていった。広さも調度も、最近泊まった部屋よりずっと恵まれている。いまやふたりは、エリオットにとってなじみの世界に引き戻されたのだ。表面的、物理的な面だけでも。

エリオットには、それも気にならなかった。気になるのはフェイドラへの渇望だけだ。ディナーの席では口論を避けた。が、じきに避けられなくなる。欲望そのものに関するいさかいも――その未来と意味、彼の権利と彼女の自由。ふたりが分かち合っているものにはまだ名前をつけられずにいるが、どんな呼び名を選ぼうと、彼女は受け入れないだろう。

ふたりの背後でドアに鍵をかけて、枝つき燭台《しょくだい》に火をともした。フェイドラが見ている。その視線だけで固くなる。今夜の彼女は、ナポリのあの部屋を彼が初めて訪ねたときと同じくらい、冷静だ。本来の自分が目覚めたのは、エリオットだけではないらしい。

そう思うと、あの衝動がこみあげてきた。彼女に焼き印を押し、抱きしめて所有したいという衝動が。いまのフェイドラはあまりにも世知《せち》に長《た》けて自立しているように見える。かつてのあの挑戦が体からにじみだしていた。〝あなたはあたしを欲しているけれど、その願いが叶うのは、ひとえにあたしがそれを許したからよ〟。

つまり、いつかは許さなくなるということ。おそらくは、もうすぐ。

最後のろうそくに火をともすころには理性を失っていた。彼女が待っている。快楽を分かち合おうと。体と心の与えたい部分だけを与え、与えたくない部分は取っておこうと。

取っておかれるなど耐えられない。〝もうすぐ〟など来なければいい。

僕のものだ。せめて今夜は。いまだけは、完全に僕のものだ。

フェイドラは青いドレスのホックを外してくれるようエリオットに頼んだ。召使いをさがらせはしたものの、このふつうの服にはふつうの不便さがあった。

その先も脱がされるものとフェイドラは思っていた。ところが彼はホックを外しただけで歩み去ってしまった。しかたなくフェイドラは自分でドレスとストッキングを取り去りながら、ちらりと彼を見やった。彼も静かに服を脱いでいた。

今夜は違う。彼が違う。悪い意味ではなく、ただ違う。きっと期待がにじみだしているのだろう。フェイドラはポンペイの官能的な壁画を実例で示されることに同意した。愚かだったかもしれない。その壁画にどんな情景が描かれているか知らないのだから。

違いが気にかかって、彼がシャツを脱いで衣類を取り去るのを見つめた。目は興奮で燃えているものの、そこには別の炎もあった。この男性は興奮しているときに酔いしれたようには見えない。むしろ情熱のせいで危険に見える。

今夜もじゅうぶん危険に見えるから、もし彼をよく知らなかったら怯えていたかもしれない。それでも直観的な恐怖がざわめいた。圧倒的な力を前にしたときの恐怖が。フェイドラはそれをそっくり受け止めた。ふたりが訪ねた遺跡よりも古いその感覚は、未知の時代から生きつづけてきたものだ。都市も文明もなく、これからしようとしている営みに、いまもこだまする意味が秘められていたときから。

エリオットが先に服を脱ぎ終えた。フェイドラは今度こそ脱ぐのを手伝ってくれるのだと思った。ところが彼はただ見ているだけだった。フェイドラはわざと時間をかけようとしたが、彼の視線にうろたえてしまった。十五歩ほど離れたところにいる彼をちらちらと見ずにはいられなかった。裸体に自信をみなぎらせている彼を。

ようやくシュミーズを取り去った。彼の前で生まれたままの姿をさらすのを、初めて恥ずかしく思った。彼のほうを向き、こちらへ歩み寄って抱きしめてくれるのを待った。

エリオットはまだ見つめていた。体ではなく目を。彼の目は熱く険しく謎めいていて、計り知れないほどの色合いを帯びていた。そう、彼をよく知らなかったら、警戒心の羽ばたきに気を取られていただろう。だが実際は、そのすばやい羽ばたきに興奮をやさしく舐められただけだった。

「ベッドに乗れ、フェイドラ」

命令されて自尊心は顔をしかめたが、体は震えた。今夜の彼は露骨《ろこつ》に主人の役を演じるつもりらしい。もちろん彼が目にしたフレスコ画では、そういうことになっていたのだろうが……。

「どうやら誘惑も礼儀もないみたいね」雰囲気を軽くしようと思って言った。

返事はなかった。

フェイドラはベッドにのぼった。エリオットがそばに来たので、腕の中に横たわってくれるのを待った。今夜の行為は速く激しいものになるだろう。ふたりの快楽が荒々しいほど激しくなる営みのひとつに。かまわない。すでに容赦なく焦らされている。満たされたくて疼いている。

彼は一緒に横たわらなかった。キスもしなかった。代わりに彼女の足首をつかんで横向きにさせた。

驚いた。

「こうしたほうがローマ時代に近づくの？」と尋ねる。

「実例のほうはもう少し待つとしよう」

「あまり長く待つことになるとは思わないわ」

そう言ったのは間違いだった。すぐにそう悟った。熱と険しさの向こうから、暗いユーモアがこちらを見返した。「なにかを要求するときは慎重になったほうがいい。フレスコ画に描かれていたのは男と娼婦だ」

「誤解したりしないわ。あなたがあたしをそんなふうに見てないのはわかってるもの」それに、実例のことを言ったのでもない。どういう形であれ、とにかく彼が欲しかった。愛撫のひとつもされないうちに、かきたてられて誘惑されていた。

「きみをそんなふうに見ていたら、これからの数週間でもっと満足できただろうな。僕以外の男の目に触れさせないよう、娼婦を閉じこめておきたいと思ったことはない。そんな女性をむさぼりたいと思ったこともない」

今夜フェイドラが感じていた違いを彼が言葉にした。その率直さに驚いた。所有したいという衝動はずっとそこにあったけれど、彼はいつもその悪魔を打ち負かしてきた。

エリオットが彼女の脚を開いて、あいだに膝をついた。高みから見おろしたまま、彼女の体をゆっくりと這う自分の指先を眺めた。繊細な愛撫は甘美な震えとなってフェイドラの全身をわななかせ、彼女は思わず歯を食いしばった。

またしてもあの興奮の羽ばたき。ただし、いまは太腿に。それがもたらす効果にフェイドラは目をつぶった。そんなささいな触れ方で、どれほど深い影響を及ぼされるかにも。

また軽くやさしく触れられた。今度はもっと温かい。膝に近い太腿に口づけられる。さらにもう少し上の内腿にも。エリオットの口と手がもっと欲しいままにできるよう、フェイドラは膝を曲げさせられた。

自分の体を見おろして、彼の愛し方を見守った。エリオットは彼女の脚を、崇めるべき美しいものであるかのように扱った。貴重な宝であるかのように。

あまりの快感に圧倒されて、フェイドラのたがは外れた。彼女のすべてが反応したものの、とりわけ反応したのはキスをされた場所からすぐ近くの熱い割れ目だった。その部分が、欲求と募るもどかしさに疼く。蜜があふれだしてシーツを濡らすのを感じた。

彼が太腿のてっぺんまで愛撫してから、脚のあいだのふくらみをそっと手のひらでおおった。フェイドラは歯を食いしばり、すばらしい安堵感をこらえようとした。それでも、うめき声は漏れた。

彼はそこに手を当てたまま、甘美な苦痛をもたらしつづけた。息とキスはいまも太腿を羽のようにくすぐっている。

彼の手が動いてもっと肝心なところに触れた。この男性が生みだす激しい感覚に、フェイドラは息を呑んだ。

彼のキスがさらに近づいた。「僕を止めるな」

フェイドラにはその言葉の意味がわかった。そういう親密さについて聞いたことがあったから。けれどなによりわかったのは、彼女が心からそうされることを欲していたからだ。彼の言葉は許しを求めているのではない。命令だ。

驚きも批判も感じなかった。彼を止めなかった。止めたくなかった。愛撫ですっかり準備は整っていたけれど、舌には打ちのめされた。フェイドラは解き放たれることを願い、叫んで身もだえした。ついに爆発が訪れたときは、悲鳴をあげて忘却に投げだされた。

ベッドが動いた。いや、動いたのは彼女だ。彼が挿入してきた。激しく熱く、完全に。思わず感謝の祈りを捧げたくなる。霧の中から出てみると、彼がベッドのそばに立っていた。太腿を腰に巻きつけさせられる。固い表情は、きたる嵐を約束していた。

「今夜は僕のものだと言え、フェイドラ」

もう少しで言いそうになった。単なる〝恋人の頼み〟にすぎない。快楽から生まれた言葉に。約束は夜明けとともに終わる。本当にはなにも意味しない。

だけどそれは嘘だ。彼の目に浮かぶ熱ときっぱりした口調が、真剣だと物語っている。彼の唇と手は、いつも体以上のものを支配しようとしてきた。今夜の彼の違いには、名前をつけられる。

フェイドラが言わないとわかったのだろう。エリオットは二度と頼まなかった。それでも彼女をわがものにした。それを見せつけながら。

エリオットのベッドのそばに置かれた枝つき燭台の明かりで、フェイドラは本を読んだ。

本から顔をあげて、すぐそばの男性に見とれる。礼儀正しい宿屋の主から巧みに借りだした、大きな机に向かう男性に。

彼女が部屋にいるのを覚えているようには見えない。書類の束をめくっては、長々と書きつけている。

ポルティチに来て一週間が経った。日中は、エリオットはポンペイへ戻ってフェイドラは怠惰な愛人役を演じる。古都を訪れることで彼の中の歴史家がよみがえった。ニコラ・ダブッツォとのあいだに友情を築き、ディナーに二度、招待した。それ以外の長い夜はこんなふうに過ごした。思考を紙の上にあふれださせるエリオットのそばで。

彼にナポリへ早く戻ろうとする様子はなかった。調査と書き物がうまくいっているせいかもしれない。フェイドラのほうに重要な目的がなければ、遅れもそれほど気にならなかっただろう。だけど否定できない。どんなに用事を見つけたところで、こんなふうに待つ時間を埋める手段にすぎないと。

彼の横顔は完ぺきすぎるくらいだが、否定しようもなく男性的だ。ロンドンの社交界に愛されている美しい詩的な顔ではない。いまの表情には集中力と情熱の両方に引き立てられた微妙な険しさがある。深みのあるまなざしは、思考の一心さを映しだしている。フェイドラ・ブレアには入りこめない一心さを。

しばらく書き物に熱中したときの常で、いまのエリオットは少し乱れて見えた。シャツの胸元は大きく開き、髪は無意識にかきあげる癖のせいでくしゃくしゃだ。そのうち不可抗力で房がはらりとひたいにかかって太い弧を描き、またかきあげろと誘うだろう。

ポルティチでの最初の晩、ふと目を覚ますと彼が洗面台に向かっていた。洗面器をどけて場所を作り、ペンとインクを置いていた。彼が自分だけの空間に入っていったのだとすぐにわかった。立ち入ることは喜ばれないと。いや、可能ですらないだろう。

だからフェイドラは待った。いまのように。彼がそこから出てきてふたたび一緒になれるときを。その前に夜明けが訪れるかもしれない。

けれど、ほかのものも待っていた。不吉な予感ともどかしさを覚えつつ。主に待っているのは、ふたりをナポリに連れ戻す言葉をどちらかが口にする瞬間だった。執筆が順調に進んでいるという事実は、彼にとっては出発を遅らせる理由になる。着想の奔流がやって来たのに流れをせき止めるのは、書き手として愚かとしか言いようがない。

ここに留まる理由がないのはフェイドラのほうだ。もちろんエリオットという理由をのぞいて。彼を待つという。興奮と快楽に溺れ、思う存分楽しむという。こうして待っていると、ずっと拒んできた妻という役割を思い出させられた。けれど待つのが終わって彼の体温と抱擁の強さを感じると、そんなことなど忘れた。

いまも忘れようとしていた。エリオットがこちら側の世界に戻ってくるとき特有のまばたきをしたのだ。姿勢を崩し、ペンの羽根で顎をたたきながら椅子の背にもたれる。もうひとつ考えて、もうひとつ書き足して、ペンを置いた。

彼が向きを変えた。太い髪の房が放蕩者《ほうとう》のようにひたいにかかっている。「起きていたのか」立ちあがってベッドに歩み寄った。

一時間も前から起きていた。「あたしのせいで執筆をやめないで」

「いまのところは終わった」

「うまくいってる？」

「驚くほどに。ここではいくつかメモ的なものを残すだけだろうと思っていたんだが、取りかかってみたら二章も書けてしまったよ」

「環境に刺激を受けるのよ。それは予想しなかった？」

「予想では、環境の刺激も僕が求める女性にはかなわないはずだった。この本を完成させられる日が来るだろうかと不安になりはじめていたところだよ」

お世辞ではなく本音のようだ。「そうね、欲望が満たされると魅力は衰えるというし。あたしをつかまえるためにもう少し努力させるべきだったかしら」

「そうさせられなかったことを感謝しているよ。させておけばよかったと思ってる？」

どうだろう。これはゲームではないし、執筆や本から彼を遠ざけたくはない。それでもこの一週間で、一緒にいるのが心地よくなりすぎたことは否定できなかった。

〝今夜は僕のものだと言え。明日の夜も。ベッドをともにするすべての夜は〟。その言葉を彼の中に生みだしたのは快楽だけではない。フェイドラの口から彼のものだと言ったことはないけれど、彼はそう信じている。間違ってはいない。完全には。ここでは彼の愛人として暮らしている。彼が手許に置いている女性として。ここに——かつての生活の端っこに——いるかぎり、彼は欲しいものを手に入れられる。

この情事での彼女の役割は、待つことだ。いま顔を撫でている指先を。やっと完全にこちらを向いたこのハンサムな男性の関心を。かりそめに彼に譲り渡したもののせいで変わってしまった興奮を。

いま、その興奮が目覚めた。体の表面ではなく奥で。源は胸のあたりにあるらしい。どこか奥深くに。そこから体じゅうへ広がっていく。耐えがたい感覚や苦しいまでの欲求と溶け合っても、まだ源は静まらない。

こんなふうにふたりで横たわってゆっくりとくちづけを交わしながら、最近の夜を占める官能的なレッスンを待っていると、ときどきわけもなく泣きたくなった。いまも、また。

きつく抱きしめて愛撫をやめさせた。この感情が理解できない。あふれかえる切なさが。これほど苦痛なものを味わいたいと思うのも、筋が通らない。

もしかしたらレッスンのせいでこうなったのだろうか。ポンペイの秘密のフレスコ画は官能的で珍しい営みを描いている。エリオットの実演を受ける側だから、フェイドラは不利な立場だ。服従するあの悦びはしばしば戻ってきて、いまやあらゆる快楽だけでなくほかのも

イドラが農奴にさせられないわけではない。エリオットは領主ほど一方的ではないが、だからといってフェ
のにも影響を及ぼしている。

もっときつく、ありったけの力で彼を抱きしめた。肩に鼻を押し当てて深く香りを吸いこむ。彼女にはわかった――単純にわかった――この瞬間を永遠に覚えているだろうと。何十年も経って彼がこの夏の情熱を忘れてしまっても、フェイドラはふたたびこの瞬間を生きられる。

そう思ったら、ときどき胸の中で暴れだす奇妙な胸騒ぎが収まった。感情が静まった。彼の耳に唇を寄せてささやいた。「永遠にここにはいられないわ」

返事はなかった。声が小さすぎたのだろうか。そのとき彼の抱擁が変化して、両腕でしっかりと完全に抱きしめられた。

「きみが望むならナポリへ帰ろう」エリオットが言った。

あたしはそれを望んでる？　声に出せるほどは望んでいない。「見たかったものはすべて見てしまったというだけよ」そして知りたかったことはすべて学んだ。ナポリであといくつか質問をしなくてはならないが、本当の答えは――そんなものが存在するとすれば――英国にある。「あなたはどう？」

彼に見つめおろされた。その表情は、机に向かって書き物をしているときにそっくりだ。

「夏のナポリは健康的な場所とは言えない。できることならきみをここに引き止めて、あの

地の危険から遠ざけておきたい」

「ナポリですませなくちゃならない用事があるのよ、あなたと同じで」

彼の曖昧な笑みは、本当にナポリでふたりを待ち受けているものの存在をたったいま彼女が口にしたと、悲しげに認めていた。それに加えて、彼の目にロスウェル家の鋼鉄のきらめきが見えた気がした。

避けられない一歩だったとはいえ、フェイドラが強いたのを彼は喜んでいない。もしかすると、彼女がここにいれば——彼に属していれば——フェイドラも本来の自分とその使命を忘れると思っていたのかもしれない。

フェイドラは、彼が回顧録をこの世から葬り去ってくれと頼むのを待った。いまほどふさわしいときはない。半ばこちらから申し出ようかと思った。彼の目をのぞきこむと、父との約束も出版所の財政危機も遠くつまらないものに思えた。

彼はなにも頼まなかった。ただ、キスをした。そのキスにも、その夜彼女にしたことにも、どんな〝頼み〟も含まれていなかった。

16

熱がナポリの建物を揺らめかせる。太陽が遠くの入江から臭いもやを立ち昇らせる。七月は、地中海の宝石を訪ねる絶好の時期とは言えない。

カポディモンテの通りをがらがらと進む馬車の中で、フェイドラは香りつきのハンカチーフを鼻に当てていた。いちだんと悪臭のきつい辻で御者が馬車を止め、しわがれ声で道行く男と言葉を交わした。最初は挨拶にすぎなかったのが、途中から深刻な口調に変わった。

エリオットが本から顔をあげて耳を澄ました。不安で表情が固くなる。向きを変え、扉を開けて会話に加わった。

「革命じゃないといいけど」フェイドラは言った。

エリオットが振り返る。「マラリアが大発生したらしい。夏のナポリではよくあることだ。きみはスペイン地区には戻れない」

「シニョーラ・チリッロの貸し間は風通しがいいし――」

「すぐにパラッツォ・カラブリットへ向かう。英国公使館の事務官ならもっと健康的な貸間を知っているはずだ」

すでに考えを決めていて、それが堅実な方法だと知っている男性の、自信あふれるきっぱりとした物言いだった。反論を寄せつけない口調だ。フェイドラが聞き慣れたものではない。とはいえ、たまにベッドの中で似たような声を聞いた。もっと静かで穏やかだったが、同じ支配の感覚をにおわせていた。

エリオットはまだナポリに戻りたがっていなかった。彼女が急かしたせいでふたりを病気の危険にさらしたと怒られるのを覚悟した。けれど彼はしばし反論を待っただけで、フェイドラが黙っていると、読書に戻った。

リヴィエラ・ディ・キアイア通りは閑散としていた。マラリアと猛暑が、海岸の遊歩道や海辺の公園から歩行者を一掃《いっそう》したのだろう。馬車が角を曲がり、パラッツォ・カラブリットの高く広いアーチをくぐると、その中庭で止まった。

「あたしはここで待つわ」フェイドラは言った。「あなたの隣りにいたら足手まといになるだけだし、そうでなくても気詰まりだろうから」

「気詰まりじゃない。そんなふうに考えるな」怒られた。覚悟していたのとは違うことで。エリオットが自分を抑え、今度はもっと論理的に話した。「僕ひとりで入ったほうが形式的な訪問という色が薄れる。だからきみはついてこないほうがいい」

今日は夫のような口振りをしないつもりらしい。夫のように考える権利があるとも思っていないようだ。この都市へ戻ると同時に、ふたりの関係性が曖昧なものになったせいなのだろう。

フェイドラがおとなしく指示を受け入れるような女性でもなければ、甘やかさなくてはいけない女性でもないことは、いまは思い出させないでおいた。結局、情熱の甘い幻想にしがみついていたいと思うのは自然なことだ。なんの犠牲もともなわない、過去も未来もない幻想に。いまはエリオットも必死でしがみついているけれど、いつかは手放すだろう。

フェイドラも、じきに。いまは胸をわしづかみにする郷愁のせいであまりにも弱くなっていて、どんな線引きをすることも、冷静な憤りに浸ることもできないが。

エリオットは思っていたより遅かった。かまわない。石造りの高い建物が中庭を影に包み、入江からのそよ風がアーチ形の入口から吹きこんでくる。

馬車に戻ってきたときの彼の表情は、ほかの人には読み解けないだろうが、いまではフェイドラはこの男性をよく知っていた。笑みと意識の下に漂う、うわのそらな様子に気づいた。目には複雑な感情が宿っている。

「上流階級のほとんどが町を出て、田舎の屋敷や島へ避難したそうだ」彼が言う。「スペイン人の一家が空けたばかりの部屋を教わった。僕らがここにいる数日にもってこいのはずだ」

数日。そう、それこそ今日の彼に見たり聞いたりしたものの一部だ。納得できなくても命令を実行するしかない大尉のごとく、あきらめの決意で顎がこわばっている。

「その部屋はどこにあるの？　町の外じゃないといいけど」

「ここキアイアにある。王妃にふさわしい部屋だそうだ」


「王妃にふさわしいって、たとえだと思ってたわ」

湾を見晴らす背の高い窓の列の前を、フェイドラはぶらぶらと歩いた。ヴィラ・マレスケの広々としたサロンからはみごとな景色が望めた。「物議をかもした前英国王妃のイタリア滞在にふさわしい家なんて、あたしには立派すぎると知ってたはずよ」

「立派だろうとなかろうと、空いていたんだ。この地区はそれほど人口が密集していないから、マラリアも発生しなかったらしい」

どれも事実だが、公使館の事務官が紹介してくれた中には、キャロライン王妃が王女だったときにナポリで暮らした屋敷のほかにも、いい物件はあった。

が、フェイドラをこの屋敷で過ごさせたかったのだ。彼女はほとんど贅沢を知らないし、先週はあまり与えられなかった。彼女がここにいるのを見るのはうれしかった。絹のカーテンやダマスク織りのクッションや金めっきを施された枝つき燭台でいっぱいのこの部屋に。

「裏には広い庭もある。食堂の先に」エリオットは言った。

「庭。じゃあ、最近泊まった宿とそれほど変わらないのね」

黄昏に包まれて戸外で食事をしたあとに、清潔だが簡素なリネンの上で求め合った宿と、それほど変わらない。が、布や景色とは関係のない面で大いに変わる。そこはふたりにかかっている。どう変わるかは。

フロックコートのポケットに収めた紙が、その変化を思い出させてくれた。クリスチャンからの手紙は、先週船で到着した外交嚢《のう》（外交文書送達用の袋）に混じって届けられた。これを渡してくれた公使館の事務官は、イースターブルックがその送達手段を使うことを妙だと思わなかったのだろう。侯爵には特権がある。

エリオットは手紙の存在を肌で感じた。特筆すべきことはなにも書かれていなかった。重大な知らせも、エリオットをナポリへ向かわせた家族の使命をほのめかす言葉も。中身だけを見れば、クリスチャンには手紙を書く理由などなかった。

それでも書いた。調査の進み具合を気にして、少しついたほうがよさそうだと判断したとは、いかにもクリスチャンらしい。長兄には人が知られたくないことを感じ取る不思議な力があるのだ。

フェイドラが帽子を脱いで象眼細工のテーブルに載せた。ここで寝起きすることに同意したしるしだろう。フェイドラが淡いバラ色のソファに腰かける。その色合いがドレスの黒をいっそう濃く見せた。新しいドレスとガウンを何着か注文するよう言いくるめられるほど長くここにいられたらいいのだが。

侯爵の息子の愛人でいることにはそれなりの利点があるとわからせたい。フェイドラは結婚しないだろうし、エリオットもしないだろうから、この情事はいつまでも続けられる。ふたりが互いを求めつづけるかぎり。この数日ずっと胸につかえている重みには、論理的な理由などない。霧のようにふたりを包むいまいましい喪失感にも。

「彼は戻ったの？」フェイドラが尋ねた。「ジョナサン・メリウェザーは、キプロスから戻った？」

その問いは、彼の思考に容赦なく示された反応のようだった。〝じつのところ、エリオット、理由ならいくつかあるのよ。たとえばあたしたちは、どちらが家族の義務と約束と務めをあきらめるか、まだ決めてないわ〟。

「なぜ僕と一緒に中へ入るのを拒んだのかわからないな。僕がなにをするか、すべてわかっていただろうに」

「あたしがいるせいであなたの目的が邪魔されるのはいやだったの」

「僕は部屋探しに協力してもらうために行ったんだよ」

それだけではなかったが。この数日、果たすべき務めに取りかからなくてはという義務感が満足に影を落としていた。とりわけポルティチからここまでの短い旅のあいだは。もちろん彼女はそれを知っている。心を侵されたのはひとりではない。

「ああ、彼は戻ってきたよ」

「もしかしたらあなたの頼みを聞いてくれるかもしれないわ」

「きっと聞いてくれるさ。明日、会ってくれるよう頼んできた。じきにあのたわごとを取りのぞける」

彼女が見せた笑みには理解があった。わずかな同情も。この町を出てから多くが変わったが、家名を守るという彼の約束は変わっていない。

エリオットを愚かにする大胆な光がフェイドラの目に宿った。「明日と言ったわね。それまでふたりでなにをする？」


建築家のヴァンヴィテッリが設計したパラッツォ・カラブリットは、精巧な装飾をもつ三階建ての巨大な建物だ。前世紀に建てられ、いまはナポリにおける英国的なものすべての〝家〟として機能している。王が非カソリックの教会を建てることを禁じているため、英国国教会の礼拝もここで行われた。

メリウェザーはとても英国人らしい外見の英国人男性だった。金髪で背が高く、血色がよくて恰幅《かっぷく》もいい。まさに、中年に差しかかった裕福な地方の名士といった雰囲気だ。ナポリの人々とあまりにも対照的なので、遊歩道の一マイル先にいても見分けられるだろう。

エリオットは、パラッツォの私翼にある書斎に迎え入れられた。メリウェザーとは前に会ったことがある。英国ではあらゆる貴族の子息がいつかどこかで出会うのだ。勧められたコーヒーは、メリウェザーがこれを形式的な訪問だと思っていることを示していた。

「わたしがキプロスにいたときに探しに来たとか」書斎のソファにそれぞれ腰かけるやいなや、メリウェザーが言った。「ここにいなくて申し訳なかった。ナポリの夏は最良の社交の場とは言えないが、なんらかの援助はできただろうに。きみがこの国に来たのは歴史への関心のせいかな？」

「それも理由のひとつです」

「その方面では歓迎されただろうね。だがもしわたしで力になれるなら、なんでも言ってくれ。ああ、コーヒーをどうぞ。そうだ、兄上の結婚式はどうだった？　イースターブルックは元気でやっているかな」

「イースターブルックはあいかわらずで、ヘイデンの結婚式には家族全員が大喜びでした」

メリウェザーはやわらかで穏やかな色白の顔をしている。外交官として表情を抑えることを学んでいても、かすかなユーモアが顔をよぎった。イースターブルックがあいかわらずだと聞いたからか、それともヘイデンのすばやい内々の結婚式を愉快に思ったからか。

「ここへ来たのは歴史の研究調査のためですが、じつは家族の問題も担っていて。あなたに助けてもらえるかもしれないのは後者です」

「遠慮なく言ってくれ。できるかぎりのことをしよう」

「このあいだの冬に亡くなったリチャード・ドルーリー氏とお知り合いでしたね？」

メリウェザーがくっくと笑った。「なに、顔見知りていどだよ。彼は急進的な政見にもかかわらず下院への影響力を強めて、いつの間にか外務省の決定に力を及ぼすまでになっていた」

「ミスター・ドルーリーは生前、回顧録を著《あらわ》しました」

「ほう。おもしろそうだな、読んでみたい」メリウェザーの笑顔は少しも変わらない。いい兆候だ。

「かなり長く詳細なものだそうです。原稿を所有している出版所は、書かれている内容が間違いであることを示す証拠が見つからないかぎり、いっさいの修正なしで印刷するつもりです。たいていが内々のできごとですから、そういう証拠は集めにくいでしょう」

「頭痛の種と感じる人間もいるだろうな。回顧録とはそういうものだ。その本がここでも手に入るといいのだが。だれだっていいゴシップは大好きだ」

「残念ながら、ミスター・メリウェザー、このままではあなたがそのゴシップの対象になってしまいます」

「わたしが？」驚きのあまり、メリウェザーが渋面を浮かべた。「いったいなぜ——」

「ディナーです。あなたがケープ植民地から戻ったあとに、ドルーリーとアルテミス・ブレアに招かれた内輪の席」メリウェザーが心の底からうろたえた顔になる。「どうやらドルーリー氏は記憶違いをしたようですね。もしあなたがそんなディナーに出席していなければ、あるいは出席してもたいしたことを話していなければ、記述に間違いがあったことになります」

メリウェザーの顔が混乱と否定でさらにしかめられる。と、表情が曇った。横目でちらりとエリオットを見てから目を逸らした。

沈黙が広がる中、エリオットは待った。胸の中のしこりがわけもなく重くなる。いや、しこりではなく空白だ。空虚感だ。

「僕の家族は――とりわけイースタープルックは――ドルーリー氏の回顧録に登場するディナーでの会話が世間にどう解釈されるか、心配しています」

メリウェザーが鼻を鳴らした。「それが身のためだ」

予期していた答えではなかった。時の流れが遅くなり、エリオットは驚きを呑みこんだ。どう解釈しても、メリウェザーは回顧録に書かれたことを否定しなかった。むしろ純粋に認めた。

「ドルーリーはあのディナーについてなにを書いていた？」メリウェザーが尋ねる。

エリオットはフェイドラから聞いたことを伝えた。

メリウェザーが首を振る。「なんということだ。わたしの名前が出ている、だって？　たしかなのか？」

「ええ。僕の知るかぎりでは、あなたの名前だけが。死んだ将校も、疑われた将校も、名前は明かされていません。僕の家族もだれひとり。しかし……」

いまやメリウェザーはひどく不安そうな顔になっていた。ほとんど必死な顔に。「もしも刊行されて、わたしが軽率だったことが世間に知られたら——」室内に視線を走らせ、自らの評判と一緒に危険にさらされている環境を見まわした。

エリオットは、板挟みに苦しむ彼を放っておいた。会話が事実だったのは確認できたが、おかげでいっそうあの回顧録を世に出すまいという決意が固まった。父にまつわるほのめかしが真実かどうかについては——可能性に胸が悪くなった。

恐ろしい推測は脇へ押しやろうとした。だがそれは暗い影となって頭に居座り、咎めるような声でささやいた——おまえは知っていたはずだ、と。もちろん知っていた。なにしろ彼女から聞いていたのだから。

「お話ししたとおり、ドルーリー氏の記憶違いだとあなたが言えば、版元は回顧録からその部分を削除する構えです」

「その寛大な申し出を引きだすために、イースターブルックは出版所に金を払ったのか？」

「出版所の責任者は、金を受け取らなくてもそうするのが公正だと考えています。回顧録に誤りがあれば、善良な人を傷つける理由はないと」

メリウェザーが立ちあがり、庭を見おろす高い窓に歩み寄った。しばし身動きもしないでその場に立ちつくす。

エリオットは室内に起きた変化に順応しようとした。真実を求めてここへ来たのが、いまは悪魔の役を演じている。破滅か救済か、二つの選択肢をメリウェザーの前にぶらさげている。

メリウェザーは言葉を撤回するはずだ。ドルーリーの記憶は間違っていて、ケープ植民地で虚偽の報告をされた死などなかったと宣言するに違いない。ふたりは笑い、昔の急進論者と記憶力の悪さについて冗談を飛ばすのだ。フェイドラはかならず約束を守るだろう。そして回顧録はあの悲しい逸話を省いて出版される。

喜ぶべきところだ。勝ち誇った気分になっていいところだ。しかし書斎の空気は墓場のそれのように冷たくかび臭かった。真実は、問題のディナーの席で言われた以上だった。メリウェザーの決断も現実を変えはしない。

例の将校は撃ち殺された。だれかが罪を犯した。

エリオットの顎はこわばった。父がそれを仕組んだ可能性をもはや否定できない。

どれだけ長いあいだ否定してきたか、どれだけ必死で自分に嘘をついてきたかに気づいて愕然とした。父が冷酷になれるのは昔から知っていた。同じ要素が兄たちだけでなく自分の中にも潜んでいるから。

ここにいるのがなによりの証拠ではないか。目の前の男性が仕事と生活を守るために不名誉な道を選ぶのを、静かに待っている。悪魔に魂を売るのをあてにしている。メリウェザーがそのひとことを口にしてくれればどれほど多くの問題が解決するか、エリオットの体に流れる父の血が計算していた。なにはさておき、フェイドラと回顧録に対処する必要がなくなる。そうなったらふたりの情事がどんな道をたどるか、だれにもわからない。

すべてを秤にかけて、メリウェザーの不名誉を小さな代償とみなすのはあまりにも簡単だ。長兄のクリスチャンならどんなふうに秤を傾けるだろう。現実と同じで真実も、クリスチャンにとっては絶対ではない。

「出版所はどこだ?」メリウェザーが沈黙を破った。おそらくは悪魔がもっと説得力を増して、罪の側に重りを載せてくれることを願って。

エリオットは窓辺に近づいた。これほど恐ろしい選択を迫るなら、せめて面と向かっているのが筋だ。

「ドルーリー氏の娘、フェイドラ・ブレアです」彼女が遺産を受け継いだいきさつを話した。

メリウェザーが目を閉じた。「なんと。彼女なら今年の夏の始めにこの町にいた」

「いまもいますよ。お望みならふたりきりで話せます。あなたの言葉を紙に記す必要はありません」

「彼女はわたしを訪ねてきたのだが――」

フェイドラはメリウェザーに会おうとしたなどと言っていなかった。ひとことも。むしろ否定した。「迎え入れましたか?」

「わたしは――。どんな種類の英国民もここをわが家と考える。しばしば形式的な訪問をしに来るが、われわれは――。わたしは誤解してしまった」

フェイドラを無視したのは、外交官がわざわざ相手をするようなふつうの種類の人間ではないからだ。じゅうぶんに裕福でなければ相応の肩書きもなく、受け入れるほどの存在でもない。エリオットの中で、メリウェザーと彼の道義的な板挟みに感じていた同情が、ほんの少し薄れた。「彼女が訪ねてきたのはいつのことです?」

「一カ月かもう少し前だ。なぜ覚えているかというと――いや、彼女はロンドンでは少々知られた女性で、わたしも名前は知っていた。名前だけでなく、その――」

「魅力的な奇抜さも?」

メリウェザーが弱々しくほほえんだ。「参ったな、ロスウェル。なぜわたしがこれほど長く考えこんでいるか、不思議に思っているだろう」

「あなたがなにを迷っているか、理解できてると思いますよ。状況のせいで、目撃者がいるのがお気の毒です。お望みなら僕はこれで失礼しましょう。あなたの決断を僕から聞き知る人間はひとりも現われないと約束します」

理解を示されてほっとしたように見えた。「心の重荷だったよ、あの死は。状況を偽って伝えるのは間違っているように思えた。異例の措置《そち》だと思った。わたしは言ったんだ――すべて公表したほうがいい、疑いを持たれている将校の汚名をすすぐべきだと。しかしわたしは新任で、たいした影響力を持っていなかった。大佐は自分の連隊の評判に傷がつくことを嫌った。証拠はなかったし、ちょうどよそで別の問題が起きたし……」ため息をつく。「あのディナーの招待を受けたのは事件から間もないころだった。ドルーリーは陽気な男で、ミス・ブレアは――母親のほうだが――温かい女性で――。わたしは船旅で疲れていたのかもしれない――」

「ふたりを信用したのは間違いではありませんよ。どちらも口外しなかった」

「だがドルーリーは回顧録にしたためたんだろう？」ため息をついた。「きみの望むものを渡さなければ、イースターブルックはわたしの首を刎《は》ねるだろうし、渡せばすばらしい後援者になってくれるのだろうな。人が思うより彼は影響力を持っている」

エリオットが賄賂をにおわせなくても、メリウェザーは報酬を受け取ることを知っていた。

「イースターブルックは変わり者ですが、くだらない醜聞で家名を弄ばれることは喜びません」

「くだらない醜聞か。きみの家族とケープ植民地へ追放された将校にまつわる噂話なら、わたしも知っているよ」

だれもが知っている。そこが問題だ。メリウェザーの良心の秤が不都合なほうへ傾いたら、エリオットはこの先も兄の手足を務めると約束できない。

いまこそ影響力を発揮するべきなのはわかっていた。自分だけでなく家族のために。メリウェザーの曖昧さを指摘するべきだ。問題の死を取り巻く状況は疑わしいものの、実際になにが起きたかを知る者はひとりもいないじゃないかと。

メリウェザーが苦々しく笑った。「子どものころ、父によく忠告されたものだ。いつか名誉に大きな代償がつく日が来るかもしれないと。てっきり、決闘をするはめになるかもしれないという意味だとずっと思っていた。よもや自分の剣に倒れるとは予想もしなかった」首を振り、何度か深く息を吐きだした。向きを変えて、まっすぐエリオットを見る。「どんなにそうしたくても、嘘をつくことはできない」

「決心は変わりませんね？」

「ああ、残念だが。あの将校は胸に受けた銃弾の傷で命を落として、それは仲間の将校の責任だと考える根拠がある。たしかにわたしはディナーの席でドルーリーにこの一件を打ち明けた。いまになって、打ち明けなかったと言うことはできない」

もちろん決めるのは彼だと、ふたりとも無言のうちに認めていた。メリウェザーは自分の決断に満足している様子で、エリオットにも理由はわかった。

いとまを告げたものの、戸口で立ち止まった。「もうひとりの将校ですが――名前は？」

「その件は掘り返さないほうがいい、ロスウェル」

「おっしゃるとおりだ。それでも名前を知りたいのです」

「ウェズリー・アシュコーム」

「その後、どうなりました？」

メリウェザーがためらった。「ほどなく大金を手に入れた。遺産を。それから将校階級を売り払って、サフォークに土地を買った。一度か二度、遺産について調べてみようかと思ったが、そんなことをしても夜は平穏になりはしないと判断した。彼が正義を逃れたのだとしたら、いまさらできることなどないに等しいと思った。さっきも言ったとおり、その件は掘り返さないほうがいい」

「結婚《ウナ・マリターナ》！　なんてことだ、ピエトロの銃より傷ついた。僕は死んでしまう！」

マーシリオの驚きは庭に響きわたった。ハンサムな顔が悲しみの仮面に変わる。まぶたを閉じて黒い目を隠し、左胸に手を当てた。

「法的に認められてるとは思わないわ。あたしたちはカソリックじゃないもの。だけど英国へ戻るまでは、どうしようもできないのよ」

「英国！　行ってしまうのか？　愛しい人《カラ》、僕はきみのために決闘までしたんだよ。天使の歌声が聞こえるほど死に近づいたんだ。それなのにきみは結婚して行ってしまうって？　いつ？」

「もうすぐよ」おそらくはすぐに。だけどもう少し先だ。「発つ前に会いたかったの。決闘の傷が癒えたのをたしかめたくて」

マーシリオはひとしきり大げさに騒いでから、ようやく落ちついた。フェイドラにうながされて一大事件を再現する。庭を大股で歩いてポーズを取り、どんなふうに起きたかを演じてみせた。

マーシリオはとても端整な顔立ちの若者で、流行の服を着こなし、仕立てのところどころに芸術家らしい趣味や色を加えている。ウェーブのかかった黒髪をたいていの男性より長めに伸ばして、たっぷりと口ひげを生やしているものの、本人が望むほど大人には見えない。

フェイドラは自分で自分を扇《あお》ぎながら彼の実演を眺めた。撃たれる段階に来ると、マーシリオがふたたび隣りに腰かけて同情を引こうとした。

「だいぶよくなったよ」彼が請け合う。「だけどときどき、ああ――」身をひねって顔をしかめ、永遠に彼女を忘れないと身振りで示した。

マーシリオが温かい笑みを浮かべた。しげしげと彼女を眺めて、頭に視線を留める。「きみの髪。どうしていまは結ってピンで留めてるの？　彼に無理強いされた？」

「このほうが暑くないの」

彼の指が、丸くまとめた結い髪をつついた。「悲しいな。おろしてよ、愛しい人《カーラ》。手伝うからさ」

その手をぴしゃりとはたいた。「だめよ、マーシリオ」

「じゃあ自分でおろして。きみの心と同じように自由になびかせてくれ。僕の願いなら聞いてくれるだろう？」

「いや、聞かない」

そっけなく遮った男性の声に、フェイドラは凍りついた。マーシリオも同じだ。きょろきょろと左右を見回して、いまの冷たい声はどこから聞こえたのかと探す。

彼の真後ろからだった。哀れなマーシリオには、十歩ほど後ろにいるエリオットが見えない。それでよかったのだろうと、エリオットが見える位置にいたフェイドラは思った。マーシリオが振り返る前に、もう少し恐ろしくない顔になってくれるといいのだけど。

願いは叶わなかった。エリオットが鬼の形相のままこちらへ歩いてくる。マーシリオがじわりとさがって、彼女とのあいだに距離を空けた。

エリオットが若者にほほえみかけた。状況を改善する笑みではない。マーシリオは自信と無邪気さをにじみださせようとしたが、無惨に失敗した。

「エリオット、ようやく戻ってきてくれてうれしいわ。こちらはマーシリオ。彼の話をしたでしょう、覚えてる？」

エリオットの笑みはやわらがない。目の中の鋼《はがね》のような光がますます冷たくなる。「きみの友だちに会うのはいつだってうれしいよ」

マーシリオが誤解した。安堵の笑みを浮かべて、彼の英語力では追いつかない速さでしゃべりだす。「そう《シ》、古い友だち《アミコ》です。ただの友だち《ソロメンテ・ウン・アミコ》。あなたの奥さん《シニョーラ》は大事な友だちで、僕はさよならを言いに来る——来たんです。いつかまた会って、もう一度こんなすてきな友だちになれるように」さっと立ちあがって、すばやくフェイドラにお辞儀をした。「もう行きます」

「外まで見送ろう」エリオットが言う。

「ありがとう《グラッツィエ》、でも――」

「見送る」

エリオットが戻ってくるまでに少し時間がかかった。フェイドラは庭で待った。もしふたりがけんかを始めたら、屋敷の中にいては聞こえないかもしれない。

ようやくエリオットが戻ってきた。短く刈り込まれた生け垣のあいだの、広い石畳の道を歩いてくる。マーシリオよりそれほど年上ではないが、肝心なところでは比較しようがなかった。

あの険しさがいまも目と口元に残っている。

「彼になにを言ったの？」と尋ねた。

「もしまたきみとふたりきりでいるところを見つけたら、決闘を申しこんで、前回ほど幸運な結果には終わらせないと言ってやった。彼はどうやってきみを見つけた？　戻ってまだ一日だというのに」

「今朝、短い手紙を送ったの」

本当に怒ったエリオットをしばらく見ていなかった。いまも過剰に表に出してはいないが、それでも彼の周囲の庭が震えているように思えた。

「これが、きみが自由で自立してることを僕に思い出させるためのやり方なのか、フェイドラ？　言わせてもらえば、二度ときみの友だちを大目に見なくてすむように、司祭の前で交わしたあの宣誓が有効であるようにと願う気になっただけだぞ」

「宣誓でそんな保証は得られないわ、エリオット」

「そんなことはない」男の力をよく知っている男性の反応だった。吐きだすような口調からは、宣言とも悪態とも取れた。

解き放たれた原始的な衝動を彼が落ちつかせるまで、フェイドラは待った。

「どうして僕の留守中に彼をここへ招いた？」

「もっと早くあなたが帰ってくると思ったからよ。もし本当に彼が訪ねてきたとしても、そのときにはあなたがここにいると思ったの」

「そもそもなぜ招いた？　僕が会いたがらないことはわかっていたはずだ」

「彼はあたしのせいで決闘をしたのよ。ばかげた決闘だったけど、実際にあったことを認めて傷が癒えたことをたしかめるのが礼儀だわ。それに、前回この町を訪ねたあたしが同国の人にそっぽを向かれたとき、友だちになってくれたのが彼だったのよ」

「友だちか。いまいましい。その言葉が大嫌いになってきた」

なだめるためにかける言葉は山ほどあるが、いまの会話で、彼がフェイドラのひそかに望んでいたような友だちになることは決してないのだという事実が痛いほどはっきりした。エリオット・ロスウェルはリチャード・ドルーリーではない。

いっそ完全に降伏して、どんな犠牲を払うことになっても彼に権利を与えてしまいたいという思いが、胸の奥からあふれだした。最近これればかりだ。その感情の力に怖くなる。

彼を包んでいた怒りがやわらぐのを感じた。親密な温もりが目に宿る。フェイドラが軽率にも許してしまった心の侵入から生じた理解も。一度手に入れたものは決して失われないのだろうか？　どちらを望んでいるのか自分でもよくわからない。

「マーシリオは、きみがナポリに戻ったことをサンソーニに知らせるだろう」彼が言った。理性がふたたび主導権を握って、計算している。

「でしょうね」

「マーシリオがここへ来たと知ったら、サンソーニは喜ばないだろう」

「たぶん」

エリオットが彼女の手を取って立たせ、腕の中に引き寄せた。「戻るのが遅くなったのは波止場に寄ったからだ。英国行きの船を予約した。じきにこの町から旅立てる」

すぐに。だけどもう少し先だ。

彼のキスには、いましがた抑えたばかりの嫉妬の名残《なご》りがあった。口と手で彼女を支配していく。フェイドラはドレスが緩んで落ちるのを感じた。静かな庭で裸にされる。夏の花盛りのそばで蜂がうなり、宙を舞う。

エリオットが木陰のベンチに腰かけて、彼女を膝に引き寄せた。キスで首を伝い、舌で乳房を焦らす。両手は体を撫でまわした。どこに触れられてもフェイドラは圧倒された。

指先で乳首を転がされていると、身もだえせずにはいられなくなってきた。「髪をおろしてくれ。坊やの頼みは聞けなくても、僕のためならできるだろう？」

フェイドラは両腕を掲げてピンを抜いた。彼に与えた小さな勝利。彼の自尊心を慰める小さな降伏の象徴。

彼の手は快感を高めつづけ、恍惚を約束し、いまではなじみ深いものになった奔放さへとフェイドラを誘《いざな》った。応じるように、彼女は抑制を手放した。導かれるまま膝の上で姿勢を変え、あらわな脚で彼を挟んで膝の裏をベンチの背もたれに引っかけた。

裸体をのけ反らせていたるところにキスを浴びながら、彼の突きに揺られた。木陰のまだらの影に包まれて、しがみつけるものにしがみついた。まだふたりが分かち合っているすべてを噛みしめながら。

17

その夜、雨が降ってきて、猛烈な暑さもいっときやわらいだ。エリオットが目を覚ますと、すがすがしい空気が窓のカーテンを揺らしていた。夜明けの光はまだ銀色を帯びていて、部屋の中にあるものの形をぼやけさせていた。

起きあがってローブをはおった。書き物机に歩み寄り、書類をぱらぱらとめくる。昨夜は天啓がおりてきて、何時間も執筆した。自分がどんな言葉を使ったか、ほとんど思い出せないくらいだ。いま、何ページかざっと読んでみると、われながら感心したことに、それほど悪くない。

空っぽのベッドを返り見た。机に着いて執筆を始めたときは、フェイドラがそこにいた。いつ出ていったのだろう。思い出せない。彼らしくないことだ。頭の中に引きこもったときも、現実世界から完全に切り離されないのがエリオットなのに。

昨夜は切り離された。そのせいで、フェイドラと過ごす真に自由な夜のひとつを無駄にしてしまった。故郷へ帰る船の上で何度かふたりきりの時間を過ごせるだろうが、慎重を期さなくてはならないから、なんとも気詰まりなものになるだろう。ここナポリでは、だれもそんなことを気にしない。

テラスに出て、フェイドラの部屋の開かれた窓に歩み寄った。ふたりの部屋はポジターノのときと同じように隣接しているものの、ここの部屋のほうがより広く、豪華だ。

フェイドラは上掛けをかぶっていなかった。太腿丈の簡素なシュミーズしか着ていない。扇のように広がった髪が、射しこむやわらかな光を受けて輝いている。高く積んだ枕で体は押しあげられており、まるで予期せず眠りに落ちてしまったかに見えた。片腕は睡魔に襲われたときのまま、不恰好に伸びている。手のひらを上に向けて、ゆるく何かをつかんでいた。

エリオットは近づいた。フェイドラの手の中のものが朝日を浴びてきらきらと輝く。エリオットはそっとつまみあげた。カメオだ。母から譲り受けたとフェイドラが言っていたものに違いない。

かなりの大きさで、彫刻はみごとだ。これほどの質を誇る古代の宝石は非常に価値が高いだろう。エリオットは戸口まで持っていって、丹念に検分した。

フェイドラの視線を感じた。振り返ると、彼女がこちらを見ていた。さまざまな色味の白と金におおわれて、豪華な絹とサテンと枕に囲まれた姿は、とても美しかった。この女性にはときどき畏怖の念をいだかされる。あまりにも頻繁に。

「いなくなったね」彼女が部屋を去ったことを指して、エリオットは言った。

「いいえ、いなくなったのはあなたよ」フェイドラが答え、エリオットが制御できなかった心のさまよいを思い出させた。「アレクシアが言ってたわ、あなたのお兄さんも同じように現実から離れていくことがあるって。だから、ロスウェル家の男性と一緒にいるのがどういうものか、わたしにはわかってるわ」

エリオットは彼女のベッドに腰かけた。「後悔してる」

「それがあなただもの。何日か、いいえ何週間かは太陽が忘れさせてくれるかもしれないけど、わたしのためにその世界を捨ててしまったら、あなたはあなたじゃなくなるわ」

その言葉の裏にある警告が気に入らなかった。フェイドラが言っているのは、エリオットと彼の世界と彼らしさ、だけではない。

彼女の胸の谷間にカメオを置いた。「きれいだ」

「でしょう？　本物ならブローチにしたいところよ」

「偽物だとしても美しいことに変わりはない。価値はぐっとさがるだろうが、技巧はやはりみごとだ」

「価値はどうでもいいの」

いまでは彼女の顔がはっきり見えた。疲れてやつれた様子だ。おそらく彼女も眠れなかったのだろう――自分らしさを取り戻そうとして。

フェイドラがカメオを取ってじっと眺めた。「ゆうべ、真実と向き合ったわ。やすやすと想像できた。人目を忍んだ売買、口外しないという約束、だれにも出所を知られなければ貴重な品を格安で手に入れられる蒐集家の喜び。とても抜け目ない計画よ。ポンペイ出土の宝石だと聞かされたら、買い手はいっそうほしくなるけど、盗品だとわかってるから、絶対に秘密を守るもの」

「計画があったとは言い切れないだろう？」

「父はあったと言ってるわ。〝このもぐり商人は、すばらしくも極悪非道な計画の中心人物だった〟。回顧録にそう記されてるの。由来の怪しい貴重な品に言及して、そういうものがほかにも見つかるだろうと」

回顧録の話が出たので、エリオットの気分に影が落ちた。昨日のメリウェザーとの会見のことは、執筆に没頭したおかげできれいに忘れていた。執筆しているあいだは、苦しい選択のことも忘れられた。過去にまつわる残酷な真実やしつこい疑問も、冷酷な計算も。

「そういうものを売ってる人にとって、母の心と生活に入りこむのは好都合きわまりなかったでしょうし、母にこれを売りつけるのは小さな一歩だったんでしょう」フェイドラが苦々しげに言った。「母を誘惑したのは、贋作に大金を支払ってくれる人たちと出会うためだったのよ。母の紹介があれば、王様の許可を得たも同然だったから」

ふたつ三つの慎重な言葉で彼女の解釈をくつがえせたらとエリオットは願った。フェイドラの推論はあまりにも説得力と信憑性に満ちていた。

「そのことがどうしてそんなに気になるんだ?」

　フェイドラが急に立ちあがり、身を引いて彼をじっと見つめた。怒っている。激怒している。が、怒りの対象はエリオットではない。

「その男は母の死に責任がある、と父が言ってたわ。思うに母は、その男がしていることに気づいたのよ。自分は利用されていたんだと。あたしにはずっとそこがわからなかったけど、ゆうべ突然わかったの。母はきっと、その男にはもっとなにかがあると思ったんだわ。父との関係では知りえなかったなにかが。そう考える以外に、母がしたことの説明がつかないもの」

　フェイドラの顔がこわばって目がうるんだ。忌むべきもののようにカメオを睨みおろす。徐々に昇ってきた太陽の光で、その顔に涙のあとが見て取れた。

　執筆に没頭してしまったことがなおさら悔やまれた。フェイドラがこの部屋にひとりでこもり、わずかな情報を頼りに悲しい結論へたどり着いたと思うと、やりきれなかった。

　フェイドラはいま、反論を予期しているような顔でこちらを見ている。期待しているような顔で。

「フェイドラ、君の言うとおりだったとしても、母上の死に関係があるとは信じがたい」

「母が衰弱した原因には違いないけど、もしかしたら——。じつは、母がなにかを摂取したことをほのめかす痕跡があったの。医者は詳しく調べるほどのものじゃないと結論をくだしたわ。だけど……」

「自然死だったと考えるほうが理にかなっていないか？　きみの母上が情事に絶望するような女性だったとは思えない」

フェイドラが感情に打ち震えながら膝をついた。目は燃えあがり、歯は食いしばっている。

「あなたはわかってないわ。その男に誘惑されて、母はすべてを手放させられたの。父だけでなく、母自身まで。あたしまで。だから母はあたしを家から出させたの。その男のせいでどんなに弱くなったかを、あたしに見られないように」

「わからないのに言うんだな」

「あたしにはわかるのよ。母はその男のために自分の信条を捨てたけど、あたしにはそれを見られたくなかったの。母の友だちもだれひとりとしてその男の名前を知らないわ。とりわけ親しかった友だちに訊いてみたけれど、恋人がいたらしいことは全員が認めても、その正体はだれも答えられなかった。マシアスや、ミセス・ホイットマーシュさえ」

フェイドラが片手でカメオをぎゅっと握りしめた。それをエリオットの顔に突きつける。

「母は自分がその男に空け渡しすぎたことを知ってたのよ。アルテミス・ブレアがひとりの男の奴隷に成りさがったことを、世間に知られたくなかったの。すべてはペテンで、その男を裕福にするために母は利用されただけだったことを――それが世間に知れたら、間違いなく絶望につながったでしょうね」

怒りが全身からにじみだしていた。しかし怒りが向けられているのは、正体のわからない母の恋人ではないとエリオットは気づいた。その対象は、説教を垂れて娘を信者にしておきながら、自分が教えに背いたアルテミス・ブレアその人だ。

母親が失敗したせいで、その信条も現実に耐えない夢想家のたわごとになってしまったのだろうか？　ひと晩考えただけでそう考える寸前に至ったとすれば、いったいどれくらいで――。

頭に浮かんだ残酷な計算に、エリオットはわれに返った。これほど瞬時に有利を見て取ったこの男はだれだ？　まるでだれかが――あるいはなにかが――フェイドラに出会って以来眠っていたエリオットのある部分に、命を吹きこんだかのようだった。

自分の中に父はいないと確信していた。兄たちと違って、両親の最悪の遺産は免れたと。それがいま、父の血のもっとも悪い部分を受け継いだのではないかと思えてきた。これまで、その血が目覚めるほど強くなにかを欲したことは一度もなかった。

〝きみの母上はなにも裏切っていないよ。ただ、自分が女であることを思い出させてくれる男に出会っただけだ。それは罪ではないし、信念を裏切ったことにもならない。この世でもっとも自然なできごとなんだ〟。

もう少しでそう言ってしまいそうだった。母親の妥協は自然で避けがたいものだったとフェイドラを説得できれば、フェイドラに同じような妥協をさせるのは容易になるはずだ。この女性にさせたい妥協は少なくない。

むしろ多すぎる。

彼女の手からカメオを取った。ベッドの脇のテーブルに置いて、彼女を引き寄せる。ふたりは別々の世界で一夜を過ごした。もうじき生活のほとんどを似たような形で過ごすことになる。いまはふたりが作った世界の中で、この女性を抱きしめていたかった。

抱きしめて、せいいっぱいの慰めを与えたかった。ゆっくりとフェイドラが落ちついていった。怒りが流れだして、あとには感情でいっぱいの穏やかさが残った。

「母上を責めてはいけないよ、フェイドラ。彼女は人生の異なる道を選んだんだ。ほかのだれにわからなくても、きみにはそれがわかるだろう？　もしかしたらきみの言うとおり、母上は最後のほうでつまずいたかもしれない。当の彼女が自分を許せなかったとしたら悲劇だが、彼女の娘はもっと寛大になれるんじゃないかな」

フェイドラがすっかり静かになったので、エリオットは息づかいまで感じなくなった。そのとき、フェイドラが彼の胸にキスをした。肩に顔をもたせかけて、ぴったりと体を寄せてきた。

「あなたはときどきものすごく賢いのね、エリオット。あなたの言うとおりかもしれないわ。もし母がひとりの男性のためにすべてを捨てたいと思ったのなら、あたしはもっと理解を示すべきなのかもしれない。あたしだって、人のことは言えないんだから」

その日の午後、フェイドラを苦しめた例の不愉快な小男、ジェンティーレ・サンソーニが訪ねてきた。彼は社交の訪問であるかのように、事前にカードを寄こした。

ふたりはサロンで出迎えた。フェイドラの目には、サンソーニは最後に会ったときほど危険そうには映らなかった。

きっと環境が違うからだろう。日当たりと風通しのいいこの空間は、フェイドラが尋問を受けたあの暗い洞窟のような部屋とはまるきり異なる。サンソーニの黒い服と髪と目は、淡い色と金色で統一されたこの部屋の中では、ごく小さな染みでしかなかった。

この会見に備えて、エリオットは英国の気品を総動員させていた。フェイドラが腰かけた椅子の隣りに堂々と立って、貴族的な雰囲気をにじみださせている。三人のうちでエリオットだけが場違いに見えなかった。

フェイドラが驚いたことに、サンソーニはお辞儀をした。さらには、ほほえんだ。

「ご結婚おめでとう、シニョーラ。ロード・エリオットと一緒にナポリへ戻ってきたと聞いたので、われらが王国を発たれる前にご挨拶をとうかがった」

「エリオット」フェイドラは言った。「あたしたちの言語を知らない男性にしては、彼は驚くほど上手に英語をしゃべってるわ」

「そのようだね」

サンソーニが肩をすくめた。「〝知らない〟というのは、さまざまな状況で都合がいい」

「でしょうね」エリオットが言う。「祝いの言葉をありがとう。時機もよかった。僕たちは明日、出発するので。しかしそれもご存知でしょうね」

サンソーニが半ば認めるように首を傾けた。「いろいろ話を聞きますからな。だが確信が持てなかった」

「これで持てたでしょう」

「ええ《シ》。感謝しますよ《グラッツィエ》」黒いフロックコートの中を探って羊皮紙を取りだす。「じつは、友人の将校が先ごろポジターノへ行きましてな。とある事件に関して呼びだされたんです。塔と、暴動と、異端者に関係のあることに」

「なんと華やかな」エリオットが言う。

「いかにも、われわれは華やかな民ですから。それで、友人はこの書類を持って帰りました。あなたがたが持っていかなかったことを、ポジターノの司祭がひどく心配していたそうです」

フェイドラはこのまま葬り去れると思っていた羊皮紙を見つめた。それからサンソーニの顔を探って、この男性がまた不愉快になるつもりなのか、見極めようとした。

エリオットが羊皮紙を受け取ろうと手を差しだした。「ありがとうございます。英国に戻ったら万事整えましょう。ここで整えるとなると、ナポリに留まらなくてはならない。おそらくは数カ月」

サンソーニが羊皮紙からエリオットへ、また羊皮紙へと視線を移した。「数カ月？　いや、ただ署名をすればいいだけ――」

「もっと手間がかかりますよ。明日の船に乗るのなら、英国の聖職者に手間をかけさせるほうが賢明だ」

サンソーニはみすみす優位を譲り渡すような男ではないので、いまも気が進まない様子だった。が、ひとたび羊皮紙がエリオットの手に渡ってしまうと、不愉快な小男はいとまを告げようとした。

「シニョーレ・サンソーニ、少しふたりで話せるかしら」フェイドラは言った。「ロード・エリオットに通訳を頼まなくちゃならないと思っていたけど、あなたは奇跡的に英語を習得なさったようだから、その必要はないでしょう。話はすぐに終わると約束するわ」

フェイドラの大胆さにサンソーニは両眉をつりあげて非難を示したものの、確認を求めてエリオットのほうを見た。エリオットは不満の色をまったく浮かべていない。きっとあとに取っているのだろうとフェイドラは思った。

エリオットがうなずいてサロンのドアのほうに歩きだした。フェイドラは彼について行った。「いてもらっていいのよ」とささやく。「彼が危険とは思えないけど」

「きみはふたりで話がしたいと言った、フェイドラ。だから僕は席を外すよ」

エリオットが出ていくと、フェイドラはサンソーニのほうを向いた。小男は後ろ手を組んで、批判的な顔でこちらを睨んでいた。

「こことポジターノで引き起こした問題について謝罪するよう、ご主人から命じられたんでしょうな？」

「ロード・エリオットがあたしにそんな命令をすることはありません。マーシリオの怪我をのぞけば、あたしが謝るべきこともないわ。それとはまったく関係のない件で、訊きたいことがあるんです」ポケットからカメオを取りだすと、窓のそばのテーブルに載せた。

サンソーニが眉をひそめる。それからテーブルに歩み寄ってカメオを見おろした。「ああ、だからふたりで話したいと言ったのか。偽物をつかまされたことをご主人に知られたくなかったわけだ。あいにく、これは力になれない。妻の不注意を知ったロード・エリオットの怒りから逃れる方法を、あなたに教えたいとも思わない」

「ひと目で偽物だとわかるの？　どうして？」

「前に見たことがある。これをではなく、これに似たものをという意味だが。どこで作られてどうやって売られているかを知っている。外国の商人やあなたのような無知な観光客に骨董品として売っている業者を知っている。何年も前から続いている話だ」

「そこまで知っていて、なぜやめさせようとしないの？」

「中心的な職人が、自由と引き換えに興味深い情報を提供してくれるからさ。彼とその仲間を放っておくだけの価値はある。王国を守るためなら、何人かの外国人が贋作を買うくらい、なんだというんだ？」

「その男の名前は？」

サンソーニが笑った。「シニョーラ、言ったでしょう、その男はわたしの役に立つんだ。彼がそういうものを売っていると知られたら、王国を去らなくてはならないし、わたしの役に立たなくなってしまう」

フェイドラはカメオを取ってじっと見つめた。「こういうものは多く出回ってるの？」

「なに、ロンドンのご婦人方の半分のドレスも飾ることはない。なにしろ多すぎれば疑いを招く。それがたいていの失敗だ。この男と仲間はそんな失敗を犯さない。ひと握りのカメオ、二、三の壺――」肩をすくめる。「それでじゅうぶん。おわかりかな？」

よくわかった。いちどきに贋作が十も二十も骨董品の市場《しじょう》に出回ってしまっては、贋作者にとっていいことはないだろう。「ここで、つまりナポリで作られてるの？」

「それは許されない。王は骨董品の愛好家で、そうした活動が目と鼻の先で行われていることをお知りになりたくはないからな」

言いかえれば、王はそうした活動が行われていることをまったく知らないということ。サンソーニがこの犯罪を見逃しているのは、重要な情報提供者を得られるからだ。あるいは、賄賂をもらっているからか。

「ここでなければ、どこで？」

サンソーニが深いため息をついた。「シニョーラ、あなたは好奇心が強すぎる。本物だと思えばいい。英国にいる人間はだれも気づかないから」

「好奇心が強いとしたら、猛烈に腹を立ててるからよ。そうね、ロード・エリオットにあたしの過ちを打ち明けてみようかしら。彼ならきっと、英国公使館にいる友だちに調査するよう頼んでくれるわ。その友だちから、裁判所にいる友だちに話してもらって、そこからあなたの上官に――」

「もういい《バスタ》。わかった《カピスコ》」サンソーニがうなるように言った。「職人たちは南部の丘陵地帯に散らばっている。言ったとおり、わたしには理由があるから彼らを突きだすことはしない。だがそれを売りつけた人間の名前を教えるなら、金を返すようわたしから伝える」

「いいえ。これは取っておくことにするわ。すごく気に入ったから」

サンソーニがうんざりした様子で天を仰いだ。片手をひるがえして、おそらくはひどく無礼な意味があるのだろう仕草をした。「まったく、理解に苦しむ女性だ。明日は間違いなく船に乗ったことをたしかめに行く。この目で確認できたら、感謝の祈りを捧げよう」さっとお辞儀をしてから、大股で部屋を出ていった。

エリオットがゆったりと戻ってきた。「訪問したことを後悔させたようだね。彼はキアイアを出るまでずっと険悪な顔でぶつくさとつぶやいていたよ」

「尋問者は、尋問されるのは好きじゃないみたいね」

エリオットが彼女の手の中のカメオに気づいた。「彼が訪ねてくることをあてにしていたんだな？　カメオについて質問できるように。だからマーシリオに手紙を書いたのか」

「サンソーニならこういう模造品についてなにか知ってるんじゃないかと思ったの。なんでも知ってるようだから」

「知りたかったことはわかった？」

「答えを皿に載せて差しだしてはくれなかったわ。関係者の名前も教えてくれなかった。イタリアで手に入れられる情報はすべてつかんだけど、それだけじゃ足りないの」カメオをポケットに収めた。「あなたは、エリオット？　昨日、ミスター・メリウェザーを訪ねてみて、知りたかったことはわかった？」

エリオットが答える前の間《ま》が、彼もまたその会見について触れることを避けていたと認めていた。回顧録の話をして、イタリアでの最後の日々を台なしにしたくなかったからだとフェイドラは思いたかった。

「知らなかったことを教わったよ。マーシリオとの不幸なできごとの前に、きみがメリウェザーに会おうとしたことを」

フェイドラの本当の質問はかわされた。それはきっと、エリオットが知りたかった情報をまったく手に入れられなかったからだろう。

彼がメリウェザーをこの屋敷に連れてきて、問題に片がつくことをフェイドラは願っていた。けれど彼はそうしなかったし、この話題を避けてもいたから、メリウェザーは父の回顧録に記された遠い昔のディナーの件を認めたのではないかと案じていた。

落胆で動けなくなった。昨日の時点で推測はしていたが、それでも希望を持っていた。けれど昨夜、激しい怒りの中で暗い真実と向き合ったとき、ようやく理解した。エリオットが執筆に没頭したのは、この話題とその意味するところを避けるためだったのだろうと。

「なぜメリウェザーに会いに行ったんだ、フェイドラ？」

「あなたと同じ理由よ、エリオット」

「じゃあ、僕の思ったとおりか。裏づけを取って名前を加えるつもりだったんだな」

「いいえ。あの一節が嘘だという証拠がほしかったの。あの一節を削除したかったの、アレクシアのために。彼女はあたしにとっていちばんの友だちで、あれほど誠実な人は知らないわ。父が間違っていたと証明するものを手に入れられたら、アレクシアは噂や醜聞にさらされずに生きていけると思ったの」

エリオットは動かなかった。動いてくれたらいいのに。今朝フェイドラが感じたやさしさで抱きしめてくれたらいいのに。そしてたったひとつの頼みごとをしてくれたら、あたしは……どうするの？

あの回顧録を見たことを悔やんだ。せめて父に約束させられなければよかった。それから

——ああ、なんということ——父の死の床に赴いたことまで、いまでは半ば悔やんでいた。〝どの言葉も真実だ。誹謗も中傷もない。一言一句、変えないと約束してくれ〟。父が間違っていて、あの一節が真実ではないように祈っていた。そうしたら、約束からも文章そのものからも削除できるから。

祈りは届かなかったらしい。

エリオットはあいかわらずそこに立ち、なにを見るでもなく虚空を見つめている。フェイドラにはこの沈黙が耐えられなかった。すぐそばにいても、妙に遠く感じる。今日の彼はひどくこの場に似つかわしく見えた。態度も雰囲気も、この広々としたサロンにふさわしい。

「あたしに頼まないのね」

エリオットがその問いに驚いた様子はなかった。フェイドラの意味するところをわかっているのだ。

「もしも頼んだら、僕が捧げたどのくちづけも、どの触れ合いも、この瞬間のために計算された手段だったときみは考えるだろう？」

彼の姿がぼやけた。目の奥がつんとする。「考えないかもしれないわ。アレクシアを傷つけないですむ口実が見つかったと喜ぶかもしれない。すべてを考慮して、それほど重要なことじゃないと結論をくだすかもしれない。それか——」

腕の中に引き寄せられて、穏やかなキスで唇をふさがれた。「たしかにそうなるかもしれないが、きみが本心からそう信じることはないだろう。さあ、もう黙って。この話はまた今度にしよう。帰りの旅は長いものになるし、僕らの義務はまだ先送りにできる」

フェイドラはくちづけに誘われるまま、悲しみを忘れることにした。その日の朝と同じように、彼の肩に頭をもたせかける。こんなふうに支えられて、彼の温もりと強さにすっぽり包みこまれるのが、この関係でいちばん好きなところだった。こういうときは、危険も不安も感じない。ただ、心癒される平穏しか。

今朝も彼に抱きしめられることで、苦痛がやわらいで混乱が静まった。昨夜のせいで心を切り裂かれていた。母の信者になって、うつろな信条のために多くを犠牲にした自分がひどく愚かに思えた。あのときなら、エリオットはさまざまなやり方で優位を押し進められただろう。ところが実際は、ばらばらになった心をかき集めて落ちつきを取り戻す手助けをしてくれた。

いま、エリオットがフェイドラの髪に鼻を擦りつけて、頭のてっぺんにキスをした。「メリウェザーを訪ねたもうひとつの理由は？　回顧録のほかにも理由があったと言っていただろう？」

「イタリアの英国人社会にいるだれかを紹介してもらえないかと思ったの」

「メリウェザーはきみを歓迎するべきだった。きみひとりですべてに立ち向かわせるべきじゃなかった」

「蓋《ふた》をあけてみれば、それもたいしたことじゃなかったわ」

彼の頬にキスをして、その話もまた今度にしようと伝えた。いまは幸せすぎて、そんな話はできなかった。エリオットもじきに思い出すだろう、なぜアルテミス・ブレアの娘が歓迎されず、いつもひとりですべてに立ち向かうのかを。

18

九月のロンドンは七月のナポリと同様、空っぽだ。上品な社交界の住人がオックスフォード通りの店々に押し寄せたり、公園を占拠したりする月ではない。

ところがイースターブルックの屋敷は閉ざされていなかった。エリオットがサウサンプトンの港から到着してみると、召使いたちはいつもどおり働いていた。召使いの話では、ヘンリエッタ叔母と従妹のキャロラインはエイルズベリーにあるイースターブルックの田舎の地所にさがったものの、侯爵その人はロンドンに留まったという。

兄はきっと女性陣を追い払って、孤独を満喫しているのだろう。クリスチャンと顔を合わせるのは、数日後になるかもしれない。

エリオットは快適な屋敷と、優秀な近侍《きんじ》がいる暮らしに、ふたたび適応しようとした。ずいぶん留守にしていたから、かつての生活が非現実的でなじみのないものに思えてしまう。子どものころから知っている空間としきたりに、どうにか満足感を見出そうと努めた。

けれど頭はフェイドラのことばかり考えていた。船旅の始めには喜びがあったものの、終わりのほうは絶望に似た雰囲気が漂っていた。最後の週には、エリオットの欲望は過熱して怒りにまみれていた。どんなに求めても満足できず、しまいには分別をかなぐり捨てた。

激しい快楽を分かち合ったところで、なにも解決しなかった。ナポリでのあの午後以来、どちらも二度とリチャード・ドルーリーの回顧録の話を持ちださなかった。フェイドラが情熱そのものについてなんらかの約束をすることもなかった。忠誠を誓うことも、恋人同士の関係を続けると認めることも、友だちでいようと提案することさえ。

オールドゲート近くにある彼女の小さな家に、独りぼっちで残してきた。戻ってきてほしいのかをたしかめることもなく、馬車で走り去ってしまった。

ブランデーを注いで私室へ運んだ。荷物から書類を取りだして、私室の居間の机に向かう。心の扉を閉ざして人生の気まぐれから逃げだそうとしたとき、召使いが現われて、扉がふたたび開かれた。

「侯爵さまが今夜のディナーをご一緒にとおっしゃっています」

断わりたい気がした。兄が望んでいる会話を永遠に避けることはできなくても、クリスチャン自身のもの思いが長引いて、できるだけ先送りにされることを願っていた。

「行くと伝えてくれ」

「ディナーを一緒にとると約束したろう」

話しかけられてエリオットははっとした。声は耳元で聞こえた。顔も耳元にあった。クリスチャンが後ろからかがみこんで、机の上の書類をのぞいていた。

エリオットは懐中時計を探った。

「かまうな。とうに十時を過ぎている」クリスチャンが肩越しに手を伸ばしてページを繰る。「こんなことはするな、エリオット。ヘイデンがときどきおかしくなるだけでもじゅうぶん悪いんだ。とはいえあいつのことなら、あの新妻がまともにしてくれるだろう。しかし、おまえまで変わり者になってしまったら――」鋭い目で見おろした。「なぜ笑っている?」

「兄さんがヘイデンをおかしいとか変わり者とか言うのが愉快で」

「あの数学熱を異常だと思わないのか? このあいだの春には不健全な引きこもりになってしまったんだぞ。それも初めてのことじゃない」

「風変わりという点では、兄さんだって負けず劣らずじゃないか。僕はふたりの半分にも及ばないよ」

「ほう。変わり者にはなっていなくても、無礼にはなったようだな。俺は食堂で待っていたんだぞ。正装までして」

そのとおりだった――開いたカラーと梳かしつけた長い髪が正装と呼べるなら。それでも、いつものローブははおっていないし裸足でもない。

クリスチャンがぶらぶらと歩きだした。背もたれがついた読書用の椅子にどさりと腰かけて、近くのテーブルを指差す。「食事とワインを持ってきてやったぞ。長旅のあとだから、まともな食事が必要だろうと思ってな。ところがディナーにおりてこなかったのは、疲れすぎていたからではなく、忙しすぎたからだとは」

エリオットは立ちあがり、皿とグラスを持って机に戻った。「元気そうだね、クリスチャン。僕が出発したころより肉がついたみたいだ」

クリスチャンが脚を伸ばし、ブーツを履いた足を交差させた。「最近は運動をしている。拳闘やボートこぎといったことをな。週に三度はフェンシングまで。どれもこれもめんどうだが、そうするしかないんだ」

エリオットは鶏料理を少し味わった。イースターブルック家の料理人は優秀で、このチキンには香しいソースがからめてある。船上での食事に比べたら、天にも昇るようなごちそうだ。「ほんの数カ月前は、なにがあってもその気にならなかったのに、いったいなにが兄さんの背中を押した？」

クリスチャンがふたたび立ちあがり、本棚を詮索しはじめた。葉巻を見つけて、勝手に一本取る。「もうじき決闘があるんだ。体を鍛《きた》えておいたほうがいいだろう？」

兄が静かな満足感をたたえて葉巻に火をつけた。まるで、拳闘やフェンシングで鍛えているのは劇場で過ごす一夜のためだと宣言したかのように。

「決闘を申しこまれるなんて、いったいだれの機嫌を損ねたんだ？」

「他人の手袋を拾うんじゃない。こちらから申しこむんだ」そう言ってのんびりと葉巻を振った。「われらが若き従妹のキャロラインはサットンリーから求愛されているんだが、あいにくサットンリーは俺の知らない理由でヘイデンが絶交した男だった。もっと説明するか？」

「ぜひ」

「キャロラインは初めての社交シーズンで舞いあがっていた。ヘンリエッタ叔母もそれを助長した。ふたりは、芽生えかけたロマンスをヘイデンがブーツで踏みつぶそうとしたあとも、サットンリーが求愛を続けることを許した。ヘイデンは、もしキャロラインがサットンリーと結婚したら、この屋敷に足を踏み入れさせることも家族として歓迎することもなくなるとヘンリエッタ叔母に通告した」深々と一服する。「図々しい弟だ、この屋敷も家族も俺ものだというのに。まあ、そのひとことでヘンリエッタ叔母がすっかりおとなしくなったから、その点は指摘せずにおいてやったが」

「クリスチャン、もしかしてふたりがエイルズベリーにさがってから、だれとも話してなかったんじゃないか？　いまの長たらしい説明は、兄さんが自分の声に惚《ほ》れなおしたことをほのめかしてるぞ」

「一家の近況を詳しく聞かせてやっているだけだ。せっかちなやつだな」

「決闘の話に戻ってくれないかな」

「ヘイデンの警告でサットンリーは引きさがった。キャロラインは何日も泣き暮らした。心の傷を癒させるべく、ヘンリエッタ叔母とアレクシアが彼女を連れて田舎にさがった。その後、サットンリーがロンドンを去った。次になにが起きるかは明白だ」

エリオットにとって明白なのは、クリスチャンがこの八カ月間をあわせても、これほどたくさんしゃべっていなかったということだけだ。「頼むから教えてくれよ」

「まず、サットンリー子爵は求愛をやめない。いまや自尊心の問題だからな。キャロラインを説得して駆け落ちするだろう。となれば、ヘイデンがふたりを追って、結婚する前につかまえるだろうが、もちろん行為はなされたあとだ。だとしても、ヘイデンがサットンリーを拒む意思は変わらない。ヘンリエッタ叔母は気付け薬を取りだして、キャロラインは破滅する。そういうわけで、俺がサットンリーに決闘を申しこむ」

「どうしてヘイデンが申しこまない？　後見人はヘイデンだろう」

「それは認められない。もしあいつが殺されたら、アレクシアはお腹に子を抱えたまま未亡人になって取り残されてしまう」

「アレクシアが妊娠？」

「それがもうひとつの知らせだ」クリスチャンがまた椅子に腰かけて、葉巻の灰をたたいて落とした。そして突然、気さくな兄からイースターブルック侯爵にがらりと変わった。「さて、近況報告は終わりだ。旅の話を聞かせろ」

エリオットはもう少し鶏肉を食べた。長々と咀嚼《そしやく》する。それからワインを飲んだ。食事に時間をかけるたび、クリスチャンのまぶたが少しずつさがっていった。

「ミス・ブレアはアレクシアが教えてくれた住所にいたよ」

「回顧録は持っていたか？」

「いや、だけど所有者は彼女だった。その点は間違っていなかった」

「いくらかかる？」

「あいにく彼女に金を受け取る気はない」

クリスチャンがこの部屋に持ちこんだ気さくな陽気さが消えた。「いくら提示した？」

「額までは告げなかった。ほのめかしただけで彼女が憤慨したから」

「ほのめかしただけならだれだって憤慨する。だからほのめかすだけではだめなんだ。額を提示する。高い額を。そうすれば向こうも憤慨している余裕はない。その金でなにが買えるかと計算することで大忙しになるからな」

「いくら積んでも彼女の心は動かせないよ。父親の死の床で、出版すると約束したらしい。彼女はてこでも自分の義務を果たすつもりだ」

クリスチャンがまた灰を落として、フェイドラの義務をあっさり片づけた。「となると、やり方を変えなくてはな。原稿はどこにある？」

「旅の荷物に入れていなかったから、ロンドンのどこかじゃないかな」

「見つけるのはそう難しくないだろう。彼女の財産は多くない。自宅か、あるいは第三者——友だちか弁護士のところだな」クリスチャンがしばし考えてから続けた。「彼女はいつ戻ってくる予定だ？　われわれに時間はどのくらいある？」

エリオットは嘘をつこうかと思った。「もう戻ってる。僕と同じ船で帰国した」

クリスチャンの視線が葉巻の燃える先端を見据えた。それからさっとエリオットのほうを向いた。はるか眼下の地上の詳細さえも見落とさない鷹の目だった。

クリスチャンが立ちあがった。「おまえが最善を尽くしたことはわかった。しかし今後は俺が対処する」

エリオットも立ちあがった。「いや、だめだ。彼女には近づかないでくれ。無理強いするようなまねはさせない」

クリスチャンがまたじっとエリオットを見つめた。探り、考え、悟る。

「なんと。彼女に誘惑されたな」

「違う」そんなことはされていない。厳密には。「そういうことじゃない」

「やり方はなんであれ、どういうことであれ、おまえは心をほだされたんだ。少なくとも、その美しき乙女との情交を楽しんでいるあいだに、いちばん叶えてほしい頼みごとはしたのか？　じゅうぶんに快楽を与えてやれば、女は喜んで恋人の頼みを聞くものだ」

「くそっ、彼女のことをそんなふうに言うな」

「ではどう言えばいい？　おまえの恋人か？　愛人か？」激しい身振りで机を示す。「賭けてもいいが、彼女は〝おまえのなにか〟だと思わせる理由などいっさい与えなかったんだろう。だからおまえは、遠い昔の死んだ世界に没頭するんだ。そこで掘り起こす真実は、ここで直面しなくてはならないものより、ずっと確実だからな」

ふたりとも怒鳴ってはいなかったが、どちらの声も空気と相手を切り裂いた。

「そうする理由を知ってる人間がいるとしたら、兄さん、あなただろう。まったく、朝から晩までその〝死んだ世界〟で暮らしているじゃないか」

「まあ、いまはそこにいないし、この件が片づくまでは戻らない」

意図された脅しではなかったが、脅しも同然だった。怒りの言葉を発するごとに、現イースターブルック侯爵がますます先代に似てくることも災《わざわ》いした。

「彼女は僕たちが家名を案じていることに無関心じゃない」兄を説得しようと理性的な口調を試みて、エリオットは言った。「僕たちのためなら妥協してくれそうだ」

「おまえのためなら、だろう」

実際は、アレクシアのためなら、だ。エリオットは回顧録に書かれている内容を兄に話して聞かせた。父の名前が記されていないことも。それから、不満足な結果に終わったメリウェザーとの会見についても。

クリスチャンは暗い関心を漂わせて耳を傾けた。「メリウェザーは愚か者だな」

「彼は自尊心から嘘をつけなかったんだ。それを盾に取るのは卑劣だろう」

「いまではミス・ブレアだけでなくメリウェザーの庇護者にもなったのか？　いや待て、彼女の人生において、おまえがその役割を担っているわけはないな。彼女が自由恋愛を信奉しているということは、相手の男はなんの権利も持たないし、ろくな期待もできないということだ」

エリオットが兄に予期していたのは、メリウェザーの疑念と、それが父について暗に示すことへの反応だった。拒絶や怒り。ところが兄は無表情のまま、訝《いぶか》しいほど冷静さを保っている。

「なんてことだ。兄さんは真相を知っていたんだな」エリオットは驚嘆した。「父上がやったかどうか、知っていたんだ」

「そんなことはなにも知らない」

「じゃあ、どうやったら突き止められるかを知っているんだ」

「突き止めたくはないし、ミス・ブレアがその一節を削除すれば、父上を守る必要はなくなる。もし彼女が削除せず、メリウェザーが考えを変えないなら、われわれは社交界の醜聞以上のものに対処することになる」

「もしも真実じゃないのなら、たとえ出版されたとしても、怖れるものはなにもない。僕はそうするべきだと思う——真実かどうかを突き止めるべきだと」

「言っただろう、突き止めたいとは思わない」

「クリスチャン、真実じゃないかもしれないんだぞ」

クリスチャンがドアに歩み寄った。「なんと楽観的な息子だ。とはいえ、おまえは父上をあまり知らなかったからな。ミス・ブレアに関しては、おまえの気持ちを尊重して手を出さないことを考えてみよう。だが、あの回顧録に強い関心を示す者はほかにもいる。彼女がその全員を魅了できるとは思えない」

19

フェイドラは大きな包みを両腕で抱えて、貸し馬車からおり立った。一緒に乗っていた女性たちに手を振る。ほんの少し大胆になれば、移動手段を共有してくれる他人を見つけられることは、ずっと前に学んだ。シティへの訪問は、思っていたより早く終わった。

帰国してすぐには原稿を取りに行かなかった。長旅のあとだから休まなくてはならなかったし、そのあとは以前の暮らしを取り戻したり旧友を訪ねたりしなくてはならなかった。

旧友が訪ねてくるのを待ってもいた。とくにアレクシアを。アレクシアからの手紙やカードが来ないのは田舎へさがっているせいで、いまフェイドラが腕に抱えている包みを理由に友情を拒まれたからではないよう、祈っていた。

後者だとしても、アレクシアを責められない。これっぽっちも。

フェイドラは正直という美徳を実践しようとしていた。とりわけ自分に対して。だから今朝、服を着替えながら現実と向き合った。課せられた義務は望まないものだけど、そろそろ果たさなくてはならない。帰国を待っていた何通もの手紙が、それをはっきりさせてくれた。

昨日届いた一通で、ラッパの音が鳴り響いた。

エリオット以外にも、回顧録を処分してくれれば大金を支払うという人はたくさんいた。昨日届いた匿名の手紙は、賄賂の申し出という域を超えていた。脅迫はベールでおおわれていたものの、フェイドラのうなじの毛を逆立たせるほどにはあからさまだった。

父との約束がなければ、みんなが望むものを与えていたかもしれない。原稿を燃やして、出版所を倒産させていたかもしれない。それで文無しになるとしても、ほとんど気にならないくらいだった。

家がある通りの角を曲がって、玄関に近づいた。足を止めて、物乞いベスに数ペニーあげた。

「猫ちゃんたちはあんたが帰ってきたって知ってるよ」ベスが言い、首を傾けて後ろの建物を示した。

フェイドラにはベスのように猫の鳴き声が聞こえなかった。けれど隣りの家の不安定なガラス窓のところに黒猫と白猫が一匹ずついるのが見えた。老婦人が一匹を、少女がもう一匹を撫でている。フェイドラがイタリアへ出発するときに預かってくれたのだ。旅のあいだだけのはずだったが、小さなサリーの愛着ぶりを見てしまっては、引き取りに行こうとは思えなかった。

「ちょっと前に馬車が来たよ」ベスが言う。「音からすると、でかいやつだね。止まるんじゃなく、ただものすごくゆっくり通っていった。それより前には、あんたを訪ねてきた人はいないよ」

ベスは五年前からここを商売の場所にしている。目は見えなくても、この老婦人はフェイドラを訪ねてくる人たちが、この通りにやって来るたいていの人より金を持っていることに気づいて、ミス・ブレアの家の玄関から近いほうがあがりがいいと踏んだのだ。

そんな訪問客のひとりがいま、玄関の前にいた。ドアに寄りかかって大きな画帳を脚に立てかけ、小さな帳面を開いてなにやら熱心に描いている。

前の冬に知り合った若き芸術家、ハリー・ローレンスが、フェイドラの帰りを待っていた。訪ねるという手紙が昨日届いていたことを、すっかり忘れていた。もう一通の手紙のせいで、記憶から消されてしまっていた。

「ごめんなさい」挨拶のあとでフェイドラは言った。「シティでの用事が思ってたより手間取って」

「かまわないよ。物乞いのおばあさんと、向かいの窓にいる娼婦を描いてた。芸術家は退屈しないものさ」

青年を居間に案内した。原稿は長椅子の横のテーブルに置いて、女主人役を終えるまで待たせることにした。それから一時間、ハリーと一緒に彼の作品を見て過ごした。ロイヤル・アカデミーに提出する大きな絵画のための丹念な習作よりも、そのときの感情のままに描かれたスケッチブックの素描のほうが、フェイドラはずっと気に入った。

その理由を説明しようとしたとき、別の訪問客に遮られた。玄関を開けると、エリオットが立っていた。

彼の姿に心臓が跳びあがった。喜びで感覚が麻痺《まひ》して、見つめることしかできなかった。この男性にどれほど心を揺すぶられるか、あらためて驚嘆した。長いあいだ、ふたりはただ見つめ合っていた。

エリオットが名刺を差しだした。「本日、ミス・ブレアはご在宅でしょうか」

フェイドラは名刺を受け取って、ためつすがめつした。「まあ、そうかもしれません、あなたのためには」大きくドアを開いて、敷居をまたいだ彼の頬に軽くキスをした。エリオットがドアを閉じて彼女を抱きすくめ、もっと礼儀正しくないキスをした。

「きみが手紙をくれないから」と言う。「これ以上は待てなかった」

手紙を書かなかったのは、なにを書けばいいかわからなかったからだ。わかっていたのは、ふたりの関係が悲しみのうちに終わってほしくないということだけで、帰国しても関係を続ければ、そうなることは目に見えていた。

彼のキスと温もりに与えられるこの喜びが、ただそばにいるだけで感じるうれしさが、その悲しみがどれほど深くなるかを物語っている。それでも幸福感は拭えなかった。ほんの四日で、もう会えない寂しさを感じていた。どれだけ寂しかったか、自分でも気づいていなかった。

彼の顔に見とれながら、居間に通した。エリオットが戸口で足を止める。笑顔がやや友好的ではないものに変わった。

険悪さを秘めた視線の先を追うと、ハリーがいまもスケッチブックをのぞきこんでいた。

「ミス・ブレアが家にいるのは、僕のためだけではなさそうだ」エリオットがつぶやく。「きみの友だちのひとりかな、フェイドラ?」

フェイドラはあまりにも幸せだったので、彼の嫉妬を愉快にさえ思った。たとえそれが、ロンドンでのふたりの関係をこじれさせるあれやこれやを物語っているとしても。フェイドラはふたりの男性を紹介した。愛すべきお人好しのハリーは、フェイドラのつましい家で上流階級の一員と出会えた幸運に、踊りださんばかりだった。

エリオットは上品そのものだった。腰かけて、ハリーの絵に関心があるふりをした。それでも、この訪問が思ったとおりに運んでいないことに苛立っているのが、フェイドラにはわかった。

「あたしの無事な帰国を祝して、ふたりに乾杯してもらおうかしら」と提案した。「すぐに用意してくるわ」

将軍の騎馬像で試みた芸術的な意図について、ハリーが熱をこめてエリオットに説明している隙に、フェイドラは部屋を抜けだした。台所に入ってブランデーを二杯、たっぷり注いでから居間に戻った。

ハリーは一枚の素描も残さずいなくなっていた。エリオットが壁際に立って、イタリアの銅版画家、ピラネーシの手による陰惨な刑務所のエッチングを眺めていた。こちらにやって来てグラスを両方、受け取る。ひとつを長椅子の横のテーブルに置いて、もうひとつからすすった。

「ローレンス君は急に用事を思い出したそうだ」と言う。

「ずいぶん急ね」

「もっと速く動く人間を見たこともあると思うけど、いつだったかは思い出せないな」

「こんなに大急ぎで立ち去るなんて、いったいなにを言ったの、エリオット？」

「並外れた才能を褒めて、新作をイースターブルックの芸術コレクションのために買い求めるかもしれないとほのめかしただけだよ。ああ、それから、帰らなければ殺すとも言ったかな」

ハリーの反応を想像して、フェイドラは笑いをこらえた。「ひどい人ね」

「これっぽっちもやましくない」エリオットが居間を見まわした。古びた長椅子に視線を留める。綾織《あや》りの布をあちこちにかけてみても、すり切れた布は完全には隠せない。

「ここは母上の家だった？」

「母はピカデリーに部屋を借りてたわ。この家は、あたしがひとり暮らしを始めたときに買ったの」

「十六のときか。その年でこんな界隈を選んだのは人生経験が足りなかったからだと説明がつくけれど、いまも同じところに住んでいるとは」

「ここがあたしの家だもの。近所の人とも知り合いよ。ここで満足してるわ」

「玄関の外には物乞いがいるし、向かいの窓には胸をあらわにした女性がいるじゃないか」

「ふたりとも無害だし、万一のときはどちらも命懸けであたしを火の中から救いだしてくれるわ」

「火と聞いてますます安心できなくなった。この通りの建物の状態ときたら。どうかな、僕にもっといい場所を用意させてくれないか」

フェイドラは長椅子に腰かけた。エリオットはもはや現われたときの友好的な顔を浮かべていない。ロスウェル家の厳格さに支配されている。理由はわかるけれど、せめてあと一時間くらいはこの会話を先送りにできるよう願っていた。

「あたしを囲いたいと申し出るためにここへ来たの、エリオット？」

彼が隣りに座った。「ここへ来たのは離れていられなかったからだ」

「じゃあ、もっといい家を用意すると言ったのは思いつき？」

「このあいだきみを送り届けたときは、この通りがどれほど寂れているか、気づかなかったんだ。きみとの別れと、自分がどんなにそれを望んでいないか、そのふたつしか頭になかった。きみが別の男をもてなしているところを見つけるとも思っていなかった、これほどすぐに――」顎がこわばって、さらにブランデーをあおった。

「エリオット、ロンドンのいたるところで男性が女性を訪ねてるわ。上流階級の家を。中には別の男性に囲われてる女性の家まで。あなただって経験はあるでしょう？　男性が訪ねてきたからといって、情事が進行中だとはかぎらないのよ」

「つまり、あの画家はきみの帰りを待っていた恋人じゃないと言ってるんだな？」説明の要求には聞こえないよう、エリオットが努力しているのがわかった。説明が聞けるかもしれないという安堵を隠そうともしている。フェイドラにはどちらも愛おしく思えた。

「あたしが言ってるのは、彼はいまは恋人じゃないし、近い将来にそうなることもなさそうだということ。あなたは結婚してないんだから、どんな女性からもそれ以上の保証を与えられたことはないはずよ。あたしがもっと与えなくちゃならない理由がわからないわ」

きっぱりと否定されなかったことに不満そうな表情が浮かんだ。「それでも、よそに引っ越してほしい」

「あたしは娼婦じゃないわ、エリオット」

「きみを囲いたいと言っているんじゃない。きみの安全を確保したいだけだ」

「最初は安全、次が快適さ、それから保証。最初はなんと呼ぼうとも、行き着くところは同じよ」彼の顔に片手を当てた。手のひらに触れる肌の感覚に、めまいが起きそうだ。「イタリアであなたからの支援を受け入れたことを後悔させないで。ここで同じことを続けるわけにいかないのは、わかってたはずよ。あなたに家を用意してもらったら、どんな哲学を主張しようとも、あたしは娼婦になってしまう」

「だけどフェイドラ、少なくともきみがほかの男とふたりきりでいるところを見つけることはなくなる。僕は今日、もう少しできみの画家をたたきのめすところだった」頬に当てられた彼女の手を取って、手のひらにキスをした。「ロンドンに戻ったからといって、きみを求める気持ちは色褪せていない。結局のところ、僕の欲望を目覚めさせたのは南の太陽じゃなかったようだけど、あの環境が与えてくれた数少ない権利を失ったことは、心から残念に思ってる」

彼の言いたいことはよくわかった。たしかにエリオットのキスは瞬時に興奮をよみがえらせたものの、帰国しても消えなかったのは快楽だけではなかった。思い出と感情が頭と心に押し寄せてきて、フェイドラは何日も郷愁の中を漂っていた。

「あなたに庇護者になってもらうわけにはいかないわ。あなたの愛人にはなりたくないの。イタリアでのように一緒に暮らすことはできないわ、エリオット。だけど友だちになら、なれる。それぞれの人生を歩みながら、それでも分かち合うことはできるのよ」

エリオットがまた手のひらにキスをした。目を閉じて言う。「そうするなら、ほかの男はなしだ。僕はそこまでさばけていない」

「ほかの男性が欲しくなったら、あなたに言うわ。あなたも同じ礼儀を返してくれると信じてる。もしも太陽が沈んだら、友情のその部分は威厳をもって終わらせましょう」

唇を奪われた。彼の中で議論が渦巻いているのが、フェイドラにはわかった。そんな取り決めを交わしたらなにを失ってなにを得るかを秤にかけているのが。じっと目を見つめるまなざしはひどく真剣だった。

深い恐怖にフェイドラの心臓は揺すぶられた。彼は拒むかもしれない。まさにいま、そうすることを考えている。言われなくてもそれがわかった。

痛みが心臓を切り裂いた。嘆きよりなお苦しい。傷口から悲しみがあふれだした。悲しみと不安と混乱と恐れが。

フェイドラは激しく唇を求めた。必死だった。欲望で欲望に訴えかけて、彼になぜ彼女を欲しているかを思い出させようとした。

エリオットの反応は劇的で、腕の中に彼女をかき抱いて顔を包むと、罰するようなくちづけをした。フェイドラは船上での情熱的な抱擁を思い出した。言葉にされない要求でいっぱいの抱擁を。快楽の中に怒りを感じたものの、いまはどうでもよかった。心はこれほど安らいで、天にも昇るような喜びを感じていた。

「寝室はどこだ?」エリオットがかすれた声で尋ねた。

「来て」フェイドラは彼の手を取ると、先に立って階段をのぼった。

エリオットは、寝室の古びた家具には目を留めなかった。フェイドラがその時間を与えなかった。ドレスの紐をほどいて、はらりと床に落とした。

エリオットが手を伸ばしてきたものの、その胸に両手を当てて押し止めた。「ベッドにのぼって」

フェイドラの指示を聞いてエリオットが驚きを示した。ポルティチで見せたのと同じような驚きを。フェイドラが少し押すと、エリオットが笑ってベッドに仰向けで倒れた。

「僕は貞操を心配するべきかな？」彼が問う。

「もちろん」フェイドラはベッドにあがってエリオットにまたがった。彼の指先がシュミーズの裾をいじくる。フェイドラはその手を軽くぴしゃりとたたいた。「いまはあたしが奪うのよ」

「じゃあそれを脱いでくれ、フェイドラ。きみの美しさで僕の心を奪ってくれ」

フェイドラはシュミーズを取り去って彼を見おろした。笑顔に魅了される。その目はとても深い。

「きみは女神だ、フェイドラ。あの夜、塔にのぼってきみを目にしたときにそう思った。あれほど自信をみなぎらせた美しい女性を見たのは、生まれて初めてだった。この先も、二度と出会わないだろう」

フェイドラはほほえもうとしたが、唇が震えてかなわなかった。エリオットの言葉に心を揺すぶられていた。かがんでキスをしてから、彼の服を脱がせはじめた。「あなたがあたしの美しさに心を奪われてるあいだに、あたしはあなたの美しさを奪うことにするわ」

フェイドラがボタンを外すあいだも、エリオットは彼女を愛撫しようとしつづけた。それはやがて、フェイドラがよこしまな彼の手をかわしながら作業を終わらせようとするというゲームになった。笑いと、不器用さと、ブーツにおいては多大な労力を要した末に、ようやくエリオットは裸で彼女の下に横たわった。

フェイドラはふたたび彼の腿にまたがった。はしゃいだ気分が消え去って、ふたりの欲望と心をひとつにする甘美な穏やかさが生じた。エリオットの手が伸びてきて、フェイドラの髪の房をつまんだ。彼が自分の手を見つめながら、指に髪をからめていく。それから彼女の顔に視線を戻した。

空気はいまも喜びで輝いていたものの、エリオットの目には、ふたりだけが分かち合える特別な理解と親密さがあった。

「きみは男を奪う方法を知っているのかな、フェイドラ？　大胆で奔放な女性だけど、知っているとは思えない」

フェイドラは頰が熱くなるのを感じた。「知ってるわ。だけど知識と経験は同じじゃない。それでも、たぶんうまくできると思う」これまで男性を奪ったことがないのには理由があった。いままでの友情は、これ《ヽ》とは違ったのだ。

エリオットがやさしく髪の房を引っ張った。フェイドラは誘われるままに顔をおろしてキスをした。彼が立場を交替したがっているのを感じた。せめて奪い合いたいと思っているのを。それでもエリオットはおとなしく、フェイドラの口と舌に服従した。

フェイドラはキスで彼の体をおりていった。口から首へ、そして胸へ。すると感じたことのない反応が体の中で目を覚まし、自らの興奮がざわめく中でも、その新鮮さに魅了された。これまでも積極的なほうだったが、これは別物だった。自分の悦びがどんなふうに彼に悦びをもたらすか、わかりかけてきた。

心をこめて愛撫しながら、キスをして舌を這わせる。彼の体の感触だけでなく、自分が及ぼした効果のしるしも堪能する。自分の力に陶然とさせられた。彼の全身にキスをするのはとても自然な行為に思えた。腰に、腿に、お腹に、手でくるんだ長く太いものにさえ。

エリオットの手にそっと頭を撫でられた。気持ちがいい、もっと続けてくれと訴えているのだ。フェイドラは徹底的に口で奪った。およそ思いつくすべてのやり方で。

これにはエリオットも抑えきれなくなったのだろう、いままでにない形で自制心を捨てた。フェイドラがふたたび彼にまたがって体の中に咥《くわ》えこんだとき、彼女はエリオットの降伏を目にした。

フェイドラが上になるのは今日が初めてではなかったが、今回はこれまでとは違った。エリオットに愛撫されながらも、フェイドラはふたりの体が結びついた部分に意識を集中させた。体の中の固いものと、自分の体の欲求と、彼を奪う腰の動きしか頭になかった。

絶頂さえこれまでと違って、もっと力強く激しいものに感じられた。あなたも解き放たれて、と体でエリオットに訴えた。フェイドラは一瞬もわれを忘れなかった。彼のあらゆる悦びをひとつ残らず感じ取った。

ついに彼の上に倒れこむと、たくましい腕にしっかりと抱きしめられた。疲れ果てたふたりの息がひとつに溶け合う。フェイドラは彼の肩口で首を回して、すぐそばの横顔を見つめた。

エリオットの目は閉じていたが、フェイドラの視線を感じたのだろう、かすかな笑みが浮かんだ。「きみはほどほどということを知らないんだな、フェイドラ」

実験が行きすぎたことに驚いているのだろうか。「ほどほどがよかったの？」

「まさか」エリオットがこちらを向いて彼女を見つめた。「僕は自分勝手だから、きみに知識があったことを喜んでいるけれど、経験がなかったことも喜んでいるよ」

いままでは経験しようがなかった。これだけでなく、エリオットに許した数多くのことも。友だちと恋人は同じではない。

「礼儀正しいふつうの女性が経験することじゃないと言われてるわ」フェイドラは言った。

「となると、礼儀正しいふつうの人の多くは嘘をついているということだね」

「礼儀正しいふつうの女性と経験したことがあるの？」

「今日より前に、という意味かな？」

問い返されてフェイドラは驚いた。〝礼儀正しい〟という言葉ならまだ当てはまるかもしれないが、〝ふつう〟というのは……。

エリオットがくっくと笑い、指で彼女の鼻をやさしくたたいた。「きみがあんまり自分の力に魅了されていたから、これを言うのはためらわれるが……」

フェイドラは待った。

「僕も知識はあったけど、経験はなかったよ」

〝もしも太陽が沈んだら〟。エリオットは指でフェイドラの胸を撫でおろし、すべらかな胸の谷間に這わせた。〝もしも〟。その言葉に大きく揺すぶられた自分に驚いていた。たしかな未来としてではなく、仮定の話。願いが叶った。子どもっぽい。ばかげている。〝僕のものだ〟。

フェイドラの言う黄昏が永遠に来なかったらどうなるのだろう？　意外なことに、そう考えてこみあげてくるのは不安ではなく満足感だった。もしかしたら、法的な拘束力がなければ欲望は生きながらえるというフェイドラの主張は正しいのかもしれない。

ただ、フェイドラ自身がそれを信じていない――少なくとも、エリオットとの関係では。いま永遠を語ったと思ったら、次の瞬間にはその終わりを語る。〝もしも〟とは言ったものの、あの原稿が出版されてしまったら、ふたりの友情のどんな部分も――とりわけこの部分は――息絶えると思っている。

ぼくたちの友情は生き延びるだろうか？　そんなことが可能だろうか？　エリオットにはわからなかった。フェイドラの義務を裏切りと思ってはいけない。彼のために妥協してほしいとは思ってもいない。この情熱には、そんなあさましい交渉で濁《にご》らせたくない清澄《せいちょう》さがあった。

それでもエリオットは家族に忠実でなくてはならないし、その点はフェイドラも同じだ。さらにエリオットは自分で認めたくないくらい、父に対して義務がある。

クリスチャンは真実を知りたくないと言った。きっと知らないままでいるために多大な努力を払ってきたのだろう。それでも、真相を突き止めることがこの難題を解決する唯一の方法とも思えた。

「きみに訊《ア》かなくて《スク》はならないことがある」エリオットは言った。

「あなたにはほとんどなにも拒めないわ、エリオット。あなたが求めなくち《アスツ》ゃならないなら、たぶん、あたしは与えるしかない」

それは事実ではない。フェイドラが多くを与えないでいるからこそ、エリオットはいま、せめて半分をと請《こ》うている。だからこそ、町の反対側から馬でこのみすぼらしい通りに駆けつけ、与えられるだけのものを受け取っている。あるいは時が経てば、なんの権利がないことにも、フェイドラがすべてを与えないことにも、慣れるのかもしれないが、もっと多くを欲する自分の気持ちが消える日が来るとは思えなかった。

「ナポリで会ったとき、メリウェザーはきみの父上が回顧録に記したディナーに出席したことを否定できなかった。問題の会話があったことも。だけどメリウェザーは、自分の疑念が正しいかどうかは確証を持てなかった。もし僕が、彼が間違っていたという証拠を、あるいはケープ植民地での死と僕の家族に関係がないという証拠を見つけたら、きみはその部分を削除してくれるだろうか？」

この提案にフェイドラは関心を示した。「あたしは、あなたの家族に関係があると思っていたし、きっとそれは父も同じ……。父と交わした約束は、父の真実の言葉を出版するというものよ。もしもその一部が真実じゃないとか、だれかに誤った嫌疑《けんぎ》をかけるものだとわかったら――ええ、エリオット、削除するわ」悲しげにほほえんだ。「《タイムズ》紙に広告を出して、ほかの人にも同じ提案をするべきね。あたしにお金を払ってリチャード・ドルーリーの回顧録を思いのままにしようとした人は、あなただけじゃないんだもの。下の手紙入れのかごは、脅しと嘆願でいっぱいよ。まったく、いまは亡き共同経営者がいろんな人に裏取引を持ちかけていたおかげで、いまはだれが回顧録と出版所の両方を所有してるか、みんなに知れわたってしまったわ」

「きみがそんなに気高い人じゃなかったら、すぐにもっといい家を自分で買えるようになっていただろうね。イースターブルックの謝礼だけでも、ひと財産だから」

交渉を再開するつもりはなかったが、もしフェイドラが〝ひと財産〟がどれくらいなのか、ほんの少しでも興味を示してくれたら……。現実的になるべきだと説得できるかもしれない。

エリオットとしては、この問題を消し去ることに異論はない。

「ひと財産？　イースターブルックだけで！　やれやれ、恐喝がそんなに儲《もう》かるなんて知らなかったわ」フェイドラが大げさに考えこむふりをした。「どれくらいなの？」

「五千」その日の朝に伝えられた額だ。朝食の盆に紙切れが載せられており、そこに兄の丁寧な筆跡で記されていた。文章もポンドのマークもなく、ただ数字の五と、必要な数のゼロだけ。

エリオットはそれを命令と解釈した。そして、フェイドラには選択の自由を認めないという結論をくだしたクリスチャンからの警告だと。

「ばかげた額だわ。イースターブルックは本当に半分頭がおかしいのね。だけど大丈夫よ、あたしは受け取らないから、あなたのお兄さんがそんな破滅に陥る心配はないわ」

思ったとおりだ。クリスチャンは間違っていた。多額の賄賂にだれも彼もが揺らぐわけではない。フェイドラは気分を害しはしなかったが、なにが買えるかと計算を始めもしなかった。

「そんな大金を手にしたら、それに見合う生活を始めなくちゃならないわ」フェイドラが考えながら言う。「想像してみて。まずは新しい服よ。あのめんどうなステーに紐に留め金。それから、贅沢品とあたしの着替えを世話してくれる召使いを雇わなくちゃいけない」

どうやらフェイドラも計算しはじめたらしい。クリスチャンが正しかったと思うのは不快だった。「贅沢品も好きになるよ」そしてエリオットは、贅沢品に囲まれた彼女を見たかった。フェイドラには、この家や貧しい暮らしより、もっといいものがふさわしい。

「ああ、だけど召使いなんて厄介なだけよ。こんなふうに午後も夜もベッドにいるのが難しくなるし、簡単な夕飯をこしらえにちょっと起きだすことも簡単じゃなくなるもの」

「夕飯までいてくれと言っているのかな？　きみの手料理を食べていってくれと？」心をそそられる家庭的な光景が頭に浮かんだ。夕飯のあとの夜の光景に負けないくらい魅力的だ。フェイドラこそ、奴隷になることを心配している人物なのに。ああ、彼女がわかってさえくれたら……。

「もちろんよ。お腹は減ってる？」

エリオットはわずかに手を動かした。手のひらの下で乳房がこわばった。

「きみと一緒なら、僕はいつでも飢えているよ、フェイドラ」

エリオットは薄れゆく影の中で服を着た。乱れたシーツにうずもれる、白く美しいフェイドラの体を見おろす。抱きしめた枕に顔を半分埋もれさせて、うつぶせで横たわっている。

脚は広げたままで、丸いお尻はむきだしだ。ほんの一時間前、エリオットが最後に奪ったときと同じように。

何時間でもこうして眺めていられそうだった。が、そんなことをしたらいま以上にのぼせあがった間抜けになるだけだから、眠った彼女を起こさないまま、一階へとおりていった。

台所にはいまもフェイドラの作った夕飯が、暖炉のそばの簡素な木のテーブルの上に残っている。ふたりとも裸だったから、食堂の磁器を出してくるのは愚かしいように思えた。

雑多な家具と芸術品が置かれた居間は、ほかの部屋より夜明けの光が射しこんでいた。エリオットは長椅子とその横のテーブルに歩み寄った。二杯目のブランデーが手つかずのまま置かれており、その脇には、紙にくるまれた大きな包みがあった。

この包みには、昨日到着したときに気づいていた。書類と同じ寸法だ。まさに本の原稿の大きさ。

包みの封を切って開いた。リチャード・ドルーリーの回顧録の一ページ目がエリオットを見あげていた。

おそらく回顧録は時系列順にしたためられているだろう。もし問題のページを見つけたいと思ったら、探しだすのは難しくないはずだ。

家の中は静まり返っている。フェイドラは二階でぐっすり眠ったままだ。表の通りはまだほとんど目覚めていない。エリオットはこらえきれずに、整然と積み重なる紙に触れた。親指で角をこすりあげると、紙は静かな音とともに重なり落ちた。

おそらく複写はないだろう。これをここに放置するとは、フェイドラは不用心きわまりない。もしや彼女は、エリオットが誘惑に屈することを望んでいるのだろうか。もし原稿が――あるいは問題のページが――紛失すれば、フェイドラはリチャード・ドルーリーとの約束から解放される。自分からは父との約束を破れなくても、この件に関して選択肢を取りあげられたら、残念に思わないかもしれない。

がしかし、フェイドラがそれを裏切りとみなしたら？　クリスチャンは弟の情事が終わることなど、ささいな代償と考えるだろう。エリオットが要求すれば、フェイドラに気づかれずに埋め合わせをする方法も考えつくに違いない。

そうなれば、フェイドラはなんらかの保証を手に入れる。これほどつましい生活を送らなくてすむようになる。流行の服を着て西へ移れば、知識人のあいだで母の地位を受け継ぐことになるかもしれない。悪臭漂うロンドンの東に住む、アルテミス・ブレアの美しいけれど風変わりな娘とみなされるのでなく。

たったひとつのささやかな竊盗《せっとう》で、フェイドラの人生はいいほうへ変わり、エリオットの義務は果たされる。先代イースターブルック侯爵は人を雇って恋敵《こいがたき》を殺させた、とささやく人はいなくなる。息子たちはこれまでどおり、父がその罪を犯したかもしれないという事実に気づいていないふりを続けられる。

自分がいかに冷酷に考えて計算しているか、エリオットは自覚していた。もはや驚きも戦《おのの》きもしなかった。信頼と愛情に関する感傷的な意見のほかに、たいした異論も湧いてこなかった。世間では、そんなものにたいした意味はない。フェイドラにとって意味があるかさえ、定かではない。

エリオットはふたたび親指で原稿の角をこすりあげた。

フェイドラが午前遅くに目覚めると、エリオットはベッドからいなくなっていた。服も見あたらないので、帰ってしまったか下にいるのだろう。

彼が横たわっていた場所に手を這わせた。いまもそこにいて、彼女と同じように満ち足りているところを想像した。何度も〝食事〟をくり返して、ようやくふたりとも飢えを癒されたところを。

シーツを撫であげて、彼の美しい頭が載せられていた枕に到達した。モスリンと羽毛以外のなにかが手に触れた。なんだろうと、肘を突いて起きあがった。

枕の上には父の原稿が、ぞんざいに茶色の紙に包まれて置かれていた。包みの封は切られているが、紙は軍隊的な几帳面さで分厚い束を形づくっていた。

息が止まった。青年画家のハリーと一緒に家に入ったときにテーブルに載せて、そのまま忘れていた。当然エリオットは包みの中身を察しただろう。この大きさと形では、〝原稿です〟と叫んでいるも同然だ。

エリオットは先に起きて調べた。たしかめるために包みを開けた。

そして出版されたくないページを取っていったに違いない。

フェイドラの中で安堵が爆発した。深い、感謝の念に満ちた安堵感が。あまりの感情に目がうるんだ。

包みを直そうと起きあがった。このことについて、エリオットにはなにも言うまい。いまはまだ。もしかしたら永遠に。ページを盗むのは間違ったことだけど――ものすごく間違ったことだけど――彼を責めるのはよそう。おかげで取りのぞかれた苦悩について話すこともしないでおこう。もしかしたらこれで、ひょっとすると――。

包みに触れた手が止まった。首を傾《かし》げる。原稿には新しいページが加えられていた。茶色の包みの下から抜き取った。

愛しい人
この遺産はもっと慎重に扱わなくてはいけないよ。冷酷な人間ならその気になりかねない宝物だ。きみが受け取った手紙の数々が証明しているとおり、世の中には喜んで盗む者もいるだろう。
この家に保管しておくのは危険だ。大英博物館の読書室へ持っていくといい。きみが出版の準備を進めていると担当者に知らせておく。預けているあいだは司書が保管して、訪ねていけば取りだしてくれるはずだ。ほどなくこれに関心がある人間は厳重に保管されている場所を知って、きみときみの家はふたたび安全になるだろう。

僕は欲しいページを取らなかったから、調べる必要はないよ。そんなふうにきみの信頼を裏切ることで、僕たちの友情を失いたくなかった。

夕飯をごちそうさま。おいしかったよ。

心からの感謝を。

きみの友人、エリオットより

20

「一緒に来てくれてありがとう」フェイドラは言った。「彼がなにもかも認めるとは思えないから、あたしの質問にどういう反応を示すか、横で見ていてくれると助かるわ」

「きみはなにがなんでも質問をする覚悟だから、ひとりで行かせたくないんだよ」エリオットが言う。「ニードリーとの会見の一部始終を聞いて、こういう男たちがきみの疑念をよく思わないことがよくわかった。驚くべきことじゃないが」

「ニードリーは怒らなかったわ。笑ったの。危険とはほど遠いでしょ」

とはいえニードリーの笑いには、たっぷり軽蔑がこめられていた。フェイドラとフェイドラの母への軽蔑が。短い会見は前日、事務所の一室で開かれた。マシアスが名前を挙げたひとり目の骨董商人、ミスター・ニードリーは、年配の洗練された男で、聞いていたとおり、博識かつ尊大だった。カメオについてのフェイドラの質問をさっさと片づけた。

〝贋作だな〟とニードリーは嫌悪感に唇をすぼめて言った。〝彼女が持ってきたときにそう言ってやると、わざわざわたしを探しだしておきながら、わたしの意見は素直に聞き入れなかった。なんと異を唱えてきた。こういうものに関して専門的な知識を持っているとでも言わんばかりに。偉大なるアルテミス・ブレアは田舎娘のように騙されたんだよ。その娘が同じカメオについて尋ねてきたということは、彼女は真実を見ようとしなかったんだな。無理もない。真実を認めれば自分が愚か者だと認めることになる〟。

「前のひとりが笑ったからといって、今度の人物もきみの質問が暗にほのめかすことを見逃してくれるとはかぎらないぞ」エリオットが言う。「これがきみにとって重要なのはわかるけど、どうか慎重に頼むよ」

ふたりは並んで通りを歩き、フェイドラが調べをつけた住所に向かった。目的地は、パタノスター通りにあるラングトンの出版所の事務所からそう遠くない。

事務所に現われたとき、エリオットは出版所の業務についてなにも言わなかったし、そこでフェイドラと落ち合うことに不快感を表しもしなかった。原稿を手つかずで置いていった三日前の晩に、回顧録がもうじき世に出るという事実を受け入れることにしたのだろうか。あるいはいまも、望むものを手に入れるための証拠をかならず見つけだせると信じているのか。

見つけてほしいとフェイドラは思っていた。ふたりの幸せからその暗い影を取りのぞきたかった。この数日は田園詩のように穏やかで、イタリアでの数週間よりも和やかに過ごせた。いまふたりが分かち合っている楽しさと友情は、英国に戻っても情熱が生きながらえたことの証明だ。フェイドラはいままでになく幸せだった。母にまつわる調査を終えても、この気分は曇らないだろう。

ソーントンの書店は、大英博物館からほど近い小さな通りの小さな一店舗を占めていた。歳月の煤《すす》でおおわれた窓ガラスの向こうには、暗い本の洞窟が広がっていた。

「少し調査をしてみた」とエリオットが言う。「彼の過去は、はっきりしない。英国人の父とイタリア人の母を持ち、ボローニャで学んだと言われている。その反証を探すのは難しいだろうし、彼と会ったことのある者は、ソーントンは教養があるように見えたと言っていた」

「半分イタリア人なら、そこで作られるものに接点があるかもしれないわね」フェイドラは言った。

「今度こそ当たりかもしれないぞ。ニードリーと違って、この男の評判は堅牢とはいえない。いくつか悪い噂もあったそうだ」

ふたりは店に入った。たちまち静寂と暗闇に包まれる。本棚はどれも天井まで届くほど高く、古い装丁の本でいっぱいだ。入りきらない書物は、フェイドラの頭より上まで積みあげられていた。

奥の隅で影が動いた。本の壁の向こうでだれかが起きあがり、こちらへ歩いてくる。現われたのは店主で、ふたりに挨拶をした。エリオットが後ろ手を伸ばしてふたたびドアをあけ、問題の人物になにがしかの光を投げかけた。

ナイジェル・ソーントンはこの店が示唆《しさ》するようなかび臭い年寄りではなかった。三十をすぎたばかりに見えるものの、完ぺきすぎる顔立ちとおしゃれなフロックコートと豊かな黒髪のせいで、何歳か若く見えているかもしれない。だとしても、フェイドラが思っていたよりずっと若かった。

もっと若いころを想像してみた。美しさがまだはつらつとして、エネルギーにあふれていたころを。はたしてアルテミスは、自らの若さの最後のかけらが消え去ろうとしたときに、はるかに年下の男性との情事で活力を取り戻そうとしたのだろうか？

ソーントンは礼儀正しく挨拶をしたものの、ふたりのために重要な作業を中断したことを、それとなく態度で示した。

黒い目がエリオットを品定めして、認識の光を宿す。それから視線がフェイドラに移ると、なぜこのふたりが一緒にと言いたげな色がわずかに浮かんだ。

「ロード・エリオット、お越しくださって光栄です。もしかして、新しい図書室に収めるためのものをお探しですか？　ローマ史に関する最高の版が揃っていますよ。もしお望みなら、装丁を新しくすることも可能です」

「イースターブルックの図書室はいまのところじゅうぶんだよ。きみを見つけだしたのはこちらの女性で、彼女は物語でいっぱいの図書室ではなく、ある特定の物語に興味があるんだ。

僕は付き添いにすぎない」

ソーントンはそれを受け入れたものの、有益な午後になりそうにないという落胆を、おりたまぶたがほのめかしていた。

「紹介しよう、こちらはミス・フェイドラ・ブレア」エリオットが言った。「彼女の母上を知っているはずだ」

ドアから射しこむ光がナイジェル・ソーントンの端整な顔を照らしていたので、フェイドラは彼の反応を見守ることができた。その顔は用心深く冷静に保たれていたものの、おりたまぶたの下の黒い目は、フェイドラの顔を観察するにつれていっそう輝きを増したように思えた。彼は長い時間をかけて観察した。とても慎重に、大きな関心を示して。

「何度か家を訪ねたことがありますが、お母上には寛大にもてなしてもらいました、ミス・ブレア。ですが、なにかを語れるほど親しくはありませんでした」

「あたしはそうは聞いてないわ、ミスター・ソーントン。母が亡くなる前の数年は、何度かじゃなく頻繁に訪ねていたでしょう?」

ソーントンが首を傾けて、肯定とも否定とも取れる形でうなずいたが、友情の深さについては議論の余地があるとほのめかした。

「何年か前、あなたが本以外のものも売ったと聞いてるわ、ミスター・ソーントン」

「いまだって、ときどきは本以外のものが転がりこんできますよ」

フェイドラはポケットからカメオを探りだした。ドアから射しこむ光のただ中の、本の山の上に置く。カメオは暗く埃っぽい本に囲まれて、精巧な細工の輝きを放った。

ソーントンの目がカメオをとらえた。途端に認識の色が浮かぶ。まるで感傷の波がいきなり堤防を突破したかのごとく、全身から独特な雰囲気がにじみだした。唇がほほえみそうになったものの、漠とした悲しい線を越える前に、ソーントンはその衝動を押し止めた。

「アルテミス・ブレアにこれを売るか贈るか、しなかったか、ソーントン?」エリオットが尋ねた。

「それが聞きたい物語ですか? そのカメオの物語が?」

「ええ」フェイドラは答えた。

「では残念ながら、お力にはなれません」

いや、なれる。フェイドラにはそれがわかった。「だけど見覚えはあるんでしょう?」

ソーントンがそっとカメオをつまみあげて見つめた。小さな像に親指を走らせる。「彼女のものだった」

「何人かの最高の専門家から、贋作だと言われたわ」

「では、そうなんでしょう。それでも細工はみごとだし、とても美しい」

いまは美しいかどうかなど、どうでもよかった。「母はそれをあなたから手に入れたの?」

「そうだと答えたら、わたしはペテンを認めたことになる。違うと答えても、あなたにわたしを信じる理由はない」

「それは、そのカメオが唯一のペテンではないからだ」エリオットが言った。「数年前に硬貨の事件があったと聞いている」

ソーントンがため息をついた。「あの硬貨は信頼できる筋から来たんです。そうでなければ、出所のたしかなものとして売りませんでした。そういう取引には危険がともなうし、蒐集家は自分が聞きたいことしか聞きません。だからわたしは古書のほうが好きなんです」

「このカメオもそういうことだったの？　母は聞きたいことしか聞かなかった？」

「彼女がこれを本物だと思ったかどうか、わたしには知るよしもありません。ですがお話を聞いたかぎりでは、そのようですね」

そう言ってカメオをフェイドラに返した。一瞬、ふたりの指がカメオをつかんでいた。フェイドラには、ソーントンが手放すのをためらっているかに思えた。

「売ることにしたら知らせてください」

「買いたいの？　また売れるように？」

ソーントンが向きを変え、本の城の中の暗い隅へ溶けこんだ。「買いたいのは、美しいからです。そして、彼女のものだったから」

「どう思う？」フェイドラは尋ねた。エリオットと一緒に大英博物館の中をそぞろ歩きながら、ソーントンとの会見を思い返した。

「きみはどう思う？」

「彼だと思うわ。だって認めたも同然だもの。あたしが贋作だと知ってることを言わなければ、なにもかも白状してたかもしれないわ。あれは失敗だったわね。ソーントンに、自分は犯罪者だと言わせるしかなくなってしまったから。だけど彼の態度も、カメオを目にしたときの反応も、口にした言葉も、母があれを持っていて、本物だと信じていたことを、知ってたとほのめかしてたわ」

それを聞いてエリオットが反応を示したものの、なかなか言葉には出さなかった。

「それで、あなたはどう思うの？」フェイドラはもう一度つついた。

「きみはきみの答えを見つけたようだけど、それは父上が導きだした答えとは少し違うのではないかと思う」

「どういうこと？」

「ナイジェル・ソーントンは相手の弱みにつけこんで心を奪い、壮大なペテンを目論むような悪党じゃない。彼はアルテミスを愛していたんだよ。おそらくはいまも愛している」

フェイドラは度肝を抜かれた。反論したかった。そんなのは、父が回顧録の中で描いた邪悪なもぐり商人像にそぐわない。衝撃のあまり、母の情事にいだいていた怒りさえ消えた。もしも問題の〝別の男性〟がアルテミスを愛していたとしたら、すべてがややこしくなる。

だけどエリオットの言うとおりかもしれない。ソーントンがカメオを目にしたとき、店内の空気は一変した。あの宝石が呼び覚ました思い出と感傷を、手に取るように感じた。

「もし母を愛してたなら、彼を憎むことはできないわね」

「きみはどちらの筋書きを選ぶ、フェイドラ？　ある男が有力なつてを得るために母上をたぶらかして犯罪に巻きこみ、破滅へと追いやった。その晩年の情事のせいで、母上は命を落とした、という話。それとも、母上はずっと年下の男性と恋に落ちて、その青年は故意にではないものの、出所の怪しい骨董品を母上に売るか贈るかしてしまった、という話。きみはどちらかを選ばなくてはならないが、僕にはさっきの男がきみの母上を故意に利用したとは思えないな」

「父がソーントンの人柄と動機をそこまで見誤っていたなんて、にわかに信じられないわ」

「父上は生涯最愛の女性を失ったんだよ。自分という存在の中心を、はるかに年下の恋敵に奪われたんだ。おそらく、母上が心と一緒に正気まで失ったと思われたんじゃないかな。状況を客観的に見られなくても無理はないさ」

まるで当時の顛末《てんまつ》を見てきたような口振りだった。フェイドラはナイジェル・ソーントンを怪しいと感じたものの、エリオットは恋に落ちた男のしるしをはっきりととらえて店をあとにしたらしい。

「だけどこのカメオを彼に売ったら、またいだれかに本物として売りつけるかもしれないわ。

ソーントンの取引には、問題になったものがあったと言ってたでしょう？　だとしたら、母を悪用した可能性だってないとはいえないわ」

エリオットが彼女の手を取り、ギャラリーの隅へと連れていった。「そう信じるのがそれほど大事なのか、フェイドラ？　母上は騙されたと信じるのが？　ナポリで言ったね、なぜ母上が新しい恋人を選んだかわかる気がすると。もし相手の男も母上を愛していたとしたら、そのほうが受け入れるのは楽なんじゃないか？」

フェイドラはどう答えたらいいかわからなかった。エリオットがやすやすと受け入れたこの単純な説明を、フェイドラの心は頑なに拒んでいた。

「ソーントンの取引を調べても、見つかるのは曖昧なことやほのめかしだけで、虚偽の申請ではないだろう」エリオットが言う。「彼も言っていたように、蒐集家は聞きたいことだけを聞く。ソーントンはペテンの一線を越えずにうまく切り抜ける方法を知っているんじゃないかな。そのカメオに関しては、もしきみから買ったとしても、また売ることはないだろう。母上の忘れ形見として、死ぬまで取っておくんだと思う」

フェイドラはあの書店に立つナイジェル・ソーントンの姿を思い描いた。いまより八歳若い彼が、その自信と端整な顔で、老いつつあるアルテミスの心を奪うさまを。カメオを見たときに温もりで輝いた彼の目と、母について語る口振りも思い出した。

ああ、なんということ。きっとエリオットの言うとおりだ。そういうことなら、母の親しい友人さえ新しい恋人の名前を知らなかったのも無理はない。ソーントンのあまりの若さゆえ、アルテミスは世間から二重にばかにされることを怖れて、彼のことを秘密にしたのだ。

「人生最大の謎だと思ってたのに、気恥ずかしいくらいありきたりな結末ね」フェイドラは言った。

エリオットが肩に腕を回してきて、励ますようにぎゅっと抱いた。「がっかりした？」

どうだろう？　母の恋人への怒りはこの数週間で静まったものの、父の非難の言葉はいまも胸の中で燃えている。もしかして、母の死をだれかのせいにしたかったところへ、父がその相手を提供してくれただけだったのだろうか。本当はアルテミスに腹を立てていたのかもしれない。自由恋愛の可能性を裏切ったとして。

フェイドラは、ナポリまで持っていった深い怒りの最後のかけらを手放した。ナイジェル・ソーントンは高潔さの鑑《かがみ》ではないかもしれないが、計算高い征服者でもなかった。アルテミスはカメオにまつわる真実を知って落胆したかもしれないが、それで命を落としたわけではなかったのだ。

ポケットの中のカメオに触れた。ナイジェル・ソーントンにあげるのがいいのかもしれない。彼はいまもアルテミスを胸にいだいているのだから。

「堕落した生活に戻っていいぞ、クリスチャン。駆け落ちはない。逃走も決闘もない。キャロラインは、俺がこの件を取り仕切ることを受け入れた」

ロード・ヘイデン・ロスウェルは、世界が自分の指示に従うと思っている男の、自信に満ちた口調で言った。その思いこみが間違っていることはめったにないのだろうとフェイドラは思った。

宣言したヘイデンは、テーブルの反対側に着いている。彼とアレクシアが主催したディナーパーティは、フェイドラが予期していたよりずっと小規模のものだった。集まったのはロスウェル家の三兄弟と、アレクシアと、フェイドラだけ。

アレクシアからの招待状を受け取ったとき、フェイドラは断わろうかと思案した。アレクシアとヘイデンは数日前に田舎から戻ってきて、おそらくすでに回顧録のことを知っている。だとしたら、フェイドラは本当には歓迎されていないはずだ。けれどこうして顔を合わせてみると、アレクシアとヘイデンはなにも知らないように思えた。が、イースターブルックは知っている。フェイドラへの態度は礼儀正しくて、愛想よくさえ感じるけれど、彼が何度かネズミを見る鷹の目でこちらを見ていることに、フェイドラは気づいていた。

「おまえは男だから、この件を完全に理解しているとは思えないし、従妹の気持ちを正しく解釈したとも思えない」そのイースターブルックがヘイデンの宣言に応じた。「おまえの妻が味方をするか、せめておまえに同意してうなずくかしてくれれば、もっと安心できるが」

夫の意見を支持するかしないか表明してくれというイースターブルックの要求を聞いて、

アレクシアが頬を染めた。

アレクシアがヘイデンと恋に落ちたなんて、フェイドラにはいまだに信じられない。アレクシアはとても現実的な理由で結婚し、そのあと心を奪われた。そんなことになろうとは、フェイドラは予想だにしなかった。とりわけ相手がこの男性とあっては。

ロード・ヘイデンはたしかにハンサムだが、厳格で冷たい。エリオットと違って、その態度や人柄がロスウェル家特有の顔をやわらげることはない。ところがアレクシアに言わせると、世間は本当の彼を知らないのだそうだ。

「クリスチャン、夫婦のあいだにいさかいの種を蒔《ま》くのはやめろよ」エリオットが言った。「夫の意見に異を唱えようと決めたら、アレクシアはそうするさ。われらが女主人は、必要だと思ったら躊躇せずに考えを述べられる女性だ」

エリオットの仲裁に、アレクシアが感謝の色を浮かべた。ふたりが友情を築いたことにフェイドラは気づいていた。兄弟は三人とも、アレクシアを尊重しているらしい。

これにはフェイドラも感心して、このディナーの席がそれほど気詰まりではなくなった。フェイドラ自身もよそ者扱いされなかった。本来なら、上流社会でもこのテーブルでもそんな扱いを受けて当然なのに。アレクシアの招待状は、来てくれるよう懇願していた。ふたりは食堂へ向かう前に、居間で静かなおしゃべりの時間をもうけていた。

「くだらん」イースターブルックが言う。「ヘイデンは妻が中立の立場から動いても気にする男じゃない。われわれ男より女のほうが、女の思考をわかっていることは理解しているはずだ。それで、どう思う、アレクシア？　キャロラインは脅されて引きさがったのか、それとも密通を企てているのか？」

「他人の考えがわかる人なんていないわ、ロード・イースターブルック」フェイドラは言った。「女性がみんな、同じ考え方をするともかぎらない。アレクシアはとても賢いから、肩書きに目がくらんだ若い娘の気持ちはわからないんじゃないかしら」

アレクシアからイースターブルックの意識を引き離すのに、少しばかり成功しすぎた。侯爵がじっとフェイドラを見つめると、テーブルを囲む面々が椅子の上で身じろぎをした。

エリオットが助け船を出した。「問題なのはキャロラインより、むしろヘンリエッタ叔母さんじゃないかな。娘より目がくらんでいるんじゃないかという気がするよ」

「そうなのよ」アレクシアが言った。「説得するべきはヘンリエッタ叔母さまなの。だけどそれに関しては、かなりの成果をあげつつあるわ」

ヘイデンが話題を変えた。男性陣は会話を続け、フェイドラとアレクシアは女性ならではの雄弁な視線を交わしつつ、静かにおしゃべりをした。

エリオットはそれに気づいたようだが、反応はしなかった。今夜の彼は少しおかしい。フェイドラの馬車を出迎えたときから、なんというか……様子が違った。ナポリの部屋を初めて訪ねてきたときと同じような目で、フェイドラを見ている。まるで新たな彼女を発見し、それを値踏みしているかのような。

　きっとこのパーティのせいだろう。今夜のフェイドラは完全に彼の世界の住人だ。ただし青いドレスを着る以外は、ふだんの自分らしくふるまった。ふつうの従順な女性のふりをしてもいいことはないし、イースターブルックに怖じ気づいたり気圧《けお》されたりするのは、なんとしても避けたかった。

　食事が終わると、居間へ戻ろうとアレクシアに誘われた。三兄弟とポートワインと葉巻を残して、ドアが閉じられる。三人はキャロラインの危うい貞操について論じるのだろうか、それとも間近に迫ったリチャード・ドルーリーの回顧録出版の件についてだろうかと、フェイドラは訝った。

「来てくれて本当にうれしいわ」アレクシアが言って、長椅子の、フェイドラのすぐ隣りに腰かけた。「ひとつには、おかげでエイルズベリーにヘンリエッタ叔母さまを残してくる口実ができたから」

　言いかえると、ヘンリエッタはフェイドラ・ブレアを認めておらず、同じテーブルを囲みたがっていないということ。「あなたが彼女から逃れられたなら、来てよかったわ」

「ディナーは楽しかった？　その、イースターブルックはときどき――」

「すごく楽しかったわよ」本当だった。三兄弟のきずなには心を揺すぶられた。エリオットをうらやましく思ったし、忠誠心の置き場が問題になったときは、なぜいつも血が勝つのかを、あらためて認識した。

「あなたがみんなの一員になってるのをこの目で確認できたのもうれしかったわ、アレクシア。今夜ほど輪に溶けこんでるあなたを見たのは初めてだもの。そこに生まれたかと思うほど信頼できる、もうひとつの家族を見つけたのね。あの場にいた三人とも、あなたとあなたの子どもを守るためなら、きっと命を捧げるわ」

アレクシアが頬を染めた。「みんなとってもやさしいの。今日、久しぶりに会ったときにエリオットがかけてくれた言葉だって、本当に心に染みたわ。だけどイタリアへの旅はあまり楽しくなかったのかしら。なにかに気を取られてるみたいに、ずっとうわのそらなのよ。まるで、今夜のパーティに出席できなくてひとりで過ごすことになっても、かまわないみたいだったわ」

そのとき、問題の男性が居間に入ってきた。いまはちっともうわのそらには見えなくて、真剣そうな、意を決した表情を浮かべている。

「アレクシア、邪魔をしてすまないが、ミス・ブレアとふたりきりで話がしたいんだ。ほんの少し彼女を借りていってもかまわないかな？　後まわしにはできない話でね」

アレクシアの眉がわずかにつりあがった。フェイドラに目配せをする。〝どういう話か、あとで聞かせてね〟。

「もちろんかまわないわ。わたしは図書室にでも行っているわね」

「いや、そんな手間はかけさせられない。兄たちがすぐにこっちへ来る。ミス・ブレア、庭を散歩するのはどうかな。遅咲きの花の香りを楽しみながら、おしゃべりをしないか」

アレクシアがますます興味を示したのには気づかないふりをして、フェイドラは誘いを受けた。エリオットがふたりきりになることを求めるなんて、いったいなんの話だろう?

21

庭は手入れが行き届き、エリオットが言ったとおり、夏の花のいい香りが漂っていた。

「お兄さんたちの命令で、またあたしとの戦いに送りこまれたの、エリオット？」

「僕が食堂から出ていったときの兄たちは、僕に誘われたときのきみと同じくらい驚いていたよ」鉄製のベンチまでフェイドラを連れていき、座らせる。が、エリオット自身は立ったままだ。「とはいえ、もし僕が怒って出ていったとしても当然だっただろうな。クリスチャンはヘイデンにあの回顧録の話をしていた。ふたりはもうしばらくその件について話し合うだろうよ」

「あたしについて、ということね」ふたりきりになりたいというエリオットの求めに応じたのを悔やむことになるのだろうか。ロード・ヘイデンがイースターブルックと似たような思考の持ち主だとしたら、フェイドラはアレクシアと過ごす最後の貴重な時間を失ったかもしれない。

暗いのでエリオットの表情は見えないが、彼の思考が働いているのは感じた。フェイドラにはわからないあれこれを推し測り、なんらかの決断をくだすのは。

「フェイドラ、僕たちの好ましくない件について、好ましくない展開があった」

一瞬なんのことだかわからなかったが、ポジターノでの結婚を指しているのだとすぐに気づいた。「それほど好ましくないわけじゃないわよね？」

「いや、非常に好ましくない」エリオットが彼女の座っているベンチに片足を載せて、膝の上にかがみこみ、顔と声を近づけた。「今朝、弁護士から話があって、あの結婚はかなりの確率で有効であり、どんな異議申し立てにも耐えうるだろうと聞かされた」

衝撃の事実が浸透していく反面、フェイドラの中からは思考も感覚も消え去った。その直後、胸の中でさまざまな感情が爆発した。どれもが大声でわめいて激しくぶつかり合い、混沌を生みだした。けれど頭は、意外なほど澄んでいた。

「どうりでディナーのあいだ、おかしな目であたしを見ていたわけね。そんな話を聞かされて、酔いつぶれなかったのが奇跡だわ」

エリオットは紳士らしく、それには答えなかった。彼がこの暗い庭で話をしたいと言ったのも納得だ。フェイドラ同様、狼狽は隠せないだろうから。

「好きで結婚したわけじゃないのに、どうして結婚したことになるのか、納得できないわ。契約書にも署名してないし、そもそもカソリックの儀式じゃなかったのよ」フェイドラは言った。

「今日の午後、似たような件を扱ったことのある代理人と会って、詳しく話を聞いてみた。婚姻がなされた国の法律にかなっているなら、英国でも有効だそうだ。教会裁判所もそう認めている。そういう結婚の場合、式を執り行うのは英国国教会の司祭ではなくてもいいらしい。件《くだん》の代理人が言うには、どんな異議申し立ても通用しないだろうが、念のために英国でもう一度式を行ったほうがいいだろう、とのことだ」

「どうして立てたつもりもない誓いをくり返さなくちゃならないの？」

エリオットが首を回して屋敷を見やった。庭を見おろす窓を見あげて、フェイドラに手を差しだした。「ちょっと歩かないか、フェイドラ。僕が聞いた話をそのまま聞かせよう」

そう言って彼女の腕を腕の下にたくしこむと、庭の小道を歩きながら、静かな声で語りはじめた。フェイドラの心臓は一歩ごとに、一語ごとに、いっそう強く脈打った。

「あの結婚は、法の枠組みにきれいには収まらない。そのため、有効かどうかは裁判所の解釈にかかってくる。僕たちの結婚がどう解釈されるか、明確にはわからない」とエリオットが言う。「代理人がもう一度式を挙げるべきだと言ったのは、相続や子どもの嫡出性について、あとから異議が申し立てられたときに備えてのことだ。僕の弁護士がどんな異議にも耐えうるだろうと言ったのも、それを考えてのことだった。ふたりともこの結婚は有効と判断されると確信していて、あとからだれかに曖昧な点をつつかれて醜聞が起きるのを避けるために、もう一度式を挙げるべきだと言っている」

「弁護士も代理人も、考え方が逆さまだわ、エリオット。だから助言もおかしなことになってるのよ。あたしたちに必要なのは、あの結婚が成立するという保証じゃなくて、成立しないという保証よ」

「裁判所では有効とみなされる。有効ではないと主張するなら、僕たちは証拠を提出しなくてはならない」

血中の混乱が頭に達した。「こっちこそ、だれかに完全に有効だと証明してもらいたいものだわ」

「フェイドラ、僕は今日、この件について、いやというほど学んだ。この英国においてさえ、法がいつも明確に適用されるとはかぎらないんだ。例として聞かされたいくつかの判決には度肝を抜かれたよ。たとえば、教会からの許可証がなくても有効とみなされた結婚とかね。僕たちがポジターノで許可証に署名しなかったという事実は、たいしたことではないんだ。とりわけ、あの国の法のもとでは宣誓だけでじゅうぶんとあっては」エリオットが日よけの下にフェイドラを導き入れた。「どうやらきみは、僕から離れられなくなったらしい」

フェイドラは自分の耳を疑った。ますます混乱し、冷静さを脅かす。

エリオットが抱き寄せようとしたので、その腕から逃れた。「これは〝好ましくない展開〟なんかじゃないわ、エリオット。破滅よ」

彼から離れて、理性を取り戻そうとした。エリオットの聞き間違いに決まっている。解決する方法はあるはずだ。

「あとから曖昧な点をつつかれるかもしれない、とか言ったわね。この結婚を無効にできる材料なら山ほどあるわ。弁護士たちがあとから問題になりそうだと思ってるのはどれ？」

「フェイドラ――」

「いやよ。いや。あたしが結婚しないのには理由があるの、エリオット。じっくり考えて決めたことなのよ。それがいま、自分から選んだわけでもないのに、〝事故〟で結婚したことになるなんて。お願いだから教えて、取り消す方法があるのかどうか」

エリオットが腕組みをした。そのせいで体格の大きさが強調されて、機嫌が如実に伝わってきた。

男性がこの姿勢を取るのは大嫌いだ。

「離婚することはできる。それが取り消す唯一の方法だ。だけどそのためには、きみは僕に理由を与えなくてはならないし、僕はそれを許すつもりはない」

許す？　なんということ、もう夫のような口振りをしている。

「離婚するっていうことは、そもそも結婚してたと認めることになるわ」思考が頭の中を駆けまわり、自分が口にした最後の言葉の周りに集まった。「その気じゃなかったと説明すればいいのよ。合意はなかったと説明するの」

「町じゅうの人間が誓いの言葉を聞いたんだぞ。あのとき、僕たちの首に刃が突きつけられていたか?」

「あのときは、首に刃を突きつけられていたも同然だったじゃない。それを説明すれば、国教会もわかってくれるはず。あたしたちのどちらも進んで宣誓したんじゃないと説明すれば、それでじゅうぶんなはずよ」

エリオットに見つめおろされた。フェイドラは影になった顔を探り、安堵の色を見つけようとした。

「それはどうかな、フェイドラ。たしかに僕が宣誓したのは、きみを守るためだった。だがこの結婚に拘束力があるかもしれないということは、はっきり認識したうえだった。その点に嘘はつけない」

彼がこの結婚を冷静に受け入れていると悟って、フェイドラは驚愕した。「あなたがこれを望んでるわけがないわ」

「望んだ結果ではないが、きみほど取り乱してもいない。きみと分かち合ったものを思えば、小さな一歩だ」

「あなたもすぐに取り乱すわ。あたしと分かち合えるものを手に入れるために、結婚は必要ないもの。この結婚で手に入れられるのは、あなたになんの権利も認めない女性への責任だけよ」

そう言った途端、フェイドラはひとつの真実に切り裂かれた。エリオットはあるものを手に入れる。彼と彼の家族が求めてやまないものを。

重たい夜の影に包まれた暗い姿を見つめた。結婚すれば、女性はすべてを失う。法の定めるところによれば、夫は妻の財産も、意見も、子どもも、その人格さえも、手に入れる。エリオットはそんなことをするだろうか？　出版所と回顧録をわがものにするために、そんな性急な手段を取るだろうか？　フェイドラには、犠牲に対して得るものが小さすぎるように思える。

エリオットが近づいてきて、腕の中に彼女を引き寄せると、激しくキスをした。フェイドラの頭の中に入りこんできた恐ろしい疑惑を、情熱で消せるとでもいうように。

「違う」エリオットがかすれた声で言った。「先週、きみのベッドを去ったときにあの原稿の中から問題のページを取らなかった僕が、いまさらこんな手段に訴えると思うのか？」

彼のキスでますます混乱させられた。さまざまな考えが浮かんでは消えるので、頭がまとまらない。「じゃあ、どうして？」

「これのためだ」そう言うと、もう一度キスをした。長く、深く。

「それならもう手に入れてるじゃない」フェイドラはささやいた。

「きみがこの結婚は無効だと裁判所に申し立てるなら、もう二度と手に入らなくなる」

「あたしが与えようと思ったら、あなたは手に入れられるわ。決めるのはあたし――」

「もう違う。きみが脅されて宣誓したと主張するなら、僕たちはこれまでどおりの関係を続けられなくなる。誓いの言葉を口にして、ベッドをともにしておきながら、結婚していないとは主張できない。これまでのことが知られたら、それだけで有効だと認められるだろう。イタリアでの僕たちは控えめじゃなかった。今後も英国で関係を続けたら——どんな形であれ、ふたりきりで接触したら——裁判官はきみの申し立てを却下するだろう」

しっかりと揺るぎない口調に同情はみじんもなく、冷酷に響いた。エリオットの示した選択肢は、どちらもひどいものだった。

無力感と憤りが胸からあふれだした。その影響は抑えきれなかった。こんなばかげた理由で、この男性をあきらめなくてはならないなんて。

はっきりと見える選択肢に、フェイドラは気分が悪くなった。エリオットとの友情を捨てて彼の手の感触を忘れ、どんな親密さからも手を引くか——あるいは、法が女性のためにこしらえた枷《かせ》を受け入れて、他者からあらゆる形で支配されるか。

支配の形ならいくつでも挙げられる。十八年にわたって、母が列挙するのを聞いてきた。

「そんなことにはならないわ」フェイドラは言い、どちらの厳しい選択肢も激しく拒んだ。「イタリアでなにがあったか、実際に知る人はいないもの。実際にあたしたちと一緒にいた人はいないのよ。英国でも控えめにしていれば、だれにも気づかれないわ」

正気を失った人を落ちつかせるように、エリオットが両手で彼女の二の腕をつかんだ。

「法廷で宣誓することになるんだぞ。僕は嘘をつけない。きみだってそうだ」

「あなたがこんなことを望むはずがないわ。ありえない。考えて、エリオット。あたしと結婚したら、あなたは世間の笑い物よ。あなたのためだろうと、あなたの家族のためだろうと、あたしは自分以外の人間にはなれないもの。みんな笑って噂するわ、あなたはとびきり変な女と結婚した。奇抜な服ばかり着る、おかしな思想の持ち主と、って。みんな言うわ――」

「みんな言うだろうね、僕は兄と同じくらい変わった女性と結婚した、と。だが、なにを言われようと僕は気にしない」

目の奥がつんとした。両手で目をおおってぎゅっと押さえ、涙を押し戻そうとした。心臓が重かった。

エリオットが二の腕を放して、ふたたび彼女を抱きしめた。が、なおさら状況を悪くしただけだった。温もりや思い出に深く心を動かされて、フェイドラは感情との戦いに屈すると、涙がこぼれ落ちるに任せた。待ち受ける嘆きや、彼と別れたあとの喪失感や、胸を引き裂くだろう郷愁を思った。

それらの痛みが自分の考えを変えてくれるよう、切に願った。感情をうながして、この男性との結婚は監獄ではなく快適なものになる、と言わせようとした。

最悪のものがあふれだすあいだ、エリオットはしっかりと抱きしめていてくれた。やがて、頭のてっぺんに温かい唇が押し当てられた。

胸がよじれてこわばり、砕け散った。なによりもこれが恋しくなるだろう。これと、どんな友情よりも深い理解が。

彼の様子が変わった。まるでロスウェル家の厳格さが、急に消えたかのようだった。夜のそよ風が運び去ったのかもしれない。

フェイドラは涙に濡れた目を彼の肩に押し当てた。「だれの婚姻だろうと、こんなふうに成立するなんて間違ってるわ。それがあたしのなら、なおさら。どうにかして取り消さなくちゃ、エリオット」

彼の手のひらが後頭部におりてきた。その慰めの仕草に、フェイドラはまた泣きそうになった。

「手助けしてくれる、エリオット？　嘘をついてとは言わないけど、抵抗しないでいてくれる？」

「きみは僕に、きみを完全にあきらめろと頼んでいるんだよ、フェイドラ。そんなことができるか、自信がない」

「完全にじゃないわ。すべてが片づいたら、また友だちに戻ればいいじゃない。こんなことのせいで永遠に引き裂かれてしまうなんて、考えたくもないのよ、エリオット」

「またきみに触れられる日は、ずいぶん先になるだろうな。裁判所は仕事が遅い」エリオットが彼女に向きを変えさせて、頬にキスをした。「きみは自分でわかっている以上のことを頼んでいるんだよ」

「いまはあなたもそう思うかもしれないけど、じきにわかるわ、あたしは決していい妻にならないって。あたしの性格はひねくれすぎていて、その役割に満足感は見出せないもの」ほほえもうとしたが、唇が震えただけだった。「あたしはあなたを救ってるのよ。あなたは高潔にも正しいことをしようとしてるし、それはすばらしいことだと思うわ。だけどひとたび欲望の火が消えてしまえば、きっとあなたはこの不釣り合いな結婚を恨むようになるのよ」

エリオットが指で彼女の唇に触れた。「この別れは、きみが言う結婚よりはるかに不自然なものになるだろう。何週間も、僕はきみを〝僕のもの〟だと思ってきたから。さあ、くちづけをしてくれ。最後にもう一度、きみを味わえるように」

最後のくちづけとほのめかされて、フェイドラの心は抗った。唇が出会うと、心は怒りの叫びをあげた。必死で彼にしがみつくあいだ、もどかしさに涙を流した。

嵐に静まれと命じるかのごとく、エリオットはきつく彼女を抱きしめた。フェイドラの心はその無言の命令に従った。雲は散り、冷気は流れだし、フェイドラは最後にもう一度だけ完全に彼とひとつになった。温もりと光と自由の場所で。

「酔っているのか？」ヘイデンが図書室のドアを閉じながら尋ねた。テーブルの上のデカンタと、エリオットの手の中のグラスをちらりと見る。

「酔うなんて、いまいちばん必要のないことだよ。だけど、少しひとりになりたい」

「じゃあ、ひとりにさせてやろう」

「まったく、ここは兄さんの家じゃないか。兄さんの図書室で、兄さんの酒だ。僕が出てい
「行くな」ヘイデンの笑みが、その言葉を命令ではなく頼みごとにしていた。「おまえが出発を遅らせたとわかって喜んでいるんだ。今日、遅ればせながらに知らされた事実について、ふたりきりで話をする機会ができたからな」

エリオットは、ディナーのあとにクリスチャンが回顧録にまつわる一件を語って聞かせたときの、ヘイデンの顔を思い出した。ヘイデンの苛立ちは、フェイドラでもリチャード・ドルーリーでもなく、もっと早くに知らせてくれなかった兄と弟に向けられていた。

その苛立ちが、また頭をもたげてきた。静かに。「回顧録のことを聞いて、いろいろと合点がいった。じつは先月、チャルグローブがやって来て、アレクシアはミス・ブレアとどれくらい親しいのか、ミス・ブレアとの面会を整えられるかと訊いてきたんだ。俺は愚かにも、チャルグローブは彼女に熱をあげたと思いこんだ。実際はそうではなくて、その回顧録に自分の名前が含まれているかを心配していたんだろうな」

「僕も読んでいないから、彼の名前が含まれているかはわからない」

「悪いが彼を訪ねて、実際の懸念はどういうことなのか、探ってきてくれないか」

「自分の家族も助けられなかったのに、他人を助けられないよ」

「チャルグローブがミス・ブレアについてなにを言うかで、心配のほどがわかるはずだ。やつは古い友だちなんだが、最近、ひどい目に遭ってな。俺のためだと思って動いてくれないか。そうすれば、俺をつま弾《はじ》きにしていたことを忘れてやる」

「兄さんに知らせまいと決めたのはクリスチャンだよ」力ない男の弱い言い訳だった。いまのエリオットには、胸にぽっかりと空いた息苦しい穴しかない。心はあの庭から戻ってきて以来、ずっと空っぽだ。

あの庭でフェイドラは、決めるのは自分だと言ったが、エリオットはエリオットで、自らの暗い計算に直面していた。今日《こんにち》のふたりの状況を知らされても、エリオットはまったく驚かなかった。弁護士たちは、彼が求めてやまない女性を完全かつ永遠に所有するための道を、描きだしてくれた。

もしフェイドラがこの展開を喜んでいる素振りをほんの少しでも示していたら、エリオットはそこにつけこんでいただろう。フェイドラが結婚の誓いを取り消すための手助けなど、したくない。むしろ、新たな友だちにさらわれたのではないかと思い悩まなくてすむように、永遠に彼女をつなぎとめておきたい。

きっとフェイドラもそんな暮らしに慣れるはずだと、朝から自分に言い聞かせていた。彼女の抵抗は哲学的なもので、信条に実用的なところはないと。快楽と贅沢とやさしさで、すぐに考え方はやわらぐはずだ。エリオットも最初はいっさい変化を求めないし、あとになってもそう多くは要求しない。

だが、ある記憶に悩まされた。いまも悩まされていて、ブランデーは一向に役に立ってくれなかった。フェイドラの記憶ではない。母の記憶でも。それは、エイルズベリーの図書室の戸口に立つ父の姿だった。ペンを手にかがみこんだ女性を、じっと見つめる男の姿。父の表情はいつもどおり厳しく、姿勢も揺るぎない。本棚のそばの床にうつぶせになった少年には気づきもせずに、妻だけを一心に見つめていた。

少年のころはわからなかったが、いまならわかる。いまは亡きロード・イースターブルックが妻を見つめる目は、恋する男のそれだったと。どうしようもなく恋い焦がれ、悲劇的なまでに心を奪われていた男の。

エリオットは兄を見た。いまのエリオットにとって重要なのは、庭でのあのくちづけだけなのに、ヘイデンは別の話題を期待している。

「俺がクリスチャンのやり方をよく思わないことは、当の兄貴もわかっていた」ヘイデンが言う。「クリスチャンがそれほどまでに気にする理由が、俺にはわからない。父上が聖人ではなかったことなら、だれもが知っている。世間が父上を人殺しだと思いたいなら、思えばいい」

エリオットは思わずほほえんだ。「いちばん父上に似てると言われているのは兄さんだよ。もしかしたら、だから兄さんは、父上がどんな人間だったにせよ、受け入れられるのかもしれないね」

「世間ではそう言われているのか？　ふむ、興味深い。父上似はおまえかクリスチャンだと思っていた。父上が母上にしたようなことを、俺は断じてアレクシアにしない。恋敵に復讐するようなことも」

「僕はすると思うのか？」

「さあな。断言できるのは、俺はしないということだけだ」

エリオットにはそれほど自信を持って、自分はしないと言い切れなかった。最近、欲望について大いに学んだが、その授業はすべてが楽しいわけではなかった。記憶から離れない父のあの目のせいで落ちつかない。このごろ鏡をのぞくと映る目に、あまりにも似ている。

フェイドラもそれを感じたのかもしれない。行為の最中に目の当《ま》たりにしたか、エリオットが受け継いだ遺産かもしれないと思ったか。

「父上が復讐したという確証はないんだよ」エリオットは言った。ロスウェル家の冷酷さがそこまで深いとは信じたくなかった。

「事実かどうかは重要じゃない。実際に父上が関係していたのではないかと、三人の息子のうちのふたりが恐れていることが重要なんだ」

エリオットの頭にあったのはケープ植民地の兵士ではなかった。「母上にも責任はあるだろう？」

ヘイデンがしばし考える。「父上がやったかどうかわからなくても、正当化したいというわけか？　ああ、たしかに母上にも責任はある。不義を犯したんだからな。それも、軽薄な遊びではなく真剣な。しかしだからといって、父上も母上を田舎に閉じこめることはなかった。母上にとっては、結婚生活がすでに牢獄だったんだ。その母上をエイルズベリーに送りこんで、事実上の監禁生活を送らせることはなかった」

「父上はエイルズベリーに留まることを強要してはいなかった。僕は父上からそう聞いた」

「命令はくださなかったかもしれないが、父上は結婚生活を耐えがたいものにした。たとえ母上が許しを請うたとしても、父上は許さなかっただろう。あるいは母上は選んでエイルズベリーに留まったのかもしれないな。聖域だろうと牢獄だろうと、少なくとも父上とは一緒にいなくてすんだんだから」

「だれよりもわかっているような口振りだ」

「わかりたい以上にな。おそらくこれは、自尊心のはらむ危険性についての教訓なんだろう。よいほうにも悪いほうにも人格を変えかねない事柄についての教訓話だ」

父が母に厳しい措置を執《と》ったのは、自尊心が理由ではないだろうとエリオットは思った。それよりはるかに根元的な感情だったに違いない。

ヘイデンが、グラスの底に溜まった琥珀《こはく》色のしずくを眺めた。「エリオット、俺がここへ来たのは偶然じゃない。アレクシアが心配している。おまえと一緒に居間へ戻ってきたときのミス・ブレアは、唇と目が真っ赤だったと言ってな。白状すると、俺は気づかなかった」

自分のためにブランデーを注いで、椅子に腰を落ちつけた。「アレクシアが言うには、あの唇は熱心にキスされたに違いないそうだ」

とても熱心に。ふたりは永遠とも思えるあいだ、くちづけを交わした。それでもエリオットには足らなかった。「アレクシアは眉をひそめただろうね」

「アレクシアは非常に礼儀正しいが、眉をひそめることはめったにない。それがフェイドラ・ブレアに関することなら、とくに。アレクシアを心配させたのは、赤い目のほうだ。だから俺はこうして送りこまれ、おまえから情報を引きだそうとしている」

エリオットは、どれだけの情報を明け渡すべきかと思案した。

「まさかミス・ブレアを庭に誘いだして、しつこく迫ったんじゃないだろうな」ヘイデンが言った。

「どんな男だろうと、フェイドラ・ブレアにしつこく迫って、また太陽を拝めるやつはいないよ」

ヘイデンがくっくと笑った。その音につられて、エリオットも笑った。胸はいまもいっぱいで同時に空っぽだったが、それでも気分は上向いた。

「やれやれ。僕はたいへんなことをしでかしてしまったよ、ヘイデン。もしクリスチャンが急に世間の醜聞を気にするようになったのなら、僕がこれから社交界に与えようとしている餌のことを知ったときは、卒中を起こすだろうな」

「主役はミス・ブレアだな？」

「相手役は僕だ。ほら、もっとブランデーを注いで。この物語の道義的教訓を正しく理解できるよう、大筋を聞かせてあげるから。これは欲望と情熱の物語だ。誘惑と妄想と危険の物語。結婚と——」

「けっ、けっこん？」

「そうとも。結婚と拒絶と——」

　ヘイデンはブランデーを注ぐのに忙しくて、弟が言い終わらないまま宙に浮いた言葉には気づかなかった。だが、最後の言葉はエリオットの頭の中で聞こえた。胸をふさぐものが、ますますうつろになった。

　結婚と拒絶と、愛の。

22

フェイドラは鉛筆を置いて目をこすった。父の原稿を出版するには、思っていたより準備が必要だった。終わりに近づくにつれて筆跡が乱れており、そのままでは植字工が判読できそうにないのだ。フェイドラの作業は、短くてもあと一週間は続くだろう。

大英博物館の読書室の中を見まわした。いくつもの頭や背中が、分厚い本を広げた机にかがみこんでいる。ほとんどが男性だが、女性の姿もちらほら見えた。フェイドラは男性に注意を向けて、ひとりひとり、眺めていった。

エリオットはいない。彼を探すのは習慣になってしまった。ふたりきりでは会えなくても、公の場で顔を合わせることに危険はない。ここで作業をしているあいだに、彼もやって来るだろうか……。

挨拶や会話はなくていい。ただもう一度、会いたい。彼がこの部屋にいてくれるなら、たとえ席が遠く離れていても、こちらを向いてもらえなくても、幸せだと思える。

目を閉じて、彼の姿を思い浮かべた。最後のくちづけを味わい、彼の香りを吸いこんだ。

彼の手に、体を撫でおろされる。フェイドラはあのときの思い出を心の中で再現した。

どれくらい経ったら思い出は薄れるのだろう？　薄れるのが怖かった。魂をかきたてる感情まで一緒に消えてしまうのではないかと不安だった。すでに薄れはじめている気がして、このごろは頻繁に記憶を呼び覚ましていた。

「フェイドラ、眠ってるの？」

驚いて目をあけた。粋《いき》で洗練された帽子が机に載せられている。ささやき声でフェイドラをもの思いから覚ました女性が、好奇心をたたえた顔でこちらをのぞきこんでいた。

「アレクシア、ここでなにしてるの？」

「あなたがここにいるって聞いたから」アレクシアが部屋の中を見まわした。ふたりのひそひそ話は静かな室内に響いて、何人かがこちらを睨んでいた。

「外へ行きましょう。ちょうどひと息つきたかったの」フェイドラは言った。

アレクシアを待たせて、原稿を束ねた。司書のところへ持っていき、丁寧に棚に収められるのを見届けてから、ふたりは読書室とモンタギュー・ハウスをあとにした。「ベッドフォード・スクエアを散歩しましょうか」フェイドラは提案した。

「つまり、あれが悪名高い原稿なのね」ぶらぶらと歩きながら、アレクシアが言った。

フェイドラの気持ちは沈んだ。「聞いたのね」

「ヘイデンとわたしのあいだに、ほとんど隠しごとはないのよ。ああ、そんなにつらそうな顔をしないで。今日はあなたにお願いしに来たんじゃないんだから。イースターブルックはそれを望んでいるけれど、わたし、彼のほのめかしは聞かないことにしたの」

「最初に頭に浮かんだのが、アレクシア、あなたよ。父の原稿を読んだとき、あなたの夫や義理の兄弟のことはほとんど気にならなかったけど、あなたは――」

「やさしいのね。ありがとう。だけどわたしも、家族への忠誠心というのがどんなものか、わかっているつもり。お父さまから託されたことがあるのなら、その約束のどの部分を果たすか、勝手に選ぶことはできないわ」

フェイドラの気持ちは、あのディナーパーティの夜からずっと不安定だった。いま、アレクシアの寛大さに触れると、またぐらついた。アレクシアがちらりとこちらを見て、励ますようにほほえんだ。

「あたしがモンタギュー・ハウスで原稿の作業をしてるって、だれから聞いたの？」

アレクシアがまたちらりと見て、ほほえんだ。今度は同情の笑みだった。「彼じゃないわ。じつはサットンリー子爵がロンドンへ戻ってこられたんだけど、そうしたらヘンリエッタ叔母さまは愚かにもキャロラインを連れて、彼につきまとったの。ヘイデンは激怒して、とても厳しい命令をくだしたわ。ふたりとも、今後はイースターブルックに従うようにと」

「あの侯爵が、貞淑さについて若い娘に教えを垂れるところなんて、想像もできないわ」

「すっかり意気消沈したヘンリエッタ叔母さまによると、彼はそれについてなにも言わないそうよ。ただ毎日、キャロラインからよく見える場所で、決闘用の拳銃を念入りに掃除するんですって」

その場面は想像できたので、フェイドラは笑った。「それはヘンリエッタ叔母さまもがっかりでしょうね。娘を貴族に嫁がせるところまで、あと一歩だったんだもの」

「叔母さまがロンドンに戻ってきても、それほど悪くなかったわ。おかげでわたしもここにいられるし。それに彼女ときたら、まるで噂話を引き寄せる磁石なの。いろいろ聞かせてくれるのよ――たとえば、あなたがあの読書室にいる、とか」

「原稿を司書に預けておくよう、ロード・エリオットが勧めてくれたの。彼はあたしより賢かったわ。というのも、ゆうべだれかが家に忍びこんだみたいなの。間違いなく、あれを探してね」眠っているときに物音は聞かなかったが、朝になって居間に入ってみると、なにかがおかしいと感じた。ところどころが微妙に異なる。長椅子にかけた綾織りの布はどこか印象が違うし、本棚は整いすぎていた。

「わたしたちのだれかじゃないわよ」アレクシアが冗談めかして言った。「そんなことをする理由がないもの。イースターブルックもヘイデンも、原稿がどこにあるか知っているんだから」

ふたりはベッドフォード・スクエアにある小さな公園のまわりを歩いた。公園を取り囲む家々は豪華ではないが、住み心地がよさそうだ。いかにも、成功を収めた作家や弁護士や外交官が住みそうなたぐいに見える。家の正面はどれも統一されたデザインで、屋根は高すぎるということがない。こぢんまりした公園の大きさに、ぴったり合っていた。

「エリオットはじきにロンドンを発つ予定よ」アレクシアの言葉は、まるで無言の問いに答えたかのようだった。フェイドラの舌先で踊っていた問いを、聞きつけたのかもしれない。

さらに十歩ほど歩いてから、フェイドラは言った。「どこまで知ってるの、アレクシア？」

「たぶん、知りたいと思う以上に。わたしはあなたの哲学に賛成しないわ、フェイドラ。賛成だというふりをしたこともない。いまわたしが恐れてるのは、その哲学が引き起こしかねない悲劇を、もうすぐ目の当たりにするんじゃないかということなの。だけど、あなたがわたしの考え方を変えようとしたことはないし、わたしもあなたの考え方を変えようとはしないつもりよ」アレクシアが公園の中へと歩を進めて、石のベンチに腰かけた。「昨日、エリオットはイースターブルックと口論をしたわ」

「激しい口論？」

「ヘンリエッタ叔母さまの言葉を借りると、どえらい口論ね」

フェイドラは親友の隣りに腰かけた。「叔母さまは中身を聞いたの？」

「ヘンリエッタ叔母さまが口論を盗み聞きしそこねるなんてことは、ありえないわ。だけど今回ばかりは聞き間違いでしょうって説得しておいた。だって、結婚に関する口論だったと言うんだもの」

「絶対に聞き間違いね」フェイドラは靴のそばを這うツタの巻きひげを見つめた。「叔母さまの話では、夫の権利と、夫がその権利を行使する必要性についての言い争いだったそうよ。つまり、イースターブルックがエリオットに言っていたのは、もしエリオットとあなたのあいだに婚姻関係らしきものがあるんだとしたら、あなたが相続した出版所を、エリオットは所有するべきだということなの」

「エリオットが賛成しなかったんだとしたら、彼はすごく高潔ね」

「おかしな反応ね、フェイドラ。エリオットとのあいだに婚姻関係らしきものがあるなんて聞いたら、大笑いすると思ってたわ」問いかけるように首を傾げる。「この悲劇はどのくらいひどいものになりそう？」

フェイドラは、親友が〝悲劇〟という言葉を使わないでくれたらいいのにと思った。けれど、ぴったりの表現なのかもしれない。大切なものを失うばかりか、さらなる嘆きを引き起こすかもしれないのだから。

親友に真実を語った。アレクシアの表情はしだいに驚きを増していった。

「向こうでの宣誓に効力があるなんて、わたしも納得できないわ」アレクシアが言う。「どうやらヘイデンとわたしのあいだに、隠しごとはゼロではなかったようね。だけどあなたの話を聞いて、このメモの説明がついたわ」

そう言うと、小物入れ《レティキュール》を膝に載せて開き、たたんだ紙を取りだした。「あなたに渡すよう頼まれたの。いままで理由がわからなかったわ、どれも弁護士の名前だから」

フェイドラは紙に記された三人の名前を見た。ひとりは知っている。夫との別居を望んだある伯爵夫人の代理人を務めた男性だ。その件については、詳しいことまで新聞に書き立てられていた。フェイドラの行動も、同じくらい細かに伝えられるのだろう。

「こんな弁護士を雇うお金はないわ」

「ヘイデンからそのメモを預かったとき、処理は彼が引き受けると伝えるよう言われたの。こうして状況がわかってみると、弁護料は彼が支払うという意味だったのね」

つまり、エリオットの兄はフェイドラの申し立ての経費を支払うということ。もうひとりの兄は、婚姻関係が曖昧なうちに夫としての権利が行使されることを望んでいるかもしれないが、最終的にフェイドラを家族から追いだせたら、そのほうがうれしいだろう。

もしかしたらエリオットも同じ結論に達したのかもしれない。ヘイデンの協力は、フェイドラの申し立てにエリオットが反対しないことを意味しているのかもしれない。

落胆に胸がよじれた。愚かな反応だ。心は冷静に考えて結論をくだすということをしない。感傷に耽るばかりで、未来を見据えようとしない。切ない後悔は簡単には消えないだろうけど、だからといって、裏切り者の感情に支配されるわけにはいかなかった。

紙切れをポケットにしまうと、話題を変えた。エリオットのことを少しでも忘れさせてくれそうな話題に。

弁護士のミスター・ペティグルーは、二重顎を指先でとんとんとたたきつづけた。彼が考え事をしているときの癖だとは、フェイドラにはもう思えなくなっていた。むしろ、時間が過ぎるのを数えているような気がした。

「それで？　あたしの申し立ては公平な審理を受けられるかしら？」

その質問さえ、反応を得るには時間がかかった。ついに太い指がやわらかい顎を離れて、傾いていた白髪頭がまっすぐになった。

「非常に興味深いですね、ミス・ブレア。たいへん興味深い。これにくだされる裁きが引き起こすだろう結果と影響を思うと、すっかり引きこまれました」

「知的な刺激を提供できて、うれしいわ。だけどあたしが求めてるのは、この件に関する自分の考え方は間違っていないという保証なの」

相手の視線が鋭くなった。ミスター・ペティグルーは背の低いがっしりした男で、首に巻いたスカーフは、巻いた本人を絞め殺しそうに見える。そして青い目は、彼がそうしようと思えば、射るように鋭くなることができた。「この道を行かれるのなら、旅はかなり長いものになるでしょうな。証拠については、その場にいた人物に宣誓つきの手紙を書いてもらうのがいちばんですが、それだって何カ月もかかるでしょう。その結婚式の証人は、あなたが強制されたと証言しますかね？」

「証人の女性が、間違いなく。司祭も、本当の合意がないことに気づいていたはずよ。気まずそうに式を執り行っていたもの」

「ほら、問題はそこですよ。まさにあなたがいま、おっしゃった。〝本当の合意〟。すべてはそこにかかっている。あなたは合意したが、それはあなたいわく、本当の合意ではなかった。法廷はそうした主張に好意的ではありません。そんな主張が成り立つなら、いったい何人が〝本当の合意〟はなかったと言いだすやら。ところがあなたの話を聞いてみると、説得力がないでもない。いや、引きこまれました」

「あたしの代理人を引き受けるくらいに？」

ペティグルーがじろりとフェイドラを見た。「ロード・エリオットもあなたと同じ話をするのは間違いないんでしょうな？　彼が意を唱えないことが要《かなめ》です。もしも彼が意を唱えたら、どんな法廷も放っておかないでしょう。なにしろ先代侯爵のご子息だ」

「彼もあの誓いの言葉を裏打ちするようなことは、いっさいしてないわ。あたしたちは夫婦として暮らしてないし、彼はあたしの財産を手に入れるための行動をひとつも起こしてないもの」

「ふむ、財産に手を出していないとなると……。考えられるのはこういった展開です、ミス・ブレア。おそらく法廷は、あなたがたが外国で短絡的に結んでしまった婚姻関係をなかったことにしようとしているのではないかと疑うでしょう。そうした衝動的な結婚というのは、わが国民が暖かな気候と情熱的な人々に出会って刺激を受けたときには、聞かない話ではありませんからな。良識が戻ってきたころには手遅れというわけです」

「あたしたちの場合は、それとは違うわ。誓いの言葉を口にしたのは、あたしが犯してもいない罪で咎められるのを避けるためだったの。あたしを救う必死の試み。それに尽きるわ」

ミスター・ペティグルーはなにも言わずに受け止めたが、フェイドラは無表情な顔にかすかな疑念が走ったのを見逃さなかった。

「それから、塔での一夜という一件」ペティグルーが言う。「あなたもロード・エリオットも、そこで性交渉があったかどうか、尋ねられるでしょう。あったなら、あなたの申し立て全体が揺らぐ」間をあけて、唇をすぼめた。「ポジターノを去ったあともそうした行為が続いていたとしたら、まあ……。さらに、その私通からなんらかの結果が生じているとしたら、絶望的でしょうな」

フェイドラはきたる拒絶に身構えた。この世に弁護士は、教えてもらった三人だけではない。別の、もっとおおらかな弁護士を見つければいいのだ。いずれだれかが彼女の正しさをわかってくれるだろう。

「あたしの申し立てに時間を費やす価値はないと言いたいのね」

「わたしはただ、容易ではないと説明しているだけですよ」丸い顔にしわが寄って、笑みが浮かんだ。片手で空《くう》を切り、長い弧を描く。「ふつうなら、これは無益なことでしょう。しかし、あなたはふつうではない。違いますか？」

「なんですって？」

「ミス・ブレア、あなたの結婚嫌いはつとに知られています。母上の人生は伝説的だし、あなた自身の奇抜さや、おそらく欠けているだろう貞操観念を思うと、侯爵の子息が進んで一緒になりたがるとは考えにくい。もしもロード・エリオット・ロスウェルとの結婚に合意していないと主張したのがほかの女性だったなら、法廷の笑い種《ぐさ》になって終わりです。しかし、あなたなら――」また片手を動かす。「あなた自身の行動や信条が主張を支えてくれるでしょう。法廷は、あなたに対する責任からロード・エリオットを解放しようとするはずです。ええ、引き受けましょう。最高の代理人の仕事をごらんなさい。彼とわたしは今後何年も、この申し立ての悪名高さで食事ができるでしょうな」

悪名を保証されてしまっては、フェイドラの気持ちはちっとも上向かなかった。ペティグルーの部屋に入ったときと同じ当惑に包まれたまま、部屋をあとにした。晴れた日だったので、徒歩で大英博物館に向かった。

ポケットに手を入れて、そこにしまっておいた手紙に触れた。エリオットが二日前に書いたもので、家にいては危険ではないかという懸念が示されていた。アレクシアからあの夜の侵入者のことを聞いたのだろう。

手紙の文章は礼儀正しく、ほとんどよそよそしいくらいだった。用心するようにと淡々とつづられた文章を見て、エリオットが本当はなにか別のことを伝えたがっていると思ったのは、やはりフェイドラの妄想だろうか？　〝あきらめて僕のところへおいで、そうすれば二度と危険にさらされることはない〞。

そんなことはいっさい書かれていなかった。情熱的な言葉も、ふたりが分かち合ったものをにおわせる言葉も。まるで五年も会っていない知人に宛てた手紙のようだった。

もしかすると、あの結婚に関するフェイドラの申し立てを嘘だと証明するような手紙は危険だと思ったのかもしれない。とはいえ、エリオットはすでに彼女を違うふうに見はじめたのかもしれないが。

だとしても、彼を責められない。なにしろフェイドラは、エリオットより自由を選んだのだから。エリオットはあの誓いの言葉に効力があることを受け入れようと決心し、フェイドラが同じようにしたがらないのを見て、侮辱されたと感じたに違いない。なぜフェイドラには受け入れることができないか、エリオットにはきっと永遠にわからないだろう。

フェイドラ自身、わからなくなってきていた。

手紙に触れただけで心が安らいだ。これまでの人生で孤独だと感じたことはなかったが、いまはそう感じた。自分の人生に疑問を持ったこともなかったが、夜更けに胸の痛みと寂しさがこみあげてくると、いまは疑問が浮かんできた。この別離がもたらしたみじめさに慣れることができなかった。痛みはただじっと胸の中にうずくまって、決して消えようとしなかった。

読書室に入ると、原稿を受け取った。いまでは、日々のこの作業が大嫌いになっていた。重たい原稿を運んで机におろし、じっと睨んだ。

背後の空気がわずかに動いた。だれかが近くを通ったのだ。フェイドラの心臓は飛び跳ねた。目を閉じて、暗雲のあいだから射してきた陽光のように、喜びが全身に染みわたる感覚を味わった。

向きを変えると、エリオットが本と書類を前の机に載せるところだった。フェイドラにはほえみかけたものの、かつて隣りで眠った女性ではなくただの知人に向けるような笑みだった。

「ミス・ブレア、これはうれしい偶然だな。いまもここで作業をしているとは、知らなかった」

「あと少しで終わるところよ、ロード・エリオット」

彼の視線が、そもそもふたりを引き合わせた原稿をちらりと見た。それから自分の机を手で示した。「僕もあと少しで終わるところだ。ここに座ると、窓から入る光を遮ってしまうかな？　どんな形であれ、邪魔になるなら別の机に移ろう」

「今日は日射しが明るいわ。この光を分かち合いましょう」

エリオットはそれ以上、なにも言わなかった。椅子に腰かけて本と書類を開くと、自分だけの知的な世界に没頭した。

フェイドラも原稿の前に腰かけた。視線を紙の上に注いだまま、読んでいるふりをした。エリオットは少しも日射しを遮っていなかったけれど、フェイドラには父の殴り書きが見えなかった。

ただ、すぐそばにいる彼を感じていた。エリオットがそこにいることと、それで自分の心がどんなに安らぐかを、静かに噛みしめていた。さまざまな感情で胸がいっぱいになる。いまにも泣きそうな自分に気づいて、驚いた。

この男性を愛している。これらの感情が意味するのは、それを措《お》いてほかにない。喜びも、痛みも、安らぎも、戸惑いも――すべて心を奪われた女性の反応だ。

どうしていま、この場所で――親密とはほど遠い状況で――その真実が訪れたのかはわからない。これまでにも人を愛したことはあると思っていたが、そんなつかの間の興奮は、これに比べたらなんでもなかった。自分のことについて、いくつも思い違いをしていた。ほかに例のないこの友情の中で結んだきずなについても。

どれくらいそうしていたのか、自分でもわからないが、ただ彼の存在を感じ、それがもたらす満足感に驚嘆していた。エリオットが椅子から立ちあがったとき、甘い夢からはっと覚めた。エリオットが本棚まで歩いて行き、別の本を取って戻ってきた。

見つめずにはいられなかった。視線を逸らせなかった。洗練された黒の上着にぱりっとしたクラバットとカラーをつけた姿は、あまりにも美しかった。目がいまも知的世界への没頭を映していて、髪がくしゃっと乱れていたら、なおさらすてきに見えただろう。この男性を抜きん出た存在にしているのは肉体だけではない。

エリオットが彼女の視線に気づいて、もの思いから抜けだした。読書室を横切る足取りが遅くなったように思えた。フェイドラの目を見つめたまま、前へ進む。その瞳は欲望で燃えていた。彼女以外のだれにもわからないくらい、静かに。

フェイドラは、これまでどおりの反応を示した。これからも、同じ反応を示すだろう。年老いて髪に白いものが交じりはじめた自分が、何十年もひとりで暮らしたあとに、町でばったり彼に会ったところを想像した。そのときもいまのように見つめられたなら、この男性をどれほど求めてきたか、きっとたちどころに思い出すだろう。

今度はエリオットは座らなかった。他人の研究に穏やかな感心を示す学者を装って、フェイドラの机のそばに来た。彼女の少し後ろに立って机をのぞきこむ。フェイドラは彼とその温もりをはっきりと感じた。歯を食いしばり、振り向いて彼の胸にキスをしたい衝動をこらえた。

「あとほんの数ページだ」エリオットが言った。

「もう一度最初から目を通したほうがいいかもしれないわ。印刷に回せるようになるまでには、まだしばらくかかりそう」彼を見あげた。「あなたも頻繁にここへ来なくちゃいけないんでしょう？　執筆中の本の、細かな点の裏づけ作業のために」

「そういう作業は、たいてい終わりのほうで増えてくる」

「じゃあ、また太陽の光を分かち合えるかもしれないわね、ロード・エリオット」

「それはどうかな。僕は明日から、短くても一週間ほど、ロンドンを離れる。僕が戻ってきたころには、きみの作業は終わっているだろう」

　彼の目は温かいままだった。理解の光を宿していた。ほかのだれにわからなくても、フェイドラには彼の愛情が見て取れた。それだけでなく、鋼の意志のきらめきも。

「作業を遅らせてはいけない、ミス・ブレア。きみは、これだけでなくほかのことでも自分の道を選んだんだ。僕はその邪魔をしない。だが、僕が永遠にそんな気高い男でいると思うのは危険だ。最近、僕の良心の天秤《てんびん》は傾きかけているのだから」

　彼の警告にフェイドラはひどくうろたえた。

「この作業の件で、最後のお願いがあるのかと思ってたわ」フェイドラは言った。

「あるとしたら、来週のことだろう。そのあとで決心するといい。前進するか、しないか。だが時間はかけないでくれ。そんなことをされたら、これだけでなくほかのことについても、きみの決心を疑ってしまうから。僕のたったひとことできみの運命を左右できることは、いまもはっきり覚えているし、事実そのことばかり考えているんだ」

　エリオットが自分の机に歩み寄って本を置き、書類を集めはじめた。「今日、きみと過ごせてうれしかった。ものすごく。この一時間半は、裸のきみがこの机に座って、奪ってと僕に懇願する姿を想像することしかできなかったよ」

本でいっぱいの部屋を見まわして、眼鏡をかけて読書に耽る人々やまじめな顔の司書を眺めた。「まったく、フェイドラ。僕は二度とこの図書室を同じ目では見られないだろう」

エリオットはヘイデンに頼まれたとおり、サフォークまで旅をしてチャルグローブを尋ねるつもりだったが、いろいろ理由をつけて先延ばしにしてきた。いま、馬車に揺られて田舎道を進んでいると、本当の理由はフェイドラだったのだと認める気になった。

読書室にいる彼女を探しに行くのは、彼を悩ませてやまない憂鬱《ゆううつ》への、条件つき降伏のようなものだった。そばには座るまいと心に誓っていた。彼女に気づかれまいとも思っていた。ところが、フェイドラがドアから入ってきた途端、エリオットは有頂天になって、彼女の姿に酔いしれた。

愚かだとわかっていても、もっと愚かなまねをしたい衝動は抑えられなかった。まったく、愛は地獄だ。

窓外の農場を眺めたものの、本当に見ているのは数年後の自分と彼女だった。あの小さな家を訪問した想像図。おそらくフェイドラは、恋人同士ならあたりまえのような贈り物さえ受け取らないだろう。何日も会えないまま過ごすことが日常になるだろう。情事がいつまで続いても、たとえふたりが永遠の愛を宣言しても、フェイドラが真の意味で彼の人生の一部になることはないのだ。

そう考えると、エリオットの中の男の部分は激しく抵抗した。彼女に夢中の部分も。フェイドラは、そんな関係があたりまえだと教わって生きてきたかもしれないが、エリオットのほうは、頭でも心でも受け入れられそうにない。

さらに、なお悪い疑念が胸をふさいでいた。フェイドラがそんな関係を受け入れられるのは、彼を人生の一部にすることを望んでいないからかもしれないという疑念が。もしかしてエリオットは、愛してくれない女性を愚かにも愛してしまったのだろうか。

ふたりは一度も愛を口にしなかった。エリオットのほうは無知だったからだが、フェイドラにはまったく別の理由があったのかもしれない。

馬車が小道に入ったので、エリオットは頭を切りかえて、きたる会見を思った。この義務は、ロンドンを離れているあいだの歓迎すべき気晴らしになるだろうが、それでも楽しみだとは思えなかった。あの回顧録に関するかぎり、彼はフェイドラに影響力を及ぼせない。たとえチャルグローブ伯爵のためでも。

チャルグローブの地所からは、伯爵健在のしるしが見て取れた。畑は実りが多そうで、領主の邸宅は手入れが行き届いている。が、ヘイデンの話では、この友人の財政状態はあまりよくないという。先代から受け継いだ借金と、先ごろの銀行破綻による損失のせいで、チャルグローブは慎重に慎重を重ねて財政上の綱渡りをしなくてはならないそうだ。

エリオットは図書室に通された。設備の整った部屋だ。希少本が何冊かなくなっていたり壁の塗料がほんの少し剝がれていたとしても、だれも気づかないだろう。

チャルグローブは運動選手のような体格の、背の高い男だった。ロンドンで名うての遊び人だった若き日々には、コリント人とあだ名されていた。いまではめったにロンドンを訪れることはなく、いちばん最近の社交シーズンにも姿を見せなかった。

ふたりは酒を片手に、図書室の椅子に座った。チャルグローブの奥まった灰色の目には不安が浮かんでいたが、その態度には、当人が望む以上の責任を持つ男の落ちつきがあった。

「きみの兄さんから手紙をもらった。訪ねてきてくれて恩に着るよ」チャルグローブが言った。

「お役に立てるかわかりません。僕も原稿は読んでいないんです」

「だが出版所の責任者は読んでいる。あの女性、ミス・ブレアは」スツールにブーツを載せて酒をすすった。ブーツに乾いた土がこびりついているところを見ると、伯爵は今日もあの畑に出ていたのかもしれない。「メリス・ラングトンは亡くなる前に、僕に接触してきた。どうやらリチャード・ドルーリーは、間違った形であの回顧録に僕の名前をしたためたらしい」

名前を出されたけれど褒められていない者は、全員が、リチャード・ドルーリーは間違いを犯したと主張するのだろう。「それは個人的な事柄ですか？」

「政治的な事柄だ。ドルーリーは、僕が若かりし日にある急進派と関係していたことを、大幅に誇張したんだ。違法行為を犯したこともなければ煽動《せんどう》的な集団でもなかったし、おまけに僕はまだ子どもだったが、それでもきまり悪いことに変わりはない。そんな誤解が活字にされては困る。わかってくれるだろう？」

「残念ですが、お役に立てそうにありません。ミス・ブレアは、そのまま出版すると父上に約束したんです。あなた以外にも削除を求めている人間は大勢いますが、ミス・ブレアにその要求を呑む気はありません」

「いまいましい」チャルグローブの黒い眉が、怒った目の上にさがった。「あの男は復讐したいがために、あんなことをしたんだ。死後に発表される回顧録というのは、そういうものと相場が決まっている。墓の中から恨みを晴らして、自分は涼しい顔をしているんだ」

「あなたとドルーリーに関わりがあったとは聞いたことがありません。恨まれる理由があるほど故人を知っていたんですか？」

チャルグローブがしかめ面でグラスを睨み、ぐいと酒をあおった。空のグラスを床に置くと、客人をじっと見つめた。

「彼のことはほとんど知らなかったが、一度、話がこじれたことがある。八年ほど前だ。まだ若かった僕はある女性に恋をしていたんだが、僕の将来性と生まれにもかかわらず、彼女の家族は認めてくれなかった。自分の将来性にかぎりがあることを僕自身はまだ知らなかったものの、彼女の父親は知っていたんだろうな」

チャルグローブが部屋と屋敷と、その向こうのすべてを手で示した。彼の疲れた苛立ちは、どんな言葉よりも雄弁に財政的な重荷について物語っていた。

「僕はいつしか、ときおりアルテミス・ブレアの社交の輪に加えてもらうようになった。だからもちろん、ドルーリーとは知り合いだった。あるディナーパーティの席で、彼は僕の失恋について講釈を垂れた」

「愚かなことを。失恋した男が喜ぶわけはないのに」

「この男も喜ばなかったよ。彼は長々と退屈な説明をくり広げて、僕は運がよかったのであって、結婚がいかに愛を破滅へと追いやるか、自由恋愛のほうがどれだけすばらしいか、滔々と語って聞かせた」

「それは彼の哲学ですね」

「知ったことか。そうやって偉そうに進歩的な考えを説く彼に、僕は腹を立てた。だから言ってやった、あなたはご自分の説の失敗例ですね、アルテミス・ブレアには別の恋人がいるのだからと」チャルグローブがわずかに顔をしかめて肩をすくめた。「言ったとおり、僕はまだ子どもだった」

「いきなり言われて彼も喜ばなかったでしょうが、それを知っていたのはあなただけではないでしょう？　それで恨みを買うとは——」

「彼はまだ知らなかった。気づかせたのは僕だ。間違いない。彼は衝撃を受けていた。激怒していた。そんなことをほのめかした若造には決闘を申しこむだろうと僕は思った。ところがほどなく、彼がアルテミス・ブレアの人生から歩み去ったことが明らかになった。ひとたび目を開かされたら、問題の男がだれか、難なくわかったんだろう。あるいは、ずばり彼女に訊いたのかもしれない」

「あなたはそれがだれか、ご存知ですか？」

「知っていると思う。その男と何度か取引をした。悪党だったよ。盗人だ。まがい物の骨董品を売っていた。それを餌に、僕のような青二才に近づくのが得意だった」

　チャルグローブの表情は穏やかなままだった。目に怒りが映っているとしても、それは心の中へ向けられているのだろう。エリオットはこの話題を終わらせようかと考えたが、いまの話では、エリオットとフェイドラは古書店主のソーントンを寛大に解釈しすぎたのではないかと思えてきた。

「贋作をいくつか買われたような口振りですね」

「向こうが贋作だと知っていたという証拠はないが、きっと知っていたんだと思う。いずれにせよ、醜聞を起こして中傷する気はない。情報は流すまいと何年も前に決めたし、いまさらそうするのは——」

「もちろんです。いや、じつを言うと、僕はその人物を知っているとと思うんです。ただ、確証がほしくて」

チャルグローブがしばし考えこんだ。それから立ちあがった。「来たまえ。見せたいものがある」

先に立って図書室を出ると、家の正面へと向かった。「大学時代から、僕は蒐集家気取りだった。始めはローマ時代の硬貨。それから過去のさまざまな断片。僕をミス・ブレアの社交の輪に引き寄せて、短いあいだ出入りさせてくれたのはそれだった。だから、骨董品に詳しいミス・ブレアの友人からすばらしい品をこっそり見せられたときは、大金を出しても危なくないと信じたんだ」

向きを変えて、舞踏室に入った。広い部屋にブーツの音が響く。家具にはおおいがかけられて、壁の燭台には埃が積もっている。何年も使われていないのだ。

「病に倒れて初めて、父は地所の問題を僕に打ち明けた。金が尽きるときなど来ないかのような生活を送っていた僕は、突然そのときが目前に迫っていると知らされた。そこで蒐集品を売りはじめた。そのときだよ、〝すばらしい品〟が贋作だとわかったのは」

「間違いありませんか？」

「四人の専門家が断定した。ひとりでもいいから反論してくれるだれかを探したが、無駄だったよ」

「売りつけた男を問い詰めましたか?」

ふたりは家の横手に沿って伸びるギャラリーにたどり着いた。代々のチャルグローブ伯爵がみごとな額縁の中から見おろす。「ああ。僕が鑑定を依頼した専門家が間違っているんだと言い返されたよ。そこで僕はその品を携えてミス・ブレアを訪ねた。共犯者だったとは思わないが、彼女は僕が正しいとすぐには認めなかった。あの反応、あの表情……。狼狽は見せたものの、彼をかばいつづけた。だから、彼が新しい恋人なんだと悟った」

チャルグローブがガラス戸棚の前で足を止めた。真ん中の棚を指差す。「あれだ。みごとだろう? 自分がそれなりに愚かだということを忘れないために、ここにこうして置いている。専門家の話では、非常によくできた贋作で、鋳込みに最近の技法を用いているから偽物とわかるんだが、識別できる考古学者もそう多くないそうだ」

「ええ、たしかにみごとです」

「イタリア沿岸の海中で見つかったと言っていた。まったく、僕の虚栄心をつつく方法を心得ている男だったよ」

ふたりは並んでガラス戸棚の前にたたずんだ。チャルグローブが憂《うれ》いの笑みを浮かべて、若き日の過ちの証拠を眺める。エリオットの胸に、新たな穴が空いた。

「ミス・ブレアと直接話してみてはどうですか。ロンドンへ赴いて、ヘイデンの妻に会見の席を設けてくれるよう頼むのです。僕に聞かせてくれた話を、ミス・ブレアにも聞かせてあげてください。彼女はきっと、これをあなたに売りつけた男に大きな関心を示すでしょう。そして、もしかしたら広い心であなたの要求を聞くかもしれません」

「男の名前は挙げたくない。何年も経って、いまさら。たとえ彼女だけにでも」

「その必要はありません。ただあれを持っていけばいいのです」

エリオットは戸棚を指差して、小さなブロンズ像を示した。ポジターノにあるマシアスの小書斎《ストウディオーロ》で見たものにそっくりな、裸の女神の像を。

23

フェイドラは右の手袋についたインクの染みを隠そうと、膝の上で手を重ねた。今日は印刷業者のところへ行って、父の回顧録の出版について相談をしてきたのだが、不注意にも印刷されたばかりの紙のそばで手を動かしてしまったせいで、フェイドラにとっては唯一の、黒ではない手袋を汚してしまった。

招いてくれた女主人は、フェイドラの顔にインクがついていても気にしないだろう。アレクシアは身形《みなり》で人を判断したことがない。フェイドラが今日、いつもより〝ふつう〟らしい装いをした理由は、友情とは関係のないものだった。

なぜ自分が青いドレスを着て、少女時代の白い子ヤギ革《キッド》の手袋を引っ張りだしてきたのか、よくわからなかった。きっとこの訪問の背景のせいだろう。アレクシアは手紙を書いて訪ねてきてほしいと伝え、わざわざ馬車まで寄こした。もしアレクシアの夫が、妻の人生にフェイドラ・ブレアが立ち入ることを許してくれるなら、その紳士の家にいるあいだは、〝ふつう〟らしさの欠如をひけらかすようなまねはしないほうが賢明に思えた。

「あなたに贈り物があるの」おしゃべりが途切れたところで、アレクシアが言った。

ここまでのところ、アレクシアはフェイドラに、オックスフォードシャーにいる従姉妹たちについて助言を求め、キャロラインに関するヘンリエッタ叔母の無謀な行動について意見をあおいだ。それから、ふたりがいま座っている図書室の新しい装飾計画について、長々と語った。さらに、買ったばかりの冬用の旅行服を披露した。

アレクシアは二時間近く、フェイドラが話し合いたくてたまらないこと以外について、しゃべりつづけた。あいにく、フェイドラからはどう切りだしたらいいのかわからない。

アレクシアが立ちあがって、隅のテーブルからモスリンでくるんだ包みを持ってきた。包みを開けると、中から新しい帽子が出てきた。

「あなたに、もうひとつあってもいいんじゃないかと思って」アレクシアが言う。

フェイドラはとっさに、いま頭に載っているひとつに触れた。「最近、しょっちゅうこれをかぶってるのよ。新しいのも、あなたが作ったの？」

「もちろん。帽子作りは本当に楽しいわ」

帽子を汚さないよう、フェイドラは染みのついた手袋を外した。アレクシアのデザインにはいつも感心させられる。流行最先端でありながら、町中《まちなか》で見られるような、これみよがしな過剰さがないのだ。その抑制と、完ぺきな線とバランスが、彼女の作る帽子をほかより抜きんでたものにしていた。

「あなたは芸術家ね、アレクシア。だけどいまも針仕事に精を出していて、ご主人は気にしないの？」

「どうして彼が気にするの？」

フェイドラにはいくつも理由が挙げられた。アレクシアの帽子作りの技能は、いわば夫の顔の前で振られている自立の小さな旗だ。ずっとそうだった。ロード・ヘイデンの独特な求愛のときから、ずっと。

「あなたのお母さまの冊子を読んだわ。結婚について書かれたものを」アレクシアが言った。

「イースターブルックの図書室にあったの」

フェイドラは帽子から顔をあげた。「どうして読んだの？」

「あなたはわたしの考えを変えようとしたことがないから、わたしはあなたの信条を、本当には知らないでしょう？　読めばわかるんじゃないかと思ったの。あなたをもっと理解できるんじゃないかと」

「どうだった？」

アレクシアがしばし考えてから答えた。「お母さまの考えに筋が通っているのは認めるわ。法律がじゅうぶんではなくて、改善する必要があるのもたしかよ。だけど結婚を完全に否定するのは……」

フェイドラは先を待った。

「ごめんなさいね、フェイドラ。批判するつもりはないの。だけどあれは、実際の人生や結婚についてあまりよく知らない若い女性が書いたもののように、わたしには思えたわ。ちょうど哲学者が、たいていの人の生活を占める現実的な悩みとは関係のないところで人生の意味について論じるのに、よく似ていると思ったの」

フェイドラは、ほほえまずにはいられなかった。エリオットもそんなことを言っていた。「あの冊子を書いたときの母は、たしかに若かったわ。だけどもっと年齢を重ねたあとでも、本質的な考え方は変わらなかった」

「そうよ、若かった」アレクシアがわけ知り顔でくり返した。まるでその一語で、すべては無理でもほとんどを説明できると言いたげに。「きっとあなたが生まれる前。本当の意味で男性を愛する前だったんだわ」

アレクシアの穏やかな観察に、フェイドラは仰天した。母を弁護したい気持ちがこみあげてきたものの、アレクシアを尊重しているから、その意見を無知によるものだと断じたくなかった。それに、いまの親友の言葉で、夜ごと悩まされている疑問をつつかれてもいた。ベッドの中で寝返りを打ちながら、自らの選択の代償について考えるときに浮かぶ疑問を。

「アレクシア、結婚したときにヘイデンに渡してしまった力について思い悩んだことはない？　彼はあなたの未来も幸せも、その手中に収めたのよ」

その質問を聞いて、アレクシアが愉快そうな顔になった。「わたしは彼の未来も幸せも、この手中に収めたわ、フェイドラ」

「それとこれとは話が別よ。あなたは彼の所有物だもの。法が定めて——」

「法が定めているのは、ほかのことやほかの所有物についてよ。たしかにわたしは彼のものだけど、彼もわたしのものなの。そうさせているのは、わたしたちの愛だけど、わたしたちが口にした誓いの言葉でもあるわ。その点については法もはっきりしてる。この結婚で、わたしはなにも失っていないの。なにひとつ。彼を知る前より増えたんであって、少しも減ってはいないのよ」

アレクシアの穏やかな自信は、ふたりのあいだの雰囲気を変えた。予期せぬ既視感がフェイドラの中をめぐる。まるで、母の教えに耳を傾ける幼い少女だったころと同じような心持ちだった。

アレクシアの手を、そっと手で包んだ。「ヘイデンがその力を絶対に悪用しないかどうかは、わからないわ」

「愛していても確実にわからないことはあると思うわ。だけどこれは、わたしにはわかるの。人生において、心の底から信じられる数少ないことのひとつなのよ」ぎゅっとフェイドラの手を握った。「さあ、新しい帽子をかぶってみて。もう少し手直しが必要かもしれないから」

話題が女性らしいものに変わっても既視感は消えなかったが、雰囲気は軽くなった。ふたり一緒に壁際の鏡まで歩み寄る。アレクシアがフェイドラの古い帽子を取って、新しいのを載せた。

「ボンネットにしようかと思ったんだけど、それだと髪を結わなくてはおかしく見えるでしょう？」アレクシアが言い、帽子のてっぺんの大きくてやわらかい蝶々型のリボンを引っ張った。「思っていた以上にプルシアンブルーが映えるわね。きっと色が白いせいだわ」

フェイドラは鏡に映る自分を見つめた。ふだん目にする像となにかが違う。帽子のせいで、なぜかもっと色白に見える。加えて、もっと成熟したようにも。もはや純真ではない、完全な大人へと近づいている女性がそこにはいた。もう少女ではない。だれかの娘でもない。

フェイドラはさらに鏡に近づいて熱心に見つめた。これまで見てきた像は忘れて、いま目にしている本当の姿を観察できるように。

「美しい。きみが美しい」

賞賛の言葉に、はっとわれに返った。鏡に映る室内の光景は変わっていた。背後にアレクシアはもういなかった。エリオットがいた。


エリオットとしては、前もって知っておきたかった。おそらくアレクシアは、本当のことを教えて断わられるのを恐れたのだろう。あるいは知らせておいたら、エリオットとフェイドラが偶然を主張できなくなると考えたのかもしれない。それでも、訪問を求めるアレクシアの手紙に応じてフェイドラに出会うとは、思ってもみなかった。

フェイドラは彼が入ってくる物音にさえ気づかなかった。鏡に映る自分に夢中で、初めて見る顔のようにしげしげと観察していた。エリオットが挨拶をしようとすると、アレクシアは唇に指を当てて黙らせてから、むっとしている彼を無視して部屋を出ていった。

フェイドラが驚いて振り返ったとき、アレクシアの背後で静かに図書室のドアが閉じた。

「彼女に腹を立てないでくれ」エリオットは言った。「手助けをしてると信じているんだ」

「彼女に腹を立てたりしないわ」フェイドラが慎重に新しい帽子を脱いで、椅子の上に置いた。「会えてうれしいわ、エリオット。ロンドンにはいないと思ってた」

「昨日戻ったんだ」

エリオットも彼女に会えてうれしかった。とてつもなく。少年のように有頂天になっていた。それがフェイドラの影響力をまったく克服できていない証拠だとしても、かまわなかった。

フェイドラが長椅子に腰かけたものの、エリオットは隣りに座ろうとしなかった。いままで彼女が欲しくてたまらない。触れられるくらい近づいたら自制心を失ってしまう。だから十五フィートほど離れた場所に留まっていた。

「ここで会えてちょうどよかった」エリオットは言った。「きみに手紙を書こうと思っていたんだ。じきにチャルグローブ伯爵から連絡があるだろうと知らせたくて。例の回顧録について話がしたいそうだ。彼の話を聞いてもらえないだろうか」

フェイドラはいやだとは言わなかったが、その表情は、回顧録のことで受けた要求すべてに対する苛立ちを映していた。

「家はいまも安全かな?」エリオットは尋ねた。

「あれ以来、侵入されてないわ。原稿はいま印刷業者のところにあって、厳重に保管されてるの」

「いつごろ――」

「印刷業者は一カ月と言ってるわ」

小さな笑みが彼女の口元に浮かんだ。ほほえませたのはいよいよ迫った出版ではないだろう。純粋に幸せそうだ。あの読書室で彼を見あげたときのように。

この女性には当惑させせられた。いったいどうやったらひとりの女性に、これほど誇らしい気持ちにさせられながら、同時にみじめで腹立たしい思いをさせられるのだろう?

「昨日、ペティグルー弁護士に会ってきたよ」エリオットは言い、期せずして自分の問いに答えを出した。

フェイドラが白い手袋を取って、きちんと重ねてしわを伸ばした。「ありがとう」

「どういたしまして」声に憤りがこもった。昨日は煮えくりかえるような思いで会見をあとにした。「だけどフェイドラ、あの男はきみを笑い物にしようとしてる。理性があって生まれのいい男ならまず結婚したがらない女性に、きみを仕立てあげようとしているんだぞ。それを根拠に、あの誓いの言葉に合意はなかったと法廷を説得するつもりだ。僕はただ、きみを救おうとして自分の剣に倒れたんだと」

フェイドラが手袋から顔をあげた。「彼が語るのは、世界じゅうがすでに認めてる真実と、あなたとあたしが正しいと知ってることだけよ」

「ひどく冷静なんだな、フェイドラ。自分が真実だと思っていることに、ひどく自信があるみたいだ。まったく、僕はもう少しであの男に地獄へ落ちろと言うところだった。あと少しで言うところだった――」

フェイドラが続きを待った。

〝僕たちは進んで結婚したんだと。きみは永遠に僕のものだと。この別離に終止符を打てて、きみが与えてくれる中途半端な人生を避けられるなら、僕は喜んで嘘をついただろう〟。

「フェイドラ、申し立てを取りさげてほしい。この結婚について、きみが求めるならどんな約束でもする」

「裁判が引き起こすだろう醜聞からあたしたち両方を守るために、そこまでするの?」

「醜聞なんてどうでもいい。少なくとも僕にとっては。だが、きみが噂の種にされるのはいやだし、申し立てを取りさげてくれればそれを避けられる」

「あたしなら平気よ。どうせ昔からいろいろ噂されてきたもの。だけどあたしには本当の理由がわかってると思うし、その理由は近視眼的だと思うわ。あたしも会えなくて寂しかったわ、エリオット。あなたと分かち合う時間と悦びが恋しい。いつまたあなたを抱きしめられる日が来るのだろうと、指折り数えて待ってるの。だけど、そのときを早めるためにせっかちな行動を取るのは間違いだと思うわ」

「またきみは、わかっていないことを、わかっていると思いこんで」

フェイドラは彼にはっきり言わせようとしている。案の定。この数週間、エリオットの頭と心がどこにいたかを知らないのだ。

「僕はこの結婚が有効であってほしい、フェイドラ。誓いの言葉をくり返して、その有効性に誤解がないようにしたい。ずっとそのことを考えていて、気づいたらきみの申し立てが却下されるよう願っていた。そんな形できみと夫婦になりたくはないが、これが唯一の道だとしたら、僕はそれを望む」

フェイドラが立ちあがってこちらに歩いてきた。青いドレスを着て、波打つ銅色の巻き毛を腰まで垂らした姿は、まるで天使だ。しかしこんな目をした天使はいない。ありありと欲望をたたえた目を。

エリオットは腕組みをして、彼女を抱き寄せたい衝動をこらえた。フェイドラがその動きを正しく理解して、まだじゅうぶん離れている場所で足を止めた。

「光栄だわ、エリオット。だけどそんなふうに思うのは、離れ離れでいるせいよ。また一緒に過ごすようになれば――」

「ああ、なぜわかってくれない？　僕は卑しい飢えや欲望から言っているんじゃないんだ。たとえまたきみを奪えたとしても、もうそれだけでは足りない。愛しているんだ、フェイドラ。友だちでいるだけでは満足できない。そんなふうには生きられない」

最後通牒《つうちょう》を突きつけるつもりはなかった。かっとなったせいで、冷静に考える前に口走ってしまったのだ。いま、突きつけてしまったそれはふたりのあいだに剣のごとくぶらさがっていた。

「初めて愛してると言ったわね、エリオット。そしてそのあと、すぐに条件を連ねた」フェイドラは驚いているようにも悲しそうにも見えた。彼女のあまりの悲しみに、エリオットの胸はよじれた。

「以前は愛を語ることは許されなかった。僕は、きみが持っているあるものを欲していたから。だけどそれはもう過去の話で、きみは出版に漕ぎつけた。僕はしばらく前からなによりもきみを欲していたし、率直に話さなければ、なぜきみのやり方を受け入れられないか、わかってもらえない」

フェイドラがまた近づいてくると、長いあいだ抑えていた欲望でエリオットの全身はこわばった。「もしあたしたちが愛し合ってるなら、本当に愛し合ってるなら、あたしたちが選ぶどんなやり方でもうまくいくはずよ、エリオット。これまでどおり、自由な愛を分かち合うほうがいいと思わないの？」

「これまで僕たちが分かち合ってきたのは自由な愛じゃない、フェイドラ。自由な快楽だ。たしかにそれは恋しいが、手に入れられないあいだに、いろいろなことがより鮮明に見えてきた。もうそれだけでは足りない。ただの友情だけでも不充分だ。少なくとも、僕には」

フェイドラが手を伸ばして、やさしく彼の頰に触れた。指は冷たいビロードのようだったが、それでもエリオットの肌を焦がした。

彼女の手をつかんで手のひらにキスをした。目を閉じて、彼女の影響力をやわらげようとした。あのディナーパーティ以来、地獄のような生活を送ってきた。いま、また彼女に触れられて、最悪の拷問を受けている。ほかのなにより、それが彼の正しさを証明していた。彼女のやり方は受け入れられない。

衝動を抑えている手綱《たづな》が急速にすり切れてきた。この議論も、いつものふたりのやり方で落ちつかせたかった。彼女の肉体を奪い、魂に彼の名前を刻みつけようとすることで。

フェイドラの目を見つめた。「僕は愛を口にしたが、きみはしていないね、フェイドラ。もしかしたら僕は間違っていて、きみは愛を感じていないのかもしれないな。あるいは愛を恐れているのか。いや、きみの側にはそもそも欲望しかなかったのか」

そのとおりだという答えは聞きたくなかった。今日、その真実に直面する力はなかった。

エリオットは抱擁を解いて、大股でドアに向かった。

「愛してるわ、エリオット。耐えられないくらいに。愛しすぎて胸が痛いくらいに」

エリオットは立ち止まった。振り返ると、彼女の顔は感情でよじれ、目からは涙があふれていた。

「それなら、自由な愛など存在しないとわかるだろう、フェイドラ？　本当に愛しているなら、本当に自由ではいられない」

「いられるわ。あたしたちなら」

エリオットは首を振った。「所有したいという欲求はとてつもなく強いものだし、人間は嫉妬する生き物だ。相手になにも求めないのは——永遠をまったく望まないのは——自然なことじゃない。僕はきみを愛した瞬間、自由を失ったんだよ。僕たちのあいだになにが起きようと、いまの僕は鎖で縛られている。おそらく一生このまま奴隷状態だろうが、きみは僕のものなんだろうかと絶えず不安に苛まれるという拷問を受けるくらいなら、そのほうがましだ」

フェイドラが、彼にぶたれたような顔になった。それを見たエリオットの胸に、彼女のそばに戻って腕の中に抱き寄せたいという衝動が押し寄せてきた。どんなに不充分でも、与えられるものを受け入れてしまいたいという衝動が。彼女の望むやり方からでも、多少は幸せらしきものを手に入れられるのではないか？

エリオットはしばしその場に立ちつくし、フェイドラがなにか言ってくれるのを待った。なんでもいいから。やがて、二度と正しく呼吸ができそうにないと思うほどの空虚感を抱えたまま、図書室をあとにした。

エリオットが出ていってしばらく経ってから、ようやくフェイドラは混乱を脱した。衝撃のあまり震えていた。めまいを覚えて長椅子にどさりと腰をおろした。信じられなかった。現実という名の冷たい小川が全身を流れはじめ、彼女を芯まで凍えさせた。

たったいま起きたことに適応しようとした。数分のあいだに、エリオットは愛を宣言して、結婚を求めて、彼女を捨てた。

捨てられた。

彼のやり方かゼロか。要するにそういうことだ。なんて男性的。

フェイドラの心は彼女に鎧を与えようとした。信条という胸当てを見つけ、怒りという盾まで探しだしてきた。

うまくいかなかった。どうしても。真実に胸を切り裂かれていた。彼は行ってしまった。完全に。たとえフェイドラの申し立てが却下されて、ふたりが本当に夫婦になったとしても、彼は二度とフェイドラの人生に戻ってこない。

目の奥がつんとするあまり、よく見えなかった。喉が焼けて狭まり、必死に息を吸いこんだ。震える嗚咽《おえつ》が漏れて、全身を揺すぶった。また嗚咽、もう一度。とうとうフェイドラはスカートに顔をうずめた。

肩に腕が回されて、そっと抱きあげられた。やわらかな声が慰めの言葉をささやく。フェイドラは母親のような温もりと姉妹のような支えをよすがに、アレクシアの肩を悲嘆の涙で濡らした。

24

「なにがあってもヘイデンを許さないわ。彼があんなに厳しくて気まぐれだなんて、いったいだれが思ったでしょう?」

ヘンリエッタ叔母の苛立ちが、ついにエリオットの集中力を突き崩した。どうにか叔母の愚痴《ぐち》の大半を聞かずにここまで過ごしてきたのだが。エリオットは原稿の最後のページをめくって、しぶしぶ叔母のほうを向いた。

ヘンリエッタ叔母は、先月エイルズベリーへ戻ることを拒んだ。娘もここに留まらせた。クリスチャンはサットンリーが町を去るまで、毎晩決闘用の拳銃を掃除した。いまや母と娘は、絶対に許さないと物語る陰鬱《いんうつ》な顔をしている。

「ここに留まる必要はないんですよ、ヘンリエッタ叔母さん。サリーにあるご自宅へお帰りなさい。もしサットンリー子爵が本心から結婚を望んでいるなら、なんとしてでも居場所を探しだすはずです。そうなったら承諾して、万事解決でしょう」

「この家を出る? イースターブルックはわたしがいないと、やっていけませんよ。家の中のことにまるで無関心だから、家政婦も執事も毎日好き放題じゃないの。いいえ、わたしがここにいるのは義務です」

サットンリーに関する一幕が終わると、クリスチャンはまたいつもの暮らしぶりに戻ってしまった。食事の席にもめったに現われないし、ほとんどの時間を自室で過ごしている。ふつうならエリオットも家のことはヘンリエッタ叔母に任せてどこかに出かけているところだが、二度と大英博物館の読書室へ足を運ぶつもりはなかった。

もしあそこでフェイドラを見かけたら、正気をすべて失ってしまう。どんなにみじめだろうとも、許してくれとすがりつき、彼女が望むことになんでも同意してしまうだろう。それから彼女の服を脱がせて横たわらせ、なまめかしい脚のあいだにこの唇を――。

やれやれ。

イースターブルックの図書室には必要なものがすべて揃っている。執筆中の本は、思っていたとおり悪くない。ヘンリエッタ叔母にしょっちゅう邪魔されていなければ、一週間前に仕上がっていただろう。

「アレクシアはもっと味方をしてくれると思っていたんだけどねえ」叔母がこぼした。「いい結婚というものがどんなに重要か、いちばん知っているのがアレクシアだもの」

「そういうことなら、キャロラインにアレクシアのまねをさせてみてはどうです？　キャロラインを一文無しにして、家庭教師にして、僕の兄のような男が恋に落ちるのを待つんです」

ないヘンリエッタ叔母は、ちょっぴり夢見がちでぼんやりしているかもしれないが、ばかではない。エリオットの皮肉に、両方の眉をつりあげた。「いったいどうしたというの。最近の口ぶりときたら、イースターブルックに似てきましたよ」

エリオットを皮肉屋にさせた原因は多々ある。眠れない夜に、うわのそらの昼。体の飢えと心の嵐。二日前にふたたびフェイドラの弁護士と会ったことも、当然、状況を上向かせてはくれなかった。

婚姻関係が曖昧なうちに、実の弟がフェイドラの出版所を手に入れなかったと知ってクリスチャンは激怒し、もしかしたら二度と埋められないかもしれない溝が生じた。

とはいえ、エリオットを嫌みな男に変えつつあるいちばんの原因は、アレクシアの図書室で出会って以来、フェイドラの姿を見ていないことにある。つまり、一カ月と二日と二十時間も。

そろそろ彼女の影響力を抑えられるようになっていいころだ。エリオットは愚かではない。詩人でもない。いい結婚の長所がわからないばかりかどんな結婚も嫌悪する、英国じゅうでただひとりの女性をこれほど愛してしまったことが、もどかしくてたまらなかった。

不機嫌なこの甥《おい》を、叔母が放っておいてくれたらいいのだが。ヘンリエッタ叔母は、人を元気にするのが自分の務めだと思っているような女性だ。もしいま、そんな努力をされたら、エリオットは叔母を絞め殺したくなるだろう。

まさに叔母が、明るい顔をしなさいと言いくるめる任務に取りかかったとき、運よく下男が図書室に入ってきた。下男は抱えていた包みを、エリオットの原稿の上に置いた。

「ロード・イースターブルックから、これをお渡しするようにとのことです」

クリスチャンのメモが添えられていた。〝よくやった〟。

紙に触れるやいなや、意味がわかった。つまり兄の短い言葉は賞賛ではなく、皮肉をこめた怒りのメッセージだ。

エリオットは包みを剝がした。現われたのは、製本所への旅を待ち受ける未装丁のページだった。一枚目には、長いタイトルが印字されている――『ジョージ三世から四世の治世に国会議員を務めた男の回顧録：ロンドン及びその周辺の政治的、文化的事柄にまつわるリチャード・ドルーリーの回想に、名誉不名誉で知られる人々への膨大なコメントを添えて』。

明日にも世に出るだろうと思っていたところだった。クリスチャンは下男に命じて書店に張りこませ、第一版を持ってこさせたに違いない。

「それはなんです、エリオット？　本？」

「ええ。どちらかというと無味乾燥な、政治に関する本ですよ」広げていた書類をかき集めると、ドルーリーの本と一緒に自分の原稿も抱えあげた。「失礼しますよ。二、三、用事ができました」

ヘンリエッタ叔母を残して図書室を出た。しばしひとりになれるよう、居間に向かった。

ページはすべて裁断ずみだ。クリスチャンは弟のところへ持っていかせる前に読んだのだろう。〝よくやった。この役立たずで不実な、名ばかりの息子め〟。

エリオットは一ページ目を開いた。実際にこの本を目にすると、予期していた以上の怒りを覚えた。もちろんエリオットに怒る権利はない。これっぽっちも。フェイドラを止めなかったことは後悔していない。ただ、いい目的のための悪い行いと、望みのない目的のためのいい行いの、どちらかを選ぶよう強いられたことが、心の底から恨めしかった。

この本と、フェイドラの義務と、彼自身の愛に引き起こされた感情を、どうにか脇に置いた。それはまた別のときに。いつかは消え去るだろう。

エリオットはページに視線を落とし、読みはじめた。


メリス・ラングトン出版所の事務室で、フェイドラは会計簿にいくつか数字を記入した。すべてを合計して、出てきた額には気持ちが明るくなった。この調子で行けば、出版所も生き延びられるかもしれない。少なくとも借金は返済して、差し押さえは免れられるだろう。

ジェニーが入ってきて、また書類を机に置いた。「ハチャーズ書店から四十部、追加注文です。リンゼルからも二十部」

フェイドラは注文を登録した。こうした書店主の中には、仕事相手が女性と知って驚く者もいたけれど、リチャード・ドルーリーの回顧録が収めた成功を思えば、そんなのはささいなことに思えた。女性従業員のジェニーと仕事をすることにも驚いたかもしれないが、そっちはさらにどうでもよかった。

「かなり順調ですね、ミス・ブレア」ジェニーが言った。

「申し分ないほどにね、ジェニー。みんなが言うとおり、今後ますます売れ行きは伸びるわ。もっと刷《す》ることになるんじゃないかしら」

ジェニーが部屋を出ていくと、フェイドラは計算に戻った。ベッドに横たわる父の姿を思い出す。あの原稿を彼女の手に押しつけて、その後さまざまな問題を引き起こすことになる約束をさせた姿を。

父は結果がわかっていたのだろうか。〝名誉不名誉で知られる人々への膨大なコメント〟を含めることで売れ行きが伸び、フェイドラに、より大きな備えをしてやれると思ったのだろうか。父がほかに遺してくれたものはほとんどなく、叔父からの年百ポンドだけでは安泰とはいえない。

じきに自分のためのお金もできるだろう。次の本も上手に選べば、この事業から定期的な収益があがるはずだ。フェイドラはペンをインクに浸し、最初の数ポンドでなにを買おうかと思案した。新しい長椅子はどうかしら――？

胸の下がよじれて夢想は途切れた。いいえ、長椅子はだめ。ほかに必要な出費が出てくるかもしれないもの。

また胸の下がよじれる。さらに別の、心臓をぎゅっとつかむような感覚も。ペンを置いた。あの本が公になったいま、エリオットと話をしなくてはならない。今日がその日だ。そう思うと、胸が不安だけでなく興奮でもずしりと重くなった。彼と会うのがうれしくないわけではない。むしろ、うれしすぎるくらいだ。会見があまりうまくいかないだろうとわかっていても。

フェイドラは立ちあがり、深呼吸をして勇気を奮い起こすと、黒のケープをはおった。丁寧に包んだ父の本を抱えると、ジェニーに今日はもう戻らないと伝えてから、長い道を歩きだした。

エリオットは居間の窓から外を眺めていた。庭の木々は葉を色づけはじめ、最後の花々が寒さに頭《こうべ》を垂れている。記憶がよみがえった。パエストゥム近くの夜のテラスを囲む、ビロードの宝石たちの記憶が。

テーブルを振り返った。リチャード・ドルーリーの回顧録が、角を揃えて重ねられている。三時間かけて読み終えた。

間違いなく世間をにぎわせるだろう。ドルーリーには同僚の欠点を見抜く目があった。この本に収められた観察は、鋭くて如才なく、あまりにも多くを暴いていた。

フェイドラに手紙を書いて、出版所の成功に祝いを述べるとしよう。ほかのことについても書こうか。いや、それより訪ねていこう。

下男が部屋に入ってきた。「女性のお客さまです」

エリオットは下男に意識の十分の一を向けた。「叔母のところへ連れていけ。今日は来客をもてなす気分じゃない」

「その女性は、叔母上ではなくあなたにお会いしたいのだと、はっきりおっしゃっていて」

エリオットは全意識を下男に向けた。「名刺は？」

「ございません。追い払おうとしたんですが、それはもう、しつこくて」と顔をしかめる。「とても奇妙な服を着ています。ちょっと宗教改革者みたいな。いや、もっと正確に言うと、その……」

「魔女か？」

「おっしゃるとおりです。なぜおわかりに？」

エリオットは自分がほほえんでいるのに気づいた。「ここへ通せ」

ふたたび窓のほうを向いたが、今度は庭の景色など目に入らなかった。フェイドラがこの部屋まで歩いてくるところを思い描いていた。黒い服をたなびかせ、髪を自由に躍らせて。

エリオットが訪ねていく前に、彼女のほうからやって来た。その理由はわからないし、いまはどうでもいい。エリオットは目を閉じて、家の中に彼女を感じた。軽やかな足音に耳を澄まし、それが自分にどんな喜びをもたらすかに驚嘆した。

居間のドアを入ったすぐのところにフェイドラを残して、下男は去っていった。彼女が面会を求めた人物はすでにそこにいた。

こちらに背を向けて、窓辺に立っている。どんな女性も言葉を失うほどハンサムな男性。二枚目《ベッロ》で尊大さをにおわせるほど自信に満ちていながら、決して尊大になることのない男性。洗練《エレガンテ》されている。

彼が振り向いた。その笑みと瞳に温もりを見つけて、フェイドラは安堵の息を漏らした。

「フェイドラ。来てくれてうれしいよ。こちらから訪ねようと思っていたんだ。もしかしたらどこかですれ違って、そのまま気づかなかったかもしれないね」

フェイドラは、なにを予期したらいいのかわからないままここへ来た。彼の歓迎に胸が熱くなる。一カ月も会わなかったのに、エリオットの影響力は少しも衰えていなかった。気がつけば息苦しくなっていた。

エリオットが朝食用のテーブルに着くよう、手でうながした。椅子をつかんで、彼女のほうに向ける。

フェイドラはどうにか自分を奮い立たせて、テーブルに包みを置いた。「父の本を持ってきたの」

「ありがとう。だけどもう読んだよ」エリオットがテーブルの反対端にある紙の束を示した。

フェイドラは深く息を吸いこんで、冷静さを保とうとした。と同時に、彼の存在と香りと現実を受け止めようとした。エリオットがここにいる姿は、何度も夢で見た光景にあまりにもよく似ていた。ただし夢の中では、エリオットは彼女を腕の中にさらって、ふたりでベッドに転がりこんで——。

いまは触れられそうなほど近くにいるけれど、距離を感じた。彼の落ちつきを見れば、ふたりが体験した魔法を断ち切る作業に、大きな進展があったことがわかる。

それがわかって、フェイドラはひどく落胆した。胸が文字どおり焼けた。だけど、いったいなにを期待していたの？

エリオットが、彼女が持ってきた包みのてっぺんを指でたたいた。「大成功を収めたね、フェイドラ」

彼の手に唇を押し当てたかった。一カ月ぶりだ。永遠にも思えた。フェイドラの心は泣きながら笑っていた。

「チャルグローブ伯爵に関する記述はひとつもなかった」エリオットが言う。

「彼の話を聞いてみて、父がその部分を誇張したと納得したの。あたしを納得させられたのは彼だけよ」

エリオットがうなずいた。「だけど母上のことに関して、注釈を加えたね」

「やっぱりあたしを嫌いになった？　あなたにとって、彼は大切な存在だもの」

「いや、二度とだれも騙されないことがいちばんだよ。あのブロンズ像やカメオはいまも英国へ渡ってきているんだろう。おそらく彼は戦後にあの地を訪れたとき、贋作者のグループと知り合ったに違いない。彼が英国へ持ち帰った品はやすやすと売れたから、向こうへ移って、それを一生の仕事にしようと決めたんだろう」そう言って、悲しげな笑みを浮かべた。

「僕はその一味になりたいと申し出たわけだ。彼が持っていたあの新しい像をほしがって」

「彼はその申し出を受け入れなかったわ、エリオット。あなたに手を汚させたくなかったのよ」けれどマシアスは、ほかの人間が手を汚すことは許した。アルテミスをひどいやり方で利用した。身も心も捧げるほどに、救いようもなく彼を愛した女性を。

「じつは先週、彼から手紙が届いた」エリオットが言った。「僕たちがポジターノを発ってすぐに書いたんだろう。いちばんの関心は、あの小さな女神像にふさわしい家を僕が探せるかどうか、だったよ」

「残念だわ、エリオット。せめてあなたに対しては、彼が良心の呵責《かしやく》を感じてくれるよう、願ってたんだけど」

「どうやら違ったらしい」

フェイドラは、古書店主のナイジェル・ソーントンが想いを胸に秘める一方で、彼の愛する女性がマシアス・グリーンウッドに征服されるところを想像した。ソーントンは、アルテミスが例のカメオを持っているのを見たかもしれないが、母に売ったのは彼ではなかった。

「あなたがチャルグローブ伯爵にあたしを訪ねるよう言って、あたしに彼と会うよう勧めてくれなかったら、犯人はソーントンじゃなくマシアスだと気づくことは絶対になかったわ」

エリオットは悲しげにほほえんだ。「すぐに手紙を書いて、きみが真実を知ったことをマシアスに知らせたよ。すべては明らかにされるだろうと」

「あたしもよ」だけどエリオットのために。マシアスのためではなく。

それを聞いてエリオットが静かに笑った。「まあ、この回顧録にこめられたきみの告発がイタリアに届くころには、彼も国外へ逃げているだろうな」

「仲間も一緒かもしれないわね。思うんだけど、ホイットマーシュも関わってるんじゃないかしら。マシアスが見せてくれたあの小さなブロンズ像が、骨董品にしては鋳造方法が新しすぎること、彼ならわかったはずよ。知らないふりをしてたのよ。サンソーニが言ってたわ、贋作は南の丘陵地帯で作られてるって。ホイットマーシュが朝の散歩でやっていたのはそれじゃないかしら。工房の訪問。ひとつだけ残念なのは、タルペッタが逃げなくてすむ点ね。マシアスから賄賂をもらって知らないふりをしてたに違いないのに」

「だとしたら、カルメリータ・メッシーナがポジターノじゅうに触れ回ってくれるだろう」彼の目に賞賛が浮かんだ。「すべて解決したね。これでじゅうぶん敵討《かたきう》ちはできたかな？母上の晩年の思い出に、以前より満足できるようになったかい？」

どうだろう。アルテミスにまつわるすべての思い出は、この数週間で様変わりした。まるで、ついに子ども時代の最後の部分を脱ぎ去って、もっと素直に母を見られるようになったような心境だ。

いまでも崇めている。いまでも敬《うやま》っている。だけどもう、母の判断間違いを弁護しなければいけないようには感じない。ほかの人と同じように、母もいくつか間違いを犯した――素直にそう認められる。

「なにもかも、前より穏やかな気持ちで受け止められるようになったわ、エリオット」

彼の手が手に重ねられた。「きみはある部分には注釈を加えたけれど、ほかの部分は削除したね」

フェイドラは重ねられた手を見つめた。浅黒くて、強くて、とても男らしい手。この手が大好きだ。この手のすべてが。とりわけ、彼女への触れ方が好きだった。しっかりしているけれどやさしいつかみ方と愛撫が。男性の手から、女性は多くを学べる。

「ケープ植民地の死に関する一節を取りのぞくと、なぜ言ってくれなかった、フェイドラ？」

「ずっとあとになって決めたの。植字工がだいぶ作業を進めてから」衝動的に印刷所へ駆けこんで、ぎりぎりのところで最後の変更を頼んだことを語って聞かせた。「真実じゃないという証拠をあなたが見つけてきてくれるよう、ずっと祈ってたわ。ほんのかけらだけでじゅうぶんだった。最後にあなたが去っていくのを見たときでさえ、まだ真実を探してくれるはずだと信じてたの」

証拠は現われなかった。エリオットも。フェイドラは決断をその手にゆだねられた。言い訳も、もっともらしい説明もなく、ただ心のままに。

エリオットが彼女の手を見つめながら、親指で手の甲を撫でた。かすかな愛撫に、フェイドラの腕を震えが駆けのぼった。「きみに差しだせる証拠はないんだ、フェイドラ。問題の将校に会ってみたよ。アレクシアの計らいで思いがけなくきみと顔を合わせるより前に、彼を探しだしていたんだ。例の件について尋ねたよ。まったくひどい経験だった、僕の父親は金を払って人を殺すよう、あなたに頼みましたかと訊くのは」

「彼は否定した？」

「もちろん」

「だったらなぜ教えてくれなかったの？　あたしなら喜んでそれを理由に――」

「僕には信じられなかったんだ、フェイドラ」

それにはどう答えたらいいのか、わからなかった。フェイドラが必要としていたのはひとことだけだった。ただのひとこと。たとえその男が嘘をついていたとしても、かまわなかった。それなのにエリオットは男の嘘をそんなふうに利用しないと決めた。フェイドラに対して誠実を貫いた。彼女が求める以上に。

「彼を信じるのがいちばんかもしれないわ」

「そこまで自分に嘘はつけない。これ以上は。だけど、長兄のクリスチャンの気持ちがわかりかけてきたよ。どうやら僕も、真相は突き止めたくないと思いはじめたらしい。じきにヘイデンの考えにも賛成して、なにが真相かなど気にしなくなるんじゃないかな」

「ヘイデンの考え方はいいわね。たとえなにかがあったとしても、それは本人の罪、本人の選択であって、その息子たちのものじゃないわ」

「血は血だし、その染みは消せない」この話はもう考えたくないというように、エリオットが肩をすくめた。「クリスチャンは、きみがあの一節を削除したら五千ポンド出すと言っていた。受け取るといい。出版所を立てなおすのに役立つだろう？」

五千ポンド。それだけあれば、借金を清算して事業の足場を整えられる。イースターブルックはエリオットに賄賂の申し出をさせる前に、出版所にいくら必要か、調査したのだろうか。

「そそられないとは言わないわ」むしろあまりにもそそられて、次の言葉を口にしながら顔をしかめるくらいだった。「だけどお金がほしくてしたんじゃないの。だから受け取れないわ」

「じゃあ、どうして？」

フェイドラはごくりと唾を飲みこんだ。「それは、メリウェザーの疑念が間違っていた可能性があるから。それに、アレクシアとの友情を壊したくなかったから」喉が焼けた。「だけどなにより、あなたのためよ、エリオット。もう戻れないというところまで来たとき、突然、こんなのはなんでもない妥協だと思えてきたの」

一瞬、彼にキスされると思った。エリオットの目にそんな衝動が浮かんでいた。

「心から感謝しているよ、フェイドラ。きみは、僕にはもったいないくらいの寛大さを示してくれた。きみの決断は罪のない人々を醜聞から救い、僕の両親の名前を最悪の噂から守ってくれた」

「あたしは自分の決断に満足してるわ。正しい決断だったと信じてるから」

エリオットが居間の中を見まわして、窓とテーブルを見やった。

それからふたたび彼女の手を取った。「おいで。ゆっくり話がしたいし、図書室のほうが落ちつける」

エリオットは図書室のソファの、彼女の隣りに腰かけた。触れるほど近くに。フェイドラは考えをまとめようとした。話がしたかったのは彼女も同じだが、いざとなると、練習した言葉はどこかへ逃げてしまった。

エリオットはしばらくのあいだ、こちらを見なかった。口を開きもしなかった。が、ふたたびフェイドラのほうを向いたとき、そのまなざしは久しく目にしていなかった恋人のそれに戻っていた。

たちまちフェイドラはかつてのままに、かきたてられた。けれどいまは、一カ月分の後悔と切望のせいで、あらゆる感覚と感情が際立っていた。

「きみと会ってキスをしないのは、苦しくてたまらない、フェイドラ」

「キスしちゃいけないとは言ってないわ」

彼の表情が固くなる。「きみの申し立てがあるうちは、できないよ。その点は変わっていない。僕の考えも」

「あたしに帰ってほしいの、エリオット？　あなたに会って人生に太陽が戻ってきたけれど、あなたを怒らせたくはないわ」

「怒ってはいない。ここにいてくれて、うれしく思っている。だけど、きみの計画を速めてしまおうかという気になってきた」

フェイドラは、彼がドアに鍵をかけて彼女を抱きしめ、我慢していることをやってくれたらいいのにと願った。けれどエリオットはしかめ面で立ちあがり、数歩離れた。それから振り返って腕組みをした。

ああ、二度とそれをやらないでと言っておかなくては。

「僕はこの一カ月、例の鎖を槌《つち》でたたいて過ごした。だけど無駄だった。僕たちは一緒になる運命だときみを説得するために、いったい僕はなにを言えばいい？」

「なんでもあなたが言いたいことを、エリオット。あたしはそれを聞くためにここへ来たの。

説得されるために。もしまだあなたがそんなふうにあたしを求めていてくれるなら」

エリオットが戻ってきて彼女を立たせ、腕の中に引き寄せた。ああ、ついに切望していた抱擁が。心が痛いほど欲していた、つながりと安心感が。

「僕はリチャード・ドルーリーではないけれど、僕の父でもない。父のようになるんじゃないかと恐れてるなら、どうか恐れないでくれ」きっぱりした口調だった。まるですでに決断をくだし、いまは宣誓しているかのような。

「どんな男性の中にもそんな部分はあるわ、エリオット、だけどあたしはそれを恐れてはいない。たとえ男性に閉じこめられたり、望まないのに縛りつけられたりしても、あたしは逃げだすだけから。だけどわかってるはずよ、これはあなたの人格の話じゃないって。あたしが拒んだのはあなたじゃないって」

「きみが結婚を信じない理由はわかっているよ。僕はきみに、きみ以外の人間になってほしいとは望まない。僕が愛したのはフェイドラ・ブレアで、きみにはそのままでいてほしいんだ。変わってくれと頼みはしないし、もちろん命じもしない」ちらりとフェイドラのボディスを見おろした。「その黒い服を着つづけてもかまわない。出版所もきみのものだ」言葉を止めて、肩をすくめた。「きみの奇妙な友だちにも干渉しない――彼らが友情以上のものを求めないかぎり」

フェイドラは彼の顔に手のひらを添えた。その感触はいとも心地よく、正しく思えた。

「彼らが友情以上のものを求めたとしても関係ないわ。あたしが絶対に与えないから。言ったでしょう、そのために結婚は必要ないと」

エリオットが大きなため息をついた。触れられた安堵ゆえか、それとも拒まれたもどかしさのせいか。

「僕はこの結婚を望んでいる。きみは僕のものだと知っておきたいんだ。きみを欲する以上にきみを愛してる。いつもそばにいてほしい。きみが暮らしている家に帰りたい。そういうことを、一度でも夢見たことはないのか？」

エリオットがそっとキスをした。数週間ぶりのくちづけだ。それはまるでワインのごとくフェイドラを酔わせた。

彼の言葉に心を動かされた。もちろん愛の宣言には涙がこぼれそうになったものの、心を動かしたのは、それだけではない。彼はフェイドラに対してこのうえなく高潔だった。自分は望んでいないのに、フェイドラの申し立てに賛成してくれた。あの誓いの言葉で押し進められたはずの優位をこれまで利用しなかったし、これからもきっとしないだろう。

彼は公正で誠実だった。愛を頼りに選択した。無私の選択を。いくつも……。

「あなたがいまもあの結婚を望んでるとわかってよかったわ、エリオット。というのも、どうやらあたしの申し立てはうまくいきそうにないの。じつはこの先、もうひとつ好ましくない展開があるかもしれないのよ」

「それなら取りさげればいい。きみの弁護士に勝ち目がないなら、撤回したほうが賢明だ。約束するよ、決して後悔させないと――」エリオットが首を傾げて眉をひそめた。「どんな展開だ？」

「弁護士の話では、もしなんらかの問題が生じたら、あたしの申し立てはまず色よい裁定を受けられないらしいの」

「問題ならいろいろあるが、いったい――」エリオットがますます眉をひそめ、それから急にしかめ面が消えた。「それはつまり、結婚による結果――子どものことか？」

フェイドラはうなずいた。

「本当に？　生まれるのか？　きみは――」

「まだたしかじゃないの。だけど可能性は高いわ」

「どれくらい？」

「日ごとに高まってるわ。当然、これでいろんなことがややこしくなるわね」

「それなのに、僕に秘密にしていた？　いや、それは忘れよう。フェイドラ、きみのやり方では無理だと言った理由のひとつがこれだよ。子どもにはきちんとした環境が与えられるべきだし、たとえ今回は勘違いだったとしても、いつかきみは身ごもるだろう。これでややこしくなることなんて、なにもない。むしろすべてが単純になる」

受け入れられてフェイドラの心は温もったが、彼の意見にはずきんと来た。「あたしが生まれ育った環境は〝きちんとした〟ものじゃなかったけど、ちゃんと生きてきたわ、エリオット。あたしがいまの自分になったのは、母の教えを受けてきたからよ。それにリチャードはやっぱりあたしの父だもの。法廷に申し立てを却下されたとしても、あたしたちが一緒に暮らさなくちゃいけないことにはならないわ」

「もちろん一緒に住むさ。すぐに家を探そう。自分の妻を毎朝、訪問するなんて冗談じゃない。さあ、もう降参してくれ。そうしなくてはならないと、きみもわかっているはずだ」

降参しなくてはならない。たしかにわかっている。身ごもったかもしれないという兆候に気づく前から、わかっていた。正直に言うと、エリオットと築く家庭やわが家のことを考えると、幸せに笑いがこみあげてきた。幸福な結婚にする機会を壊してしまったかもしれないという恐怖に、苦しみつづけていた。

この不本意な結婚に最後の抵抗をさせているのは、強情さでも信条への執着心でもない。世間が彼女を敗者とみなしたり、エリオットを罠にかかった愚か者と嘲笑したりするのではと案じているからでもない。

心臓に早鐘を打たせる感情は、目を見張るような驚きから生まれていた。欲望は彼女の心を愛へと開き、愛は彼女が気づいてもいなかったところまで心を運んだ。いま、フェイドラは彼女の世界の突端でバランスを取っていた。

次の一歩を踏みだせば、今後、足の下には希望と信頼と愛しかなくなる。フェイドラ・ブレアは——高名なアルテミス・ブレアの娘にして、母と同じように自らの運命を選び取ってきた女性は——広大な未知の世界を前にして、子どものように怯えていた。

　胸が躍った。と同時に怖くてたまらなかった。

　エリオットがそれを感じ取って、理解と同情を示したのがフェイドラにはわかった。

「フェイドラ、きみは強い。強くて誇り高くて、僕はそんなきみを愛してる。だけどもし、僕たちの子がきみほど強くなかったら？　だれも友だちになってくれず、私生児とはやし立てられるのを聞いて、深く傷ついたら？」両手でフェイドラの顔を包むと、じっと目を見つめた。「きみはそのすべてを乗り越えてきたかもしれないが、それはだれにでもできることじゃない。それに、きみは幸せになれるよ、フェイドラ。なにがあろうと僕が幸せにすると約束する。なぜなら僕は自分の誇りよりもきみを大切に思っているから」

　フェイドラは彼を見あげた。これほどだれかの目を一心に見つめたのは、初めてだった。だれかの嘘偽りない心を見たと断言できるのも。〝わたしにはわかるの。人生において、心の底から信じられる数少ないことのひとつなのよ〟。

　ええ、アレクシア、賢いお友だち。あなたの言うとおりね。

　フェイドラは彼の手に触れて、頬に引き寄せた。「そうね、エリオット。それが正しいやり方だわ。あなたがこの展開を喜んでくれて、あたしは本当に幸運だし、心からほっとしてる。あなたの愛があれば、あたしたちは幸せになれると信じてるわ。あたしの愛があれば、この友情は一生続くと信じてる」

赤ん坊のためにこうしよう。彼のためにも。だけどなにより、自分のために。愛し愛されながら、深いきずなを生きる機会のために。心の底から信じられるすばらしいものを、いつまでも抱きしめていられるように。

これから虚空《こくう》を歩くとしても、ひとりではない。エリオットがそばにいて、足場を探す手助けをしてくれる。

フェイドラはそれ以上なにも言わなかったが、エリオットは胸の中にある思いのすべてをわかってくれた。彼の目がそう語っていた。熱いくちづけも。

たとえ彼のやさしく温かい喜びの表情に達成感の小さなきらめきがあったとしても、それから、キスに続く愛撫に所有欲がみなぎっていたとしても、かまわない。

なにしろ彼は男だ。

ドレスが緩むのを感じた。ソファにそっと押し倒されて、抱擁が完ぺきになる。この一回は激しく速いものになるだろう。大歓迎だ。あまりにも長かった別離のせいで、エリオットに負けないくらい切望が高まっていた。

彼に回した腕に力をこめると、快楽と愛がふたりだけの世界に連れていく。溶け合う吐息に包まれてついに満たされた瞬間、うめいた。ふたりの熱が頂点に近づいていくあいだ、くり返し愛を叫んだ。

行為のあとの安らぎの中、静かなきずなでいっぱいの抑えきれない至福の中で、ある言葉がささやかれた。

僕のもの《マイン》だ。

いまのフェイドラには、その言葉はちっとも恐ろしくなかった。それが意味するのは、友情と永遠の愛を分かち合うことだとわかったから。幸せと、孤独の終わりを約束する言葉だと。ふたりが結びつき、互いに所有し合うことで生まれる、新しい完ぺきな形を予言する言葉だと。

揺るぎない満足感と胸を刺す感謝の中で、それは何度もくり返された。

ささやいたのはエリオットではない。

フェイドラの心だ。

あたしのもの《マイン》よ。

訳者あとがき

世界中のロマンス小説ファンから愛されている作家マデリン・ハンターの、二〇〇八年度リタ賞受賞作、『誘惑の旅の途中で』(原題:"*Lessons of Desire*") 全訳をお届けいたします。

本書はロスウェル三兄弟を中心に据えたロスウェル・シリーズの第二作目にあたり、一作目は同じく二見書房から『きらめく菫色の瞳』として二〇一一年二月に刊行されました。

前作では、両親を亡くしていとこ一家の世話になっている聡明で心やさしいアレクシアと、冷徹なほどの切れ者として知られる侯爵家の次男ヘイデンの物語がくり広げられましたが、本書に登場するのは、そのアレクシアの親友で自由恋愛を信奉している独立独歩の女性フェイドラと、ヘイデンの弟にして歴史研究家としても名高い、ロスウェル三兄弟の中でもっとも人好きのする青年エリオットです。

ふたりとも前作には脇役として登場していますが、果たして主役になるとどんな顔を見せるのか、どうぞみなさまの目でおたしかめください。

それではここで、本書のあらすじを簡単にご紹介しましょう。

いつでも全身黒ずくめの服装と、決して結いあげられることのない茜色の髪が特徴の女性フェイドラ・ブレアは、高名な才女アルテミスと、議員を務めたこともある紳士リチャードとのあいだに生まれましたが、両親は最後まで未婚のままでした。結婚という法的な制度に縛られることのない自由な愛の形を、身をもって示していたのです。母はフェイドラが十八歳のときに他界し、父も先ごろ亡くなってしまいましたが、その父は死の床でフェイドラにある約束を交わさせます。その約束とは、父がしたためた回顧録を一字一句違えることなく出版する、というものでした。が、驚いたことにその回顧録には、母の死にまつわる信じがたい秘密も記されていたのです。それまで心から信じてきたことを大きく揺らがされたフェイドラは、真相を明らかにするべく、鍵を握る地、イタリアへと旅立ちました。

ちょうどそのころ、別の場所でも同じ回顧録のことが取りざたされていました。イースタ－ブルック侯爵家の当主クリスチャンが、回顧録の出版をなんとかして阻止しようと画策していたのです。なぜならその原稿には、先代侯爵である父についての恐ろしい醜聞が含まれているから。そんなものは断じて活字にさせてはならない。考えに考えたクリスチャンは、末の弟エリオットを呼びだして命令をくだします。原稿の所有者であるフェイドラ・ブレアと交渉をして、回顧録から問題の部分を削除するよう、話をつけてこいと。父についての醜聞を絶対的な嘘だと信じるエリオットは、長兄の命令に従い、フェイドラのあとを追ってイタリアへと赴きました。

フェイドラは母の死にまつわる謎を明らかにできるのか。

エリオットは問題の部分を削除させることができるのか。

どちらも絶対に譲れない使命を負ったふたりは、生まれ育った環境だけでなく考え方もまるで異なります。そんなふたりが（当然のごとく）反発し合いながらも、照りつける異国の太陽の下でいつしか強烈に惹かれ合っていくさまはもちろん、ナポリからポジターノ、さらにはポンペイと、イタリア各地をめぐる旅の色鮮やかな情景もお楽しみいただければ幸いです。


ところでみなさま、著者マデリン・ハンターのサイト（http://www.madelinehunter.com/）をご覧になったことはありますか？　すでにご存知の方もいらっしゃるかと思いますが、そこには各作品のために作られた宣伝用のムービーがアップされているんです。もちろん本書のムービーも。

右のURLにアクセスすれば、「Ｂｏｏｋｓ」の「Ｂｏｏｋ　Ｔｒａｉｌｅｒｓ」からすぐにご覧いただけますので、ご興味のある方はぜひ一度のぞいてみてください。演じている俳優さんたちは、みなさまが思い描かれたフェイドラとエリオットに似ているでしょうか？（……こっそり白状いたしますと、エリオット役の方は訳者が想像した男性とはちょっぴり違っていました。が、そんな違いもまたおもしろいものでしたよ）。

さて、本書で二作目となるロスウェル・シリーズ。三作目ではいよいよエキセントリックの権化ともいうべき長兄のイースターブルック侯爵クリスチャンが登場……と言いたいところなのですが、前作のあとがきで宋美沙氏が書いておられたとおり、次作は一作目ヒロインの従妹ロザリンと、貧しい家庭に生まれながら一代で財を築いた青年カイルの物語になります。ロザリンが紳士たちのあいだでオークションにかけられるというショッキングな場面から幕を開けるこの作品。こちらも同じく二見文庫から翻訳刊行予定ですので、楽しみにしていてくださいね。

最後にわたくしごとではありますが、拙い訳者を支えてくださった二見書房のみなさまに心からお礼を申しあげます。途中いろいろありましたが（笑）、ここまで漕ぎつけられたのはみなさまのおかげです。

常に刺激と励ましである翻訳者仲間と、いつも見守ってくれている家族にも、ありがとう。

二〇一一年初冬

ザ・ミステリ・コレクション

誘惑《ゆうわく》の旅《たび》の途中《とちゅう》で

著者　マデリン・ハンター
訳者　石原未奈子《いしはらみなこ》

発行所　株式会社 二見書房
東京都千代田区三崎町2-18-11
電話 03(3515)2311［営業］
03(3515)2313［編集］
振替 00170-4-2639

印刷　株式会社 堀内印刷所
製本　合資会社 村上製本所

ISBN978-4-576-11166-7
http://www.futami.co.jp/

運命の夜に抱かれて
ペネロペ・ウィリアムソン
木下淳子［訳］

花嫁募集広告に応募したデリアは、広告主の医師タイに惹かれる。だが、実際に妻を求めていたのはタイの隣人だった。恋心は胸にしまい、結婚を決めたデリアだったが…

はじめての愛を知るとき
ジェニファー・アシュリー
村山美雪［訳］

〝変わり者〟と渾名される公爵家の四男イアンが殺人事件の容疑者に。イアンは執拗な警部の追跡をかわしつつ、歌劇場で出会ったベスとともに事件の真相を探っていく…

待ちきれなくて
リンゼイ・サンズ
上條ひろみ［訳］

唯一の肉親の兄を亡くした令嬢マギーは、残された屋敷を維持するべく秘密の仕事――刺激的な記事が売りの覆面作家――をはじめるが、取材中何者かに攫われて!?

その夢からさめても
トレイシー・アン・ウォレン
久野郁子［訳］

大叔母のもとに向かう途中、メグは吹雪に見舞われ近くの屋敷を訪ねる。そこで彼女は戦争で心身ともに傷ついたケイド卿と出会い思わぬ約束をすることに……!?

英国レディの恋の作法
キャンディス・キャンプ
山田香里［訳］

一八二四年、ロンドン。両親を亡くし、祖父を訪ねてアメリカからやってきたマリーは泥棒に襲われるも、ある紳士に助けられる。お礼を申し出るマリーに彼が求めたのは彼女の唇で…

はじまりはいつもキス
ジャッキー・ダレサンドロ
酒井裕美［訳］

破産寸前の伯爵家の令嬢エミリーは借金返済のために出席した夜会で、ファーストキスの相手と思わぬ再会をするが、資産家の彼に父が借金をしていることがわかって…